国家哲学社会科学研究基金项目
“当前文学的民间传播与文学观念的更新”
（批准号为09BZW066）资助

王文参◎著

当前文学的民间传播与文学观念的更新

中国社会科学出版社

图书在版编目(CIP)数据

当前文学的民间传播与文学观念的更新/王文参著. —北京：中国社会科学出版社，2014.9
ISBN 978-7-5161-4168-7

Ⅰ.①当… Ⅱ.①王… Ⅲ.①中国文学—当代文学—大众传播—研究 Ⅳ.①I206.7

中国版本图书馆 CIP 数据核字(2014)第 073503 号

出 版 人 赵剑英
责任编辑 郭晓鸿
特约编辑 王冬梅
责任校对 王兰馨
责任印制 戴 宽

出 版 中国社会科学出版社
社 址 北京鼓楼西大街甲 158 号（邮编 100720）
网 址 http://www.csspw.cn
中文域名：中国社科网 010-64070619
发 行 部 010-84083685
门 市 部 010-84029450
经 销 新华书店及其他书店

印 刷 北京君升印刷有限公司
装 订 廊坊市广阳区广增装订厂
版 次 2014 年 9 月第 1 版
印 次 2014 年 9 月第 1 次印刷

开 本 710×1000 1/16
印 张 22.5
插 页 2
字 数 355 千字
定 价 65.00 元

目　录

引言 …………………………………………………………………………… (1)

第一章　媒介科技开拓文学的生存前景 ………………………………… (1)

第一节　从媒介探讨文学的必要性 ………………………………… (1)

第二节　科技发展与“文学终结”的争论 ……………………………… (11)

第二章　媒介与文学时空观 ………………………………………… (22)

第一节　媒介与时空审美的关联 …………………………………… (22)

第二节　时空观念的本体构建性 …………………………………… (28)

第三节　口传时期的文学时空形态 ………………………………… (34)

第四节　数字媒介对文学时空形态的塑造 ………………………… (39)

第三章　媒介与文学信息化 ………………………………………… (44)

第一节　当前文学的信息使命 ……………………………………… (44)

第二节　历史文本的信息化解读 …………………………………… (49)

第三节　当前文学信息化的新闻品格 ……………………………… (54)

第四节　文学信息化的应对 ………………………………………… (61)

第四章　媒介与文学市场 …………………………………………… (65)

第一节　电子书、电纸书与文学阅读 ……………………………… (65)

第二节　生活超市内的图书经营 …………………………………… (71)

第三节　图书超市化和网上书店经营 ……………………………… (78)

第四节　书报亭内的文学类书刊 …………………………………… (82)

第五节　多渠道传播下的历史小说 …………………………… (86)

第五章　纸质媒介传播下的文学观念演变 ……………………… (91)
第一节　纸质传播、文笔之辨和文学观念 ……………………… (91)
第二节　文字崇拜、印刷技术与文学的民间形成 ……………… (97)
第三节　空间叙事与媒介对空间的塑造 ……………………… (105)
第四节　报刊媒介和近代文学转型期的民间趋向 …………… (114)

第六章　影视媒介传播下的纸质文本改编 ……………………… (122)
第一节　从金庸小说改编看影视传播的优势和缺憾 ………… (123)
第二节　纸质文本影视传播的审美空间 ……………………… (132)
第三节　纸质文本影视传播在当前的文化意义 ……………… (139)
第四节　从张爱玲小说传播看纸本小说的不可取代 ………… (144)
第五节　文学纸质媒介与影视媒介将长期和谐共存 ………… (151)

第七章　网络媒介传播下的文学生态 …………………………… (162)
第一节　传播媒介演变对文学实现过程的意义建构 ………… (163)
第二节　数字化生存与文学生存境况的改变 ………………… (166)
第三节　网络媒介对审美感知的消解与重建 ………………… (175)
第四节　网络媒介与精英文学和青春文学 …………………… (183)
第五节　网络文学理论批评的话语空间 ……………………… (191)

第八章　多媒介语境下的作家文学传播 ………………………… (204)
第一节　对民族文化因袭的背离和超越 ……………………… (204)
第二节　当前小说的文化传播使命 …………………………… (214)
第三节　精英小说对文化生态失衡的焦虑和救赎 …………… (223)

第九章　多媒介语境下的民间文学传播 ………………………… (234)
第一节　反思民间文学学科 …………………………………… (234)

第二节　口传知识体系下的民间文学 …………………………… (240)
第三节　短信文学的生存前景 ………………………………… (253)
第四节　短信文学的文化表征 ………………………………… (263)
第五节　短信文学的民间文学品格 …………………………… (271)

第十章　多媒介语境下的通俗文学传播 …………………………… (282)
第一节　"通俗文学"源流质疑 ………………………………… (283)
第二节　"雅俗"观念与现代文化背景 …………………………… (288)
第三节　"通俗文学史"抒写的悖论 …………………………… (292)
第四节　传媒语境文学俗化与"通俗文学史" ………………… (296)

第十一章　多媒介语境下的汉语文学 ………………………………… (303)
第一节　语言文字与媒介技术 ………………………………… (303)
第二节　汉语言表意体系的媒介属性 …………………………… (311)
第三节　多媒介语境下汉语文学的广阔前景 ………………… (321)

结语 ………………………………………………………………… (329)
参考书目 …………………………………………………………… (334)
后记 ………………………………………………………………… (340)

引　言

从传播学角度研究各种媒介对文学的影响，是新时期以来文学研究的热点。研究近代报刊与近代文学观念的更新、报刊业发展与现代文学的演变，特别是对现代文学与大众传媒的关系，学界已经作出了深入探讨。文艺理论界对文学大众传播带来的大众文化研究，对文学的“图像转型”、“电影，文学的终结”等影视传媒、数字媒介对文学经典的解构与重构，也取得了丰硕成果。专门的民间文学研究，经过钟敬文先生及其后继者长期研究，已经成为一门经典学科。在现当代文学视阈内的民间文化研究、通俗文学研究也取得了很大进展。

于是，揭示传播学、文艺理论和民间文学这三方面研究的内在关联，进一步探讨多种媒介技术如何使文学进入民间传播状态，如何形成不同媒介语境下的审美形态，由此如何推动当前文学的民间性和新的民间文学形态生成演进，以及文学本体的民间性凸现如何使传统民间文学口传划分依据丧失，并且在民间传播视野下“通俗文学”观念存在的合法性如何受到质疑；多媒介传播使文学与生活同步，文学俗化成为主流，精英作家创作的文化功能发生了什么转变，等等，由此描述当前文学观念更新演变脉络的研究成为当务之急。

科学技术是生产力，传播媒介标志着人类社会的文明程度，是最富有人文气息的科学技术，所以，媒介毫无疑问也是生产力。并且在人类社会演变历程中，精神产品生产越来越清晰地呈现出媒介优先的原则，体现着人类发展依赖科技惯性的推动。无论人类怎样定义“文明”和“进步”的本质，科技推动社会发展都是人类的必然选择，文明进步以科技成果为标志是人类的宿命。不管人们如何制定精神家园和谐幸福的指标体系，文明的危机和发展的问题还是需要科技来解决，需要建立在对自然和社会深入透析基础上的科学理念来干预。文学的独立和发展建立在信息记录与媒介传播技术基础之上，文学观念的演变需要在传承和未来之间寻找文化支点。文字之所以成为人类最为杰出的技术发明，首先在于其媒介的属性，从媒介探讨文学也成为必要。科技改变文字和其他表意符号记录传播思想情感的方式，促使媒介成为文学生产力的物质基础。“文学终结”的论争实质上是科技与人类精神幸福之间关系的悲观和乐观的论争。这涉及全球化文化背景，汉语言文学在这个全球化新技术环境下呈现的独特性，需要给予足够的关注。

媒介是改变人类与物质世界相互关联的结构模式的技术手段，任何媒介的功能都是在绵延不绝的线性时间序列和无限延展的空间领域内展开。文学是物质和精神交融的和谐形式，表达着过去、现在和将来应有的样态，媒介参与文学的本体构建在于媒介与时空感知的密切关联。口传时期和数字媒介时期，文学存在和文学观念生成方式之间的不同，体现在文学时空形态塑造方式的显著差别上。

媒介诗学深刻的内涵在于传播过程的意义生成性。同样一个故事，口头传播、纸质传播、网络传播或者影像传播，创造的意义和情感场景不同，媒介过程赋予的信息接收感受不同。媒介改变着接受方式，技术因素加剧社会物化形态的多样性，传播与接受的互动生成日益丰富着文学的文本信息，而文化信息和审美感知信息的丰富与淡薄逐渐成为衡量文学价值高低的潜在尺度。文学承载的信息属性和信息品格对人类精神领域产生塑造作用，作品的文化品格越来越影响着文学观念的更新。如果说媒介促成人类肢体的延伸和生存时空的拓展，那么信息就是媒介的本质和本体，文学就是人类生存信息的流传、扩散和经验性接受，文学也就成为人类拓展精神生存的媒介自身。

探讨文学观念演变，离不开对文学信息和信息化文学演变的细致梳理，更离不开对文学存在现实状态的洞察。文化商品市场对文学类型选择的倾向和制约，很大程度体现在文学载体媒介的商品属性上。文学市场直接联系着读者接受给予的市场信息反馈，文学市场信息也必然携带着社会思潮和主流文化导向。无论是电纸书、电子书或者是网上书店、街道书报亭经营，文学市场传播渠道和读者接受的媒介本身就体现着一个时代文明开放程度和经济发展水平的高低，构成文学观念演变内在制约的客观因素，而多媒介传播下对历史文本的重新演绎，某种程度上反映着媒介和文学双重更新后，特别是文学观念重建后重新叙述历史的市场渴望。在此，田野调查的方法不单是民间文化研究的必然选择，同样也是客观描述媒介与文学市场之间关系的有效方法。

从文字载体演变和文学意识觉醒之间相互关联的角度考察，历史上文笔之辨、敬惜字纸的文化心理和印刷技术的进步都对文学民间化走向产生了深刻的影响。文学叙事的时空选择和文学写作方式适合报刊媒介传播，报刊媒介塑造民族文化心理和拓展物质生存空间，使文学逐步从少数阶层的权力构成走向较为广泛的民间文化生活，在古典文学向现代文学转型时期有力地促成了现代文学观念的更新。

20 世纪初，伴随着中国社会现代化转型，影视技术从西方引进后，迅速和中国传统舞台艺术相结合，演进为具有民族特色的影剧艺术。影视艺术和纸质文学在形象塑造、情景模拟和感情触发等方面相互依存。影视和纸质文字作为媒介，在文化传播功能上优劣互补，彼此促进。文字是根本性的人类思想与情感的介质，但接受文字作品需要对抽象概括的语言编码进行解码还原；纸质文学作品阅读接受需要艺术素养和认知经验的积累，并受社会文化教育普及程度和传播媒介技术条件制约。影视以直观和现场性展示，减少了接受过程中的语言解码，影视艺术以形象和细节的真实感，能迅速引发接受者的情感反应，触发思想和见解的参与。改编文学名著的影视文学遵循着媒介技术普泛化、走向民间的传播倾向，往往能使文学名著获得更广泛的阅读接受。文字阅读和影视观摩是两种功能不同、触发人类不同感官系统的文化传播媒介，具有清晰的美学内涵和接受文化场域，在不同时代的文化思潮和技术背景下，有此消彼长的可能，但始终呈现相辅相成的交融态势。

金庸小说和张爱玲小说融合传统和现代、东方和西方、通俗和高雅的艺术技巧，塑造的形象系列较为丰满地体现了中国文学的美学特征和艺术魅力，分别展示了中国社会近现代转型过程中一个虚构的侠义空间和一个真实的现实空间，在中国文学现代性演变过程中具有代表性，接受过程也彰显了文学观念的历史演变过程，并且这一过程携带的文化信息和社会心理迁移饱含着丰富而沧桑的人世感受。两人的作品，无论是文字文本还是经过影视改编都能得到广泛的接受认可，潜在地传承民间文化机制和演变脉络。金庸小说故事情节常见于民间文学中的天仙配模式和民间侠义救世思想等，张爱玲小说反映旧时代向新时代转型过程中浓厚的民众生活气息，并有对民族古老礼俗风情的出色表现，他们的作品无论是原创纸质文字还是经过影视改编，无不最大程度地显示出中国文学现代化演变过程中，文学观念构建的民间参与热情和希冀。从纸质作品的影视改编既可看出当前文学接受多样化市场需求和文学传播民间化过程对传播媒介多样化的选择，又能梳理出中国近现代以来文学观念演变的历史脉络。

文学传播媒介演变到网络媒介，对文学自身发展来说同样具有划时代的意义。虽然网络媒介对文学本体构建的功能仍然有待于进一步研究，而网络对文学外部形态和读者接受的文化心理的深刻影响已经得到普遍认同。媒介对文学实现过程的意义生成从口传到网络逐步累加，这种意义累加首先体现在网络实现了多媒介立体交互传播，使文学表达形式和接受方式发生根本改变；其次体现在网络对文学信息化、文学民间化的强烈诉求，篡改了传统认识论领域内对文学观念形态的建构依据。如果说纸质书刊借助纸质传播的便利，在近现代转型时期复杂的文化机制推动下，成为文学民间化的一个转折点，那么网络媒介让文学突破所有机制束缚，还原民间品质，成为迄今为止人类开发的最为杰出的传播手段。网络媒介不单使文学独立成为可能，而且也构成未来人类进一步感知陌生领域的物质基础。数字化生存离不开网络，网络在整合传统文化和创造新型文化过程中，重组人类积淀的精神品格和价值尺度，使审美感知的消解与文学场域的重建互为表里，同步进行。网络文学场域的扩大化、动态化和民主化成为文学民间化生存的源头活水。在网络环境下，文学发展所需要的文化生态平衡同样离不开多样性和丰富性，离不开传统和未来的碰撞、内容和形式的转换，以及通俗和高雅的融合、精英文学和青春文学的互补。由此，网络文学理论批评的话语空间在中国文学自身演进规律中，得以开拓和更新。

在多媒介交互传播语境下，作家文学在逐渐调适中呈现出鲜明特征：逐渐背离乡土，超越地域文学限制，作品中也不断出现描述生活受传媒主导的情节；在全球化文化传播形势下，向西方世界展示汉语言文学的独特艺术魅力和浓厚的人文性特征，以民族振兴的使命感彰显中国文学的责任担当；描写媒介篡改下的文化生态失衡，寄寓着以民族传统优秀文化拯救时弊的渴望。沿海地区得风气之先，信息传播发达，媒介科技领先，作家作品依附传媒的现象鲜明，报社记者出身或在文化传播浪尖上的主流作家作品出现较多。而中原地区历史因袭沉重，文化相对闭塞保守，媒介技术推广缓慢，开放意识迟延。但近年来随着媒介技术超越时空的渗透篡改和全球化的发展，其作品和主体精神诉求逐渐出现迎合适应的趋势，地域文化的单一视角发生了转变，文学意识逐渐开放，作家作品不断走向世界。分析中原河洛作家李佩甫、李洱和阎连科等人近年来的创作状况，颇能代表当前主流精英作家适应传媒时代的艰苦努力。

随着社会的变迁，民间文学的审美属性和文化形态无论发生怎样改变，口传形式仍然是区别于物质媒介文学的基本特征。口传的即时性和现场性是媒介技术发展的目标，一旦媒介技术接近或者达到这个传播目标，文学观念就会发生相应的改变。民间文学是一种历史形态的文学，是人类生活的精神遗存，携带着丰富的历史文化信息。在传播媒介多样化的今天，在网络媒介和手机短信创造的信息即时交流和形成新的文学口语表达习惯的传播背景下，历史文化遗存有效地进入了现实文化生存空间，在日常生活审美化的追求过程中，包容、接受和改造传统文学样式，创生出新的民间文学形式。其中，短信文学被指认为新民间文学，也是基于手机信息传播技术对民间文学口传特征的实现。

“雅俗”本质上不涉价值判断；“雅俗之辨”是辨析文学互为涵容的两种品格，而以史的意识叙述的“通俗文学”把雅俗观念落实于作家作品，其史学建构以“通俗文学”作家作品入“正史”为旨归，但因其筑基于不断演变互换的、适应文化各个方面的雅俗观念形态上，面对当前传媒语境下雅俗观念被颠覆重组并趋于整合统一的文学俗化景观，“通俗文学史”叙述容易遮蔽多元共存的文学生态。考察“通俗文学”概念形成的内在矛盾性，分析雅俗观念在现代语境中的演变，探讨多媒介传播语境下文学形态与接受市场的对接情况，通俗文学自身言说的悖论和“通俗文学史”写作所面临的合法性不足问题就会显示出来。考察中国文化演进的历史，“雅俗”的观念形态可以是以礼乐为中心、以政教为导向的政治雅俗观，也可以是以人格为基础、以学术为导向的文化雅俗观和以文本为基础、以审美为核心的艺术雅俗观。伴随着社会政治经济的发展，各种雅俗观念相互涵容生长，甚至互相转换，构成文化演进的内在机制。对文学作品的雅俗判断可以是艺术的判断、文化的判断、政治的判断。艺术的判断很难有被一致认同的雅俗标准，因为艺术审美主观色彩太浓。雅俗观念变迁贯穿于文艺发展的始终，构成艺术的两种审美品格，既有相对的区分，又有多层面的相互转化，同时与思想史、文化史的发展相依存。在中国现当代文学这个特殊的时段中，中西文化激烈冲突，社会思潮、美学观念、价值体系频繁转型，“通俗文学”概念形成与演变的内在矛盾性在现代传播背景下日益突出，特别是媒介环境的改变重组了文学观念意识和文学疆域范畴，网络的无限可能性和手机媒体的现场性扩大颠覆了文学自身的边界，融会贯通了审美意识和文化思潮；短信文学和微型博客兴起，又把文学与非文学共同推向日常生活审美表达的前沿，反思和扩大文学边界局限更有利于文学观念重建获得深厚的文化资源。由此，纸质传播语境下的通俗文学和通俗文学史观，在电子媒介语境下频频遭受的质疑、反思和描述，应该成为当前文学观念更新重建的出发点。

语言是文化符号，也是人类发明的功能完备的媒介技术。特别是汉语言文字的表意体系具有独特的审美追求和人文内涵，其发展演变带着浓厚的艺术气质，与物质载体媒介技术演进的人性化追求相得益彰。汉语言文字区别于表音体系文字所具有的包蕴性、连续性、完整性和艺术性，赋予汉语文学强劲的历史继承性、文化更新能力、日常审美化和民间俗化倾向，并与物质载体媒介的技术演变“同途同归”，最终实现文学创作和文学接受与生活同步发展，从本质上开拓着汉语文学广阔的生存前景和崭新的观念形态。

探讨这些问题的意义在于不仅能够帮助我们理清文学观念如何更新、演变，以及当下人们的情感归属和价值体系存在的真实状态，并为回答文化领域内诸如“文学终结”、“文学边缘化”、“雅俗之争”、“审美日常化”等问题，提供了新的参照系统。通过分析当下文学民间价值体系如何被认同构建、民间文学传承演进与当代文学民间性如何融合、新媒介传播如何推动文学民间化转型，还能对“民间文学消亡”、“网络文学属性”和“非物质文化遗产保护”等问题作出有益探索；并且，在当前全球化语境和中国文化强国发展战略快速推进的背景下，对如何协调文化发展与科技进步之间的冲突，如何挖掘传统文学建设优秀文化的潜能，以及如何制定现实文化战略等这些问题的思考，相信会有所启发。

第一章　媒介科技开拓文学的生存前景

科技推动社会发展是人类的必然选择，文明进步以科技成果为标志是人类的宿命。不管人们如何制定精神家园和谐幸福的指标体系，文明的危机和发展的问题还是需要科技来解决，需要建立在对自然和社会深入透析基础上的科学理念来干预。文学的独立和发展建立在信息记录与传播的基础之上，文学观念的演变需要在传承和未来之间寻找文化支点。文字之所以成为人类最为杰出的技术发明，首先在于其媒介的属性，从媒介探讨文学也成为必要。科技改变文字和其他表意符号记录、传播思想情感的方式，促使媒介成为文学生产力的物质基础。“文学终结”的论争实质上是科技与人类精神幸福之间关系的悲观和乐观的论争。这涉及全球化文化背景，汉语言文学在这个全球化新技术环境下呈现的独特性，需要给予足够的关注。

第一节　从媒介探讨文学的必要性

当前，媒介语境下的消费社会，整个人文学科呈现出逐渐沦为物质欲望追求的附庸地位的趋势，文学在激烈的社会转型中，其审美价值、社会功能和文化构建使命似乎无所适从；文明的悖论逐步彰显。文学处在人文知识领域的核心地位，文学与生存的关联和内在稳固的哲学命题，传承着人类文化与时俱进的精神命脉，文学在社会生活中具有特殊地位和精神拯救的力量。重新思考媒介与文学传播的关系、媒介如何赋予文学人文因素，以及媒介技术如何推动人文学科之间融合发展、文学观念如何在此基础上更新重构，以求重建社会生活中物质满足与精神渴望之间的和谐，谋求发展与文明进步之间的协调一致，这是当前时代紧迫的文学命题。

一　媒介与文学相关联

媒介与文学互相嵌入，生成富有活力的新的审美文化。从文化结构功能来看，媒介与文学一样从属于具有内在结构和运行机制的人类文明大系统，二者既具有各自独特的文化功能，形成相对独立的文化子系统，又共同承担重塑人类文化大系统的现实责任和建构人类文明的历史使命。媒介与文学形式在不断交流与融合中呈现出新的形态。农业文明、工业文明之后，人类进入媒介技术文明时代，这是人类科技发展的逻辑生成，如果过分强调文明悖论就会忽略文明进步的合理性。人类缅怀过去却不可能回到过去，只有在当下借鉴过去的失误才能把握好未来。把文学放在媒介文明中去考察彼此的依存和渗透，文学参与社会文明进步的独特性和价值就会体现出来。

媒介与文学具有天然的亲和力。媒介旨在传播信息，最大可能地把思想和知识传播到远方和人类心灵的深处，而文学从其诞生开始，一直在寻找最大可能的接受群体。尽管读者在文学构成中的地位曾经长期被忽略了，但读者接受对文学传播的内驱力却随着文学媒介的演进和社会的发展逐步显露出来。20 世纪 60 年代就预言今天的“地球村”的加拿大媒介理论家马歇尔·麦克卢汉，在今天的网络时代，他的《理解媒介——论人的延伸》等一系列媒介理论著作在传播学界的先驱地位和在社会学等方面产生的影响，公认可比曾在人文知识领域内产生了划时代意义的弗洛伊德。如果我们从文学与传播媒介的关系和媒介演进对文学观念更新的角度关注麦克卢汉，我们不能忽略的一个问题是：麦克卢汉的理论一定与他曾经长期从事的文学研究和文学教学有关。1939 年后连续三年多时间里，麦克卢汉在英国剑桥大学先后获得了英语文学的硕士学位和博士学位，他热衷于莎士比亚的作品，对西方英语世界的文学大师了如指掌。在他 35 岁的时候，“他的名气是文学家、16 世纪和 17 世纪英国文学专家、乔伊斯专家；他富有人格魅力，以他课余组织的苏格拉底式研讨会俘获了大群师生。”

“实际上，麦克卢汉从头至尾都是一位文人，他追随的是约翰逊博士、卡莱尔、阿诺德和切斯特顿[①]的伟大传统，只是加上他对自己时代闪光的洞见而已。”[②] 也许文学给了麦克卢汉想象的能力和探究的热情，让他把人类的感知肢体、技术演进、媒介意义和文明进展联系在一起，探幽发微，获得对人类未来生存境况的天才预测。电视时代的麦克卢汉的媒介理论在今天仍然散发着真知灼见，而网络时代把麦克卢汉思想发扬光大的后继者、被称为“数字时代的麦克卢汉”的美国媒介理论家保罗·莱文森，不但在媒介理论方面成就卓著，同时他还是一位多产的、影响深远的科幻文学作家，是美国科幻文学研究会会长。他的科幻作品，诠释着数字时代、网络媒介所塑造的人类对未来的结构模式和对未来时空生存的穿越想象。

文学与媒介的不解之缘甚至体现在当前中国大学教育的学科体系构建上，在许多高校人文学科专业分类上，往往把传播学和文学分属在一起，有所谓的“文学与传媒学院”或者“文学与传媒”专业。这虽然表面上是中国的传播学多从中文系汉语言文学专业发展延伸而来的缘故，而人文学科知识领域的内在关联性和学科意义、功能价值的密切相关性，是文学与传播媒介亲缘的根本原因。由此也可看出，媒介技术在人们关注的视线内，应该打上的是人文主义的色彩而非技术至上的烙印。

探讨媒介与艺术发展的关系，必然涉及人类生存的意义和艺术在意义获得过程中的价值，涉及人类获得有意义生活的手段和目的达成是否一致的问题。从哲学和文学关注的个体生命角度探讨，这同样是带有终极性的追问。在此追问下，文学主体性是什么的问题很难有定论，文学也就很难有一个既定的、不变的自律性边界，什么是文学的问题在历史的一定时空内就无法最终确定，那么种种对文学的忧虑就只能是对现存文学状态的一种当下性判断。同时这种不确定性，为我们追问科技与文学之间的种种可能性开拓了广阔的思考空间和重建人文结构关系的可能性。

① 约翰逊博士、卡莱尔、阿诺德和切斯特顿分别为英国18、19世纪文学家、散文家、诗人和作家。

② ［美］汤姆·沃尔夫：《麦克卢汉如是说·序言》，见［加］马歇尔·麦克卢汉、［加］斯蒂法妮·麦克卢汉等编《麦克卢汉如是说》，何道宽译，中国人民大学出版社2006年版，第4、9页。

虽然科技发展促进了媒介革命，推动了人类经济环境的极大改变，并对社会生活的每一个方面都产生了深刻的影响，但文学之所以传播，是人类心灵表达的需要，是人类情感宣泄的本能。自古以来，无论中外，文学不是作为从上而下的高头讲章，也不是小心珍藏的古董，文学需要被人理解接受，尽管很可能创造出来暂时没有人理解接受，却不会存在创造出来然后再秘密封存，让它自然消失的文学。所以文学渴望传播首先是文学自身的属性，是人类心灵面向社会、面向自然，甚至面向自己的一种渴望理解和认可的呼唤。随着社会生产方式的变革，文学传播的途径也随之改变，生产方式是当下时代生产力的总和，技术不是生产力的唯一决定因素。文学媒介的变革创新既有艺术科学发展的自身规则，也受不同时代人们情感表达方式的取舍倾向所制约。

尤其是电子媒介，是西方近几百年来积累和发展起来的信息传播技术，和西方几百年的商品社会的发展相辅相成，并由于商品经济制度的完善和广泛渗透，逐渐塑造出一个商品生产和消费的单一社会生活模式，形成消费文化语境。消费文化迅猛蔓延，遮蔽了社会生活的方方面面，制约着文学的传播和接受途径。从 20 世纪 80 年代以来，西方这种消费文化在中国社会商品制度确立的催生下，在当前也成为中国的主流文化。麦克卢汉用“地球村”表达电子媒介带来的人类密切联系在一起的文明状态，是从技术角度对未来生活的洞察，而我们感叹的“全球化时代”很大程度上是对“西方文化中国化”的反思和无奈的表达。

但是，显然技术与建立在技术基础之上的信息传播媒介都不是文学产生的决定因素，更不是文学创作的出发点。这种技术的泛滥造成了文学性的流失，消费文化语境又消解了人们对精神产品的深度接受模式，但是由于它不是文学之所以存在的出发点，正像它并不能扼杀人类精神心灵向往崇高、渴望价值的愿望一样，它也不能扼杀文学创生的动力机制。技术对精神产品的影响从来都是时代性的，没有永恒制约精神现象的技术手段。商品符号的运作只能在商品语境下摧毁传统的文化传播、接受机制，边缘化甚至消灭固有的文学形态，并不能彻底改变文化产品关涉人类生存的内在性质。

当前“视觉疲劳”、“审美疲劳”的感叹一定程度上表达出文学接受对无距离的影视传播和文学媒介技术化的反感。同时，技术又使大众传媒实现了文学的互动和激发了受众的创造力。“草根文化”显示出一种新生的文化状态，新民间文学形态改变着传统民间文学的属性，但以更为深刻的民间性推进文学的接受。在商品消费语境下，这种“草根文化”不乏符号运作的痕迹，然而，技术又使这种新生的文化传播借助媒介功能，突破商业运作的法则，有效地进入个体生活领域。一旦与个体生活的价值和个体生命的体验结合在一起，又借助技术提供的不断演进的媒介，无功利的心灵互窥成为消费文化语境中单一生存模式下人们普遍的心理愿望，或者可以说是一种无奈的生存选择。网上聊天、博客更新、微博等仅仅是这种心理愿望表达的时代选择。走向人们心灵深处的纯情文学、传媒运作之外的文学很有可能在当下这种“私下生活”中创生。技术是双刃剑，开拓新境界又颠覆旧传统；文学传播媒介亦然，无数博客中流行的图文并茂、情意盎然的诗篇，开拓出了一个文学创新的民间领域。我们看到问题的另一面不是媒介技术创造了文学，而是文学利用媒介技术丰腴完善了自身。

波德里亚看到了商业引导消费的主流模式和大众传媒对受众的绝对优势，得出了消费的社会逻辑，洞察了人成为了符号消费的机器，然而，这样的经济和媒介环境同样具有历史性。消费市场提供商品的同时，也提供了非商品的个性彰显和文化碰撞的自由空间，一旦这种非商品的“副产品”凝聚为创造力，人类文化突破这种历史性局限并非没有可能性。

二　媒介促使同质化社会中文学的广泛参与

在《理解媒介——论人的延伸》中，麦克卢汉一方面论述了印刷技术运用于教育、工业和政治生活，得到的报偿是空前众多的标准化的工人和消费者，从来就没有任何文化拥有这样巨大的人工资源。“我们的文化史家忽视了印刷术的同质化力量，忽视了同质化的人口那势不可挡的实力。”[①] 政治学家对任何时代的媒介效果，都始终没有丝毫的察觉，原因很

① ［加］马歇尔·麦克卢汉：《理解媒介——论人的延伸》，何道宽译，商务印书馆2000年版，第398页。

简单，除了媒介的内容外，过去谁也不愿意研究媒介的形式本身对个人和社会的影响。同时，究竟需要借助书面文化实现多大程度的同质化，才能在后机械时代、自动化时代产生出一个有效的生产者兼消费者的群体，这个问题无人问津。

麦克卢汉更进一步认识到电视媒介给大众培植的许多偏好，与它本身参与构筑的现代文化的同一性、同质性、可重复性格格不入。他说，电视“驱使美国人从他们传说故事的历史出发，去追求客观物体中的形形色色、稀奇古怪的东西。现在许多美国人为了尝尝一种酒或一种食品，往往会不遗余力、不惜血本”。因此，我们看到一个当前传媒的极大悖论是现代化培植出的高度同一化、无限复制性的东西，在现实中又同时伴随着“现在必须让位于独一无二的、偏离常规的东西，这一事实正在日益严重地使我们整个标准化的经济感到绝望和困惑”。

机械技术和传媒文化一方面同一、同质社会文化，媒介社会又使所有的人日益紧密地相互联系起来；另一方面消费文化的多元化、多样性又使人们日益深入地卷入自身的实际情况中，所以人们最终要拒绝标准化、同一性的机械方式解决文化生活问题。“提供独特性和多样性比强加大众教育的同一模式更为困难；然而，这种独特性和多样性在电力环境中能前所未有地培植起来。”①

由此，麦克卢汉认为电子媒介对文学创作的经验方法产生的影响具有超前性，他不但认为“电力原理及其意味，在雪莱的诗中很受重视”，而且认为“电力马赛克形态在新闻工作中的表现意味着什么，已经为爱伦·坡所洞悉。他借用这一点确立了两种令人惊诧的、新奇的创新手法，即象征主义诗歌和探案小说。这两种形式都要求读者自己动手参与。爱伦·坡提供一个不完全的意象和过程，借以使读者介入创作过程之中，这种使读者参与创作过程的方式，受到了波德莱尔、瓦莱里、艾略特和其他许多作家的钦佩和追随。爱伦·坡立即抓住了电力媒介的动力作为公众参与创作过程的功能。”直到今天，“当同质化的消费者被要求参与抽象诗歌、绘画

① ［加］马歇尔·麦克卢汉：《理解媒介——论人的延伸》，何道宽译，商务印书馆 2000 年版，第 393 页。

或任何结构的创造和完成时，他们必然要发出抱怨”，[①] 但个性化的深刻参与必然是未来艺术的方向。我们从今天网络上流行的大量玄幻、诡异、怪诞、武侠、故事新编、历史演义等“超现实”小说作品中已能清晰地感受出来。读者和作者对日常重复的厌倦，对单一生活的反感，甚至对无差异的现实爱情模式也倍感烦躁。平庸的日常文化生活，已经使许许多多人包括我们的下一代适应了各种象征结构和神秘结构模式的触觉的、非图像的形态。从文学作品生成方式上看，虽然历史叙事不可避免地对众多历史文本进行融合、总汇和元素复制，但竭力追求的仍然是建立在集体心理认可基础上的个性化的推陈出新；原创的现实作品离不开文化互动的媒介渠道，网络文学的读者互动已经成为制约价值倾向和审美构成的重要因素，而手机短信文学基本就是“公众参与创作过程”下创作的新民间文学。文学的生存形态在一体化、同质化的社会生活中也逐步彰显出文学属性的独特构建和传统观念的更新。

三　媒介推动人文知识融合是文学更新的基础

当前，一个有目共睹的传媒后果是，媒介技术的发展带来了传统知识体系的分解，甚至颠覆着意识形态的文化导向，直接冲击着人文学科的传统边界划分，昭示着人文知识领域内的综合和重组的必要性，规划了文学观念创新的文化范畴和奠定着文学生成的物质基础。

各门科学的研究，从学科分工角度看，文理划分促进了彼此领域的发展，但发展到高度媒介化的今天，各类学科在相互渗透和越界中，自身的悖谬就会凸现：客观实在的完整性、同一性被打破，尖端科技推动文化演进远离自然的法则；人文学科的分离尤其如此，曾经因为要深入研究，于是以条分缕析代替整体宏观，以肢解分割代替体系与结构上的观照，科技媒介超乎想象的沟通力量和瞬间信息传播的奇观，逐渐彰显各类精神科学之间的关联性和综合性。例如，文学成为纯审美所出现的价值焦虑和审美危机，已经显示出离开社会公共价值体系的塑造并非文学的正途，远离了

① ［加］马歇尔·麦克卢汉：《理解媒介——论人的延伸》，何道宽译，商务印书馆 2000 年版，第 399 页。

人类集体命运的观照与远离心灵自由的表达同样会使文学进入逼仄的境地，文学放弃承担就同时放逐了生存的理由，尤其是受文化传统价值观和审美观规约的中国当代文学。同时，媒介技术又推动文学创作和传播在适应多样化的同时日益专业化、类型化，这甚至使文学带上了技术的特性，诸如网络文学研究领域内大量技术术语渗入文学审美理论体系的构建中。媒介技术和文学人文价值追求之间的裂隙逐渐显露。人文学科综合、甚至人文与技术的综合探寻的视角成为文学新观念构建的当务之急。

人类科技发展的前提是科技追求不能危害人的本性、尊严和价值，更不应威胁万物的生存；科技发展要追求净化人心，体现出人与人，人与物，以及人与环境之间是祸福相依、休戚与共的关系。奠定在伦理道德教育基础上的科学知识才能使科技发挥造福人类的功能，才能培养运用科学知识、技术的正确态度，从而使科技与人类文明和谐共进。在媒介科技迅猛发展的时代，文学与其他艺术形式之间的关系促使文学传播处在文化信息传播的核心，既反映着时代生活，又承担着时代人文使命，文学与其载体本身必然推动人类对生命意义的体认，促使人们建立尊重万物、力求与自然和谐共处的价值观。文学的伦理道德教育功能是文学在传媒时代和科技广泛主宰社会时代义不容辞的责任担当。教育学、心理学、美学以及诸多艺术学科的分化在社会转型时期所造成的文化裂痕，需要以人文性为纽带融合修复。

语言的人文属性本质决定了语言对人类科技发展的根本意义。毫无疑问，语言是科技介质最基础和最直接的第一重介质，语言的载体功能构成多重介质的第一步功能，任何科技成果尽管五彩缤纷，但无不以语言载体实现科技与社会人生密切关联的中介功能。语言传输的伦理道德教育，在文学艺术中得以集中发挥和完美展现。文学之所以具有洞彻人类生活底层和塑造心灵的特殊性，文学之所以能成为媒介科技接受伦理制约的坚固堤防，人类语言文字的文化蕴涵和伦理自律是一道不可摧毁的人文防线。探讨文学观念更新重建，离不开语言学科对文学观念演变提供思维工具新的价值系统。

按照麦克卢汉的观点“媒介是人的延伸”，也即媒介是人类利用科学技术实现的一种对自己感觉器官的延伸。所以，媒介是人类科技成果的集中体现和必然运用，科技也只有转化成一种在人际之间、人与社会之间和人与自然之间的多重介质身份，才能最终与人生状态发生联系，才能成为人类的“科技”。麦克卢汉谈论的媒介与人的关系，直接涉及科技与人文的关联问题。可以说，任何科学技术的发展，如果为了追求精确和严密，以工具理性意识彻底决裂人文性的渗透，那么科技的理论形态和运用于实践产生的可能性中，一定会潜伏着危害人类安全的信号。没有人文性积极参与的科技必然带着深刻悖论而前行。自然科学内部的工具性、客观性不以人文学科的人文性渗透，必将是危险的发展。钱学森向国家领导人谈到科技发展也要重视文学发展，是给我们后人语重心长的警示。

科技与人文学科的平衡统一亟待学科间的融合建构，然而，我们看到的是，技术的盲目性导致文化建设的盲目，技术规则与生存选择的无意识发生断裂。艺术领域对精神渴望的传达往往最贴近人类经验，由此，文学经验的累积参与当下文学传播的结构形态成为可能。“每个人经验过的东西大大超过他理解的东西。然而，影响行为的是经验，而不是理解，在媒介和技术这类集体的问题上尤其是如此。在这里，个人对这类问题给予他的影响，几乎必然是没有知觉的。”① 建立在经验基础上的学科内部的宏观体系调整，对微观领域内文学要素的生成不可能没有影响。

从纸质媒介到电视媒介，传统媒介理论家的研究是今天新媒介环境下继续研究的基础。他们广泛涉及的科学门类也开拓着今天网络媒介下人类的认知空间。麦克卢汉媒介理论的核心是人类“感知平衡”的观念。很显然，这个观念属于现代心理学研究的范畴，甚至属于神经科学的探究范畴。神经科学是当今比较热门的学科，然而今天依据专门科学的研究成果我们依然无法判断麦克卢汉论述的感知平衡是否存在，也无法判断麦克卢汉洞察的电视改变一个人的神经系统具体在哪个神经元上，更不用说改变整个社会和人类历史的进程具体体现在哪个环节上。但，我们却相信麦克卢汉说的！也许这就是麦克卢汉的理论魅力，这就是科学和文学结合后的

① ［加］马歇尔·麦克卢汉：《理解媒介——论人的延伸》，何道宽译，商务印书馆 2000 年版，第 393 页。

神奇力量：诱惑人探索未知的领域，以文学虚构的人文情怀来超越现实的困扰。文学的媒介特点与心理科学感知外界方式之间关系的研究，同样可以提供建构新媒介下文学理论范畴的借鉴。

技术带来的生态失衡，带来人类生存环境的不适和感官的疲倦，任何一种趋同的生存行为选择，都必然超越相关理论的诱导，人文科学的进展必然从当下人类生存忧虑和经验型的选择行为中得以丰富和发展。如果文学不能给人类和谐生态环境梦想中增添情感的要素和祈求的精神力量，那么文学就不可能参与到人类生存的精神构成之中。这是时代或者大而化之为"全球化"、"一体化"趋势给予文学的并不新颖的命题。文学的环境科学意识和相关领域内的联系发展观念，必然成为与文学性构成相互关联的内容。

美国"9·11"事件发生后，不到两分钟时间就已经在互联网上传播开来，天涯海角人人可知，又不到两天的时间里，人们就可以在书架上找到有关该事件的纸质图书[①]，信息传播几乎达到同步耳闻目睹的效果。电子媒介实现了信息、音像、图片的瞬间传播、交互立体传播，带给人类最大的冲击是时空观念的改变，人们感知生存的自然环境的方式发生了改变，整个人文学科的哲学基础发生了根本性的扭转，新的时空感知基础上的自然哲学观、人文哲学观的演变甚至颠覆传统并非骇人听闻。哲学观念内在制约着艺术的人文属性，时空感知是艺术生存的基本要素，是艺术发生、发展的必由之路。时空感知方式的改变，有力推动着文学观念的演变。与此关联的诸多命题，错综复杂、问题丛生，它们虽然被我们对文学本质的重重阐释所遮蔽，但随着媒介对人类生存方式广泛深刻的影响，人文科学传统构建模式的日益不合时宜，哲学方法论意义的不断抽象架空，加上时空错位带来的困惑迷茫的心理冲击，一种电子媒介基础上的融合时空哲学观的文学观念的建立已经势在必行。

发掘重建人文学科的融合和开掘文学融入文化构建的新途，是文学发展的契机或者是观念重建的起点。由此，从媒介演变梳理文学演变的脉

---

① 参见端木义方主编《美国传媒文化》，北京大学出版社 2001 年版，第 23 页。

络，在当下语境，不但具有可行性而且也有必要性。

第二节　科技发展与“文学终结”的争论

人类社会发展到今天的境况，几乎没有人否认科学技术的巨大推动力量。技术几乎超越时空界限，实现了信息传播与生活的同步；技术使信息传播全息化和瞬间化，最大限度地满足人们对外部世界的信息需求。技术催生媒介的变革，传媒形态立体交叉，使当今社会俨然成为“媒介—消费”社会。媒介技术的开发、演进，人类探索世界的愿望逐步实现，人类作为群体生活的“类”的属性逐步彰显。人类需要信息，媒介完成人类信息传播的使命，同时构成人类社会和日常生活需求结构中最重要的需求之一。然而，当媒介刺激需要，需要是由媒介产生，信息占据人类生活的主要位置甚至成为唯一时，人们的物质生存就会为信息所困。媒介更新演变成为衡量科技进步的主要甚至唯一标准时，人们精神生活的需求状态就不一定与人类文明进步良性互动。传统文学观念中赋予文学的伦理道德因素和人文使命，在新媒介技术环境下，似乎正在逐渐被放逐。文化模式的转变和社会生活的转型，无不伴随着社会心理被撕裂般的阵痛。历来谈论艺术的“终结”或者对文学发展前景的担忧都与科技发展改变生存环境直接相关。“文学终结”的论争，表面看是文学艺术领域内关于文学生存前景的争论，实质上是延续90年代文化领域内关于人文精神的论争，折射出人们对全球化时代文化构建模式的思考，对科学技术至上语境下人文道德建设问题积重难返的焦灼和无奈。

精英知识界和文学界面对文学的未来产生了深刻的忧虑，文化相关领域涌动着重建文学理论以协调文化生态的思潮。于是，面对文学的生存境遇，文学观念更新的思考随着争论的开展不断深入，文学研究者面临的困惑和产生的文化救赎的使命感日益加重。

一　言说本身的悖论

言说一种从久远的历史时空发展来的文学、一种与人类生活密切相关的不断变化着的精神现象，言说的同时必须把言说的对象看成相对单一的、不变的客体，必然对文学面对的生动的现实生活作出种种假设，并在假设基础上对文学现象作出种种抽象，推导出相关概念，否则就无法立论。那么，为了使言说尽可能产生普泛性和有效性，在追求洞察力、深刻性的主体愿望下，就必然会在一定程度上规避了文学现实的丰富性、特异性和潜质。一个比较稳妥的言说角度是尽量避开文学本体，就文学的外部问题和制约文学传播、接受的传播科技的演变，来推论文学的未来，于是，无论是说文学要“终结”还是说文学会更加繁荣，必然都能自圆其说，言之凿凿。因为文学的本体必然有种种内部的、外部的属性构成，正如一个人，从漫长的历史时空中进化到能语言，会劳动，会思维，但如果他突然遭受外部灾祸或者有机体发生病变，有一天他丧失了语言、劳动和思维的功能，可能是永久性全丧失，也可能是一时间部分丧失，那么此时你可以不再说他是个人了，或者你仍然可以说他还是个人，两种结论都能成立。我们会从生理学、人类学、社会学等很宏观的角度作出让人信服的论证，而具体到现实生活中，他的能动性状态就显得不重要了。所以，面对文学未来生存状态，从哲学的高度、以西方传媒语境和媒介科技演变趋势来说，容易得出文学悲观的结论，从“具体而微”的文学现实和中国文学的生存背景来考察，容易得出乐观的文学前景。两者一个共同的“难言之苦”是，都无法言说文学的本质是什么。

文学是什么的问题是一个元命题，是一个不断追问与阐释的终极问题，是一个随人类文明发展不断演变的心灵体验的问题，回答什么是文学必然带着主体的观念意识。同时，文学是传播历史与文化的重要媒介和工具，文学价值的判断不可避免地带着很强的主观假想性。

从近代社会向现代社会转变，特别是五四前后新的文学观念引进后，与中国社会革命思潮交叉演变，几经曲折，到20世纪80年代后，文学与现实、与精神体验问题的矛盾再次尖锐。“纯文学”、“先锋文学”、“通俗文学”等观念看似对文学是什么的问题不断作出了阐释，实质是不断模糊着什么是文学本质存在状态问题。“纯文学”观念是中国现代文学大多数理论命题的出发点。从西方背景看，纯文学观念是在人类社会从传统向现代工业社会转型中，在反对宗教伦理和经院哲学过程中产生的艺术观念，其价值倾向和社会关联往往反映着整个文学的演进途径和一个时代人们的精神状态。

文学的价值和意义存在于美的体验，同时，一切艺术包括文学给予的美感都需要载体和传播媒介，而载体和传播媒介是社会性的，就其物质形态的技术构成来说，无疑也是人类长期生产生活经验的积淀和凝聚，它们既是人们当前认知的方式又是未来认知的起点。任何载体与媒介都离不开人类的各种感官，听觉、视觉和触觉等沟通心灵的途径构成人类存在的依据，人类因此能和大自然和谐共存。美既然是这种感官的体验，是通过人类的视觉、听觉、触觉感受到的，那么也必然是经验性的。经验本身就是认知选择判断的结果，所以就经验范围内给美作价值判断，只能是一种超验的命题。然而纯粹理性是人类抽象精神的本体，毫无疑问也是人类存在的理由，给知性探索带来无尽的兴趣，是现代美学建构的无限推动力，所以康德之后的浪漫主义文学兴起是对无功利纯文学观念的有力实践。

也因此，不断对“纯文学”的标榜、建构，不断对“不纯”文学的批判，不断派生出“严肃文学”、“通俗文学”、“作家文学”，以及无穷尽的类型学上的分类，作为一种特殊社会文化背景下的权宜叙述尚可，如果涉及文学本体追问，大多是禁不住反问、反证的，无法从正面提供一个纯文学的样板，也不能为纯文学确立一个可以实证的、具有可操作性的指标体系，所以也可以说从来就没有创造出一种真正的纯文学来。

到了20世纪90年代，随着经济的发展、生活的富裕和文学传播方式的改变，社会分层加剧，文学的功能和地位发生了重大变化，“纯文学”观念与现实审美文化的发展要求之间的冲突更加凸显。一般民众对文学的要求转向了娱乐性和消费性，文学的使命感淡出，体制内的创作遭遇了双重冷遇。多媒介交互传播格局形成，促使大众文化勃兴，文学俗化加快，新媒体艺术形式多样化，精英知识界对此感到了忧虑，于是文学“边缘化”的悲观展望似乎成为一种对未来文学景观的感伤叹息。“纯文学”观念，正如陈国恩所说，[①] 因失去了对立面的制约而暴露了自身的不合理性，从而成了一些作家逃避文学所应该承担的责任的一个借口。文学功能的这种变化，反映出它作为一个审美概念其内涵的不确定性，人们很难为它确立一个明晰的边界，赋予它明确的意义。这也说明，文学概念的内涵总是在具体的历史语境中被赋予的，它在争取文学自由权利的时候，在强调审美独立的时候，能捍卫文学的尊严，发挥十分重要的作用；可是一旦到了要创造一种标准，要具体实施文学理想的时候，理论就会变得软弱无力，同时也就赋予文学理论多种重建的可能性。

因此，文学是一个关系到生命存在的话语系统，它具有非常丰富的意义和无限多样的形式，是个常说常新的话题。文学的意义是在多重关系中历史地呈现出来的，这些关系包括感性与理性、功利性与非功利性、艺术与人生、文学与政治等，也关乎人类与自然、理性与非理性、精神与心灵等。文学正是在这多重关系中历史地显示其自身边界，文学的生存价值在于这种不确定性中。

韦勒克的《文学理论》中所阐述的文学的“内部”和“外部”要素在当前正在发生着实质性的变革，文学的许多“征象”在不断消逝乃至“终结”。但到底什么是“文学”的问题，关涉文学性的生成和文学的真正存在，关系着文学“发生—发展—消亡”然后新的文学形式的再生。到底是悬置这一问题还是在辨析的悖论中一直走下去，是否存在一种新的价值系统来统摄这一问题？这一历史动态性的问题关联文化生活的各个领域，在哲学、社会学、人类学、美学等认知领域融合演绎后，在一个文化新起点上，才能给予回答。然而，这几乎是一个不可能的事情，于是，对文学表达和文学传播媒介的技术演变所带来的文学存在状态的探讨，逐渐成为可操作性、可嫁接文化各个领域的命题被提出来。

传播技术日新月异，新旧之间既相辅相成又不乏弃旧迎新，人们日益发现文学传播技术带着人类整个文明发展的历史印记，对文学观念形成的制约是基础性的，探讨媒介技术的沿革具有重大的理论价值。于是从媒介

① 陈国恩：《“纯文学”究竟是什么》，《学术月刊》2008 年第 9 期。

出发，大家逐渐认同：正如不能因一个人的肢体残废就说这个人不是人了，也不能说文学的一些属性失去了，文学就“终结”了。所以，问题的肇始者也曾明确声明，并非说在电子媒介环境下文学就不再存在了。如米勒说：“我在此重申，我从来就不想说什么‘文学的终结’，我要说的仅仅是，在新媒介时代，印刷文学的文化作用已经和正在削弱。”[①] 因为这显然又会陷入一个简单的悖论：我们争论的本身就是关涉文学理论研究的重大命题，我们如此激烈地争辩不恰恰表征着当前文学理论探讨的繁荣？

基于媒介技术角度有说服力的反驳观点很多，典型的如“他们的文学观念脱离了文学实际，只从理念出发，或者把文学本体看作是媒介，或者看作是权力的表征，或者看作是‘绝对精神’的载体，都不是从文学发展的实际出发，特别是忽视了文学的生命属性与文学合法性的根本关系。我们不否认媒介变革或权力资本对文学的影响，但这种影响都是局部的或阶段性的，不会从根本上触动文学的根基。文学是生命文化的代表，将与生命和自然同在，只有生态的恶化才是文学走向终结的真正可能的原因。”[②]“文学是人类情感的表现形式，那么只要人类的情感还需要表现、舒泄，那么文学这种艺术形式就仍然能够生存下去。……第二层面，文学始终不衰的这个独一无二的理由在哪里？……我认为文学不会终结的理由就在文学自身中，特别在文学所独有的语言文字中”。[③] 许多论者就文学性范畴立论，文学性主要表现在文学语言上，这是文学区别于其他文化作品的关键。那么，语言以及承载语言的媒介工具的技术性是否对文学语言的物质属性和语体风格选择有所影响，是否对诸如文学题材、文体形式、文学语体修辞等有潜在制约，同样值得深入探讨。

金惠敏先生认为，首先要重新思考文学理论与文学实践是否对应，文艺理论是否必然源于文艺实践并指导文艺实践，由此达成对未来文艺生存

---

① 金惠敏：《媒介的后果——文学终结点上的批判理论》，封底专家寄语，人民出版社 2005 年版。

② 张守海、任南南：《“文学终结论”批判——生态批评视野中的“文学终结”问题》，《学术交流》2009 年第 2 期。

③ 童庆炳：《文学独特审美场域与文学人口——与文学终结论者对话》，《文艺争鸣》2005 年第 3 期。

状态、图景概括的有效性。“文学终结”如果是说文学研究的终结，必然陷入自身言说的矛盾中，同时，如果理论本身有自足、自律，承担自身的人文使命，有自身开拓的空间和通向人类精神生活的另一蹊径，那么“文学终结”对文学创作实践的预测就不是必然有效。[①] 这似乎摒除了传统的理论话语，但无论什么语境，传统对现实的阐释和传统对未来的穿越并非一定能达成，这是一个需要不断检验的终极问题，其中偏颇和失误难于避免，甚至有时现实和未来给传统以荒谬的回答。

二　传播技术与文学同步演进

传播技术是人类多种科学技术手段中的一种，是当前人类文化生活和未来人类生存中将占据主要份额的一种生存手段。自从人类走出洞穴，结为群体与群体、部落与部落相互独立存在，信息的传播就日益成为彼此生存、演进的重要制约。实现瞬间信息沟通是人类古老的梦想，也是今天传播科技发展期盼的生存彼岸。传播技术和多样个性化传播方式既是知识进步的手段，又是今天人类知识构成的主要成分。如果承认精神领域内的进步可得益于人类知识的进步，人类知识的进步可推动文学样式的革新、文学审美表达能力的提高和人类情感表达能日益得到丰富和完善，那么“艺术终结”、“文学终结”、“文学边缘化”就是在知识之外、文学本体之外的悲观感叹了。

媒介科技发展到今天，图像转型，影像世界，文学的生存状态必然是“一代有一代之文学”（王国维《宋元戏曲史序》），如米勒等人所认为的“印刷文学的文化作用已经和正在削弱”，金惠敏先生认为中国的文学理论当前已经丧失了对文学的阐释能力和以文学的立场批评现实的能力，以及接通世界文学的能力。紧迫地呼吁“恢复文学理论家与当代现实的对话能力，重新点燃我们的现实激情，在对新现象的新阐释中找回我们作为理论家的自信”。[②] 我们沿着他们的思路继续追问：印刷文学丧失了文化阐释能力，那么是否电子文学文本仍然保持文学的阐释功能？文学理论如何才能

---

① 金惠敏：《媒介的后果——文学终结点上的批判理论》，人民出版社 2005 年版，第 159 页。

② 同上书，第 2 页。

完成与现实的对话，以重建文学理论的生命力？这似乎也是只看病不开药方的思路。

在电子媒介技术语境下谈论纸质媒介语境下文学的“文学终结论”，注定具有浓厚的技术决定主义色彩和悲观情绪。把“文学的终结”、审美的泛化归结为“媒介的后果”，颇有质疑历史的色彩。考察近百年中国文学演变轨迹，固然“媒介即讯息”，“印刷术的同一性、连续性和线条性原则，压倒了封建的、口耳相传文化的纷繁复杂性”①，这在一定程度上说明了反封建文化为核心的文学革命的爆发、中国文学的长足发展和中国社会现代思想文化的激烈变革，与近代印刷业的发展、报刊的广泛发行、出版物的民间流行、全国各地读报栏的设立，以及大规模机器印刷推动报刊媒介广泛介入社会生活和文化领域密不可分。在倡言科学的文化背景下，胡适“国语的文学”通过“国语”的媒介，激发了传统价值观念和文化模式的深刻变革，必然同时带来文学观念的深刻变化，由此，一种新的文化模式和价值体系也就逐渐确立起来了。由此，现代新型的“文学场”形成并与拯救民族危亡的振兴科技文化的愿望结合起来，于是文学中心主义逐步建立起来。传媒技术的发展带给近代思想文化界的震荡远比当前电子媒介向社会生活日益渗透带来的震荡严重，而我们今天对电子媒介的恐慌、焦虑和批判，也正如新文学家们对近代传媒语境下勃兴的黑幕小说、鸳鸯蝴蝶派文学的批判相类，其偏颇也相类。

另一方面，我们看到传播技术的发展带来主体性的部分丧失，加剧了消费文化对精英文化的篡改，但也不能忽视了技术背后的制约机制，正如童庆炳所说：“不是媒体对文学单方面产生作用，它们之间是相互为用的。我相信媒体的作用，相信将因新电信技术的发展，人们的思想更具有开放性；我也相信新电信技术的发展将更新我们对周围世界的感受。但是我同样相信，不是人类受制于电信和媒介，是人类掌握着电信和媒介。人类的命运掌握在自己手中。如果人类需要文学来表现自己的情感的话，那么文

① ［加］马歇尔·麦克卢汉：《理解媒介——论人的延伸》，何道宽译，商务印书馆2000年版，第41页。

学和伴随它的文学批评就不会消亡。”[①] 正如飞机代替铁路运输，飞机加快了运输速度，必然使原来以铁路为中心所塑造的城市、政治和阶层社团等形态趋于解体，但这并非说明飞机作为运输媒介的功能与飞机所运载的东西没有关系，正是物品的性质和对人类的需要推动了飞机运载媒介的出现。

那么，电子媒介带给文学的变革是否是根本性的？技术进步与人文建设是否必然冲突？我们在多大程度上认同“在实际生活中我们不能拒绝发展，在弱肉强食的社会和国际社会，不发展无异坐以待毙，而发展也不过是对必死的推延。发展是人类的宿命，我们迟早将自毁于对发展的无尽追求”[②] 这样的危言耸听？或者媒介科技对文学的价值取向和影响力发生的变异，真的是“说到底还是个人文审美的问题，而不是技术问题，不是靠媒介本身就能说清楚的，人文性才是其持论的前提和理论的圭臬。失去这个前提，任何前沿研究都不可能真正进入学术前沿”？[③]

从纸质传播和电视传媒演变的争论中，我们也许会得到启示。波德里亚描绘科技的进步与人类生活的前景，认为人类将要生活在“拟像”与真实生活混淆的状态中，这可能是一般人意识不到的比较恐怖的真假混淆的生存处境；从日常生活中看，人们对电视“影像”的危害一般认为：看电视扰乱、抑制甚至损害人的理性思维，或者干扰严密的抽象阅读。在西方，对电视、影视传播的害处，早在20世纪六七十年代，就有人发表激烈控诉电视的文章，认为电视抑制认知过程，是一种感知剥夺形式；扭曲时间、地域、历史和自然的感觉；压制并取代人的创造性；局限人的知识等。写出著名的《童年的消逝》、《娱乐至死》和《技术垄断》的“媒介批评三部曲”的媒介理论家和批评家尼尔·波斯曼（Neil Postman），也在书中抨击电视损害文化素养、公民素质甚至是文明，对电视技术大加挞伐。

然而，麦克卢汉认为“传统的、偏重书面文化的人有一种平庸的、仪

① 童庆炳：《全球化时代的文学和文学批评会消失吗?》，《社会科学辑刊》2002年第1期。

② 金惠敏：《媒介的后果——文学终结点上的批判理论》，人民出版社2005年版，第104页。

③ 欧阳友权：《网络小说·序》，见苏晓芳《网络小说》，文史出版社2008年版，第3页。

式性的说法：电视提供的经验是针对消极被动的收视者的。这一言论离题万里。电视首先是要求创作性参与反应的一种媒介”[①]，保罗·莱文森也认为：“我们已经看到，录像系统既可以传递口语词和图像，又可以传递书面词语。因此，从长远的观点来看问题，电视技术对学习和促进阅读可能是利大于弊的。……电视虽然平庸，可是它并不摧残思想。……诚然，电视并没有在认知过程中崭露头角——行星和其他天体的电视节目算是例外——然而透过数以百万计的头脑，尤其是年轻人的头脑，电视还可以对知识增长做出重要贡献。……无意之间看一眼动态的星系或恐龙，在一个乐意吸收知识的小脑袋里，会激发多么浓厚的兴趣啊！况且，看一个虚构的‘微型连续节目’，可能会促使人去读那部相关的小说。此时我们就看到，电视服务于阅读习惯，而不是颠覆阅读习惯，尽管这个作用并不见得是很大的。”[②] 学校教育中，普遍认为电视视觉刺激影响感知的敏感和思维能力的发展，由此，学生看电视多对学习不利。不能忽视的外在因素是，我国目前中小学生的课业负担非常沉重，考分的竞争很激烈，依恋电视肯定影响课业和考分，并且，电视给予的认知和“创作性参与”对制度化的、其弊端常为人们诟病的考试规则和中、高考答卷并无太多的帮助，而并非电视技术在人类文化传播问题上产生的负面影响大到无可容忍的地步。

作为媒介理论家的保罗·莱文森从哲学、社会学的角度，透过技术进化和社会生活的多维视野，精确论述了传播技术飞速发展的内驱力。他一边指出：“跨越时空的延伸，对原物的保真——速度、性能和信息迁移准确度的保真——始终是传播技术的目标，其成就不稳定但日益增加；数百万年来，自从我们草原上的祖先含混不清的语言和洞穴画以来，传播技术就一直在走向成功。发送信息的驱动力，使之超越生物学的视觉、听觉和记忆局限的驱动力，不仅麦克卢汉对此做了论述，而且对此进行观察的爱

① ［加］马歇尔·麦克卢汉：《理解媒介——论人的延伸》，何道宽译，商务印书馆 2000 年版，第 415 页。

② ［美］保罗·莱文森：《思想无羁——技术时代的认识论》，何道宽译，南京大学出版社 2003 年版，第 180—181 页。

默森、伯格森和弗洛伊德等人也进行了评论。”同时提醒人们，人类另一种补足的驱动力，并没有常常引起人们的注意，这个驱动力就是“保存声音、动作和颜色等生物学（前技术）感知成分的驱动力，也就是恢复早期跨时空技术延伸中牺牲了的自然感知成分的驱力（比如，电报跨距离瞬息传递中失去的声音，由于电话而得以恢复；文字记录中失去的形象，由于摄影术而得以恢复）。最初，思想和观察从一人传递给多人时的速度、持久性和保真度，决定了知识批评和传播中的条件——有多少脑袋能够帮助发展这些思想，包括任何时候和整个历史过程中能够助一臂之力的人数；这些社会性认知活动的终极价值和有效性（思想传输过程中的失真度越高，它能够建设性地参与批评的难度就越大）。因此，传播技术的兴起与演化在给批评和传播定型中，在知识增长中是一个深刻的因素，一般的技术是如此，意在认知的技术尤其如此。我们对媒介的考察，对其传输信息的速度、持久性和精确性的考察，将从这些载体在口语和文字中的肇始开始。”①

虽然文学的价值和存在的理由不能完全归属人类的认知意图，但传播技术对审美和批评模式的演进，以及对文学性的扩展和延伸，对文学现代性演进的规定性，已是有目共睹的文学实事。似乎媒介科学的保真技术与文学情感表达、审美接受的模糊性产生矛盾，但深入考察人类意识、精神图式、审美心理和情感的形成离不开客观实在，有其必然的客观性基础，那么媒介技术的这种保真性所产生的“技术客观性”不应成为文学性生成的阻碍力量，不应将这种被标记为后现代文学特征的大规模复制、超越时空、追求时效的文学媒介技术力量视为消解文学性的时代特征。

文学传播中必然的失真度和传播技术自身发展追求的保真度，如何统一在文学性生成发展的新模式中，是传播语境中需要认真思索的摆脱困境的必由之路。文学需要“失真度”，无论作品的形成和传播—接受过程如何，一定程度上说，“失真度”寄寓创造性。文学依赖的客观细节湮没在媒介技术的保真性中，文学必然发生整体感官的错位，以此来重建文学的

① ［美］保罗·莱文森：《思想无羁——技术时代的认识论》，何道宽译，南京大学出版社2003年版，第150—151页。

创造空间和想象新领域，并非是不可能的。如当前网络流行和民间地摊文化中广泛传播的玄幻小说、鬼怪故事甚至科幻小说，以及对整个人类生存环境的忧虑和超越性思考后的数码技术制作的恐怖灾难影片，虽然很难说这种审美感官错位能重建文学的人文使命，但以开放和前瞻的心态，必然看到这是技术与艺术合谋的未来人类的一种文化生存状态，理应纳入文学研究的范畴，并以宽容审慎的态度对待。

传播技术制约着人类的生活方式，确实带来了面对文学现状的恐慌，娱乐方式的革命也使我们对小说阅读创作产生穷途末路的感伤。但我们也要看到另一面，正像莱文森论述电脑写作和传播技术提供的便利时所说："历史上开天辟地第一回，一个词一旦写就，世界各地都可以立即读到它了。这不是毁灭文化，而是摧毁思想贵族。"① 同样，一篇诗歌、一部小说一旦创作出来，世界各地都可以同时欣赏，文学更加密切地同步于现实生活，并以更加广泛的民间性生存于草根阶层。

传播技术发展造成了交往模式的改变，信息传播和接受的"零距离"给文学美感生成的"距离说"、"陌生化"等理论带来恐慌。但我们同时要认识到文学的"距离"是文字构建的心理距离，是精神而非感官的距离，带着历史的文化积淀和审美传统，大大超越现实的物理距离。现实距离感的消逝，事物之间的陌生化和距离美可以消逝，文学创造的美感形式又不唯缘于距离，文学的陌生化和距离美可以从转变叙述模式和表达方式，实现对现实生活超越式构想中获得。当前文学市场上到处可见的网络小说和影视剧热播的穿越、幻想和科幻作品，已经显示了新的传播技术环境下文学审美方式和感知艺术的形态转型。20 世纪初的文学革命与近代印刷业、报刊业同步演进，21 世纪以来的文学观念更新也同步于电子传媒技术的发展。

---

① ［美］保罗·莱文森：《思想无羁——技术时代的认识论》，何道宽译，南京大学出版社 2003 年版，第 172 页。

第二章　媒介与文学时空观

媒介是改变人类与物质世界相互关联的结构模式的技术手段，任何媒介的功能都是在绵延不绝的线性时间序列和无限延展的空间领域内展开的。文学是物质和精神交融的和谐形式，表达着“过去、现在和将来”应有的样态，媒介参与文学的本体构建在于媒介与时空感知的密切关联。口传时期和数字媒介时期，文学存在和文学观念生成方式之间的不同，体现在文学时空形态塑造方式的显著差别上。

第一节　媒介与时空审美的关联

媒介与文学叙事时空之间关系密切。文学叙事是文学构思和审美趣味的文字表达，文学表达在时间维度中展开，以纸书文字为载体的文学，主要受制于载体的物质属性以及文学接受感官的生理和文化心理局限，“先后次序”的排列组合源于人们接受外界事物的逻辑次序；人从出生经过童年、青春、中年、老年到死亡后的不复存在，人们体验到的这种主宰人的永恒次序，使外界事物以发生、发展、高潮、走向衰落和灭亡的阶段性、永恒性进入人类感知时间性的心理空间，形成进一步认识事物的先在的意识结构。于是，人生命运的悲剧性和生活细节的荒诞性，占据人类文化活动和艺术创作的极大精神空间。对生存意义锲而不舍的追问，对永恒人生和美好事物的向往和歌咏，在生存悲剧性的底色中，衬托出许多生命的隐喻和生活的哲理。纸载文字能自由地颠倒重组或压缩、扩张叙事的时间量度，创造一个或虚幻或真实的感性世界。生命存在的一切逻辑形式在这个由文字构成的虚幻境况中都有存在的可能。生命的有限性影响文学叙事对时间不厌其烦地刻意雕琢，纸载文字使这种雕琢成为可能。叙事空间是文学叙事对空间布局的讲究，空间叙事是人类传媒技术、特别是网络信息传播使人类逐步实现时间精细分割、密集压缩和虚拟穿越后，在逐渐淡化叙事时间制约叙事意义生成的背景下，在文学虚幻世界中对生存空间场景的重塑，以求更加密集地、即时地表达情感和意义。随着人类对自然、社会、生命现象认识的空间转型，20 世纪末，人文科学开始了空间转型，空间叙事成为文学叙事的主要手段之一，与叙事时间并驾于文学叙事的艺术之宫，或者可以说文学观念发生了“空间转型”。空间在文学过程和社会生活中具有了异乎寻常的意义，比如，网络聊天之所以具有极大的诱惑，在于网络另一端那个即时在场的空间给人带来极大的空间间隔产生的陌生感，极大地刺激人们对空间场景的想象：对方是“帅哥”或者是“美女”，与我萍水相逢而又如此情投意合！双方在倾诉的心理满足中，一种虚幻空间不断在空间穿越中被塑造，这种空间陌生感赋予网络聊天一种平凡而又奇妙的诗性特征。同样，网络写作，与纸笔写作相比，看似仅仅是文学媒介的技术替换，但写作能与读者在场交流，能迅速得到读者的阅读反馈，写作本身突破传统写作的空间限制，获得突破空间的自由和方便，可谓极大地解放了文学生产力，使网络小说创作尽管遭到诸多诟病，但其巨大的文学潜力和未来文学景观的预示性，成为有目共睹的现实。通过现代传播技术，超越空间限制获得表达的无限自由，比如聊天可以在家、在办公室、在喧嚣的超市柜台的收银台上，也可以在公交车上、高速路上通过手机 QQ 实现。同时，网络聊天和写作都接受时间制约，聊天要与对方即时在线，写作要考虑网络阅读的即时反馈，要在意点击率。社会生活空间意义的凸显，必然内在地影响、诱导文学想象对社会空间的模拟、假设和幻想。空间可以随意切割的自由，使文学叙事空间和叙事时间可以随意排列组合，于是，文学想象的多元化和多样性超越任何时代，人类的想象力有多神奇伟大，文学塑造的空间天地就会有多神奇伟大。情节是文学想象的成果，是文学叙事对事件随时间切割的逻辑呈现，纸载媒介对事件的线性安排容易通过文字阅读，逐次进入叙事时空，然后经过思维逻辑想象出生动的细节。场景是现实生活中已经发生或正在发生的事件的空间呈现，是情节的寄居之地，场景通过视觉感官进入想象，适合照相机以图片媒介传达，以直观感受进入情感世界。由此，传播技术推动文学形态的生成。

语言、声音和图片组成文学审美时空。一般来说，从艺术的存在方式看，文学是时间的艺术，从艺术感知方式看，文学是想象的艺术，从艺术媒介的物质手段看，文学是语言艺术。文学是用语言写成的，语言是文学的物质材料，文学既不可能像雕塑、绘画那样占有一定的空间，又不可能像音乐那样有突出的时间感。但由于文学语言的特殊作用以及读者的想象力，使文学具有特殊的时空构成，因为文学时空不可用具体的数量来度量，而时空观念的演变同步于人类的生存本体，文学的时空在艺术构成中就具有本体的地位。文学作品艺术价值的高低、审美倾向性、思想情感特色等，很大程度上在于文学塑造的时空形象的特征。作为关涉人的社会生活和人性内涵的文学必然具有时间审美性和空间审美性。

就空间来说，空间有哲学空间、物理空间、审美空间。哲学空间表达了物质存在的形式及其广延性，物理空间则是指物质的长、宽、高三维所限定的可实际测量的范围。审美空间是基于人们的生活经验、文化背景、教育程度、感悟力和想象力等对审美对象产生的空间想象，在想象中重构出的一种精神空间。日常生活中，空间及空间美是以实体的形式出现的，而审美中的空间美则是以审美形象的形式出现。因此，形象美仍然是空间美的基本特征。文学重视以语言塑造鲜明的形象，形象可以是一幅幅生活的图画，也可以是一种情景交融的艺术意象，既可以自由描绘具体、生动的人生图画，刻画人物的行为动作、表情姿态，给人如见其人、如闻其声的感觉，也可以勾勒出事物运动变化的一幅幅生动的图景，再现出事物运动的完整过程，把内心的情感活动形象地反映出来。由于文学形象的空间美要以时间的序列呈现，形象的塑造服从语言线性进入意识的制约，人类生存和感知都基于时间的限度，所以文学空间形象的审美性往往被一个审美的过程性遮蔽，当下的审美感受的因果分析服从于线性思维逻辑，空间重构似乎在时间序列中完成，空间审美性在艺术欣赏中长期被忽略了。

同时，日常生活中长、宽、高三维空间的立体形象具有可见可触的实体性，文学空间形象的立体性不在于所塑造的实体形象的三维空间立体性，而在于把一个事物的几个方面或是几个方面的事物放在一起，在结构上形成浑然的广延性和层次的对称性，在一个无限广阔于实体空间的意识空间里形成一种三维混溶的空间立体美，文学空间的立体美具有生存意义的永恒性和无限性。

就时间来说，时间的线性流动成就文学的线性美。文学以稳定的语言材料把作者的思想情感固定下来，阅读时随时间和视角接受的先后依次展开，使这种固定的语音材料不断浮现和延伸，进入意识重构，审美情感就像是一条线性的链条，由许多感情点组成富有舒缓疏密的节奏，文字是语言的物质载体，语言是有声音的思维工具，那么语言的声音与人类情感思想的表达天然密切依存，而音乐是章节构成，乐章的音节伴随听觉感官依次进入情感空间。尽管声音的线性没有物质材料呈现，转瞬逝去，需要较高的艺术素养才能进入意识重构，而传媒技术能达到高保真的效果，能使声音和文字同步得到保存，并且人眼的视觉和听觉在生理上线性同步接受感知。完全可以任意择取两者中的任意片段进行艺术的同步组合，达到新的视听感官刺激。所以文学作品特别是诗歌与声音的艺术关系更为密切。两者相互配合，极大拓展了两者的审美内涵，文字得到音乐抑扬顿挫的韵律调节，意蕴得到更深广的开掘，触及人的心理领域和灵魂世界，产生震撼的情感效果；音乐也能借助文字的同步解说，在发挥文字音色功能的基础上，赋予人的想象境界更为开阔，音乐的韵味美感和意蕴更为丰沛。这是在线性时间规约下，文字与声音线性进入审美感官的最佳组合。媒介技术虽然也能高保真物象、图片，但由于人眼的生理局限，图片和文字不能同步进入感官刺激，图像艺术与文学的联合就没有音乐与文学的联合自由。然而，由于文学重视对生活场景的描绘和日常生活细节的刻画，图片在视觉线性接受刺激的限制下，逐次进入文字构造的心理空间，媒介技术也能最大限度突破限制，达到让图文即时结合、近乎同步的地步，如作品中的插图和精美的照片，在当前传媒日益发展的电子技术背景下广泛与文字作品结合，在比例上有时达到了主次不分的地步。

文学的审美时空之中，时间的节奏是由文学作品的声音、画面和情感的运动形式共同构成的一个彼此连贯和有序起伏流转的动态系统，不仅包括语音的长短、高低和轻重的规律性运动形式，也包括形象画面的空间位移和时间转换，更包括着情感意蕴的起伏变化和强弱转折。在时间的流动中，系统中的声、景、情相互作用，相互配合，有张有弛，形成了酣畅淋漓的节奏美。审美情感节奏美在抒情性作品中尤为重要，情感节奏既构成诗的外在形式，也是诗的内在生命的律动，情动于内而形于外，内在的情绪节奏要谐和于语言音节的节奏。《三字经》、《百家姓》和童谣歌诀依据内在的情感意蕴和表达节奏，来判定其文学空间审美性的有无和多少。那么如何使文字、声音和图片突破时间的线性限制，以立体呈现的方式同步进入审美视野和情感共鸣，文学媒介在任何时代都没有停止在这方面的探索，都以提供最为便捷的途径和在单位时空内最为丰富的审美材料为宗旨，来满足人们不知餍足的审美需求。

媒介对时空审美具有构建作用。农业社会和工业社会相区别的显著标识之一是人类生存与自然的关系彻底改变了，农业社会，人们面对的时空是自然的可用物理的量度量的时空，可触可感，真切自然。人们仰望天空或者稼穑耕作，能从自然界中获得一种出于生存渴求的人生图景。人们面对外在自身的事物产生的情感是天然的审美情感：真挚纯朴，寄予生存终极的想象。工业社会，人类活动范围扩大，对自然的改变日益深刻，人工物质日益丰富，为了方便与快捷，生存空间日益充满再造的人工物品堆积，时空被精细分割。面对生存的想象与自然神性和诗性间隔越来越远。于是人类可以借助各类艺术，构成想象性生存空间。现代文化艺术和现代人的审美意识就在农业生存方式向工业化方式转变过程中形成。当个体完全无法再通过自身直接去认识自然和社会，传播媒介就成为人们认识和理解自然及社会的重要手段。传播媒介是伴随人类社会的成长逐渐发展起来的，交流的愿望基于生存的精神渴求，技术的发展直接向远方的自然继续索取，人类感触自然和社会的肢体得以延伸了，媒介延伸了人的生存能力。麦克卢汉的《理解媒介——论人的延伸》让我们清晰地认识到人类怎样逐步离开自然和如何彼此架通交往的桥梁，如何逐步把生存迁移到一个非实体的、由各类文化符号构成的数字化虚拟空间之中。在这个超越实体自然的图景中，人们依据信息理解和媒介手段，极富幻想地构建自己心中的世界，形成一幅符合自己理解的生存景象。

这个生存景象是一个时空可以任意错位、时间可以压缩空间、空间可以延展时间的媒介世界，是一个审美感知的世界。电视使我们实现了文字、图片和音乐的同步，数码摄影把地球另一端的真实图景和声音在瞬间传递到我们眼前，时间消逝了空间的万里阻隔，同时各种信息复原技术又把过去时空的景象复制再现。时空以一种令人震惊的虚幻感进入日常生活的审美领域。

媒介已经使个体构建理想生存图景的方式主要依据传播技术提供的各种媒介手段，来对媒介篡改过的艺术化、虚幻化的时空进行直接接受或者加以重组。生存的时间意识不再以线性序列去度量，主要靠媒介制造的标识性事件去界定。人们的时间开始受到电视节目播出时间的制定，人们的生活内容开始按照媒体提供的日程来更新，人们的联系也依靠媒介互通信息，甚至人们的起床睡觉不是根据生理的需要而是依据影视剧播出的时间来安排。人们生活在一个被各种媒介规定好的时空中。媒介信息日益同化和分化人们的生活方式和审美趣味，媒介以信息传播的无限可能性和高度自由性及可整合、可分离的灵活性，使一段时间内的信息发布达到世界趋同，形成了每一代人之间特有的媒介经验和审美形态。20世纪八九十年代的人有影视剧《射雕英雄传》、《上海滩》、《东京爱情故事》等伴其成长，有金庸武侠小说构成想象的生活事件；当今的90后接受的是日本动漫传奇和玄幻时空穿越。特定时空的媒介内容会成为个人生命中重要的审美经验。时空感知被传媒化，媒介时空内化为人们的自我时空，生活事件以媒介制造的标志性事件为参照，这种标志事件已经成为个体成长过程的重要元素和自我认同的重要参照物。①

网络对经典文本传播的消解和对新的审美经验的创造，集中表现在网络对时空感知的开拓上。网络代表着迄今为止人类对时空审美体验的最高成就。网络很好地实现了文字、图片和声音同步感知，并通过对实在图景

① 冉然：《试论媒介时空的构建及其影响》，《新闻世界》2008年第9期。

的模拟，以逼真的时空效果创造了一个人类审美生存空间，并通过审美主体与对象的互动日益丰富着人们的审美经验。

无论人们对审美如何认识，审美感知对个体人的自由精神的憧憬都不失为美感的基本要素。网络带给人的自由，从网络普及初级阶段就被广泛认知。网络的自由首先体现在一种时空感受的自由。这种自由充分体现在任何时候，不分时间，人们都可以在网络上到达世界的任何地方，以时空虚拟状态进入任何时代人类的精神文化时空。声音、图片、文字，随意调度和组合，主体处在整个虚拟时空的中心，可以打破一切常规、等级和经典，人们日常被遮蔽的精神压抑都可以通过这个无限的时空得以释放。人的审美经验也从被遮蔽的蒙昧状态中开发出来，进入一种诗意盎然的理想审美状态。在面对网络扩大自身无限可能性中实现着审美的自由无限性，在各个感官动态交互地接受声、图、文集于一体的虚拟时空对象中，挑战着人们感受美的生理极限。①

第二节　时空观念的本体构建性

一　时空："有意味的形式"意义

古往今来对于时空的认识，既有许多科学家从自然物理的科学观察中来表述时空的物理属性，也有很多哲学家、思想家从人类的心灵感受和存在的逻辑思辨中阐释时空与存在的形而上意义。比如，胡塞尔的《内在时间意识的现象学》，海德格尔的《存在与时间》，柏格森的《时间与自由意志》，休谟的《人性论》等。可以认为时空是与人类的意识相分离而独立存在的物或事，也可以认为时空是客观存在，还可以认为时空是事物与事物之间的客观关系，人们可以通过意识来认识它，而不能以意识来决定它。还可以认为时空是人心中的一种状态，是一种抽象的观念，时空是来自心灵和感觉的产生物，是不能脱离人心而独立存在的，赋予时空以本体

① 傅美蓉：《论网络时空审美的自由无限性》，《当代文坛》2003年第4期。

性的意义。海德格尔的《存在与时间》认为存在唯有借时间性才能开展出来。无论如何，时间一定是关乎心灵意识状态的绵延，它的整体性与创造性表现为不可逆转的、相互渗透的陆续出现，它为人的自由意志，为生命的进化和创造力提供依据，是万物存在、生生不息的前提和本身。“时间不能单独地或伴随着稳定、不变的对象出现于心中，而总是由于可变的对象的某种可以知觉到的接续而被发现的”。[①]

感知时空以及时空向人类呈现形态的演变，是人类文明进步和社会发展的体现。时空认知构成人类本体认知的焦点，在存在的意义上通向人类一切生存相关的认知领域，标识着人类一切科学成就所达到的可能的高度。一切科学，包括人文学科和自然科学的交叉融合，时空认知毫无疑问是核心的核心，哲学研究的终极必然涉及对人的生死存亡的回答，而每当历史上无数哲人追问天地起源和“我是谁”而茫然迷失时，都把这个永恒归入宗教。所以，有时人们认为宗教高于哲学。于是，在宗教神秘的天空，以庄严肃穆的氛围和富丽堂皇的彩绘来装点人类心灵寄托的空间，灵魂才得以安息，彼岸才能昭示、抚慰此岸的苦难。

文学叙事在时空中展开，虽然自然科学与时空探究更为密切，而文学同样也离不开时空感知的形象描述。人类科学的综合一定要在时空认知上和时空观念上达成和谐交融。文学阅读就是在扩展我们想象的时空领域，从而孕育未来理想的时空景象，为科学探究提供超越的思想和先知的预言。反过来，以自然时空的量的精确度量和无限时空启示的思维模式，服务于文学想象的细节的真实和高迈的浪漫情怀，在时空关照的命题上融聚各种科学思维的成果。

因此，文学研究对时空观念的思考，在当前媒介技术日益深刻地改变人类时空观念的文化背景下，是文学理论建构的应有命题。无数创作实践，数不清的网络虚拟时空艺术，以及网络小说作家很多出身于理工科专业的现象，时空观的架通作用是理解这种现象和回答这个问题的关键。比如，理工科专业出身的作家对占据时空位置的物质形体擅长于精细分析，

① 休谟：《人性论》，关文运译，商务印书馆1997年版，第48页。

并加以区别、计算和科学描绘，对事物的科学原理和本真的认识符合当今文学传达丰富信息和电脑数码技术追求科学性的要求和趋势。随着人类科学技术的进展，人造物象的丰富，了解这些物象需要科学精确的眼睛，需要假借认识手段和传播信息、接受信息的媒介技术。传统现实主义创作思维模式制约幻想能力的发挥，人文领域比自然科学领域易受意识形态模式影响和干扰，而媒介时代的技术主义既有超越物质时空制约的高迈想象，又有对人文主义人际交流的热切愿望，主导媒介的物质和技术的优势地位提供了取得话语权的条件和可能性，所以，理工科出身作家大多是借助网络和数码媒介走向创作的。探究自然和社会，与想象未来和情感抒写，都要构筑一种形式，这种形式都以时空为纽带，而时空认知在艺术想象和科学推演之间，在本体论层面可谓你中有我，我中有你，并在宗教情感上达到真理性的统一。

由此，探究文学的时空叙事就有着特别重要的理论意义。文学叙事对时空感知的认同和运用，是人类认识世界的体现，在很大程度上标志着文学技巧和艺术水平的高下。更主要的是，文学创作由于媒介的技术属性和媒介的物质形态对文学存在甚至传统文学观念的颠覆，媒介的自然科学属性和文学对传媒日益密切的依存关系，引导文学研究倾向于探讨客观物质属性对文学发生、发展产生的影响，文学生产的现状也体现着技术染指艺术的鲜明烙印。抒情性作品对心灵隐秘的揭示要通过其映射外部世界的显性方式，来达到广泛传播和震撼的效果；叙事作品要调整叙事的时间、叙事的空间场景、叙事的节奏等，来适应当前信息瞬间传播，适应时空感知巨大改变了的外部环境对传统阅读心理产生的冲击和篡改。文学采用直接描述现实生活或者之外的创作手法去折射，无不表达着人类精神层面对自然、社会以及自身的形态样貌的关注与态度。在文学所表达的形态样貌和观念态度中，时空感知对人类心灵经验的颠覆和改造，由文学外部媒介环境对文学的艺术范畴和社会文化属性的显性重塑，逐渐渗透到对文学内部叙事结构的调整上；文学的发展从来没有离开过物质手段，物质手段的更新演变必然极大推动着文学的演变，而文学内部叙事结构的调整带来了阅读感受、审美情趣、文学形态、创作主体和价值倾向等的改变，由此必然带来文学观念的更新。

二 文学叙事的空间转型

当今，媒介给人类带来了前所未有的时空景观和感知的困惑，带来了生存攸关的时空想象和未来生活图景的构造。理论的解构和重构，源于人类对生存困惑的反思和阐释愿望。其中，时间和空间之间，以及时空与社会存在之间的依存和衍生需要重新阐释，由此涉及的问题繁多芜杂，而当前可以梳理清楚的线索是“20 世纪末叶，学界多多少少经历了引人注目的‘空间转向’，而此一转向被认为是 20 世纪后半叶知识和政治发展最举足轻重的事件之一。学者们开始刮目相看人文生活中的‘空间性’，把以前给予时间和历史，给予社会关系和社会的青睐，纷纷转移到空间上来”。①“在空间、时间和社会存在三者之间，或者说在现在可以叫得更清楚一些的人文地理的创造、历时的构建和社会的构筑彼此之间，需要进行一些恰当的阐释平衡。在当代语境里，藏匿各种结果使我们无法看见的，是空间，而不是时间。这种思想既隐含地承认历史迄今为止已被接受为享有特权的批判性揭露和批判性话语的方式，又是主张这种特权地位不再适宜，因为至今为止它已挡住了人们对社会生活空间性的批判意蕴的视线。目前正在受到挑战的，是批判思想历史决定论的主宰地位，而不是历史的重要性。……无视空间向度紧迫性的任何当代叙事，都是不完整的，其结果就是导致对一个故事的性质的过分简单化。”②

重视空间向度的当代叙事，如何既要批判历史决定论的主宰地位，又要遵循历史重要性的叙事逻辑。这显然是当代叙事的两难。时间和空间之间本体上没有你我的鸿沟，空间的偏向必然会呈现时间线性逻辑的悖谬，当代文学叙事怎样达成对文学时空的阐释平衡，首先要在创作实践上提供构建的启示。当前，那些遵循历时逻辑、在历史决定意识覆盖之下的文学

① ［美］爱德华·W. 苏贾（一译索亚）：《第三空间——去往洛杉矶和其他真实和想象地方的旅程》，陆杨“译序”，上海教育出版社 2005 年版。

② ［美］爱德华·W. 苏贾（一译索亚）：《后现代地理学——重申社会理论中的空间》，王文斌译，商务印书馆 2004 年版，第 37 页。

叙事，传统时空创造的霸权性和强制性被颠覆。线性历时逻辑被多元空间的纷繁组合所替代，艺术的空间想象走向回归传统无历史逻辑的纯朴想象，那种口传时代的时空想象就有了特别的美感韵味和情感蕴含。当前那些颠覆历时决定论的历史叙事，偏重奇异和无理性空间想象，或者通过塑造具有人性逻辑的久远历史中的空间形象，来达到颠覆传统的文学历史叙事推陈出新的目的，尽管这种叙事可能充满艺术的矛盾和生活的非理性。重构历史的作品一直是文学尝试的先锋，当前重读历史经典的文化活动也是这种时空观念转型后的社会心理投影。

比如，仓颉造字是一个回荡在久远的历史空间的民间传说，仓颉其人、如何造字和造好字后的影响等，由于文字对人类文化生存的决定性影响，历代赋予这一民间传说以极大的想象空间和揭秘重塑的热情。当前，黎正光的长篇历史小说《仓颉密码》对仓颉造字的原始想象可以成为当前媒介语境下空间观念对传统历史叙事颠覆的表征。小说从少年仓颉因结绳记事丢失猎物、立志要发明象形文字为开篇，开始了仓颉周游天下的传奇一生。少年仓颉不慎闯入白狼部落，经过与酋长巴江的斗智斗勇，在骗取其信任后进入岩洞，记录了大量的原始壁画，为发明象形字搜集了第一手材料，也因此遭到白狼部落的追杀。逃离白狼部落的仓颉受到炎帝部落的庇护，并获得了炎帝女儿芹姬的芳心，然而仓颉并没有沉浸在荣华富贵之中，未因此忘记发明象形字的宏大抱负，毅然离开炎帝部落前往西陵部落，然后历经空桑部落、涿光部落、蚩尤部落、女娲部落、大隗部落，其间经历了种种磨难与诱惑而矢志不渝，最终发明了象形文字造福天下苍生。显然，创作这样一部历史小说，仓颉造字的经历，以及仓颉先后与芹姬、巴英、桑妹、肖玑、竹媛等诸多女性发生关系后却为了实现自己的抱负而背叛了她们的情感，以此来暴露出仓颉精神深处的男性自私心理，塑造仓颉复杂的人性内涵等，这些虚构的情节很难成为读者审美和情感认同的关键，相反，远古时空的物象还原会使读者产生极大的阅读兴趣，需要作者重点把握。也正如作者所说："由于炎黄时代，是一个缺乏文字准确记载的时代，加之过去人们对史前文明缺乏考古依据，致使许多代代口传心授的人物与事件成为部分神话与传说。"如何揭开神话传说笼罩下的神秘面纱，仅仅作者有下苦功的毅力和严谨执着的艺术态度还不行，还需要运用各种媒介手段，“搜集了大量有关新石器时代的仰韶文化、大汶口文化、龙山文化、良渚文化、河姆渡文化等考古史料，并对新石器时代晚期的医术、巫术、祭祀、星象、历法、血族群婚、对偶婚、石器、陶器、兵器、服饰、文字符号、丝绸、律吕、舟车、冶炼、丧葬等作了一定研究”[①]，在此基础上，才有可能把历史空间中的自然物象较为真实地描绘出来。与其他小说不同，《仓颉密码》前所未有地将自然维度凸显出来，渲染了蓝天、大地、森林等自然意象空明灵动的审美意境，彰显出了独特的美学品格。作者笔下的自然万物饱含着勃勃生机，浸透着作者的生命感悟，体现出作者对生命存在的哲理思考，苍茫的草原、湛蓝的天空、辽阔的大地、嬉戏的动物，构成了文本的核心意象。[②]“夏夜的草原，繁星满天，微凉的晚风，好似千万只细碎的莲步，踩着柔韧的草尖，悄无声息地来，又悄无声息地去。”“秋天的天空，人字形雁阵宛若一支具有生命的飞箭，鸣叫着，向南射去。回响长空的雁声，仿佛散落在天地间的歌子，慢慢飘荡在雁荡湖上，随波逝去。”文本中频繁出现的自然意象不仅指涉着动物、植物、山川、河流等隐喻着人类诗意栖居的精神家园，还蕴含着厚重的生命意义，折射出黎正光深邃的生命哲学思想。为构建这样一个寄予当代人类生命渴求的原始空间形象，作者“先后几次穿越昆仑山、可可西里、唐古拉山、巴颜喀拉山、折多山、贡嘎山和夹金山……在这些考察活动中，我无数次与各种植物与动物相遇、相处……那时，原始与野性便对应了我生命中最真实的本真”。[③]而这种“原始与野性”在当前媒介生存环境下，是人类普遍渴望的生命本真，小说中的这些原始物象所构成的原始空间，也如时空穿越小说一样带给读者强烈的审美陌生感。

“就是试图解构和重构刻板的历史叙事，从时间的语言牢房中解脱出来，摆脱传统批判理论类乎于监狱式的历史决定论的羁绊，借此给阐释性

① 黎正光：《仓颉密码》，广东人民出版社 2009 年版，第 4 页。

② 袁园：《历史书写的新维度——评黎正光长篇历史小说〈仓颉密码〉》，《当代文坛》2010 年第 6 期。

③ 黎正光：《仓颉密码》，广东人民出版社 2009 年版，第 4 页。

人文地理学的深刻思想（一种空间阐释学）留下空间。因而，序列性流动常常被撇在一边，以便对诸种同时发生的事件和侧面图绘作偶然性的描述，这样，才有可能几乎在任何时候都有可能叙事而又不失却总体目标这一主线：建立更具批判性的能说明问题的方式，观察时间与空间、历史与地理、时段与区域、序列与同存性等的结合体。"[①] "对空间的重申，也不仅仅是简单地对社会理论进行一次隐喻性的重构——这是一种表面化的语言学空间化，使地理学看起来如同历史一样在理论上显得重要。若要严肃认真地对待空间，那就需要在抽象的每一个层面上，包括本体论在内，对批判思想进行一种更加入木三分的解构和重构。或许本体论尤其如此，因为正是在基于存在主义的讨论这一基本层面上，对历史决定论进行去空间化的歪曲才能得到最稳固的定位。"[②] 媒介以最大限度的民间化传播能力，消除任何空间阻隔，把人类的肢体感受能力延伸到任何当下可能的空间领域，历史信息堆积又使人类的生存空间日益逼仄，人类感知时空的方式和获得的时空体验重塑着理想的生存形态。社会学研究普遍认为对空间的重申和重视，不仅仅是表面的、经验性的、语言学层面的，而且是全面的、根本性的、涉及本体论的。空间的转向不但势不可当，而且这一转向涉及领域之广，其革命性之彻底，都是前所未有的。由此，文学对空间叙事的回归和空间形象的塑造，是人类当前精神生活的重要转向，也是当前文学转型的重要标志之一。

第三节　口传时期的文学时空形态

口传时代文学创作、传播和接受的即时性，使文学的实现局限在面对面的口耳在场中进行，文学叙事要以混沌的时空认知和线索铺展，塑造文学神秘的天空，以朴素浑然的宇宙想象即时性地表达一种人生愿望和基于现实时空的情绪。没有现实时空间隔去沉淀、集聚、附加文学意义和价

① ［美］爱德华·W. 苏贾（一译索亚）：《后现代地理学——重申社会理论中的空间》，王文斌译，商务印书馆2004年版，第2页。

② 同上书，第10页。

值，时空的短暂在场促使时空想象的无限扩展，文学浑然于社会文化的原始形式中，以粗朴的文学形态口传于民间社会。没有纸质文学的理性因素和故事线性展开的时空逻辑，故事的叙述带着本源的含混性和形象生动性，其想象力的瑰丽多彩不单是故事的曲折跌宕，还以瑰丽的时空感知和时空塑造成就了文学永久的思维魅力和情感向往，也给今天的文学铺垫了一个坚实博大的历史想象空间。

以叙事捕捉时空，以想象再造时空，时空想象本身的美完全可以进入人类审美大厦的核心结构中。营造时空的各种手段为文学审美经验的积淀和文学思想的形成铺展着广阔的道路，展现着无限的人类生存的精神空间，表达着人类认识自然和思考自身的演进轨迹。在这个方面，追溯小说的起源，考察古典小说的叙事手段和艺术构成，会清晰地凸显时空叙事在文学演变发展中的线索。

许多带着口传和话本性质的古典小说，主要是通过梦境和求仙遇仙经历来对时空颠倒重组，以达到故事腾挪有致，趣味横生，达成神秘奇幻或感伤宿命的艺术效果。这种小说基于口传，长于发挥即时的和天马行空的想象力，从说话中来的传奇小说就偏重传奇性，轻视或者无意遵循时空线性演进的生活逻辑和叙事时空逻辑。编织一个梦幻和现实相互映衬交织的图景，在梦与现实的互通和凡间与仙境的时空转换中，试图消除自然空间的阻隔和不可逆转的线性时间制约，渗透着朦胧朴素的颠覆必然性和一成不变约束的意识。在这些小说里，时空的转换与个体命运遭际密切关联，决定着人物一生的苦辣酸甜，情节上通过借助巧合和奇遇进行跨越时空的种种追寻，包含着对个体生命的好奇与敬畏。日常中被压抑的人性欲望在奇幻的时空中得到最大限度的复苏，极大地丰富了人们的生存体验与时空认知，为中国小说的艺术画廊增添了瑰丽的色彩。

其时间错位主要有两种情况，第一是“梦中一生，现实一瞬”。在描写梦境的小说中，时间与空间多是传奇叙事和审美构成的基本要素，时空承担着基本的组织情节的作用，作者借梦来阐释人与社会的关系，表现自己的人生理想，或表达着富贵如浮云、人生若梦的无奈与惆怅。比如经典话本小说中《枕中记》的黄粱一梦，《南柯太守传》的南柯一梦，对后世创作中时空观念运用的影响深远，并转化成民族文化生活对现实人生的意象性描述，至今仍被津津乐道。梦的主人公都是在梦中享尽富贵荣华，历尽了官场的斗争倾轧，最后依旧醒来回到现实中。梦境干预叙事时间，时空转换构成楔子和纽带。梦境中的时间跨度非常之大，但从入梦到梦醒的时间短暂得几乎可以忽略不计。如《枕中记》中，卢生在邸舍得到道士吕翁授给囊中枕头后，目昏思寐，当时主人正在蒸黍米做饭，到梦醒时分，“生欠伸而悟，见其身方偃于邸舍，吕翁坐其傍，主人蒸黍未熟：触类如故。”[①]《南柯太守传》中淳于棼“贞元七年九月因沉醉致疾，二友扶生归家，令卧东庑下，而自秣马濯足以俟之。生就枕，昏然若梦……”梦醒之后“见家之僮仆拥篲于庭，二客濯足于榻，斜日未隐于西垣，余樽尚湛于东牖，梦中倏忽，若度一世矣”。[②] 通过漫长与短暂的对比展示了奇异的传奇体验。短暂的梦境成为人物今后生活的转折点，特殊异常的梦境给人留下深刻的影响，足以使卢生与淳于棼最终从中大悟，改变了孜孜以求功名的心态并且弃绝酒色。

有的小说中，颠倒错乱年代，将相距千百年之久的人物置于同一时空，古今人事杂糅拼贴。梦境可以时空无常、超常，成功地组织巧合，突破因果逻辑和速度、距离限制。这样可以完全把时空点交给偶然性遇合，情节中人物的重逢或离别，失散，寻找，求助等有了情理逻辑的依托。有的巧合在许多情况下还可以借助占卜、兆头、神话、卦书等方式，是对未来时间作出预测。这类小说写出了梦境的虚幻，以梦境与现实的时间落差，形成心理感受的奇异和审美陌生感。之所以能在历代文学演进中都有一席之地，给人以遐想思考，在于它们写的是梦，这梦却是现实的延伸和映照，是个体生命的寄托和希冀，同样表达了浓郁的人文情怀。比如著名的《杜十娘怒沉百宝箱》中，小说末尾杜十娘投江自尽后，描述了这样一个梦：“却说柳遇春在京坐监完满，装束回乡，停舟瓜步。偶临江净脸，失坠铜盆于水，觅渔人打捞。及至捞起，乃是个小匣儿。遇春启匣观看，内皆明珠异宝，无价之珍。遇春厚赏渔人，留于床头把玩。是夜梦见江中

① 转引鲁迅《中国小说史略》，齐鲁书社 1997 年版，第 62 页。

② 同上书，第 70 页。

一女子，凌波而来，视之，乃杜十娘也。近前万福，诉以李郎薄幸之事。又道：‘向承君家慷慨，以一百五十金相助，本意息肩之后，徐图报答，不意事无始终。然每怀盛情，悒悒未忘。早间曾以小匣托渔人奉致，聊表寸心，从此不复相见矣。’言讫，猛然惊醒，方知十娘已死，叹息累日。”[①]先让柳遇春捞到宝匣，然后又让他梦到十娘告知是她托渔人送的，这就将梦与现实联系在了一起。

如果说时间的颠倒和恣意组合，给人以时光流逝，永不逆转，人生如梦的虚幻和感伤。那么空间的变换就造成情节曲折跌宕，特别是异域境界的变换，加强着世事沧桑的人生感怀。唐代传奇名篇白行简的《李娃传》[②]中荥阳生初与李娃相遇交欢于李娃宅第，而后中计被骗于郊外崔尚书宅，重病被弃，卖唱于凶肆，被父鞭笞于曲江西杏园东，复遇李娃于其宅，养伤备考于北隅隙院，其后应试得授成都府参军，终与李娃完婚于成都剑门，数载之间尝遍荣辱。悲喜交加的浮沉人生，不同空间的推移对比，使人物在忽而春风得意，忽而穷困潦倒的变换中，不同人物之间相交，岔开，再相交，再岔开，或走向渐行渐远的分离，或走向重归原点的团圆，产生一种特殊的悲剧效果。古典小说，特别那些久传民间的故事原型，从不遵守现实空间的束缚，空间境域的变换是在虚幻和现实中间，恣意沟通延伸于现实之外，纵向拉长空间，上天入地，神游八荒，打通仙界、人间和幽冥三界，既可以漫步云端，也可以游历地狱，构成无奇不有的大千世界，奇幻的想象所产生的审美张力，一直成为民族文化意识的载体和民间审美心理的寄托。这些古人创造的奇幻空间，有华丽的神仙府第，也有阴森恐怖的地域，瑰丽奇妙的海外世界，等等。

有的小说通过写人的形神错位分离，来实现空间的跳跃切换。要么写人死而复生，其魂魄游历地狱；或者是肉身仍活，但身与魂已分离，使一人可以同一时间分属不同空间。描写梦境是实现空间自由转换的捷径。梦中人的神思精魂可达千里之外、万里之遥。梦境中人和物的空间位置变换腾挪，不同寻常，并且空间体积大小可以任意变化，通常是以小容大，体

① 冯梦龙：《警世通言》，天津古籍出版社 1999 年版，第 287 页。

② 见《太平广记》484 卷。

现其超常的魔幻色彩。梁吴均的志怪小说集《续齐谐记》[①] 中"阳羡书生"一篇写书生入笼，"笼亦不更广，书生亦不更小，宛然与双鹅并坐，鹅亦不惊。"书生"吐出一铜奁子，奁子中具诸肴馔。"又于口中吐一女子，而女子于口中又吐出一男子，离奇之极。

第二是"仙境一瞬，人世三生"。时间叙事体现在中国古代寻仙遇仙故事中。这些故事一个突出的共同特征是，和仙人共处的短暂过程与人世间的沧桑变幻形成强烈对照。故事结局抖搂的时间差是所有情节中最扣人心弦的关口。"这类故事的新奇动人之处，不在凡人遇仙，而在凡人进入仙乡短暂停留之后所感觉到的时间观念的巨大差异。"[②] 山中一日，相当于世上的三个月、一年、十年，甚或千年，这是仙界与人间的时间流逝速度不一样而致。山中的桃树开花结果的速度异于凡间，也是仙界时间品质使然。营造的这种天地相隔和对仙境的想象，在朴素中涵养着人类永恒的思考：从孔子的"逝者如斯夫，不舍昼夜"到赫拉克利特的"万物皆流，无物常驻"，昼夜更替，四季循环，花有重开日，人无再少年！时间赋予人的感受实际上从未改变，改变的只是人类在此基础上进行创造和加工形成的观念。而赋予时间以仙境的空间形式，相比人类建构在物理学和生物学基础上的所谓科学时空感知，对人类生存的意义和心灵的观照并不能有价值高低之分。当今高速发展的科技文化背景下，人类思考如何解决文明悖论，重新考察科学与艺术的关系，呼唤救赎心灵的原始情绪来重建文学的文化使命，这些朴素的时空想象和艺术幻想给人类文明构建模式以有益的启发。

鲁迅在研究中国古典小说史时认为："传奇者流，源盖出于志怪，然施之藻绘，扩其波澜，故所成就乃特异，其间虽抑或托讽喻以纾牢愁，谈祸福以寓惩劝，而大归则究在文采与意想，与昔之传鬼神明因果而外无他意者，甚异其趣矣。"[③] 随着社会生活的日益丰富，社会文化的不断进步，

---

① 见《隋书·经籍志》。

② 刘守华：《中国民间故事类型研究》，华中师范大学出版社 2002 年版，第 189 页。

③ 鲁迅：《中国小说史略·唐之传奇文（上）》，《鲁迅全集》第 9 卷，人民文学出版社 1981 年版，第 70 页。

人们的时空体验也不断演变和丰富，日益去掉附着在时空上的神仙鬼怪的魅影，追求时空组合的心理落差美。话本小说开始逐步脱离口传的随意散漫，刻印书籍成为社会生活中的重要文化活动，小说叙事必然更加讲究时空布局对情节发展的重要性。于是，中国小说才逐步达到“甚异其趣”的境地。

民间的时空体验是素朴直观的生命体验。口传时期，民间没有文字甚至没有过多抽象的语言来描述观天象、感四时的时空观念，对外界物质空间是直观性的认知。赋予时空认知上的感悟，以民俗文化的形式进入民间生活空间，并在民俗生活中获得地位和现实价值。没有社会学家、哲学家和科学家视野中形而上思考中的时空观念，民俗生活中的时空有着即时性和现场性特征。历史在信息口耳相传的民间缺少观念性的形态，历史的真实在民间没有实际的意义，与当下生活的关联仅仅存在于即时性的娱乐和戏谑中。即时的生产劳动节律、当前生老病死的原始生命状态以及直接关联的物候、环境和四季更迭规律，成为民间时空认知的主要来源。因此，神话和民间传说中的时空叙事，所塑造的时空形象既具有所谓的元叙事特征，也具有更为纯粹生动的艺术本源特质。

第四节　数字媒介对文学时空形态的塑造

数字媒介文学消除了文学生成过程的时空间隔，把文学创作、传播和接受融为一体，消除了事物形成的过程性，把思维和想象的历时性熔铸在共时性的文本结构中。突出时空形象的塑造以获得陌生感和超越品质，以匪夷所思的时空想象颠覆纸质媒介传播过程所赋予的文学性生成的文化逻辑，甚至以乖谬的时空组合改变自然时空状态下的思维习惯。数字技术压缩了时空的长度，却开拓了时空的容积和高度。网络文学创作的无限可能和作品的无穷多样性，兼容在一个网络平台上，本身正好构成这种文学生产状态的隐喻。

从数字媒介作品的文本特征看，文学的时空超越突出表现在几个方面：

一是“时空”形象美。文学形象审美应该包含“时空”形象塑造，而不仅仅是自觉地运用时间和空间的概念去加强作品的思想性和艺术性。时空形象是最基础的形象要素，填补时空的外界物象、人物形象、顺序展开的事件过程等构成一个纷繁复杂又错落有致的形象结构，其中思想艺术的丰厚与时空穿插组织的自由度与个性化有极大关系。

时空审美显著体现在文学作品的场域给予的陌生感、新奇感，在特异的场景中体会日常人性、人生逻辑，这样的文学场景能产生极大的美学空间。武侠小说的审美趣味很重要的一个方面就在于此，比如金庸小说《天龙八部》、《射雕英雄传》等以昆仑、武当、少林、雪山、大漠、绝域等为江湖背景，展现只能出现在历史时空中的帮、会、宗、门派社会，附会的是超越时空的人性的复杂险恶；科幻小说则跨越时空的限制，在不同星际、不同时代的时空中穿梭往来。非洲丛林、阿拉伯大沙漠、南洋的偏僻小岛、欧洲古老的城堡、古埃及的金字塔、古老而神秘的苗疆等对一般人来说是极具陌生感的奇幻场域。纵横开阖的自由抒写中渗透着中国传统文化与现代科学技术对人类根本问题的思考，对人类生与死、阴间与阳间、外星人、宇宙、时空、人生、梦幻、宗教、人伦以及人类目前尚无法认知和无从把握的自然现象等的下意识构想。

玄幻小说糅合武侠、科幻、历史演绎等叙事因素，也同样以塑造奇幻时空形象，来挑战人们对异域场景的想象力。如《鬼吹灯》，通过人物进入精绝古城、云南虫谷、龙岭迷窟、南海归墟、湘西尸王、昆仑神宫等处的古墓探险活动，观察山川形势，辅之阴阳五行八卦的民间玄幻文化，排山倒海，上天入地，穷究探源，最后终于获得财富与爱情。《诛仙》中的普通农家子弟张小凡挣扎在正邪、神魔之间，在一个非历史化虚无背景中展开系列事件，以一个极其开放性的结构和无限延伸的空间为诛仙故事铺设了极具创意性的书写时空，其陌生化的审美情趣和奇异的审美感知确实吸引了无数生活在凡庸现实生活中的读者。

二是时空穿越的流动美，时空错位的奇幻美。文学展开的空间无限宽阔，一部网络小说和一个作家的主体表达可以无限地进行下去，传播的空间可以无限延展。同时，时空感知和存在的虚浮，给文学作品的创作带来极大困惑。

三是原始时空的召唤美，原始场景的荒芜美。文学的救赎使命召唤着原始文学时空形态的回归。

文本内部的时空形态塑造与外部人类时空感知和感知方式的改变密切相关。古今中外优秀的文学作品都离不开对时间与空间组织样态的思考，有的作家则不自觉地运用着，凭着生活时空逻辑和本能感知习惯，下意识地安排着作品中的时间和空间的变换。数字媒介通过改变文学创作、传播和接受过程影响文本内部时空意象的营造，数字媒介对人类生存时空感知方式的改变直接以文学构成材料进入文本的内部结构。

媒介对生存时空观的改变，是全方位的改变，甚至人类整个人文科学、自然科学，包括文化、艺术、哲学形态都会相应发生改变。我们可以大致梳理一下这个改变过程对人类文化时空建构的影响，从而粗略考察一下未来文学发展的基本脉络。20 世纪初由现代科学推动的现代社会建立，特别是人类进入电力时代，时空观念发生的根本性变化，推动一个区别于可度量的自然时空与这个物理性质的自然时空逐渐融合，形成一个广义的没有体积和长度的虚拟时空。虚拟时空不占物理时空，但与物理时空一样具有绝对性。虚拟时空是技术特别是传播技术手段建立的，它以多样丰富的信息为时空实体，交织着迄今为止人类精神所向往的生存图景的任何可能性。并且，种种由信息、科技、人工智能合成的“虚拟世界”、网络空间对时空本质的主客观属性的两极化认知提出了质疑。毕竟，如果把信息时空、虚拟时空仅视为主观性的，无疑会漠视科技进步和文明发展积累起来的成果，但如果把它们视为客观的真实的时空，那么它们与我们现实生活时空的区别又显而易见。人类的时空感知给人类文明的进一步演进提出了认识论的挑战。那些依赖于个体体验的本能时空、心理时空、精神文化时空，不再因其不具公共校准性而被视为非真实的、虚幻的时空被人类遗忘。由于这种技术所虚拟的时空存在，人类清晰地感受到无论哪一种时空都是内在于人的生存的，我们总是生活在不同的空间和时间中，有的空间使我们感到悦目舒适，有的空间则使我们感到厌恶不适，同样有的时间我们感到悠闲自在，有时则烦躁不安，有时嫌时间过得快，有时又嫌时间太慢。时空的主客观属性日益融合，时空日益与人类的精神层面密切关联。

虚拟时空和网络空间可以看作是人类集合一切技术手段和历史积淀的对未来向往的心理愿望，所共同塑造的既真实又虚幻的信息空间、精神空间和知识空间。这个时空以技术革新的形式承载一切人文学科特别是文学艺术所建造的人类精神大厦，与文学艺术在久远的历史空间中所塑造的精神的、文明的、美学的、心理的、理想的、哲学的时空有同质同构性。它与自然物理时空相辅相成但也有根本不同。首先，自然时空的运动性在虚拟时空中并不存在，虚拟时空的实体超越物理时空逼真地得以延续或者跳跃，这在科幻小说或者网络比特空间得以呈现。物理时空中的人类，可以无限附加虚拟时空中的实在，并能使其在人类的精神意识领域得以永恒地识别。其次，艺术，特别是文学艺术，以语言为物理世界和虚拟世界的中介，在虚拟时空的构建和推动人类精神实体进入虚拟时空方面，起着重要作用。古往今来的文学作品，在人类精神发展历程中，以思想叠加的方式获得一种超越性和永恒性，足以证明在超越物理时空之外，有一个人类诗意的栖居地，因此，人类在面对自然法则下的毁灭时才能坦然和接受。

由于现代媒介科技的发展，对现实逼真性的模仿，对人类精神和心灵全方位的描述和洞察，一个虚拟时空的客观性显现逐渐被人类认知。网络空间以比特为载体，而比特是物理世界的电子元素，无影无踪，超越物理时空，却塑造着虚拟网络间的无数真实。然而，面对虚拟网络空间技术手段所造就的虚拟时空，人们对时空观演进在人类经验构成中的位置也发生了质疑，“从人类对时空观的一般认识过程来看，我们发现原来的许多绝对概念现在都变成相对概念了，这反映了新的联系被揭示，原来的僵化对立被消除，同时又发现了一些新的和相对稳定的规律。我们注意到，牛顿的绝对时空观、爱因斯坦的四维空间、量子论中的定态跃迁过程，还有耗散结构理论中的不可逆过程所揭示的时空观，都是在各自适用的范围内成立。我还要重复一个问题：自然界的统一性还成立吗？这有待于科学的新发展给出解答。相信科学的发展不是在给自己挖掘坟墓。”①

① 张俊青：《时空观的历史关注与未来展望》，《理论探索》2005年第3期。

一方面客观世界和微观世界各有自己的哲学体系，两个领域各自独立，那么自然界的统一性也就不存在了。于此，科学发展和人类文明演进规律得到最为深刻的揭示：自然界的统一性被割裂，人类认识自然的理论与自然本质发生了偏离。电子媒介、比特叙事、现代传播等带来了艺术和文学的终结理论，其背景是微观世界的研究和洞察改变了传统时空认知，带来了微观世界哲学与客观世界哲学体系的分离和各自的独立，从而自然界同一性在认识领域发生了危机，哲学面临走到尽头的危险，由此文学赖以生成、存在、发展的基础动摇，文学观念发生了根本性变革。但是，我们可以推想，如果哲学真的走到尽头，文学与艺术也将走到了尽头，那么伴随着自然统一性认识的逝去，自然科学的最终结果也必然如此。

另一方面，文学的时空从根本上来说，它又不是以物理时空为根据，而是以人生为参照。即使是典范的现实主义作品，其叙事时空也是以充沛的主体想象和人生逻辑为出发点来展开。叙事技巧上的插叙、倒叙、补叙等时空腾挪跳跃，始终以一个生命主线来贯穿。所以，传统以及现代时段的小说，多以描写人物和人物相关的事件为主，把情感倾向、美学旨趣和思想追求寄寓于事件和人物形象上。而 21 世纪传播媒介颠覆旧的时空感知，追求异域场景和人类的新奇感受，追求感官时空形象刺激，塑造匪夷所思的时空穿越，等等，逐步倾向对经过技术精细分割的物理时空形态进行描绘，以及对其投射到生活中的幻境进行缺乏人文色彩的构拟。这是媒介技术通过改变时空感知形态规约的当前创作实践倾向。

第三章　媒介与文学信息化

媒介诗学深刻的内涵在于传播过程的意义生成性。同样一个故事，口头传播、纸质传播、网络传播或者影像传播，创造的意义和情感场景不同，媒介过程赋予的信息接收感受不同。媒介改变着接受方式，技术因素加剧社会物化形态的多样性，传播与接受的互动生成日益丰富着文学的文本信息，而文化信息和审美感知信息的丰富与淡薄逐渐成为衡量文学价值高低的潜在尺度。文学承载的信息属性和信息品格对人类精神领域产生塑造作用，作品的文化品格越来越影响着文学观念的更新。如果说媒介促成人类肢体的延伸和生存时空的拓展，那么信息就是媒介的本质和本体，文学就是人类生存信息的流传、扩散和经验性接受，文学也就成为人类拓展精神生存的媒介自身。

第一节　当前文学的信息使命

从人与信息之间的关系来说，生命既是一种运动形式也是一种信息流动形式。信息又是无形的，我们日常容易看到生物体的运动，而不是信息数据的运动。“众所周知，鱼儿游水，鸟儿飞翔，一些昆虫既会游水又会飞翔，而且还能奔跑。在这些有机体里，信息交换的方式并不是那么一目了然的，但是它们始终能够指令并缓冲有机体的运动，或者在其中起到中介的作用。”① 人从自然的进化中逐渐获得了优于其他生命物体

① ［美］保罗·莱文森：《真实空间：飞天梦解析》，何道宽译，中国人民大学出版社2006年版，第16页。

的视觉、听觉、嗅觉和味觉等感知信息的功能，并能对信息进行有效的交流，使我们身居深山也知道山外有无数村落和城镇。然而，我们看到、听到、嗅到甚至用味觉品尝到的东西，未必就是客观世界的准确表征，我们在闪光的沙子里看到的水分，也许是放射的光线而已；味道不好的食物，也许是营养丰富的食物。人类生存离不开对生存周围环境信息的准确感知和交流，“一切感知和交流里潜在的不准确，都可以用身体的接触来减轻，所谓接触就是向感知的源头运动，或者穿过感知的源头。如果我们想要知道沙子中闪光的形象是不是能够解渴的水，我们就得走到沙子跟前。”①

人类生存对物质和精神的追求，要想成功达到，必然要获得大量的信息。因为生命有限的时空不可能让人类都以身体去接触或者事必躬亲，甚至向感知的源头运动的可能性就很受局限。为了确保信息的客观准确，必然要获取能准确传达信息和表征客观世界的媒介来弥补，让身体的接触成为一种被悬置的渴望。人类语言的进化使我们能够在物体、事件和经验缺席的情况下交流信息，满足身体不能接触的感知信息缺陷。语言赋予我们凌驾于生物界的巨大优势，让我们不必闻到或者看到大火就能够知道大火的情况，这显然很安全。但语言也放大了我们犯错误的潜在可能性，阻断了我们与原始客观真实的接触。并且人类不断发明进化的语言载体媒介，也就存在着无穷放大这种偏离客观真实的可能性。弥补语言先天不足的图片、摄像和影视，在当今数码技术和网络无限传送的背景下，颇能表达人类了解真相、触摸原始真实的渴望，也似乎实现了一种信息交流的本源回归。但是，图片、摄影和影视的拼接和组合，即使是无意摄取的一棵古老树木的图画，都是对客观物质世界的片段截取，是对整体的撕裂，潜藏着更大、更多的扭曲和信息谬传。

“虚拟”一词准确表达了网络传播给人们带来的时空感知效果。虽然，我们已经不能离开虚拟的时空了，但我们不能在虚拟世界中生存，我们必然要回到现实，回到充满原始真实的物质世界内才能呼吸到空气，品尝到

① ［美］保罗·莱文森：《真实空间：飞天梦解析》，何道宽译，中国人民大学出版社 2006 年版，第 16 页。

丰美的食物，拥抱到给我们天伦之乐的亲人。文学作为信息载体，在当前网络媒介虚拟化的时代，以无限丰富的信息容量，更新着文学之于人生和社会的功能，塑造着信息时代人们所渴望的原始物质形象。特别是纸质记录文字的文学载体媒介，以不经意的物质实感形态，给人以信任、亲切和人性化关爱，延伸着我们触觉不能达到的边界，满足人们对原始真实感知的物质想象，正如它既能使人们避免沙漠烈日的烧灼、原始生命的粗糙、荒凉，又能传达给我们沙漠雄风的姿态、一望无际境况下天地之间的诗意和生命原初本质的启示。同时，纸质媒介文学有效阻隔着网络信息冗余和时空虚拟给予的生命恐慌，人们不能生存于虚幻和不真实中，纸质媒介文学给予了生命紧张状态的缓冲，给予了触摸物质真实的随时可实现的可能。所以关怀现实人生的所谓的现实主义文学，容易为人们接受，并被认为是文学的正统，是纯文学，是高雅的文学，寄寓着精英知识分子的人生使命担当。而那些虚幻的、纯虚构的作品，易遭诟病，至今依然。

文学，在人类生存完全符号化的今天，以特殊的信息载体，成为真实和虚幻之间的中介和纽带，成为原始本源和未来之间的七彩桥梁，并以虚构的真实提供给人们生存须臾不可离开的信息指令，成为人类生命体运动的外化形态。

一般来说，文学信息根据内容可划分为六个基本大类，即：文学作品信息，包括小说、散文、剧作、诗歌等；作家信息，有诗人、小说家、散文家、戏剧家、文学理论批评家；文学批评信息；文学社团及流派信息；文学运动、文学思想论争、文学事件信息；文学教育信息，主要是高等教育，包括设有文学教育专业的院校、开设的课程和师资。还可进一步细分，如文学作品还可以再细分为文学作品的整体信息和文学作品的特征信息，例如作品中的人物与事件等。文学信息根据媒体类型划分，有纯文本信息、图片信息、音频信息、视频信息。文学信息可以有多方面的来源，主要是商业数据库，包括全文和书目数据库。其次是图书馆的数字化馆藏，包括馆藏书目数据库和馆藏经典作品的数字化资料。再次是从网上得到的信息，例如网上出版的文学作品及评论、文学作品的出版信息、作家的个人网站、博客或者当前新兴起的微博上的文学信息、高等院校的文学教学信息等。[1] 对这些文学信息进行传播技术处理，也即文学信息化处理，以求以最快的速度、最便捷的渠道，让文学信息向人类物质生活领域和精神生活领域广泛渗透，文学传播的民间化、大众化趋向日益显著。这种文学的信息化处理已经使当前的文学传播可以达到无所不能的境地。正如学者所说：后信息时代的文学，除了发生全球化、市场化、数字化、图像化、大众化、快餐化、边缘化等显而易见的变革以外，还有很多变化值得研究者关注，譬如从无限“广播”走向定位“窄播”，由“批量生产”过渡到“量身打造”，从“沉吟冥想”到“身临其境”，等等。所有这些，还只是网络时代文学变革易于觉察到的一些侧面。正在快速推进的文学数字化生存迟早要涉及“所有时代所有地方的所有作品”，并在文学生产与消费的历史上开创出一个前所未有的辉煌时代[2]。

然而，媒介语境下的文学信息化，主要是指在媒介的商业属性干预下，文学作品所蕴含的内容日益脱离单纯的审美内涵，呈现日趋丰富和多样化的文化信息构成的特征。从文学作品携带丰富信息内容的角度，解读当前文学的生存状况和文化构成，是对文学社会价值和民间大众化走向进行阐释的一种尝试和探索。文学文本包含丰富的政治、经济、历史、社会风俗、审美和语言等信息，甚至也包含天文、地理和生物等自然科学信息，使文学阅读突破了单纯的审美、情感触动和思想领悟的传统思维定式，改变了原有的文学价值观念和审美倾向。《红楼梦》之所以伟大，还在于它百科全书式的丰富，提供给阅读获得的生存信息可无限解读。随着媒介科技的发展，人的肢体和各项功能日益向未知领域延伸，传统时代创造的各类专门学问逐渐融合发展，文学外部的文化规约和内部题材的边界局限逐步消逝，呈现出无所不能的可反映能力和无所不能的包容性。从信息传播的接受方面看，媒介干预功能的日益提高，人们接受文学的角度、

---

① 郭依群：《从“Literature Resource Center”看基于万维网的文学信息资源集成服务》，《现代图书情报技术》2000 年第 4 期。

② 陈定家：《后信息时代的文学景观》，《广西师范大学学报》（哲学社会科学版）2009 年第 2 期。

思维方式、心理期待也逐渐繁复和多样化，文学无限的可阐释性得到前所未有的释放。需要特别注意的是，这种状况不单是文学边界的扩容，也不单纯是传统文学观念自身的逐渐消融，而是在媒介文化背景下文学功能和审美属性的重建。

文学信息化走向是信息社会的要求，是媒介技术进步和全球化的必然趋势，也是信息化社会对文学研究的要求。正如张光芒所指出：不少学者在谈到当下文学存在及其危机问题的时候，往往对80年代末90年代初以来的文化语境进行笼统概括，认为受制于市场经济、消费主义思潮与相对主义文化的影响，而没有充分注意到高度的信息化时代的到来才是一个更为根本的问题。这样就使得许多讨论和争鸣迅速失去了阐释的有效性和针对性。许多20世纪中叶出现于西方、90年代出现于中国的文化现象或者理论视野，比如后现代主义、晚期资本主义、后工业社会等，只有重新被纳入21世纪网络信息高度发达和普及的新语境下，才能保持其话语的有效性。而许多关于文学生存的问题，也只有置于高度信息化这一文化语境下，其实质才有可能被显露出来。一个世纪以来，中国文学以自身的生存规律追求着人的生存与广大民众生存的权利，不遗余力地追求着文学自身的生存空间的扩大，追求独立精神与个性精神不被控制，追求着欲望的实现与爱情的自由。进入21世纪高度信息化的时代以后，这些追求似乎都成为现实，至少在某种程度上已经实现了人们一直追求的目标。从文学生存空间而言，过去在文学创作的道路上，面对极其有限的资源，众人抢过独木桥；而今铺天盖地的报刊、影视、网络、手机，文学的存在形式应有尽有。尤其是网络文学从大面积出现，到引起广泛关注和一定程度的认同，乃至反过来影响着整个文学传播与创作。仅仅是去梳理在信息化时代的文学生存出现了哪些新的现象或者问题，也许并不重要，重要的是要看到这些问题是如何的富有戏剧性和充满了悖论，以及这些问题的本质到底在哪里①。

把审美性和思想纳入信息含量和信息属性对人类文化建设的功能、意

① 张光芒：《信息化时代的文化语境与文学精神》，《江苏社会科学》2008年第2期。

义上来透视文学，不以工具理性取代文学的价值理性，而是把文学放在信息化社会背景下，把文学当作信息载体，以此转换探讨文学的视角和视域，更新研究的思维方式。面对当前文学多元景观和近代以来中国文学的现代化演进，谨慎地采取信息化方法论解读，梳理一种新的历史文化线索，能更好地考量信息化社会文学发展中的诸多问题，以探索解决文学价值理性重建的民间伦理途径。

第二节　历史文本的信息化解读

任何历史时期，媒介传播和信息接收都是人类赖以生存延续的必需条件。各类媒介和信息不但功能特征不同，并且在不同时代承载的内容和信息属性不断演变。文学作为特殊的信息载体，在信息时代它承载的审美内涵和文化信息必然带着信息化社会的特征。同时，以信息时代的文学接受方式观照历史上的文学作品时，会遮蔽或者发掘新的信息内涵，作为精神传统支持信息时代的文学建构。从当前各个历史阶段创作的散文作品，特别是诸子百家散文的重新印刷传播和网上制作呈现繁荣景象，可以看到信息时代的散文阅读以猎取文化信息为主流倾向，特别是对历史信息的重新发掘。

快餐文化的另一面不是文化失去了厚重和价值归属，而是文化极大丰盛和民间大众化普及，于是阅读失去了体验的新奇和求之不得而得之后的珍爱。精英主义立场和文化特权阶层意识淹没于大众化、信息化、通俗化和实用化阅读的海洋，不是文化的没落而是文化繁盛的时代标识。同样，文学增添了文化信息含量，一定程度遮蔽了审美主义和高雅品位的体验也是文学自身发展的需要，而不是文学终结的迹象。一个时代有一个时代的文化建设主题，精英意识和追求核心价值理念是民族国家意识高扬时代的主潮，是人文主义张扬以冲破专制和礼教、发掘人自身价值的时代使命。而当今信息时代带来的全球意识和人类整体观念，带来了文学的全球化和后现代文化理念，带来了传媒革命、大众阅读、商品经济和消费主义，这不是阻碍人类文明的必然因素，不是文学沦丧的焦虑主题，关键是我们如何开掘人类作为类群的集体责任感和个人自身的真善美品格，来构建信息时代的社会伦理和文化主题。再以高下、贵贱、雅俗的二元心态观照当今的文化现象，批判当今诸如青春文学的勃兴、快餐阅读的浅薄、时尚新风的潮流，都是不利于时代文化伦理的构建，不利于以宽容和包容、尊重、引导和培育文化理念，开拓人类宽广美好的生存空间。

以文学信息化视角解读历史文本，无疑属于文学研究方法论更新的范畴。如果历史文本能以先驱者的目光，昭示今天人类生存中的重大命题，那么这些作家作品给予当下的生活启示就超越文学视域的局限，具有深远的警示和厚重的历史文献价值。特别是那些曾在历史上有争议的作家和文本，最有可能蕴含超越文学范畴的文化信息，因为争议一般发生在一定的历史文化时空，历史的推进和文化场域的变换，必然转换着文学解读的立场，甚至重建文学研究的价值尺度，于是那些被历史的烟尘遮蔽的有价值的文化信息就会浮出水面。人们带着发现有利于当今文化建设信息的视角去解读，而不是单纯文学欣赏的心理去接受，那么，这种文学信息化解读方法有时会给文学接受带来意想不到的收获。

以现代文学史早期的作家叶灵凤的小品文《煤烟》为例，从文化信息和后现代环境保护命题角度解读，我们会有一个令人吃惊的发现。在中国现代文学史上，叶灵凤是一位著名的画家、藏书家，颇有争议的文人作家，经过历史沉淀，当前的人们以广泛接纳信息的胸怀，终于给他的小说创作进行了重新定位，并高度评价了他大量的小品文创作。叶灵凤开始文学创作活动时加入过创造社，根据他作品中的题材和格调被称为早期海派作家。他的小说以描写大都市纷繁迷离的现代气息和色情、欲望泛滥为特长。他早期的散文主要以 1927 年和 1928 年出版的散文集《白叶杂记》和《天竹》为代表。其中《煤烟》是他 1933 年出版的《灵凤小品集》中一篇很不起眼的短文，然而，这篇短文却可谓是中国现代文学作品中最早以环保意识关注生态平衡的风格独特的作品，其包含的近现代经济发展和环境演变的知识信息，给今天的文学阅读以新的信息化阐释作品价值的启示。

《煤烟》至迟写作在1933年，甚至更早，恰好是半殖民地半封建的上海畸形高速发展的时期，也是茅盾描写30年代上海民族工业资本家的小说《子夜》出版并产生巨大影响的时期。《灵凤小品集》是对《白叶杂记》和《天竹》两辑的增删，“增加的两辑《双凤楼随笔》和《太阳夜记》，其中大部分篇章是好的。……可入30年代散文佳作之林。有趣的是《双凤楼随笔》中的一篇《煤烟》，是我见到的最早的一篇揭露上海城市空气污染严重的散文。”[①] 这是一篇较早有信息知识传播意识的现代文学作品，其信息的前瞻性和预测性显示着文学作品社会文化功能的永恒价值。

《煤烟》最突出的主题就是对煤烟污染空气，损害人们健康的鲜明的环保意识。早在八十年前，中国古老的农耕社会向现代社会演进，在西方工业文明冲击下，仅仅在以上海、南京等都市为中心的沿海地带，现代化飞速而畸形地发展着。而中国作家就敏锐地观察到现代社会、文明进步给生态环境带来的恶化，并以作品加以描绘，表达深切的忧虑，《煤烟》可谓最早。虽然，鲁迅早在1918年就有“至于水旱饥荒，便是专拜龙神，迎大王，滥伐森林，不修水利的祸祟，没有新知识的结果；更与女子无关”[②]的议论，但这些只是他只言片语的思想火花，主题仍然偏重在揭示国民劣根性，鞭挞现实，进行社会批判和文化批判。鲁迅真正有意识地关注到自然环境问题，也是在20世纪30年代后，在为周建人辑译的一本关于生物学的书《进化和退化》所作的《〈进化〉和〈退化〉小引》书序中，鲁迅指出“林木伐尽，水泽湮枯，将来的一滴水，将和血液等价，倘这事能为现在和将来的青年所记忆，那么，这书所得的酬报，也就非常之大了”。[③] 而《煤烟》却是叶灵凤在真切的生活体验基础上，特意创作的一篇小品文，是真正意义上的一篇现代文学作品，贯注有叶灵凤小品文的题材特征和主体意识，艺术风格也可谓其小品文的精品。

---

① 姜德明：《〈白叶杂记〉和〈天竹〉》，《新文学版本》，江苏古籍出版社2002年版，第64页。

② 鲁迅：《我之节烈观》，《新青年》1918年8月第5卷第2号，署名唐俟。

③ 鲁迅：《二心集·〈进化〉和〈退化〉小引》，《鲁迅全集》第4卷，人民文学出版社1981年版，第195页。

《煤烟》大致可分为三部分，从现象到本质，从观感到忧虑，从现实分析到未来预测，既层层递进，布局严谨，情理有致，又显示了生活化的情趣笔墨和散漫醇厚、不加粉饰的质朴文风。娓娓道来如话家长里短，亲切流利，丝毫没有着意用笔使性的痕迹，又在淡而简朴中洋溢着老道深厚的世情和文气；既有无奈怨责，又有建议企盼，体现出怨而不伤，温和深沉，冷暖启人自感的智慧散文特点。这是为文达到一定境界的标志。在那个忧伤愤激，或者感叹自身飘零的散文时代，叶灵凤此类散文风格独树一帜。

行文从北方特有的人情风俗起笔，谈到北方人倒水请客人洗脸，是因为北方风沙灰尘扑面，而在“向来是十里春风，山明水秀”的江南，除了满头大汗时要请客人洗脸外，是没有这种风俗习惯的。接着文风一转，提到现在的江南尤其是上海，这个30年代资本主义经济飞速发展，畸形繁荣的大都市，“随着太平洋的高潮冲进来的近代物质文明，经济侵略的工具摇撼了江南明媚静谧空气中的诗意，天边矗起了黑寂寂的怪物，从此江南的客人来时也非洗脸不可了。”以请客习俗的改变论天地间大环境的改变，以西方经济发展关涉家庭生活细节，就使抒发的情理和指责，没有一点说教味道。

《煤烟》第二部分从一个童话谈起，说一个孩子乘气球做环球旅行，飞行到德国柏林的上空，看到林立的工厂烟囱，冒出蓬勃的煤烟，孩子从气球上面往下面望，误以为是一大片“郁郁苍苍的森林”。这是一个多么可怕的“近代新有的奇观”！“上海的煤烟虽然还不曾发展到那种程度”，但它就是上海的未来！饶有趣味的童话带出来的是一个惊心可怖的景象。用遥远的孩子眼中柏林的煤烟，来提醒现代工业文明带来的负面影响，“坐在家里的你，任是你勤于拂拭”，但这“新生的怪物”无时不在，“用毛巾试试鼻孔，你就知道它的程度也不差”。

于是，下文就在微讽中指出基督教士信奉上帝，认为上帝虽无形，但充满天地间，无时无处不在。这多少总有些玄妙，无法想象，所以，“我觉得20世纪的上帝名号应该奉诸煤烟，它才真是无所不在，无所不有”，这不禁让人沉痛地想到：这拯救人类的真正的上帝，却对损害人类的煤烟视而不见，无能为力。并且据“现代研究优生学的人”指出，人类的寿命是渐渐短促，“原因虽然很复杂，但是我相信这黑色的‘上帝’的力量一定也不少”。

这一部分由童话到“上帝”，由“上帝”到“优生学”的研究，笔触纵横开阖，精细生动，寓谴责于形象中。惊心可怖的画面和感受，以简朴平缓的文字和语调叙出，更加让人扼腕思索。《煤烟》体现出叶灵凤学识与情理兼备的学者散文的特征。叶灵凤后期散文，无论是读书随笔，还是论述香港风物，都具有驰骋想象，纵横开阖，情趣与知识兼备的特征，于此初见端倪。

第三部分是从美国一个杂志上发表的一篇游记谈起。谈到这篇游记的作者，报告他在加拿大海滨一个小乡村，站在高处四望，没有看见一只工厂烟囱，这是小乡村显著的特点。游记作者也许是无意的一笔记述，叶灵凤从中引发出对现实的深思和对未来的预见：“在1世纪以前，这种现象是不值得讲的，但是此刻却是一个新的发现。我恐怕1世纪以后，这个报告还要值得人们的留恋哩！”并且在结尾，叶灵凤还断定要想让上海没有煤烟是不可能的了。所以，“不能荷锄归隐”的人们，每天“对着居屋前后左右的几只烟囱，只好发出没奈何的慨叹”，慨叹“十里春风，山明水秀”的江南从此永远不再了！“明媚静谧空气中的诗意”也永远不再了！思绪前后照应，行文自然收束；语气平淡，焦虑绵长！联系还不到“1世纪”的当前，生态失衡，城市空气质量普遍恶化，环境严重污染的现状所引发的许多社会问题，我们会不自觉地沉痛感慨：我们忽视了前人的警告，已经受到了惩罚，如果我们继续漠视下去，人类无疑是要自掘坟墓！

叶灵凤是五四时期一位有着先锋意识的作家，他的小说受西方浪漫主义、唯美派、颓废派影响，运用弗洛伊德心理分析手法等，创作上有突出的现代派特征，《鸠绿媚》、《姐嫁之夜》、《内疚》等名作都具代表性。30年代初期，叶灵凤描写都市时髦女性，用新奇的比喻，语言具有多义性、暗示性，提供了一定新奇的小说艺术经验。叶灵凤的性爱小说，虽然人们多有指责，但当时拥有相当一部分都市阶层的读者，这在于他描写了都市生活在现代转型中具有真实性的一面，不过这一面是“世纪病态的标本”[①]，揭示了现代转型中人们内心骚动不安甚至心理变态的精神领域。《煤烟》关注的同样是“世纪病态”，同样是现代都市生活在现代转型中真实的一面，只不过描述的是人们日常生活中与外在自然关系发生的危机。虽然没有像他的小说一样，在当时引起广泛影响，但大半个世纪后的今天，当人们读到这篇《煤烟》时，产生的思索会更深远。人们已经不单赞许他小品文艺术上的成就，更从获得一种洞察未来的社会学信息角度，感叹在那个时代，中华民族正急切地呼唤现代化，也曾多么艰难地向现代化蹒跚行进，而他的“煤烟”信息又是多么同样具有现代信息意识！也许，《煤烟》稍显“浅薄”，而折射人类追求现代化的悖论又是何其深邃！[②]

无论是面对历史文本，还是当下大文学观念下的文学创作，以今天的文学“知识—信息化”阅读视角，构建当前文学“传播—接受”的新机制，促进文学功能转型和文学观念更新，是当下时代的文化建设需要，也是文学信息化的必然趋势。

第三节　当前文学信息化的新闻品格

关于当前的信息化写作，黄发有指出[③]：20 世纪 90 年代以来媒体文化的繁荣，媒体趣味对于文学创作的深层渗透，必然导致文学生产的审美转型与结构调整。文学在文体上与消息、通讯等新闻文体越来越接近，信息化写作成为一种时尚；同时也指出了文学创作向新闻通稿的靠拢，催生了备份式写作，抄袭、自我重复、以经典文本或其他形式的文本为前文本的超文性写作日渐流行。这在一定程度概括了文学信息化写作特征。

黄发有列举了大量信息化创作事实，认为：文学的新闻化倾向，在滥觞于20世纪80年代末期的“新写实”小说中便初露端倪。像池莉的《烦

① 钱理群等编：《中国现代文学三十年》（修订本），北京大学出版社 1998 年版，第 323 页。

② 见拙作《现代文学作品中关注生态环境的最早篇章》，《名作欣赏》2007 年第 21 期。

③ 黄发有：《传媒趣味与文学症候》，《天津社会科学》2006 年第 2 期。

恼人生》和刘震云的《一地鸡毛》，纤毫毕现的自然主义笔法和叙述人的旁观视角赋予作品一种煞有介事的客观性，这与将客观性和公正性视为生命的新闻文体在表象层次上不谋而合。而且，“新写实”对于灰色人生的显微式的凸显手法，和新闻特写所擅长的“放大”与“再现”技法如出一辙。有趣的是，刘震云在1993年推出了中篇《新闻》，标题与正文相得益彰。“新写实”所传递的信息不是那种能够载入史册的具有历史意义的事件，而是平淡无奇、无关紧要的家长里短。这种事件恰恰是90年代以后纷纷创办的都市晚报所关注的话题。把“新写实”的新闻化倾向往前推进的是《北京文学》所倡导的“新体验小说”。“新体验”以追求现时性、亲历性和主观性为鹄的，但就其创作实践而言，作家过分地拘泥于现实生活状态，捆绑住了想象的翅膀。曾经风靡大江南北的“留学生文学”同样具有“新闻”或“纪实”的品格。“新都市小说”或“新市民小说”为信息化写作提供了更为广阔的舞台，令人眼花缭乱的都市使作家顺手拈来便是题材，对效率的追求致使他们无法潜心地提炼和沉淀，对市场的迁就也逼迫他们保留素材鲜活、粗糙和趣味的一面。因而“新都市”的纪实性与新闻性既蕴含着作家的几分刻意，又渗透着几分无奈。如果说“新写实”、“新体验”与“新都市”关注平凡人生和世俗百态的作品借鉴了“软新闻”的笔法，那么，“反腐小说”则容纳了与人们切身利益密切相关的政治、经济、军事、文化等方面的题材重大、行文较为严肃和庄重的“硬新闻”的某些文体要素。例如周梅森、陆天明、张平等人的“反腐小说”，虽然有的作品打着“反腐”的旗帜，其实却远离生活，都热切关注社会政治的敏感点和大众心理的兴奋点。周梅森的“电视小说”，从《人间正道》、《中国制造》、《绝对权力》到《至高利益》、《国家公诉》、《我主沉浮》，每一部都产生了广泛的社会反响。不容忽视的是，20世纪90年代以来，以记者为职业的作家让人刮目相看。刘震云、邱华栋、东西、何申、刘庆邦、须一瓜等都有供职于报社的经历，都有过采访报道的工作历练。而像邓一光一样由记者转为专业作家或由记者转为文学编辑的同样不在少数，若算上那些从事过文学编辑工作和有过基层报道经验的小说作家，这支队伍真可谓蔚为壮观。

对于过分新闻性和依赖材料的新闻价值，或者以新闻信息代替文学形象塑造和文体蕴藉的审美特性的创作现象，黄发有特别提醒身为记者的一些作家：屯驻于信息的集散地，身为记者的作家得天独厚，在题材的新颖性和视野的宽广度上都胜人一筹，而对各式新闻文体的烂熟也使他们的小说不由自主地濡染上新闻性。使作品具有明显的信息化文体特征。这就使小说的审美性让位于信息传输功能，成了一种与其他新闻文体争锋的准新闻文体。记者的职业身份使作家置身于信息的旋涡，光怪陆离的信息撞击出支离破碎的灵感火花，堆砌信息的写作模式决定了作家必须以滚烫的激情之流来聚合这些五花八门的信息，一旦激情之链出现松弛迹象，作品尤其是长篇作品各部分便呈现出相互游离的板块状态。须一瓜是《厦门晚报》的记者，她的创作有明显的信息化的痕迹，《淡绿色的月亮》的素材就来自她对一起抢劫案的采访。而《蛇宫》、《04：22，谁打出了电话》、《海瓜子，薄壳儿的海瓜子》、《穿过欲望的洒水车》、《毛毛雨飘在没有记忆的地方》、《鸽子飞翔在眼睛深处》等作，采用的多是出人意料的奇闻叙事，而结尾也擅长运用陡转手法。张欣的小说《深喉》刊登在《收获》2004年第1期，因涉及广州报业竞争，发表后引起了媒体的普遍关注，名字的见报率骤然飞升，也带火了《收获》杂志在广州的零售。以重大新闻事件作为背景切入小说，对于相信“生活远远精彩于小说”的张欣而言，已经不是首次，此前以广州电视台女主持人陈旭然被害案为背景创作的《沉星档案》和以远华案为创作由头的《浮华背后》，都被改编成电视连续剧，取得了商业上不错的成功。同时，黄有发指出，尽管这些作品中都包含着冤案、腐败、爱情、欲望等戏剧性因素，情节曲折离奇，但作家对新闻事件的简单处理、流于表面化的艺术手段很难让读者倾听到事件背后更深层次的声音，容易在迎合大众的文化消费中冲淡事件本身的悲剧意义。

90年代以来的信息化写作与媒体时代的文化语境密切相关。作家们对于现代传媒的运作方式日益熟稔，他们能够巧妙地利用传媒来谋求广阔的生存空间。信息化写作意味着文学的生产与传播被逐渐纳入新闻的生产与传播体系，文学在艺术上的独立性逐渐弱化，成为文化工业的产物。媒体时代对于速度和数量的强调，使奉独创性和经典性为圭臬的文学观念凋零为明日黄花。创作是对生活加工概括，经过反复抽象具象后的形象创造，也是作家人格和个性的展示，过于依附新闻，丧失主体性，在高产中泡沫化、批量化和平面化就成为信息化写作的先天性残缺。当作家与媒体在磨合中形成共谋关系时，作家在传播方面的自由就只能以服从控制为代价。就表象而言，信息化写作顺应了现代人对真实的日益迫切的渴求。在世界急剧变化的背后，仍然掩藏着许多陈陈相因的精神秩序和集体无意识。当小说主体沉醉于浮光掠影的捕猎时，就很容易远离责任和义务，掩蔽现实真相。社会的发展并非都是日行千里的断裂，其中有持续中的变化，也有变化中的持续。真正主导一个民族和一个时代的发展大势的，往往是那些潜隐于社会机体深处的稳定性力量。小说的新闻化如果沿着堆砌物象的道路愈走愈远，作家与现实之间如果一直保持松弛的、相互妥协的关系，主体的心灵没有了与现实之间的紧张状态和审视距离，作家的心智就容易被蒙蔽。没有主体性的光照就没有经得起考验的真实。信息化写作作为一种文体现象可能会日益显耀，然而，如果拒绝承担与真实孪生的苦难和良知，它就只能不断地蒸腾出过眼烟云，而与杰作和经典无缘。黄有发的分析让我们深思新闻化创作模式潜在的思想上和美学上的不足。

另一方面，历史地考察，文学写作的新闻化往往是社会转型期，政治、经济和社会生活等方面急剧演变赋予的文化品格，也是文学担负社会责任的正当选择和适应。这个时期，作家往往在热切、浮躁和缺乏积淀的快餐式创作中开拓出一种顺应未来文化模式的文学潮流。“快餐”中不一定没有营养，胡适《尝试集》中体现的“尝试”的幼稚，无碍于对中国新诗建设的卓越功绩。媒介关注的趋新并不与富有前景的文体创新相悖。信息化和媒介技术化处理的快餐文学不一定就没有使人身心健康的作品，应该说小说创造本身就诞生于时事新闻性很强的道听途说、街谈巷语中。《世说新语》搜集的是当时的奇人异事；唐传奇的素材取之于今天所谓的软新闻；宋代话本的楔子可以想见在宣讲的时候，很有点记者招待会的意味。清末民初时期，中国小说的现代性演进离不开对报刊和新闻的倚重，离不开对时髦、先锋的社会思潮的热切关照。晚清四大小说杂志与晚清小说的繁荣分不开，而晚清小说的现代转型孕育着中国现代小说现代性的新生。维新派和革命派知识分子大多有创办报刊的经历，他们无不利用现代传播媒介来扩大宣传自己的主张。报章文体成为文学观念变革最重要的“新文体”品种。毫不夸张地说，梁启超的政论成就与报刊密不可分，没有大众传媒的发达，没有近现代文化演进中的新闻化趋向，就没有梁启超。他的政治小说《新中国未来记》图解他的政治主张，从文学欣赏角度确实让人不堪卒读。新文学建设初期的问题小说，倾情抒写诸如妇女缠足、扫除迷信、立宪、华工和男女平等、反对帝国主义等问题，在当时看来也颇具新闻性质，因为这些小说本身触及的问题就是当时社会的热门话题。梁启超对报章文字的要求是：“一曰宗旨定的高，二曰思想新而正，三曰材料富而当，四曰报事确而速”。[①] 可以说，“宗旨高”、“思想新而正”也是问题小说后整个中国文学现代性演进的理路。鲁迅杂文所从事的激烈的社会批判和文化批判，运用材料“富而当”反映现实“确而速”，正是其批判力量的来源和鲜明的艺术特色。

今天看来，20 世纪 30 年代“左翼文学”无论是否是当时文学建设的主流，从文学本体而言，是非曲直自不待言，无疑它是中国文学历史上最为悲壮的文学思潮，它的悲壮在于作家和作品为了一个高尚的事业，自愿陷入于硝烟弥漫的真实战场的前沿阵地，几乎来不及思考地成为新闻事件而不是文学作品。40 年代的抗战文学，50 年代颂歌时代的“17 年”文学，“文革”时期的地下文学，新时期的伤痕文学、反思文学、改革文学等文学思潮和创作无不与社会即时发生的重大新闻事件密切关联，这是中国文学的优良传统抑或偏颇所在，需要站在当前的文化价值立场和文学理想主义期待视野中言说、批判。总之，中国文学史，源远流长；中国新闻史，也已经超过了一个半世纪。在新闻观念、写作方法、报纸副刊和社会文化的影响下，中国的近、现、当代文学和新闻传播方式之间发生了长期的融合和渗透，这种情况的直接结果就是出现了兼具新闻性、时效性和文学性的新闻文学。粗略地勾画“新闻文学的产生、发展和走向的历史背景及大

---

① 梁启超：《清议报一百册祝辞并论报馆之责任及本馆之经历》，张品兴主编《梁启超全集》第 1 册，北京出版社 1999 年版，第 476 页。

致轮廓，对于研究作家创作怎样受制于报纸新闻传播习惯的影响、对于新闻界人物的文学评价和文学界人物的新闻评价、对于审定近、现代和当代作家的群体构成以及确认各类作家的综合性贡献，都具有启发意义。此外，'中国新闻文学史'的建立，为新闻学和文学、新闻史和文学史之间搭建了一座互通有无的桥梁，将更便于两者之间的交流和来往。"[①]

"中国新闻文学史"[②] 的叙述也许不尽妥当，因为新闻与文学的关系是"你中有我，我中有你"，新闻具有文学的品质，文学具有新闻的性质，两者的关联分别是看待新闻和文学的不同视角和分析彼此交叉的文化成分的性质所形成。新闻和文学的关系没有一个发生、发展和成熟的演变过程，两者之间的关系只有不同文化背景下疏密、远近程度之间的差异，不会融合成严谨独立的、具有稳固的内涵和外延的规律性的人文体系。从主体和客体两个方面，新闻和文学关注点截然不同，具有彼此的完整统一性和独立性，缺乏形成"史"的观念形态的实践基础。另外可以说，只要现实主义文学创作没有淡出文学创作原则，文学的新闻性就应当成为文学观照生活和现实人生百态的应有品质。实际上使现代主义文学，或者当代看似远离现实生活的纯虚构类武侠、言情、玄幻和穿越等类型文学，真正优秀之作指涉现实，或者材料和价值倾向直接来源于现实的色彩一般都比较浓厚。

从传播媒介发展演变的过程和近代报刊业兴起的背景看，中国现代文学与中国新闻事业的发展之间，关联的密切程度不同寻常。因为中国现代文学的建设与中国社会革命的历史背景，中国传统文学所赋有的儒家文化思想，都把中国文学的诞生和发展推向中国社会激烈变迁、文化转型带来的新思潮的浪尖上。中国新闻事业的发展不同于西方国家，很可能不单在于报刊业、媒介技术如机械印刷技术进步起主要推动作用，还在于民族国家意识萌生后科学和民主的思潮唤醒大众，由大众对民主的期待和压制的反抗带来了近代报刊业、新闻事业的勃兴。具体说来，首先近代社会转型时期梁启超的"新民"、"开民智"思想和南社的近代教育思想是推动文化

① 李白坚主编：《中国新闻文学史》，扉页摘要，上海大学出版社2004年版。

② 同上。

民间化、平民化的近代民主思想的体现。由思想文化的引领，促进传媒的民间化，甚至媒介的技术革新由此获得动力和现代属性。因为，中国活字印刷技术发明于宋代，却主要用来印刷宗教经典和束之高阁的典章，而只有德国古登堡活字印刷技术才带来了近代传媒的革命，带来了近代报刊的兴起，并在普及文化教育上起到划时代的作用，这显然与资本主义民主平等观念的强化、平民意识的觉醒、民间文化的召唤分不开。因此，固然近代传媒推动了文学的平民化、民间化进程，但民间化、平民化意识也是加速传媒民间化的内在思想动力和促进传播民间化的文化思潮。中国文学与新思潮、“新闻事件”的关联须臾不可分离。

当前的社会转型，新媒介迭出与文化思潮多元化之间的互相推动也与此相类。现代文化思潮的兴起，教育的普及，平等、民主观念的日益深化，民间意识的加强，日常化的消费社会形成，汇聚成文学民间化、大众化潮流；“民间文学”与“通俗文学”主流化的强劲内驱力和传媒技术的进步相依附，呈现出新的极其繁荣的民间化文学生态。然而，在当前繁荣而驳杂的文学状态下，似乎只有体制内的文学坚守着民族国家意识的现代传统，把文学与社会生活中关切民生、有关国家政治、经济命运的新闻事件联系在一起，构成一道精英知识分子文学的风景线，尽管没有呈现出应该显露的亮丽色彩，但其苦心和理想主义值得延续发展。如果放弃对现实的密切关注和反应，《桃花源记》固然蕴含着人格高洁和无言的启示，而放弃责任和担当也令人颇感遗憾和惋惜。依附于媒体的商业规则不是出产坏作品的必然条件，我们应相信民众的选择和人性对真善美的倾向内在地制约着文学的演变轨道，也应相信国家意识大于一切和民族主流文化建设的“潜规则”力量的主导作用。

当前文化正处在信息化境遇之下，文学的观念转变是必然潮流，新的文学形态无论如何在文化冲突中构建，但决定文学价值的，对创作来说，关键在于高贵心灵对美好事物的期盼，在于民间理想的艺术表达和价值目标对群体意识的关怀；对作品来说，关键看寄寓的情感的健康、旨趣的高尚和美感的充沛。但文学观念的变革，没有媒介的积极参与，没有信息化社会新闻产生的效应是不可能的，没有新闻信息影响下的最为广泛的民间参与的热情也是不可能完成的。

第四节　文学信息化的应对

本质上，人观照外界时，面对同一类事物，可以有无数个观察角度，人们可以发现无数条信息，人们可以各取所需地解读这些彼此性质殊异的信息。常被引用的勃兰克斯的话：“任何事物都可以从三个方面去看——从实用角度去看，从理论上去看，从美学角度去看。对于一片树林，有人会问它是否有益于本地区的健康状况，树林的主人会估计它作为柴禾能值多少钱，这都是从实用观点去看它；植物学家对它生长的情况进行科学考察，这是从理论观点去看；如果一个人只想到它的样子，想到它作为景色的一部分所起的作用，他就是从艺术或美学观点去看。”[①] 同时也被广为引证的类似的朱光潜的表述是：“假如你是一位木商，我是一位植物学家，另一位朋友是画家，三个人同时看这棵古松。我们三个人可以说同时都‘知觉’到这一棵树，可是三人所‘知觉’到却是三种不同的东西。你脱离不了你的木商的心习，你所知觉到的只是一棵做某事用值几多钱的木料。我也脱离不了我的植物学家的心习，我所知觉到的只是一棵叶为针状、果为球状、四季常青的显花植物。我们的朋友——画家——什么都不管，只管审美，他所知觉到的只是一棵苍翠劲拔的古树。”[②] 文学的伟大和永恒在于它永远提供给人们互相兼容的信息文本，它从生活本身和人性出发，可以演绎出文学的或非文学的无穷讯息，存在之真、事物之理尽在其中。而承载它的媒介往往以最大的不辱使命的可能，向一个广阔的民间天地撒播文学的信息种子，文学也向媒介伙伴报以世俗的宽容和应有的尊重。两者之间的捆绑有时是无可奈何的、互动催生的。接受美学对文学有着长期的有效的可阐释性，在于它指向了一个长期被忽视的文学被实现的介质问题：文学需要传播，需要被接受，而只要有接受，就会有媒介！它

① ［丹麦］勃兰兑斯：《十九世纪文学主流》第 1 分册，张道真译，人民文学出版社 1980 年版，第 146、147 页。

② 朱光潜：《谈美》，安徽教育出版社 2001 年版，第 15、16 页。

把文学媒介的兴衰演变逐渐纳入到现代文学本体观念的构建之中，也为媒介传播的民间趋向勾勒出富有希望的前景。“培根喊出了‘知识就是力量’的口号，并且进一步指出：‘知识的力量不仅取决于其本身价值的大小，更取决于它是否被传播以及传播的深度和广度。’”[①] 同样，文学作为一种永恒的知识载体，给予人类生存的力量不仅在于其自身价值的大小，也在于其是否被传播以及传播的深度和广度，在于文学媒介在民间生根发芽的坚韧和长久。

今天，文学创作和文学研究与网络媒介共生的关系日益密切，不利用电脑和网络的创作不会有很大潜力，不利用网络的科学研究不会是一流的研究。早在1995年就有学者洞察到：“现代意义的文学本身就是工业化的产物，信息时代必将产生属于它的文学。”[②] 邱华栋在其长篇小说《城市战车》的《代后记》中说：“在一个传媒时代里，小说应该是什么样子的？我以为，更多的信息已是好小说的重要特征。信息量一定要大，否则一部分小说将很快被信息垃圾淹没。”[③] 我们既要看到媒介技术对文学干预的深度和广度，其构成的文化悖论也会让坚守的学者们触目惊心。媒介传播的旨趣助长了传播文本的信息化趋向。文学信息化使文学内容选择发生了改变，惊险、色情、侦探、幻想故事取代了艺术气息很浓的心理小说创作的倾向。也要看到，在信息社会，人类的自然生存方式发生了根本改变，人们越来越深刻地陷入信息包围之中。精神感知越来越远离自然状态，从信息世界中获得创造材料和创造灵感的现象越来越普遍。信息环境的研究认为现代人已经处于信息环境而与现实环境处于隔离状态。电子媒介和数码产品对文学的影响越来越深刻，作家直接从现实中获取素材和直接体验生活的传统方式不占主流了。媒介科技使现代人的物质交换和对话交流的中间环节大大缩短，甚至消逝，人们与社会接触、从社会中获得感性经验的方式和内容发生了很大改变。单纯的供需关系和商品往来使社会交往的媒介技术色彩日渐浓厚，文学过程的信息化和商业化机制，传统的文学想象

① 李勇：《西方公民科学素质建设的文化语境研究》，《理论界》2006年第9期。

② 王周生：《信息时代与文学》，《上海社会科学院学术季刊》1995年第4期。

③ 邱华栋：《城市战车》，作家出版社1997年版，第287页。

和构思空间逐渐超越自然和社会空间，放弃事理逻辑和艺术气息浓厚的心理描写，非人文化的趋向加剧。利用传统非现实的原型材料，开掘非理性的意识活动的奇幻梦游的叙事方式，构成了颇受指责的当下叙事作品的内容和题材类型，尽管与精英文学创作的价值观念和审美趋向有悖，但其独立品格的形成已经势所必然。

影视媒介建构文学是否会使文学失去高雅品位？这种担心是不必要的，我们要看到图像数字化技术对比文字描写的优点。图像化、数字化技术的发展，可以逼真地展现过去、现在和未来的情景，满足人们视觉感知的要求和对未经体验过的生活图景的信息重构。这种重构显得如此容易，接受也几乎没有任何障碍，因为理解图像远比理解文字容易得多。重构的信息技术处理也非单个人的想象力所能达到。语言文字描述生活图景的手法显得苍白无力，蕴含在文字叙述中的美感体验所要求的知识素养和解悟能力，显得缺乏简洁和透明的信息要素。

当然，信息技术所能达到的地方，消除了艺术的陌生化效果。让人震惊的是，当我们没有对人类在宇宙中真实存在的物理景象给予信息化模拟时，人类对天的想象和对主宰宇宙万物的神的宗教情感，赋予艺术独有的神圣色彩，而当人们了解到无穷宇宙的物理信息，看到信息模拟的无限和无穷的空间形象，看到在宇宙空间中人类是如此渺小，如此微不足道，如此脆弱得不堪一击时，人们产生的心理感受不会是艺术的、美的、神往的、精神慰藉的，而是整个敬畏的精神大厦轰然倒塌，感叹和无奈甚至恐惧的情绪黯然而生。再去描绘灿烂的星辰和无垠的宇宙想象时，用文字还原的意图失去了内在美感的动因，想象世界蓝图的美好构思被信息技术真实描绘的诸如宇宙黑洞等可怕图景，消解得无影无踪。

信息经济时代，文学作品本身也是一种富含大量信息的媒介，文学文本是信息的重要载体，潜存着巨大的社会价值与市场价值。由纸质到影视是信息的增值而不是文化的衰退。既然可以把书写的东西转变成影视作品，文学创作更应该具有这种品质。作家和作品不应该与信息时代对峙，应该主动把信息为我所用，积极改变自己的艺术思维、现实情感和创作结构。那么信息技术的革新不但不是文学危机的信号，而是文学新生的机遇。

文学的转型必然与信息社会的生活景观相适应。这种适应目前已经体现在几个方面了。文体上与消息、通讯等新闻文体越来越接近，这是最为浅表的适应；重构历史是较为深层次的适应，甚至在青春文学和颠覆历史的作品中也有体现，颠覆本身蕴含着重构的愿望。其中的道理是：文学价值理性的迷茫和信息社会转型的困惑，使文学企图从历史的天空寻找人类自身真实存在的依据，寻找赖以寄托的心灵归属，以曾有的历史真实抚慰当前的焦虑迷茫。因此，目前无论是精英文学，还是克隆历史故事、神话传说等基于网络的作品，缅怀历史的情结都很鲜明。

第四章　媒介与文学市场

探讨文学观念的演变，离不开对文学信息和信息化文学演变的细致梳理，更离不开对文学存在现实状态的洞察。文化商品市场对文学类型选择的倾向和制约，很大程度体现在文学载体媒介的商品属性上。文学市场直接联系着读者接受给予的市场信息反馈，文学市场信息也必然携带着社会思潮和主流文化导向。无论是电纸书、电子书还是网上书店、街道书报亭，文学市场传播渠道和读者接受的媒介本身就体现着一个时代文明开放程度和经济发展水平的高低，构成文学观念演变内在制约的客观因素，而多媒介传播下对历史文本的重新演绎，某种程度上反映着媒介和文学双重更新后，特别是文学观念重建后重新叙述历史的市场渴望。在此，田野调查的方法不单是民间文化研究的必须选择，同样也是客观描述媒介与文学市场之间关系的有效方法。

第一节　电子书、电纸书与文学阅读

由于媒介科技的迅猛发展和通过阅读获取信息的功用日益多样化，传统纸质文字阅读方式的单一化局面被打破，出现了不同形式的电纸书和电子书。电纸书和电子书从它们与技术关联的角度考虑有不同的所指，从阅读内容单方面考虑又没有太多的差别，比较清楚的区分是：电子书代表人们所阅读的数字化出版物，从而区别于以纸张为载体的传统出版物，它是利用计算机技术将一定的文字、图片、声音、影像等信息，通过数码方式记录在以光、电、磁为介质的设备中，借助于特定的设备来读取、复制、传输。而电纸书本质上就是电子阅读器，作为电子书的终端，与电子书是载体与内容的关系，通过电纸书，读者可以阅读电子书内容，同时，电子书不仅仅在电纸书上显示，也可以在包括电脑、手机、MID、PDA 等其他终端上展示。[①]

电纸书与传统纸书相比，具有明显的不同。人类使用纸的历史上千年，纸与人类文明发展的关系和人类精神生存之间的关系密切而复杂。纸有两项与信息传播相关的基本功能，首先是信息的记载与存档，其此是信息的传递与复制。在这两大功能上，目前的电纸书都还没有能力取代纸质媒介。以记载和存档功能而论，电纸书比纸更进一步地解决了书写不便的问题，因为它现在不仅发展到已经有触摸屏、手写板之类，甚至还开发出摄影、录音和录像等功能。信息容量更不可同日而语。但是在保存方面，甚至还不如纸，因为更方便的书写会带来更任意的篡改，所记载的信息也比纸、甲骨以及石头更易丢失。以传递和复制的功能而论，在纸之前，甲骨与石材基本无此功能，竹木太过笨重，丝帛成本高昂，纸张以廉价和轻便的两大优势，迅速全面地占据了该领域。将来的电纸书如果具备了通信功能，才有可能超越纸，但这样的电纸书很有可能就是现在的手机了。

通常，人们会毫不吝惜地送给别人一张负载了信息的纸或看过了的书，但不会轻易将电纸书送出。以记载和存档功能论，人们会把纸质文件拿去存档，但不会拿走你的电纸书去存档，何况类似的电子档案因可篡改而失去了做档案的资格。

装订成册的书卖的不是纸，而是内容。如果电纸书是书，可它却不再是一种内容组织方式和呈现方式。就内容呈现而言，书的呈现方式主要是文字，或称符号，也可以是图画或照片，以无声为主要特征。而人类文明还有其他的呈现方式，如现代影视技术所代表的是一个有声的世界。在没有影视技术之前的口语时代，各民族都是靠说唱艺人来传承其文明的。影视技术手段能够重现说唱艺人脑子中的感性记忆，将文明以视听合一的方

① 蒋建、黄燕华：《电纸书的发展及其对图书馆运作模式的影响》，《情报探索》2011 年第 5 期。

式还原。而电子书在理论上之所以比书更进一步，就在于它可以是有声的。虽然现在的电子书还不能像电子杂志一样综合而灵活运用各种技术手段以实现呈现方式的突破，但我们可以期待。就内容组织而言，书、报和刊是三种可作比较的文字组织方式。书以大容量、成体系、深度加工和具长期保存即典藏价值等为特征。博客是一种内容组织方式，微型博客也是一种内容组织方式，但只有当博友"当年明月"连续长时间地在同一个主题和同一种叙述方式下写出一系列的博文并形成足够规模之后，才会成为获得网络民间认可的《明朝那些事儿》这本书。毫无疑问，在报刊之外，人类一定还会需要书这种内容组织方式。因此，现在图书出版界有人主张快餐式的图书写作与出版，这是把书的短处拿出来，去和报刊的长处竞争。因为报刊也可以很容易地做成小型张、易于握持的那种书的外形，但报刊与书不属于同一种内容组织方式。书只有保持并发挥具有核心价值的特长才可以持续发展下去，而这一特长就体现在内容组织方式上。就内容组织方式和内容呈现方式而言，书的未来可能是电子书，却不可能是电纸书。

不少人认为，从阅读习惯方面来看，洋溢着纸香、墨香，逐页翻看的传统书籍为人类带来的阅读享受，也很难为电纸书所代替。人类阅读习惯可以慢慢改变，但前提条件一定是让阅读更加享受、更加方便。就目前的实际情况来看，无论是电纸书，还是电子书，都还难于实现这一点。此外，阅读报刊，或者仅仅出于兴趣；而读书，可以出于兴趣，也可以另有重要目的，比如学习和学术研究。在中国，"读书人"这个词是指学生或学者，这些人读书的时候需要勾勾画画，需要写批语，做笔记。用不同的字体和色彩涂抹在纸质书的书眉页脚、字里行间，是一种对书的特殊亲近和情感流露，可在审美和阅读心理学上给予阐释，这也是纸质时代读书人的独得之乐，不容易被短短十几年兴起的电纸书所剥夺。①

电纸书中集成的主要功能如搜索、批注、书签、翻译、笔记和朗读等，从使用电脑的经验来看，这些功能均无创造性或革命性的技术突破，

① 魏超、曹志平：《论电纸书的属性与未来》，《中国出版》2010年10月上。

只是能够带给读者以更多的获取信息和交互的便利。可以说，电纸书是把阅读内容经过两重媒介技术处理，以追求更接近纸质油墨文字的阅读感受。美国情报学家兰卡斯特认为2000年世界进入无纸世界的预言今天被证实是错的。这在一定程度上能说明电纸书和纸质书不会简单替代，整个社会信息情报传递和发散方式日益走向多样化和个性化。对接受媒介前景的估量要与人类创造信息的能力结合，而目前的电子书产品仍然是数码产品的应用形式和网络信息传播的静态拓展，其创造性的前景易于成为可实现信息自由下载的网络服务的副产品。与其说电纸书实现了阅读的泛化，不如说是网络终端产品的普及化和全民化，并且从应用的方便和信息保存的可靠性方面，不如网络存储和电脑移动硬盘。

认为电纸书将会取代纸质教材成为学生们必备的电子教科书，它的便携性和大容量将会使阅读无处不在；甚至把电纸书看作实现减轻学生挎包的社会教育目标之一，把课本、参考资料和课外书等内容存入电纸书中，可以有效减少每天的负载，这样的判断为时尚早。因为在校学生并非固定不变，整个教育的学习内容也在不断地增删、修订着，各类专业组合日益发生着变化，学习范围和材料也在不停淘汰与更新，各类教育考试随着社会需求和国家建设的需要不断调整，怎么能一成不变地使用一个电子媒介的终端产品作为教育的直观材料？甚至同一门功课，同一本教材每年都有改变，电纸书要在学习内容的灵活变更上适宜这种需要，就需不断下载更新，否则没有前途。电纸书阅读器的价值不在于硬件的科技含量有多少，而在于承载的内容是否对人的创造性有所激发；教育也不在于教材和教辅的数量有多少，背负有多轻便，而在于人才培养的模式与未来社会建设的方向是否吻合。如果仅从减轻负担上看，电纸书真的成为了电子教材，那么学生的学习负担一定不是减轻，而是不知增加多少倍。

电纸书不会取代传统纸质图书，还因为在文本交互、文化动态演进的多样化阅读需求中，仅仅以一个高科技的阅读工具难以满足未来人们的知识和信息的个性化需求。

互联网的动态性、无限信息传播与接受、阅读互动性等因素，使互联网成为人们阅读的信息源。电子阅读器产品本身是对互联网信息和互联网多媒体技术的裁割，适用于如教育培训等专门领域内的阅读学习。作为大众化的阅读工具，电纸书并没有很广阔的发展前景，至少在相当一个时期内无法和纸质图书的便携相比。知识产权的制约和人们的阅读极限也是制约其发展的因素。

随着移动通信技术、电子技术的发展，以及 IT 产品的降价与普及，越来越多更具便携性、大容量存储、大屏幕显示、无线互联网接入的各种格式的终端产品不断出现，电子书阅读器的作用与重要性会逐渐被读者接受。虽然没有采用省电的逼真于纸质的 E－Ink 屏幕，但是随着技术的创新与发展，这些能实现高分辨率、较好的视觉效果、长时间待机、网络浏览与下载和具有电子书阅读功能的终端产品，也将会逐渐作为类电纸书和 E－Ink 产品走向市场，普及的可能性甚至有可能替代功能单一的电纸书产品，成为今后人们学习、工作和娱乐的必需品。以美国苹果公司的 iPad 产品为例，采用 9.7 英寸显示屏，支持多点触控，可以通过在线图书零售平台购买下载观看电子书，并具有网络浏览以及各种应用程序扩展的超便携平板电脑，在上市三个月就达到了 327 万台的销量，超过了任何一家电纸书的销量。①

占电纸书市场主要份额的汉王科技，从它 2010 年 3 月在深圳证券交易所中小企业板上市以来的股市行情看，一年多时间里，汉王科技的股价从让人咋舌的 175 元，跌到令人叹息的 20 多元，犹如坐了下行的“滚梯”般直落，而这一切都源于电纸书销量的急剧下滑。虽然从 2009 年第二季度开始，汉王曾连续三个月以每月 800 万元的额度连续为电纸书投放广告，但汉王电纸书终因缺乏竞争力，不断淡出市场，其主要原因很简单：仅仅销售一个高科技的阅读器，很容易被替代。

虽然“现在的数字墨水（E－INK）技术已经使电纸书具有纸张的纹理质感及油墨的凹凸感，阅读屏不发光也不反光。也就是说，电纸书的发展方向是保护传统的阅读习惯，而不是颠覆传统的阅读习惯”。② 但整个电子书存在的问题都是内容建设问题，这和纸质出版图书的版权明确、信誉良

---

① 蒋建、黄燕华：《电纸书的发展及其对图书馆运作模式的影响》，《情报探索》2011 年第 5 期。

② 王子舟：《随电纸书洪流走入数字阅读时代》，《图书馆建设》2010 年第 6 期。

好、具有权威性和可触可感的物质形态性相比，电子书为畅销书培育大众读者和酿造文化氛围的功能大于自身的阅读使用价值。纸质版权图书对传统文化心理的继承具有稳固的导向性，加上出版业在传媒科技的帮助下，出版速度和印刷技术水平日益提高，无疑大大增加了纸质图书的文化市场竞争力。

原创图书的探索性和不足，往往体现在一个时代的文学创作状况上。比如盛大文学号称拥有几百亿字的内容，但绝大多数只是网络原创文学，多集中在玄幻、恐怖、悬疑和武侠等领域，真正能够走上传统纸质版权印刷、为大众广为接受成为畅销精品图书的，在当前的文学观念下，还很少。比如，汉王科技致力于图书内容建设后，虽然图书品种很快突破了十几万种，但多为过期图书，没有畅销书和新书。

电纸书最大的应用市场可能在于文学图书的下载和传播上，特别是针对原创的畅销作品。任何一家模仿自然纸质逼真性的电纸书，如果致力于知识和信息的阅读获取，都会在互联网多媒体传播的技术覆盖下，失去生存的竞争力。然而，对于文学的传播，对于大众文学阅读趣味和审美价值的民间化过程，电纸书具有携带和阅读的显著优点，甚至可以适应专业的文学研究和文化批评。因为文学文本虽然解读的角度可无限变化，且具有文化生成的无限可能性，随着时代发展可以产生无限的文化衍生品。然而文学作品相对具有稳定的内容和稳定的版权约束，纸质文学和其他纸质图书一样，经过民众接受过程的约束和过滤，才有可能成为广泛传播的精神食粮。其文化价值不是被电子媒介随意信息化和技术处理后就能够获得的。文学作品具有明确的社会文化责任和礼俗道德的承担，在广泛阅读中具有明确的文化商品的信誉保障，传播接受过程中涉及经济、道德和文化信誉的可变性因素不多，特别是在经典化的过程中又潜存着巨大的文化市场价值，适宜脱离网络，以电纸书的形式作为资料大量存储和阅读检索，具有纸质文学图书馆的功能。

所以，没有文学阅读的普及和带动，电子书的发展和各类阅读工具的更新不可能如此迅猛，没有网络文学传播和创作互动的盛况，文化产品的硬件开发也没有远大的市场前景。在各种染指文学的电子书和阅读器的技术开发和演变中，自然纸质文学读本的存在，是技术媒介存在的根本依据和文化底气。虽然从传统文化心理和美感社会学角度作出深刻的透视和回答，尚有待学者们的进一步研究，但纸质图书不会被电纸书取代是比较容易预测的。目前，虽然通过电纸书和手机等终端电子设备进行文学阅读的青少年占阅读者数量的较大比重，但整体社会阅读习惯和并不环保低碳的电子书阅读，在相当长时期还不可能与纸质文学阅读感知的物质实在性、随意休闲性和不受任何拘限的自由性相比。另一方面，阅读器的发展现状固然与媒介科技的进步相关，而网络文学的海量生产、文学阅读选择的诸多困惑以及经典文本民间化的稳定趋向，是推动电纸书发展的市场动因。目前，文学主导文化的局面没有比历史上任何时期减弱。庞大的文化教育市场伴随着网络文学的迅猛发展，推动了电纸书技术和电子市场的发展和扩大。不论是电纸书、电子书还是纸质图书，阅读的本质没有改变，阅读的民间化趋向没有改变，文学主导阅读的状况没有改变。文学“读纸”或者“读屏”所追寻的仍然是想象和快乐，感受到的仍然是语言文字的魅力和形象的启发。

第二节　生活超市内的图书经营

新时期初期，文学创作和市场的繁荣，被认为不是一种正常状态，而是“文革”时期经过一个时代与书隔绝、与文学隔绝后的社会文化心理反拨，是极端禁闭状态后一种颠覆压抑的文化冲动；也是一个社会集体补课、扫盲时期。随着文化市场的逐步形成，到20世纪末，文学开始进入低迷，小说淡出人们的文化视野。这种现象一度引起文艺界的恐慌，除了需要社会学理论给予文化供需关系的解释外，创作自身不能很好切合民间心理诉求是内在原因。“实质主要不是商业之道，而是已经改变了解释角度的社会心理，是人对自己欲望、潜意识被满足的渴望。成年人具有普遍的生存焦虑，渴望获得新的知识和技能，渴望获得财富，因此催生的是一大批炒股、理财、经济管理和职业励志等内容的畅销书。而对成年人来说，文学作品，如果作为一个商品而言，有使用价值，但不具备足够的交换价值，无法通过阅读文学作品而获得事业上的成功。”[①]

图书市场的经营方式通过运用不同的传播手段和传播媒介，能否适合市场规律和能否契合社会心理和读者心理期待，成为解决这一问题的关键。国营经济的新华书店逐渐形成超市化经营和图书进入生活超市，标识着一度高雅的文化产品已经完全进入日常生活产品的视野，最大限度实现了与市场互动，社会文化建设逐渐走向以民间为本的销售渠道。超市经营的电子化和虚拟化，顺应文学表达媒介和感知媒介的影视化、图像转型和多媒体技术等趋势。特别是网络书店和生活超市里的文学书籍经营，使文学日益形塑着民间文化形态，提升着民间精神价值的品位。

一般认为世界上第一家超市于1952年在美国诞生，当时人们把逛超市作为一种时尚的休闲生活方式。超市购物的便利成为人们日常的生活需要。中国的超市出现在改革开放后商品经济逐渐繁荣的背景下，如今家乐福、沃尔玛、旺市百利、美廉美、华联等超市遍布了全国的各个城市。在不知不觉间，在超市的一角出现了书架，摆上了琳琅满目的图书。

中国超市里售书最早大约在1993年前后的上海[②]，这被认为是上海图书业界最令人震惊的事件。作为一种传播知识文化手段的图书，却如同一般商品一样借连锁超级市场的销售网络，同日常生活用品摆在了一起。上海广播电视台、《新民晚报》、《文汇报》和《解放日报》等媒体迅即作出反应。当时有两点引起广泛关注：经营图书行业的新华书店的主渠道地位是否受到动摇；图书是否已经与日常生活用品一样进入日常消费品之列。

从销售情况看，1993年的10月18日，上海华联超市公司旗下的六个超市商场开始全面供应图书，推出书刊200多种，以热销沪版书刊为主。在每个超市中，平均每两分钟就有一本书售出，华联超市经营图书仅一天，就完成了四万多元的销售额。以这个速度计算，不低于黄金地段新华书店的销售额。图书进入超市，与现代都市和商品经济社会的逐步成熟相关。在欧美发达国家，通过非专门的书店渠道，包括票亭、超市、便利商店及书报摊，来贩卖新书、畅销书和畅销杂志已经很普遍。现代快节奏的都市

① 朱健桦：《中国文学图书市场的现象与本质》，《中国图书评论》2007年第3期。

② 参见朱诠《上海“超市”售书的启示》，《新闻出版交流》1996年第1期。

生活，多元化的精神需求，知识的广泛应用，超市人口流动率高和销售速度快捷等，是图书进入超市且持久不衰的主要原因。[①]

从华联超市内的小型售书厅到今天的各大超市内的售书场地，所售图书的统一特色是实用而流行的书刊，注重时效性、话题性和畅销性，符合健康化和社区化的导向，不断与市民生活趣味和时代文化观念密切配合。超市的客户群体去超市的目的主要是购买生活用品，因此以中老年人和女性居多，他们会讲究生活品质和实用性。而传统的新华书店和民营书店图书的品种较全，涵盖了经管类、社科类、科技类和文学类等各种图书；有些书店是特色店，强调主题如艺术、科技等，销售品种就更专业、与普通市民阶层的需求更不一致。所以超市图书针对读者的定位就主要以生活类、少儿类、文史类和生活类等实用性图书为主。目前，出版商已经为超市量身定做图书产品，在选题、内容和形式等方面符合超市读者的需求和价格期待。

可以说，随着日常消费社会的发展，正是这些超市图书、众多报亭书摊和小型分类音像图书店面，以及快捷的网络书店的纷纷运营，推动着一个大众文化空间的逐步建立。多样化的购书渠道，提供给人们的是多种选择，既不能低估人们的选择品位，也不能高估这种主流通俗化的书刊对文化市场的左右力量。传统高雅的书籍成为了普通商品，这不但是给人们提供了一条便捷的购书渠道，也为现代化的商务中心带来了清新、温馨的文化气息，提高了商业经营自身的文化品位甚至经营档次，特别是那些时尚文艺作品的价值不能忽略。

至于生活超市图书中的纯文学作品经营情况，以笔者对河南省洛阳市最大的连锁超市“大张量贩”安乐店实地调查为例：其特点表现为中国现当代名家代表作、当代国外产生阅读轰动的作家的作品和当下网络流行作家的作品较多。书架从左到右依次摆放有鲁迅、徐志摩、朱自清、戴望舒、林语堂、林徽因、朱湘、梁遇春、许地山、张爱玲、萧红等现代名家作品选本，还有周国平、霍达、季羡林、余秋雨、贾平凹、毕淑敏、王朔、路遥和池莉等人的文集。接着是畅销书作家的作品，有韩寒、郭敬

① 王蕾明：《沪上文化新景观 图书进入超市》，《中国图书评论》1994年第2期。

明、饶雪漫和安妮宝贝等人的成名作品，有当年明月的《明朝那些事儿》、何马的《藏地密码》、天下霸唱的《鬼吹灯》、艾米的《山楂树之恋》、侯卫东的《官场笔记》、南派三叔的《盗墓笔记》、舍人的《宦海沉浮》、杨志军的《无人区》、李国征的《饭局》、张洪涛的《国殇》和张传禄的《机关》，甚至还有白岩松的《幸福了吗》等源自多种媒体传播的作品。除了日本的动漫作品外，港台和国外的不多，主要有刘墉、张小娴和三毛的作品，还有日本岩井俊二的《华莱士人鱼》、英国 J. K. 罗琳的《哈利·波特》和韩国金美助等的《天国的邮递员》。

当然，图书销售的种类和超市所处的地理位置关系很大，居民区周围的超市和商业区内的超市图书的销售品种会有所区别。商业区经济管理类图书会销售多点，学校周围工具书和教育类图书会多点。“大张”安乐店就在洛阳师范学院周围，文学书刊会相对多点。而生活休闲类、畅销文艺类的图书，特别是通俗类的作品具有普遍性特征，无论超市位置如何，这类图书都有较稳固的阅读群体，体现出超市本身的生活休闲和市民文化特征。

从全国来看，商业区生活超市内纯文学图书经营情况，可见下表：

2011—2012 年全国部分城市生活超市文学类图书销售情况

城市 \ 类型		古典文学代表作品	现代文学代表作品	当代文学代表作品	外国文学代表作品	生活百科代表作品
北京	家乐福	三言二拍、古典诗词多	鲁迅作品极少	无	悬疑惊悚推理故事较少	中外历史文化、育儿多
兰州	大润发	四大名著少	无	无	无	童话、励志少儿启蒙多
包头	华联美特好永盛成	四大名著少	无	无	《爱丽丝梦游仙境》很少	童话、儿童教育、励志多
保定	大润发惠友	很少	无	时尚散文少	无	胎教、育儿、处世多
郑州	易初莲花	四大名著很少	无	无	无	育儿、处世多
洛阳	家乐福	诸子散文很少	极少	无	很少	育儿、处世多
武汉	大润发	四大名著少	鲁迅作品极少	无	《名利场》等名著很少	智慧故事传记、励志多

续表

城市 \ 类型		古典文学代表作品	现代文学代表作品	当代文学代表作品	外国文学代表作品	生活百科代表作品
南京	金润发	四大名著、诸子散文少	《中国最美的散文》很少	无	无	童话、知识处世、励志多
深圳	山姆会员	无	无	无	无	园艺、养生、杂志少

表中信息虽然是一个粗略的调查统计，从中我们可以看到，现代化超市商业功能分工越来越精细，图书销售渠道日益专门化、便捷化。比如深圳超市一般不出售图书，深圳有深圳书城、深圳购书中心等大型现代化书店，并且快节奏的工作、生活，使网络购书、网络经营成为主要传播渠道，这种趋势也逐渐向内地中小城市延伸。同时，不管在沿海大都市还是内地二、三线城市，生活超市文学传播都有一个可喜的现象：当前传统经典作品已经进入中国百姓的日常文化生活空间，诸子百家和古典诗词的传播也进入民众提升自身修养的主动接受时期；中外历史文化常识、童话、名人传记、励志故事、保健养生作品构成人们日常休闲与充实精神生活的主要内容。

生活超市的功能是日常生活购物、休闲场所，中国现当代文学作品在商业区生活超市销售中几乎是空白，说明我们当前的文学创作、传统观念的纯文学阅读没有进入休闲娱乐文化领域，未来有很大发展空间；要经过个性化的创作转变、娱乐休闲化的自觉追求、历史的积淀、大众化审美选择等，才能成为大众日常文化生活的一部分。那些传统精英文学意识所排斥的形式通俗、内容寓教于乐的作品最有希望进入民众休闲阅读的文化生活视野，从而承担国家文化建设工程的实施主体。那些肩负载道或针砭时弊、干预社会的作品与其他专业范畴内的文化创作一样，主要进入人文学科领域内传播和接受，满足专业教育、信息建设和文化研究等需要。这启示我们，当代纸质媒介创作和版权印刷作品仍然是体制内的精英创作，没有最大限度地走向商业化道路，媒介技术时代寻找多样的适宜自身发展的传播渠道，寻找与全球化消费社会相适应的走向民间日常生活空间的途径，是当前体制内创作应该思考的命题。

至于玄幻类、想象类、漫画类、纯网络链接和自动生成制作类在生活超市内并不占太大的份额。这些作品主要在中学生读者中产生影响，且影响没有我们料想的严重。据笔者实地调查，在学校就读的中小学生，对于玄幻类，包括以郭敬明和韩寒为代表的青春派创作，他们的老师和家长有的是非常严格地禁止阅读的。

虽然这多出于中国式教育和严峻的升学压力，但也不能全盘否定中国现代教育为培养富有社会责任和传统伦理道德意识的下一代，所做出的正确努力和施教策略。青春类作品的阅读范围和文化导向存在着新闻价值高于实际作品价值的现实。

笔者对青春文学作品做了诸多调查，在此谨举出一本书的调查细节：《爵迹·燃魂书》，长江文艺出版社 2011 年 1 月出版，由北京长江 21 世纪文化传媒有限公司发行，作者为“郭敬明等”。在洛阳市实验中学（初中）门前的以销售教辅资料和课外读物为主、名为“ABC 书店”的一个小型书店内出售。此书大概两个月内售出了三本。笔者对这三本书做追踪调查，三位学生看后有一位学生说看不出好坏来，也并不知道自己看的什么故事。第二位学生看过后说很“玄幻”，挺刺激。第三位学生说买了没有看，询问家长时，家长仍然异常生气地说：“买后走出书店门就扔进 ABC 前的水沟里啦!”（据笔者调查确实如此）。笔者又调查了一位实验小学的老师，他回答说：“老师也是禁止看的。”原因是这些鬼魂玄幻对学生的身心健康会产生很坏的影响，并举出一位常看此类书的学生，现在似乎出现精神失常症状。笔者调查一位 20 世纪 80 年代河南大学中文系毕业、年龄在四十多岁的初中三年级班主任时，曾目睹这位班主任在批评看此书的学生，她向该学生严厉指出：人家郭敬明写书，是坑害别人不坑害自己！是为了钱！这位班主任几十年来恪尽职守，兢兢业业，所教班级每年在教育评比中均处前列。每到教师节，可谓门庭若市，成才的学生从名牌高中或者高校蜂拥而至，感谢恩师。

笔者细致翻阅郭敬明此书，发现此书很讲究创新和个性化，从封面设计到纸张印刷与传统书籍判若两样，完全颠覆了传统文字的排版乃至行文特征。内容的玄幻和怪异，语言的陌生化和怪异化都是“超凡脱俗”的。

所配插图也是荒诞而鬼气十足。可以肯定地说，此类书籍对社会文化，特别是对正在青春期发育的中学生的身心健康不会产生正面的效果，完全是在商业操作下，在传媒制作下的主流文化工业的副产品。起码对学校教育在一定程度上具有负面作用，是一本讲经济效益不顾及教育伦理的商业制作。只是目前中学生数量庞大，据教育机构统计，现在全国共有初中学校六万多所，在校初中学生约六千多万人。如果每一千名学生误入名人效应的购书歧途，这本书也能有六万的销售量。还不说目前中国拥有超过九千所高等院校，在校大学生人数接近两千万，全国小学在校生人数超过九千万人。如此庞大的学生队伍，玄幻类图书潜藏着巨大的文化市场。如果真如《爵迹·燃魂书》书后面的广告语："这应该是《最小说》历史上从未有过的连载，一部魔幻大制作，因为它的漫长。从未有过的首印量、从未有过的宣传力度，让它本身之外像是个巨大的引擎，无论是对出版业，还是它本身的魔幻写作。"① 此语如果真的兑现，将造成中国教育史上非常恐怖的事件。所幸中国的教育是精英化教育，以崇高的道德素养和富有社会责任意识为人才培养底线的教育，是承载几千年民族优秀文化传统、富有民族特色的教育。这类商业制作经过诸如笔者所调查的那位负责任班主任的教育规约，不会有很大的文化市场和持久的接受前景。

超市图书销售知识普及性、文化交流性特征很突出。这方面，先秦诸子百家作品占有相当大的份额，以花样众多的封面包装和简缩本、合集本、平装本和精装本等众多版本，以适应不同层次和不同审美心理的读者需要。笔者在商场观察到，有席地而坐翻阅经典的中小学学生，甚至不乏傍依书架聚精会神研读经典的退休老者。一本书只有在有人读时才存在，文学作品应当被当作一个交流过程来感知，文学又是社会文化的产物，它必然具有宗教不愿考虑的经济方面的因素，应该敞开自己的大门，接受社会学的考察。当下社会随着文化和传播渠道的演变更新，逐步扩大了消费群体对文学的需求，逐步增加了交流的手段。"昔日作为文人贵族特权的文学变成由一个相对开放的资产阶级精英集团从事的文化活动，到了近

① 李枫：《十年——〈临界·爵迹〉读后感》，《爵迹·燃魂书》，长江文艺出版社2011年版，第220页。

期，又变成群众增加知识的手段。”① 从多个超市经典作品传播现状看，作品的题材样式、思想意义和艺术形式的被接受过程，处在连续性和持久性相统一的社会文化交流中。民众接受角度可以从文学、历史、哲学等方面互相跨越，乃至一部作品是否是文学类的或者历史类的，是否有一个接受群体的身份确认，并不单单是作品的主体倾向或者读者的文化素质决定，而是传播中的交流性质和文化功能决定。

第三节　图书超市化和网上书店经营

更新经营观念甚至更新文学观念、提高商业竞争力、不断适应文化市场的需求是永不过时的经营之道。随着整个社会文化的发展，人们经济生活水平的日渐提高，精神生活需求也日渐丰富多样。重视文化素养的培养，也是人文性需求的切合人类生存本性的体现。一方面文学阅读是历史培育的高雅趣味，文学是精神归依和融会贯通的快乐渠道，装潢或精美或朴雅的图书经营场所，不断招徕着节假日里休闲的人们光顾翻阅，使人们既能放松紧张的生活节奏，又能沐浴到知识信息，同时作为当代生活迎往送来互赠礼品的一项选择，文学图书有着独特的社会礼仪功能，适合做为知识分子群体和文化体制内交往的重要桥梁。另一方面，图像感知时代，数字虚拟化刺激的对临场的渴望，逛图书市场，面对书籍的随意翻阅的亲临感和轻松感，以及多样化的生活模式、文化接触方式与阅读心理的复杂善变，使图书超市和超市经营的图书场地，并不随着网络经营的强大优势而淡出文化市场。

同时，图书超市往往比生活超市内的图书经营，更具有人性化的读者服务设施。一般图书超市内顾客都可以自由阅读，甚至为读者专门设置座位或者建立读者俱乐部，营造出一种家庭书斋的温馨气氛。并且有的书店里还洋溢着低缓优美的音乐，使人流连忘返。很多读者是在读完书后觉得内容写得很好，才购买珍藏的，这些服务能很好满足这类藏书

① ［法］罗贝尔·埃斯卡皮尔：《文学社会学》，符锦勇译，上海译文出版社1988年版，第5页。

读者的需要。有的图书超市在销售大众图书的基础上，兼售光盘、视频显示系统等视听设备，扩展一些相关产品和视听服务，提供给读者阅读的方便和多样的阅读选择。甚至有的图书超市还设立了“抄书间”，免费让读者抄书，配备了复印机，以优惠的价格为读者复印图书资料，有电子预报新版图书和声控宣传设施，读者在选购图书中能欣赏到优美动听的背景音乐。

相对图书超市，生活超市图书零售业虽然经过将近二十年的发展，为读者提供了更丰富的购书空间，卖书已经成为很多大型超市的必备业务，文学阅读成为比较时尚的休闲生活方式，并富有成效地培育文学市场，推动文学阅读，引导文学的民间传播趋向。目前的商场超市图书经营偏重于满足大众化的文化交流需求，是一个民间文化在场的交流互动平台，仍然发挥着纸质图书沟通雅俗的桥梁作用。图书市场超市化经营具有相对稳定的传播优势，偏重满足专业读者的需要，相对满足中小学生节假日扩大知识面的广泛浏览，其培养文学市场和潜在读者的功能比较显著。

同时，图书超市为了扩大经营规模，也离不开自己的网络销售和宣传网页的制作，以及网络销售体系的建立，但不同于纯粹的网上书店。网上书店要借助较为华丽的网页来吸引顾客，因为网上书店的顾客范围是全国乃至国外，而大型图书超市的网页只是为了更加方便地把图书卖给那些已经很了解该超市的本市顾客。读者在网页上要了解的是自己需要的书是否有，或者是最近有哪些新书以及很流行的书到底写了什么内容等，而不是要了解图书超市的地理位置、发展历史和信誉排名等问题。简单的网页也并不代表内容不丰富，读者需要的所有信息都应该反映在网页上。通常要购买图书的读者会关心图书的这些问题：书名、封面、版式、作者、出版社、内容简介和目录等。

和网上书店一样，图书超市的网站也很重视从顾客注册信息和顾客购买信息中统计挖掘出有用的信息，定时给不同年龄、不同爱好的读者发送推荐书目。图书超市的网站也提供外延服务来吸引读者浏览网页，比如发布图书销售排名榜、名家书评和专家推荐，进行有奖读书竞赛、畅销书籍作者网上做客活动等。很多纸质出版社依靠网上个性化的评论和交互活动，得到纸质版权的商业信息，然后获得极大的版权效益。

另一方面，借用互联网的图书销售，如当当网、卓越亚马逊网的成功运营，更加快捷和便宜的图书销售，已经成为专业性更强的知识阶层购书的主要渠道，通过网络对文学作品的选购，更能适合有一定文化水平的普通文学爱好者和专业文艺研究者去检索、浏览和了解专业发展现状。网络销售的动因和对文学演变的推动作用，涉及更广泛的社会学、经济学甚至文化人类学诸多领域内的相关理论知识。

传统书店在正常运营中总是面对大量的进书信息、售书信息、库存信息、统计分析信息和相关人员管理信息等，实体化的管理方法既浪费人力、物力、财力，又容易导致各种错误的发生，管理不便，错误在所难免，经济损失不可预测。网上书店借助互联网技术和软件开发，能很好地实现智能化、系统化和信息化管理，不断提高书店经营的销售成效，不断加快图书网络化的进程。网络化管理实现诸如用户身份验证登录与注册、图书展示、图书搜索、图书购买及售后服务等；管理员管理图书信息、用户信息、图书分类、销售资料和订单等也更为科学精确，符合现代商业发展的技术化和科学化管理趋势。

网上书店出现的社会文化基础也在于市场全球化、经济模式一体化趋势和运输传播技术可预期的发展前景。人类交流方式逐渐突破时空限制，文化活动更加活跃，并即时性地与日常生活密切联系起来。资源共享是全球化文化发展的趋势，文学形态生成的社会土壤无差别化，信息产业推动文学出版、印刷和传播的整个环节与读者的文化需求、审美倾向密切联系在一起。文学销售活动、文学市场需求和社会文化心理也密切联系在一起，读者可以对整个围绕文学发生的社会活动即时关注和反馈，从而，对文学活动的各个环节发生较为显著的影响力。

网络文学市场也是一个虚拟化的文化交流平台。一方面文学销售商根据网络平台上读者发帖的阅读信息，组织各类文学图书的优惠幅度和配送方式。读者可以选购任何自己需要的文学书籍，而不必见到销售商，甚至也不需要知道销售商的文化身份、所属公司的经营规模和经营场所，整个购销活动可谓只见书籍不见人。另一方面，文学销售商和文学读者之间的无声无形和无时间、无地点、无身份认定的虚拟化状态，也使购销过程的商业信誉接受着较为严峻的伦理道德考验和社会化、民间化检验。图书信息传播的方便对图书市场的调节更加符合实际，更加符合简约高效的运营原则，虚拟化的快捷模式，读者对图书质量、服务和信誉，甚至对文学趣味的评判和文学思想价值的构建有了更多的有效信息反馈。读者的文化姿态和民间意识对网络文学信息的交流逐渐起到主导作用。同时，作为商业活动的文学销售机制也会得到更为高效的运营模式的改良。如此一来，网络经营的成本得到大幅度降低，经营效率随之提高。

网络技术和信息资源的共享、虚拟交流使图书商品往来的信息更加透明，读者通过网络，可以便捷地了解所需图书类型的多个出版机构的相关出版信息，比如图书出版的类型倾向、图书的质量、图书价格、销售信息以及阅读反馈信息等，读者在作出选购决定时可以有更多的选择依据，更为个性化地购买自己需要的书籍。同时，出版社、门户网站和文学销售机构之间的竞争加剧，平民化的销售意识进一步成为经销商经营活动的出发点。

网络经营与店面经营需要商品之间最小可能的差异。文学图书从封面到包装基本没有什么差异，适合网络经营。图书没有规格型号的分别，封面设计、版式大小、书名、作者信息、出版社和目录内容都可便捷地提供给读者。读者不会担心书籍送到后会与网上查阅的销售信息有出入。并且，由于体积和纸张叠印的形制，无论使用什么样的送货方式和交通工具，都不会轻易影响图书的质量。图书的不易损坏是网络流通的天然条件。

一般来说，人们对虚拟网络的不信任感除了经营方式多有弊端外，也有看不见摸不着所需商品而产生的心理担忧。网络经营图书以货到付款的模式消除读者的这种顾虑，在交易过程中能获得较高的信任度。网上购书又省去逛书店的时间和路费，退换货极其方便，给读者以文明经营和浓厚人文气息的体验。网络书商在此基础上建立客户群，获得一个稳定的购书群体，可建立一个主客互惠和商机信息明晰的经营网络，不断扩大经营规模。另外，货物配送的灵活方便，没有物质实体的作业，网上购物数据库在网络页面上建立，方便解决读者急用书的二十四小时营业方式，简单的物流人员配置，形成一个快捷的物流体系，成本低廉，服务周到，虽然配送往往限制于市区，可能更加拉大城乡之间的文化差异，但这种传播技术和运输技术的网络化覆盖，扩大了文学市场经营规模，对文学传播的广度和深度、对文学作品类型化的形成产生了很大影响，网络图书经营也逐渐成为文学书刊传播和接受的主流模式。

第四节　书报亭内的文学类书刊

书报亭的经营是文学书刊传播最为原始的途径，是传播时尚文化、时尚文学风格和产生文学轰动效应的拓展区，是时代文学观念和传统文学意识交互融合走向民间的一道文化风景线，对市民文化趣味的形成和精神文明建设起着不可小觑的作用。在城市一角的方寸之地，却如城市瘦弱的脊梁一样，肩负着一个城市文明的重负，为城市托起一片静谧湛蓝的文化天空。

下面是笔者在洛阳邮政书报亭出售的《民间文学（故事）》杂志上看到的一篇微型小说。题目就叫“书报亭前”，其文体特色、故事类型和街道销售的文化景观颇为相合。全文仅两千字，抄录如下：

书报亭前

曾宪涛

学校附近有个书报亭，东方穆强常常在那里买报纸杂志，慢慢地，东方穆强喜欢上了那个端坐在书报亭中的姑娘。他觉得她身上有种古典的美，而且是那么朴实单纯，她的一颦一笑都那么耐人寻味。东方每次来买报纸都会偷偷地看她，最终他鼓起勇气写了一封情书，趁姑娘不注意投进了报亭。

东方在信中留下了自己的手机号码，还说如果姑娘有意，就给自己来电话。几天来，东方再没敢去报亭，他一直惴惴不安地等待着。

没想到这天还真的有一位女子打来电话，约好时间让他在书报亭相见。东方喜出望外，下班后好好打扮了一番，来到书报亭前。

报亭前还站着几个年轻人。一位装束时髦的女子从亭子里出来，冲着他们道："电话是我打给你们的，我是她表姐。你们不是都说喜欢她吗？现在我可以告诉你们，她下肢瘫痪，平时都是我送她回家，明天我要出差，不知你们谁愿意来按时送她回家？"

几个年轻人先是一惊，随即立马便开溜了，只剩下东方一个人站在原处发愣。

"你还不走？"表姐问他。

"我，我……"东方不知如何是好。

表姐转脸对报亭里的姑娘说："我早说了吧？这些人的话根本不可信！你瞧——"

"我愿意送她。"东方突然说，"今天我就送她回家。"

那位姑娘拄着双拐从报亭出来，她虽不是表姐所说的下肢瘫痪，但毕竟也腿脚不方便。东方用自行车推着姑娘，一直送到她住的小区门前。姑娘下了车拄起双拐，不让他再往里送，说明天早上来这里接她就行了。

从此东方每天都来送姑娘，知道了她叫嫣红。嫣红也知道了他复姓东方，全名叫东方穆强，是大四的学生，不过她叫他东方，说这样顺口。表姐出差回来，东方依然继续接送。两人真的相恋了。她问他："你真的不后悔？"他说："真的不后悔！"说罢想去吻她。她躲开了，说："等明天，明天我会给你个惊喜！"

第二天，学校突然有事，东方打电话告诉嫣红要晚些来。嫣红说刚好表姐来了，让他不要来了，她和表姐一起回家。东方说他会尽量赶过来，叫嫣红等着他。

可是，一直等到很晚东方也没有来。此后连着几天都没有接到东方的电话，人也没露面。开始嫣红以为他有事，后来实在忍不住了，就打他的手机，可是却无人接听。她沉不住气了，要表姐陪她去学校找他。表姐说："算了吧，你还是不要去，免得自讨没趣。"

表姐走了。嫣红心里很乱，不断地为东方不来找理由，但怎么也说不通他为什么不接电话，想着想着不禁流下了泪。这时一个小男孩跑过来，送给她一封信，说是一位叔叔让他送的。嫣红刚要问什么，小男孩转眼就跑了。嫣红打开信，一看那熟悉的字迹，她激动得心都要跳出来了。信果然是东方写来的，可是没想到东方在信里竟提出要与嫣红分手，说他想明白了不愿找一个腿脚不好的妻子，还说除非将来他的腿脚也不好了，再来找她。

嫣红气哭了，想把信撕掉，最终还是留下来拿给表姐看，表姐道："原形毕露了吧。"嫣红痛哭一场，她真不相信东方会变卦，而且会变得这么无情，但东方从此与她断了联系。

一年过去了，这天报纸上一行标题赫然映入嫣红的眼帘：抢险英雄东方穆强来我市作报告。一年来，嫣红对东方非但没有忘却，反倒越发思念，她想见到他，想听他亲口解释究竟是为什么？虽然她知道这个英雄东方，极有可能并不是她那个东方，但她无论如何要去参加那个报告会。

表姐陪她去了。当英雄出现在台上的时候，嫣红惊呆了，竟然真的是他！他身穿戎装，拄着双拐，一条裤腿是空的，却更显英气。听他报告中说，一年前，他大学毕业，当兵去了西南山区，在一场泥石流灾害中，为了抢救几个孩子，一块巨石砸在了他的腿上……

报告会结束，嫣红同表姐来到台上，人围得很多，都是来找英雄签名的，她挤不过去，只能远远地看着。东方一抬头，看见了她，一怔，又低下头去给人签名。嫣红拿出东方写给她的绝情信，在上面写道：请英雄给我解释。然后交给一个工作人员，请人家把信转交给他，便拉着表姐离开了。

第二天，嫣红坐在书报亭里，外面下着蒙蒙细雨，突然电话响了，她拿起听筒，里面传来她熟悉的声音："嫣红，你好！"她拿着话筒，竟哽咽了。东方说："嫣红，别这样，对不起，我不该写那封信。"嫣红道："你到底为什么？"东方说："那天我接你来晚了，当我看到你从报亭里出来，蹦蹦跳跳的什么事都没有，我气坏了，于是便给你写了那封信。你为什么要欺骗我？我最不喜欢不真诚的人。”

嫣红终于明白了其中的原因。她抽泣道：“我是骗了你，那时候，我刚好扭伤了脚，表姐叫我趁机试试谁是真心。后来，我早想把真相告诉你，都怪表姐，非要叫我等脚伤好了以后再告诉你。那天，我说要给你一个惊喜，就是要告诉你我不会拖累你，没想到……”嫣红说不下去了。

东方在那边沉默了半晌才道：“没想到会是这样，怪我那时候太孩子气，也不找你问问清楚，现在后悔了。嫣红我们永远做好朋友好不好?”

嫣红急道：“为什么？我要永远跟你在一起，再也不分开。”

“……我不想拖累你。”

“不，你信里不是说等你腿脚不好时再来找我吗，你现在在哪儿?”

嫣红抬起泪眼，猛然看见就在马路对面，穿着一身军装的东方架着双拐，正一手举伞，一手拿着手机，站在雨中深情地看着她。

蒙蒙细雨还在下，伞，遮盖了一切……①

这篇仅仅两千字的短文，针脚极其细致地编织了一个生动感人的故事。悬念设置自然，事件曲折跌宕；具有现实依据和质朴情味，又不乏精巧的艺术构思和鲜明的形象塑造。传统民间价值观念和伦理色彩跃然纸上，同时，还具有传统言情小说设置沧桑人世间的生活底色。语言格调是旧派民间底层文人的作风，带着浓厚的民间文学起承转合、故弄玄虚的情节和逻辑韵味。

这样的民间文学短篇，虽然故事不免落入类型化的窠臼，但旨趣不俗，立意健康，叙事紧凑精炼，适合快节奏的现代人阅读，也可开发成手机小说广为流传，其市场潜力、社会效益和文化传播价值不可低估。同时，加大书报亭文学的建设和管理，能充分挖掘当代民间文学大众传播途径所携带的文化信息和功能，让文学自由发展，还能充分张扬民间文学的

① 曾宪涛：《民间文学（故事)》，2010 年第 8 期。

艺术个性，培育其生存土壤和民间氛围。此类作品，在类型化和叙事模式化的同时，又选择现实生活的内容，价值观和审美观既传统又现代，从民间文学的内蕴和形成机制上，具有民间意向和文学传统复归的价值倾向。对文学如何与新时代、新生活融合富有启发意义。对医治当今快速发展的经济社会带来的文化焦虑，甚至是拯救日益沦丧的传统伦理道德，此类作品所发挥的文化作用不可低估。

目前中国有 2000 多种报纸和 8000 多份期刊，在数量上呈现出信息过剩局面，但人的注意力有限，并且不同人群的注意力相对集中。书报亭的文化刊物销售大多集中在关于电视节目、时事新闻、晚报、都市类和生活类报纸等几个方面，以及《故事会》、《读者》、《知音》和《民间文学》等这些售价低廉、创刊时间早和知名度大的期刊。大多数期刊销量虽然不大，但也各自拥有稳定明确的读者群。书报亭拥有一个市民文化集散市场，是市民阶层感受文学原始传播方式和广泛民间化阅读的文化平台。

第五节　多渠道传播下的历史小说

20 世纪 90 年代以来，大众文化的崛起有着多方面的文化背景以及深层的政治经济原因。其中，媒介技术控制和制造的话语霸权以强势的文化导向力量，加速精英文化的世俗化是一个不容忽视的因素。网络和多媒体的时空展示和对远古信息的实物复原，颠覆了历史文化构成的神秘因素；传播的迅捷和深入，使文化产品由稀缺构成的高昂价值逐渐丧失，进入消费社会伦理中的精神产品自身定位也趋向凡俗。文学图书本身也能传播历史知识、开阔文化时空感受视野和提升文化素养的社会价值，同时愉悦身心，满足读者休闲娱乐的心理需求，在文化消费品中不可或缺。

历史意识是人类文化发展最为强劲的驱动力之一。对民族来说，历史关乎兴亡更迭；对个体来说，历史意味着生命的延展，甚至历史形象支撑着精神价值的主导方向。文学对历史的言说，从广义上说，是历史的形象重构或者是未来历史形象的模拟。文学和历史的联结是思想和想象的贯穿，两者都必然属于精神学科的范畴。当前，历史扮演着文学的角色，历史著作以文学性的装点日益走近大众，宣讲历史也是任何社会转型时期传播媒介首先热衷的话题，任何转型时期的文学创新往往都伴随着历史文本的重新抒写，不然文学的更新就会行之不远。文学有时需要以历史老人的沧桑面孔出现，来昭示自身的沉重和责任；有时要以轻松的艺人姿态表现，走向亲民和世俗人心。

传媒时代的“文本交互”是一个普遍特征，也是当今时代文化本体建设的必由之路。传媒时代的美学特征把文学的一切技巧和想象推向最广大的、最深远的社会生活领域。文学和历史从本体内涵上的“交互”，呈现出彼此印证、互为假借走向消费文化行列的坦途，并往往装扮成传媒新闻事件走向民间视野。

网络电视节目特别是中央电视台《百家讲坛》栏目对近年来的文史图书的销售传播，起了很大的作用。初稿完成于1976年的黄仁宇的《万历十五年》，以独特而充满趣味性的历史写作方式畅销于20世纪末，迎合了一种怀旧风潮；同时期的《老照片》又在视像媒介迅猛发展的背景下，用图片拉近了读者与历史的距离，让读者可以直接感受到历史的真实气息；清史专家阎崇年于2004年在央视《百家讲坛》栏目的大型系列讲座《清十二帝疑案》开播，以此为基础，修改增订成《正说清朝十二帝》而畅销。在这个过程中，电视这个强势媒体的大众传播无疑为这种畅销打下了良好的文化市场基础。该书以“正说”还原历史原貌，改变了多年来影视创作和文学作品对历史“戏说”所形成的很多误区，这是该书畅销的主要原因。接着，2005年，易中天在《百家讲坛》主讲“汉代风云人物”，把历史讲得深入浅出，引人入胜。与阎崇年的“正说”不同的是，易中天采用的方法是“趣说”，他将古典人物、事件进行“现代化”，比如“韩信是一个待业青年”、“朝廷派人去查吴王，也没有发现什么大规模杀伤性武器”，这样的语言浅显易懂，让人接受起来轻松愉快。于是，东方出版社2006年出版的《易中天品读汉代风云人物》也成了畅销书，而上海文艺出版社将易中天的旧作《品人录》等“品读中国书系”修订出版后，也成了畅销书。学者和学问的严肃死板自有其文化道理，而易中天获得了大众的青睐，仍然说明了大众最欢迎的是深入浅出的言说和寓教于乐的文学方式。[①] 文化趋向与电视传播互为助力，并非就是消费时代精英文化的末路，一定程度上可以说是精英文化的转型和文学历史趣味的更新。

网络文学中的历史文本，例如当年明月的《明朝那些事儿》等，如果没有在网上营销这种店面销售没法比肩的交互策略和社会性的推动，其销售量会大打折扣；同时，轻松活泼而富有生活气息的文学语言的追求，也是获得文化市场的关键因素。“在技术化和市场化中，艺术的雅俗问题成为争论的焦点，‘雅’正在让位于‘俗’。其内在原因在于：现代学术性的知识分子是‘解经者’，而原创性的思想家是‘创经者’。学术体制中的知识分子唯一存在的价值是‘解释’，工作语言是书面语，以保持工作的专业性和超越性。但是，今天知识分子书面语正在失效，日常口语正在调侃和改写知识分子的生命仪式——书面语。”[②]《明朝那些事儿》主要讲述的是从1344年到1644年三百年间关于明朝的一些故事。以史料为基础，以年代和具体人物为主线，并加入了小说的笔法，对明朝十七位皇帝、王公权贵和小人物的命运进行全景展示，尤其对官场政治、战争和帝王心术着墨最多，并加入对当时政治经济制度和人伦道德的演义。尤其是叙述语言诙谐幽默，轻松自然，活泼生动，极具浓厚的生活气息和现实感，又不乏以深刻哲理穿透历史表象的思想品格，表现出极高的驾驭历史、言说历史的思维能力和表达能力。当年明月自述：写作东西本来只是娱乐一下自己，没有想到发表后居然还有人捧场，且捧场的人以百万计；由于早年读了太多学究书，所以很痛恨那些故作高深的文章，其实历史本身很精彩，所有的历史都可以写得很好看，写《明朝那些事儿》就是为了证明给别人看。[③]

对历史小说情有独钟，是中国文学在社会思潮和文学观念更新时期的选择倾向，内在着构建新型文学样式和新的审美范式的实践冲动。民族文

① 朱健桦、郭亚军：《历史类图书的大众化与大众阅读——近十年历史类畅销书评析》，《中国图书评论》2006年第9期。

② 王岳川：《网络文学的民间视野·序言》，中国文联出版社2004年版，第4页。

③ 当年明月：《明朝那些事儿·后记》，中国友谊出版公司2009年版。

化的统一性和连续性发展，很重要的一个方面就在于对历史人物和历史事件的追溯和重塑，文人与国家兴衰的儒家伦理思想使任何时代的文学作家，很难脱离现实生活去谋求文学的纯粹幻想，因此贴近历史的叙事成为富有建设性的中庸之道。历史进入文人作家的视野是一种天职和无奈，包含着参与的热情和嘲讽的孤傲，言说历史成为转型期文学素材和文学价值更迭的首选。中国作家文人传承儒家文化赋予的使命感和伦理责任，倾向于通过一家之言总结历史教训、借鉴历史经验，以积极的人生态度，祈求能为现实制度管理提供历史参照的文本。然而，当前消费社会语境下，文化逻辑的商品规则又制约着新型文学意识和文学实践的构建框架。于是，历史进入文学范畴，不再附着单纯文学的美感情怀，而成为一种文学的时髦和传媒的新潮。

“正如马克思在谈到拿破仑三世时说：有时，同样的事在历史中会发生两次：第一次，它们具有真实的历史意义；第二次，它们的意义则只在于一种夸张可笑的追忆、滑稽怪诞的变形——依赖某种传说性参照存在。因而文化消费可以被定义为那种夸张可笑的复兴、那种对已经不复存在之事物——对已被‘消费’（取这个词的本义：完成和结束）事物进行滑稽追忆的时间和场所。”[①] 历史情结是民族文化绵延的纽带，是最为普泛的民间文化河流汩汩不息的河床。中国历史轮回的似曾相识的时空感知，无数民间艺人和民间口传赋予历史事物滑稽怪诞的悲喜剧色彩，几乎影响了民间价值观，构建着民间精神生活的重要内容。这种历史意识经过媒介的渲染、夸张和放大，加上文人对历史事物时空场景的想象性还原和生动的细节描绘，于是在多媒体传播语境下得到认同的机会和接受的群体数量是无可估量的。

《明朝那些事儿》起于网络，受到读者的热捧。当年明月堪称草根讲史的集大成者。言说历史所用的文学手法不仅在于语言的诙谐讽喻，以现代人的高度和思想穿越历史的局限，还在于那种看待历史的态度，那种从容不迫、超越历史时空、接通民间文化自然生态的“古今多少事，都付笑

① ［法］让·鲍德里亚：《消费社会》，刘成富、全志钢译，南京大学出版社2008年版，第85页。

谈中”的沧桑和悲悯。这与其说是一种文学底蕴的追求，不如说是达到了历史哲学的高度。也许这就是消费时代文学和历史融合衍生所追求的美学趣味。

总之，图书进入市场，正如各类艺术品的商品化过程一样，“艺术品进了猪肉食品店，抽象派油画进了工厂……不要再问：艺术，是什么？不要再说：艺术，太昂贵了……不要再说：艺术，与我无关：请读一读《缪斯》。”[①] 图书通过各种媒体宣传和传播，逐渐形成一个公共文化空间。阅读成为日常行为方式，拥有书籍是市民阶层大众化的生活需要。书籍提供的不仅仅是审美享受，文学书籍与知识型的书籍难以截然区别，精神文化领域形成了一个广泛的充满生机和变异的民间生态。阅读的凡俗化推动创作的凡俗化，国家文化体制外的民间写作随着媒体的传播销售，成为文学主流。传统经典意识接受传播技术的挑战，普泛化遮掩了文学一度神圣的光晕。全民阅读时代随着阅读方式和借助阅读的媒体技术演变走到每个人身边，人们已经在浑然不觉中，置身书报充斥、写作发表便利和出版发行渠道多样的文化氛围之中。

构成社会文化交互关系的图书销售渠道和文学接受多样化的状态，在技术和市民社会审美日常化背景下，把文学推向了民间生活的深处、远处，全球意识和一体化思潮加强着这种趋势。传播媒介把一切艺术品推入工业化流程之中，建立在稀缺基础上的艺术光环逐渐消逝，艺术行业的投机宣告终结。文学图书的迅捷出产和瞬间传递，是工业技术达成的消费景观，整个社会文化基础和政治经济形态转向与之适应的运行模式，文学的社会学基础、美学基础甚至人类学基础都在悄然更新，建立在传统媒介基础上的、与传统人文伦理密切关联的文学，以全新的面貌进行自我更新也势在必行。

① ［法］让·鲍德里亚：《消费社会》，刘成富、全志钢译，南京大学出版社 2008 年版，第 94 页。

第五章 纸质媒介传播下的文学观念演变

从文字载体演变和文学意识觉醒之间相互关联的角度考察，历史上文笔之辨、敬惜字纸的文化心理和印刷技术的进步都对文学民间化走向产生了深刻的影响。文学叙事的时空选择和文学写作方式适合报刊媒介传播，报刊媒介塑造民族文化心理和拓展物质生存空间，使文学逐步从少数阶层的权力构成中走向较为广泛的民间文化生活，在古典文学向现代转型时期有力地促成了现代文学观念的更新。

第一节 纸质传播、文笔之辨和文学观念

历史上的“文笔”之辨由来已久，伴随着文学观念的形成和演变，对什么是“文”什么是“笔”的探讨，正如对什么是文学的追问一样，没有一个一劳永逸的定论。郭绍虞于 1930 年在《睿湖》杂志发表《文笔与诗笔》，以为文笔问题“言犹未尽”，于是重新加以探讨，企图从根本上解决问题。对此，王齐洲认为[①]：郭氏把有韵无韵归结为文章体制，将文采声律提升为文学性质。这样，六朝文笔之分也就上升到前所未有的理论高度，从而凸显了文笔之分的文学理论意义。郭绍虞认为这种意义主要是对文学观念有了清醒认识，当时的文学观念已经具有了某种近代的意味：“笔重在知，文重在情；笔重在应用，文重在美感。于是始与近人所云纯

① 王齐洲：《文笔之分与六朝文学观念》，《南京师范大学文学院学报》2002 年第 2 期。

文学杂文学之分，其意义有些相近。”①

“文笔之辨”逐步强化了人们对文体功能和艺术特征的认识，某些文体的娱乐价值得到认可，文学独立意识逐步萌生。很多学者都认识到，从某种意义上说，六朝文人对文学审美特征和娱乐功能的认识，带有突破传统文学观念、引导文学脱离政教而寻求独立发展的趋向。只是这种趋向是局部的而非全局性的，这些新认识在整体上也仍然被限定在人文教化的传统文学观念中。传统文化并不愿意让文学脱离人文教化和服务政治的轨道，中国古代文学也终于未能走上现代意义上的文学发展之路。那种以为魏晋南北朝已经有了纯文学观念，而宋人则丢掉了这一观念重新走上复古的老路，以致千余年人们不知文笔之分的说法，也不断引起学界的反思。“文笔之辨”的核心涉及文学观念的历史性变迁，涉及对不同时代文学的内涵、功用和价值等身份认同上的学理追问，又与社会生活日益复杂繁复、人们对精神领域以及生命活动意义的探讨不断深入相关。总结前人的“文笔之辨”、“诗笔之辨”和“辞笔之辨”，以及“文章”与“文学”、韵文与散文、广义散文与狭义散文之分等，概括起来，论述的都是一个不断演变的观念性问题。“从现有文献文物综合考察，中国文学观念发轫于春秋时期，它是在‘文’与‘学’两种观念发展的基础上衍生出来的。‘文’的观念经过了由描摹人体外形到概括人的精神世界和社会意识形态的发展过程，‘学’的观念经过了由反映祭祀占卜知识的传授到强调礼乐典章制度和历史文献典籍的学习的发展过程。文学观念的发生是与人文精神的勃兴和社会文化的世俗化紧密联系在一起的”②。

以刘勰《文心雕龙》的“文笔”说为中心的六朝“文笔”观念，得到近现代学者的关注，至今已经讨论了上百年。各家学派关注视野、学术思路和研究方法不同，观点也不尽相同。“文笔”说是一个具有广阔阐释空间的理论范畴，对其内涵与价值的深入辨析，对认识中古文学观念、文学面貌乃至中国古代文学特质具有重要意义。“文笔”说的学术争议，还有

① 郭绍虞：《文学观念与其含义变迁》，《照隅室古典文学论集》（上编），上海古籍出版社1983年版，第97页。

② 王齐洲：《文笔之分与六朝文学观念》，《南京师范大学文学院学报》2002年第2期。

多个方面需要继续深入，弥补缺憾：研究者大多纠结于概念的辨析，没能够结合创作实际和联系作家作品加以探究；大多以西方文学观念来阐释六朝的“文笔”说，而中西两套文论话语并不能在一个逻辑层面准确对接，中国古代文论范畴有着远非西方文论的语汇和逻辑所能全部表达的丰富内容，完全用西方“纯文学”观念来观照“文笔”说，势必会割裂、遗漏“文笔”说固有的内涵与特色[①]。

如果将“文笔之辨”放在魏晋时期特殊的政治、经济、文化背景下，就会发现，造纸技术的进步、文字载体的演变、图书编纂整理和分类的发展，对文学观念产生的影响是不容忽视的。

魏晋南北朝社会的动荡和封建政权的相对软弱，对人们思想的禁锢控制也相对放松，因此这个时期的学术思想界显得异常活跃。加之中国素来崇尚文教，因此，图书的分类和编撰、“文学”的传播和流行得到了前所未有的发展。从文字载体方面，据学者陈传万考证[②]：在这一时期，书籍形态丰富，书籍形制得到了重大变革。简牍自上古一直使用到魏晋，缣帛从公元前5世纪使用到魏晋，纸书从东汉开始使用，与简帛共存三五百年。从三国到西晋这段时间，存在着简牍、缣帛和纸书并存的局面。纸质真正取代简帛大约在南北朝时期完成。到东晋以后，纸的使用终于取代了竹简，并使缣帛处于次要地位。东晋元兴元年，桓玄据建康自立称楚帝，下令：“古无纸，故用简，非主于敬也。今诸用简者，皆以黄纸代之。”（《太平御览》卷605）由统治者下令以纸代简，说明纸的应用和推广已成必然趋势。魏晋以后，纸成为文字载体，纸书风行全国，这还可以从敦煌文献中得到充分的实物证据[③]。

另一方面，自东汉末年战乱以后，官府控制史学局面已被突破，私人修史大量涌现。同时史学著作还突破了传统的纪传体体裁，出现了新的部门和新的体制，特别是书籍出现了总集和别集。书籍传播范围扩大，私人藏书普遍。蔡伦改良造纸术，使书籍突破了流传范围小和容易佚失的弊

① 冯源：《20世纪“文笔”说研究述评》，《南都学坛》2005年第3期。

② 陈传万：《魏晋南北朝书籍出版与文学繁荣》，《光明日报》2008年1月22日。

③ 陈传万：《魏晋南北朝图书业与文学》，合肥工业大学出版社2008年版，第4页。

端。因此抄写复本，既是书籍出版的需要，又是图书传播的要求。随着纸的推广使用，出现了职业抄书人即佣书人。而佣书人的大量出现与佣书业的繁荣，又促进了书籍的买卖。书籍的买卖在汉代已见记载，魏晋南北朝时期得到极大的发展。设肆坐卖和沿途贩卖均见于记载。这可以从总集和别集的出售来考察。东汉以前，文学作品都是单篇流传，没有结集成书。现存最早的文集都是后人所编。所谓总集，是总汇多人作品为一书。总集的出售，反映一个时期有众多作者。所谓别集，是总汇一个人的多种作品而成，也叫文集。别集的出版，反映一个作者有多篇作品。总集和别集的出售，是魏晋南北朝时期才开始出现的，而且数量众多。从目前的文献来看，学界公认：最早的总集应该是魏文帝曹丕的《建安七子集》，南朝梁萧统的《文选》是我国现存最早的一部文学总集。

魏晋南北朝总集的编纂情况，据《隋书·经籍志》载，共有 249 部，5224 卷。其中影响重大的文学总集是《文选》和《玉台新咏》。别集共 886 部，8126 卷。总集、别集共有 13000 多卷，加上官修的经部、史部、子部，尽管经过频繁的战争，时毁时修，每部也约在 20000 卷。这样魏晋南北朝时期这类书的数量大约在 100000 卷，加上民间传播更为深广、数量会大于此数的佛教、道教图籍，图书总数相比当时人口是一个惊人的数字：据公元 263 年与公元 280 年的两次人口统计：曹魏人口数为 4432881 人，蜀汉人口数为 940000 人，孙吴人口数为 2300000 人，三国人口总数只有 7672881 人。晋武帝统一全国后，人口总数也只有 16163863 人[①]。也就是说，每 160 个人中就拥有 2 卷以上的书。在没有活字印刷技术的时代，全靠人工抄写、复写而成，这个比例是让人惊叹的。

个人著述流行，纸质载体携带方便，在六朝这个民不聊生、生命短暂的时代，阅读能够促使人们生命意识和文学意识的觉醒，面对书卷追问生命的意义和人生的各种问题，阅读和写作成为人生存在的重要方式。图书进入民间，作品的社会影响必然迅速扩大，著述与作者的名声关系更为密切，文人把创作做为人生的寄予甚至归宿，著述热情空前高涨。人们常常

① 梁方仲：《中国历代户口，田地，田赋统计》，甲表一，上海人民出版社 1983 年版，第 4 页。

引用曹丕《典论·论文》中“盖文章，经国之大业，不朽之盛事。年寿有时而尽，荣乐止乎其身，二者必至之常期，未若文章之无穷”这段话，作为魏晋文学自觉的明证。既然著述可以提升生命的价值，超越有限的时空，那么关于生命的想象和对现实描述的作品就会流传后世，延续声名的存在。由此，魏晋南北朝时期图书的传播推动了文学价值观的确立，并且经过传抄和买卖，保存了大量的文学作品，在文学实践的基础上，才会有文学批评的繁荣。文学批评的首要问题绕不开对文学类别的区分、归总。那么魏晋南北朝的图书目录学，成为文学意识觉醒时期遇到的必须解决的首要问题。

把魏晋南北朝时期文学观念演变和“文笔之辨”的关系问题，放在目录学和“集部”意识的觉醒前提下，容易理解中国文学徘徊于文学独立意识边缘的状况。詹杭伦根据梁阮孝绪的《七录序》考证了这个时期集部的分类沿革，指出在南朝刘宋之前，四部分类法已经基本确立。至于“集部”名称的确立，经过宋王俭《七志》、梁阮孝绪《七录》，直到《隋书·经籍志》三个阶段，始确立“文集录”之名；又进一步梳理了“集部”与文学的关系，确证“别集或总集之中，固然有文、笔两类作品，却也不乏经义、传记、论辨之文，就其性质而言，其实也属于经学、史学或子学领域，惟其尚未成专书，所以才编入集中”。“但需要注意的是，南北朝时期，有的文士对于经、史、子阑入文集之中的情况甚为不满。……但同时也证明了当时的确有一批学者有严格区分经、史、子、集畛域的思想倾向。”最后得出结论：以刘勰《文心雕龙·总术》篇为中心的“文笔”说，建构在中国目录学“集部”发展沿革的背景之下，只有在“集部”的范围内讨论“文笔”文体，才不会莫衷一是；《文心雕龙》之“文”是一个广义的概念，它相当于“集部”的概念，而“文笔”之文，是一个狭义的概念，它只是“集部”之中的“有韵”的文类；刘勰与颜延之对“有韵为文，无韵为笔”的体认，并无歧义，颜延之是站在“文士”的立场上，主张讨论“文笔”问题，可以与经典分开；刘勰则是站在“宗经”的立场上，认为讨论“文笔”问题，就不能脱离经典；刘勰与萧绎对“文笔”概念的体认也基本一致，萧绎也是在“集部”的范围内讨论“文笔”问题的，萧绎与刘勰的不同仅在于他的“文笔”论述，体现出一种“重文轻笔”的思想倾向。[①]

李飞又进一步指出：“六朝时期四部分类法的逐步确立，对于文学发展而言其影响并非全然是积极的，将文体辨析限制在集部内部进行，反不能产生较为纯粹的文学观念。以当时最能体现文学独立意向的文笔说为例，文笔之分自始即在四部分类的前提下进行，但到了南朝时期，随着文学批评的不断深入，文笔论者开始本于自己的文学观念而此一前提有所突破，但终未能完全舍弃。二者间的矛盾，使得各家的文笔理论均不能贯彻到底，从而无法产生更为纯粹的文学观念。四部分类对文笔说存在此种影响的原因，是两汉以降文集创作的繁盛所导致的四部分类取代《七略》分类这一过程与文体辨析发展之间的同步性，而此种影响何以是消极的，则在于早期四部分类法实用色彩之浓重。”[②]

魏晋南北朝时期，随着纸质图书逐步成为文字的主要载体，个人撰述编纂成集成为文人时尚，赋予人生以特别的意义，也赋予文学观念以新的内涵。文学理论和文学批评也得以繁荣。值得注意的是，曹丕《典论·论文》、陆机《文赋》、刘勰《文心雕龙》、钟嵘《诗品》等论著以及萧统《文选》、徐陵《玉台新咏》等文学总集的出现，都是以为数众多的文学作品和著述者的出现为批评依据和前提的，有现实的针对性和很强的时代特征。“文笔之辨”立足于当时各类撰述编纂的较为快捷方便的纸质传播，立足于文人总集和别集的传抄收藏的时尚，携带着文以教化的儒家伦理气息和功名传世的理想，秉持着生命意识的觉醒和个体价值的追问，涌动着当时文人总结创作规律、探索文学体式和文学观照个体精神领域的理论愿望，鲜明地反映着当时的文风趋向。不同的论述者既各成一家之言，又在争鸣中铸成中国文学理论和文学创作灿烂的时代高峰，给后世文学发展以极其深远的影响。

---

① 詹杭伦：《〈文心雕龙〉“文笔”说辨析——附论“集部”之分类沿革》，《文艺研究》2009年第1期。

② 李飞：《六朝目录学新变对文体辨析的消极影响——以“文笔说”为例》，《北京大学学报》2010年第1期。

今天如果执着于“文笔之辨”的探源梳理，孜孜以求其与纯文学观的关系，起码要注意两个前提，一是魏晋南北朝时期纸质媒介的使用情况与个人著述的繁盛情况；二是正如王遥指出的，在那个时代：“注重文体辨析的人，很多都是从选家和目录家的态度出发的。这就是这个时代大家都注意文体辨析的原因，也就是辨析文体对于文学批评不能有太大的理论建树的道理。”[①] 梳理文学观念的演变，同时还要跳出“选家和目录家”视野，既要从民族“敬惜字纸”的文化心理出发，又要结合魏晋南北朝时期宗教信仰赋予民间对生命意义的求索和现世生存的描绘，在书写媒介推动的物质基础上，关注传播和接受、宣扬和影响，才能在立体的民间文化空间内概括出较为客观的认识。

第二节　文字崇拜、印刷技术与文学的民间形成

一　文字崇拜：“敬惜字纸”的文化心理

《淮南子·本经》中记载：“昔者，仓颉作书而天雨粟，鬼夜哭”。高诱注：“仓颉始视鸟迹之文造书契”。“鬼恐为书文所劾，故夜哭也。”[②] 这个传说诠释着汉字改天换地的神力，表达了中国古人对汉字载体推动文明发展的朴素认识。汉字的连续性和统一性又推动文字载体不断创新。中国之所以能够成为造纸术的故乡，与汉字的神奇魔力不无关联。由于文字神奇，那么记有文字的纸也当敬惜。中国几千年来，民间信仰内容繁多，地域色彩和阶层特征鲜明，所谓“十里不同风，百里不同俗”，但“敬惜字纸”的民间信仰，几乎是全民性的，无论宫廷乡间，无论方内方外，并成为少见的不为统治者禁止的民间信仰之一。对带字的废纸不能乱用乱放，要整理干净妥善保管，或者铸炉焚烧，或者埋于干净之处。这既是文字崇拜的一种发展形式，又赋予文字本身一种神圣和尊严的光晕。

古时巫师掌握着文化，在人与天、神、鬼之间发挥着中介的作用，使

① 王瑶：《中古文学史论》，北京大学出版社 1998 年版，第 103 页。

② 何宁：《淮南子集释》，中华书局 1998 年版，第 571 页。

文化更集中到少数人手里。正如鲁迅先生《门外文谈》所说："因为文字是文以载道的东西，所以就有了尊严性，并且有了神秘性。中国的字，到现在还很尊严，我们在墙壁上就常看见挂着'敬惜字纸'的篓子。"①

大量文献资料说明，东汉以后这种信仰还与佛道二教尊崇经书的传统有密切的关系，使文字兼有实用工具与承载道德使命的双重属性。于是，亵渎损污字纸的行为，会受到身体残疾的恶报。如《聊斋志异》"司文郎"条所载："要冥司赏罚，皆无少爽。即前日瞽僧亦一鬼也，是前朝名家。以生前抛弃字纸过多，罚作瞽。"②

在科举时代，金榜题名是读书人最高的奋斗目标。十载寒窗，终日与书卷为伍，对于重视文字的观念，也就特别强烈。他们相信若能敬惜字纸，必有种种福报。明凌濛初的《二刻拍案惊奇》卷之一"进香客莽看金刚经　出狱僧巧完法会分"讲了这样一个故事：宋时，王沂公之父一生爱惜字纸，妻临产时，梦见孔圣人对她说："汝家爱惜字纸，阴功甚大。我已奏过上帝，遣弟子曾参来生汝家，使汝家富贵非常。"梦后生儿王曾，连中三元，官封沂国公。历代典籍有许多此类善恶报应的记述。敬惜字纸与否，自然不敢等闲视之。于是对于字纸不敢稍加亵渎，在行、住、坐、卧之中，凡与字纸相关，不敢轻慢，惜字得福衍生为读书人对字纸的又一重信仰，于是，字纸的功能价值又赋予第三重属性。③

然而，随着造纸与印刷业的巨大进步，纸质书籍广泛流布，字纸被用于日常生活的各方面；特别是明清时期资本主义经济因素的增长和欧洲人文主义思想的传入，催生了新的社会文化思潮。王艮、李贽、黄宗羲、顾炎武、王夫之等人反封建的思想锋芒日益尖锐，张扬个性的市民通俗文化趋于繁盛，创作、评点、编刻那些在民间广为传播甚至口耳相传的通俗文学成为一时的文化潮流。《西游记》、《金瓶梅》、"三言"、"二拍"、《牡丹亭》等小说、戏曲的出现，金圣叹评刻《水浒传》、《西厢记》，张竹坡评点《金瓶梅》，冯梦龙编刻《山歌》、《挂枝儿》民歌集等，使神圣的文字

① 鲁迅：《且介亭杂文》，人民文学出版社1973年版，第74页。

② 蒲松龄：《聊斋志异》，上海古籍出版社1962年版，第1104—1105页。

③ 孙荣耒：《敬惜字纸的习俗及其文化意义》，《民俗研究》2006年第2期。

走向了民间，也是中国文学本体定位的真正开端。长期被视为正统文化权威与特殊身份象征的圣贤经典诗文及其载体文字，其道德性逐渐减弱，亵渎文字及字纸的行为使正统文化的权威性受到挑战，也显示着既存社会结构的稳定性遭到破坏。因此，清初康熙、雍正帝年间不仅以法令禁止亵渎字纸，而且对字纸广为传播的通俗文学也加以禁止。物质文明的发展和社会的变迁是无法阻挡的，随着封建文化的式微，文字与字纸的神圣道德性的消失及其实用工具性的增强，是不可逆转的趋势，文明演进必然使传播媒介顺应这种通俗化、普泛化趋势。敬惜字纸信仰最终也在此趋势中，失去存在的社会环境而走向了衰落。①

晚清李涵秋的小说《广陵潮》第二十六回有一段描绘，形象地嘲讽了敬惜字纸这一信仰的衰落：

靠东边土墙上，安着一个化字纸的炉，正氤氤氲氲的烧着字纸。三间矮屋，窗棂被风吹得雪白，也没有一扇整齐的……

雷先生点点头叹道："知我者，何其甫也。已往之事，搁着不谈罢。如今我们这惜字功夫，究竟怎样才算是完全无憾，大家从公议着办才好。"

众人齐齐答应了一声，遂都正襟危坐，肃然起敬起来。云麟也只得装成一个至诚样儿，坐在下首寂然不动。只管眼观鼻，鼻观心，听他们议论。座中便有一个人讲道："什么手帕上回纹呀？字呀，一概是要劝人改制的。"又一个道："这固然要紧了，兄弟前日也是至诚感神，我们内人小解，扑通一声，将一个马桶盖子仰翻在地上，那时兄弟猛然看见，大大吃了一吓，分明那盖子反面两根木片，巧巧凑与一个十字。其时兄弟就慌张了赶忙捧起来，顶在头上，跪在佛前朗朗的念了一遍除秽金刚经，如今逼着我们内人，将那十字削去。"又一个说道："谁也不似这般谨慎，如今我走路都不肯一直望前面走，怕将字迹践踏了。"一个问道："这又怎么讲究呢？"那一个又说道："街道

① 杨梅：《敬惜字纸信仰论》，《四川大学学报》2007年第6期。

太直了，远远望去，简直便是一个一字，你们想我如何忍心践踏。”又一个说道：“岂但街道像个一字，便连兄弟同内人睡觉都一毫不敢放肆。因为内人睡下来，便是个大字，兄弟睡下来便是个太字，有一夜不曾检点，兄弟那张床上，更整整写了三个字，是大太太。”这个人说到这里，别人都忍不住要笑。说：“这三个字很有些奇怪，怎么足下以外，又多了一个太字了。”那人方才会悟，不禁红着脸说道：“还有小儿睡在床上呢，那个太字，算是个小楷罢了。后来兄弟同内人约法三章，每遇睡觉，必须三折弯儿。”

云麟到此，再也忍不住，不由大笑起来说：“这如何使得呢？不是又成一个‘弓’字呢？”[①]

晚清小说家在嘲讽酸腐的封建文人的同时，在近代报刊业兴盛的印刷文化背景下，也放逐了字纸神圣的传统信仰。

在五四新文学作家作品中，有鲁迅的《琐记》对故乡关帝庙里的化纸炉的描述；老舍《四世同堂》中记述钱默吟先生“穿着一件旧棉道袍，短撅撅的只达到膝部。手中，他提着一个大粗布口袋，上面写着很大很黑的‘敬惜字纸’”。那时候钱先生隐居在寺庙里抗战，用“敬惜字纸”当接头暗号。而今，久远的文字崇拜渐成历史背影。至于2006年2月，西安古文化爱好者自发举办“珍惜汉字签名活动”，以弘扬祖国传统汉字文化，保护汉字、传承文明为主旨，这一活动虽得到诸多学者、报社以及佛教协会等单位的积极响应和大力支持，也仅仅是在当前电子媒介和全球化背景下对传承传统文化的一声召唤，伴随着“乡愁”的一腔倾诉。

结合“敬惜字纸”的文化习俗，考察汉字的结构形态和媒介演变的历史，我们可以隐隐约约看到这样一条暗线：汉字载体逐渐独立成为文化传承体系，与语音演变的关联可以松懈，交际功能可以隐藏，而承载信息功能不断加强。

面对现代传播技术的发展，传统纸本阅读方式和观念使人们对纸质文

① 李涵秋：《广陵潮》，北岳文艺出版社1995年版，第247—248页。

献怀有特殊情结，在纸质与以网络为中心的文字载体媒介平行交叉的传播局面中，起着调节传统与现代之间文化落差的作用。网络是纸本阅读的时空延伸，不是有你无我的取而代之。

人类对媒介的需要不断开拓着人性深处对精神表达多样性的需要。字纸阅读面对字纸，等于面对历史和心灵，是人类的一种文化生活方式。纸本文化的发展历史源远流长，图书馆在保存人类文化和文明传承中，有着不可替代的历史地位和贡献，相比网络信息存储与传播，纸本文献有着不可替代的优势，传统图书馆不会走向终结。媒介演变的逆转和补偿规律说明纸质媒介给予的感知接受方式，与网络阅读迥然不同，并非仅仅是优劣的差别。承载文字的媒介尽管千变万化而文字本身的文化载体属性和媒介属性不会改变。字纸崇拜的文化心理凝聚在文字的可观赏性和临摹性上，与生活意象的关联使文字超越媒介的局限，形成独立的艺术系统。汉字书法艺术的传统具有永恒的艺术价值，字纸书写传统和纸质文学一样，同样随着文化普及和世俗社会的形成不断走向民间。今天，随处可见的颇为讲究字体美感的字纸广告牌和各类条幅、不乏文学性的各类贺卡和门票，以及各类洋溢着诗情画意的书签等，无不延续着字纸崇拜走向民间、与民众生活一体化后的生命力和表达力，及其参与文学民间化过程所创造的美的日常生活空间。

二　印刷技术与文学的民间形成

正如本雅明在《机械复制时代的艺术作品》中所说，“复制”带来艺术品膜拜价值的失去。民族传统的字纸崇拜心理和汉字书写艺术独立体系的建立，形成中国古代文人排斥文字作品的复制，因此传统知识分子对于印刷术是轻视的。“有关雕版的技术、工具和印刷程序等的记录，在文献中几乎连片言只语都没有留存。这和文人重视的纸、墨、笔、砚等文房用具相比，其记载的详细，正好相反。”[①] 不能根据印刷术对欧洲社会和思想引起的激烈变动来推测其在中国的情况，东西文化背景的差异造成印刷术

---

① 钱存训：《中国印刷史·序》，见张秀臣著，韩琦增订《中国印刷史》，浙江古籍出版社2006年版，第2—3页。

产生的作用也存在一定的差异。虽然“在降低成本、增加生产和知识普及方面，可能作用相似，但有程度上的差别。至于对社会、思想上的变革和印刷术本身的发展方面，东西方所产生的影响和作用，可能背道而驰”。印刷术给西方带来了文艺复兴和科学文化的突飞猛进，书籍产量急剧增加，形成一个庞大的出版工业，在思想和社会上发生了强烈和根本的变革。“印刷术鼓励了各地方言和文学的兴起，成为促进许多新兴国家成立的一个主要动力。至于中国和受中国影响的东亚其他国家，印刷术的使用在社会和思想上都没有引起太大的变化，反而促进了文字的统一性和普遍性，成为维护传统文化的一种重要工具。”①

印刷术没能普及文化教育，文字使用的范围狭窄，文的分类不精细化，传统文笔论争、杂文学观念和长期文史不分的大文学观念局面均与此相关。这使来自民间的讲究艺术形式的语言大多保留在口传知识系统中，很少见诸纸质文字的专门记录。真正以自由开放的审美态度看待人生和生活的口传作品不为主流文化集团所接受。待五四引进西方纯文学观念后，文化建设策略上仅仅比照中国文学的正宗传统，以精英知识分子的启蒙姿态去考察，就难以发现民族传统可以利用的文化资源，于是彻底颠覆传统，成为一时代的矫枉过正的文化策略，也形成了一时代的文化选择的偏颇。同时，启蒙思潮俯视民众的姿态，遮蔽了民间文化为中国现代文学建设提供资源的可能性。只有如鲁迅、朱自清和刘半农等先驱者，在当时能够深刻认识中国文化的本质和全貌，出于民间又走向民间，得出诸如民间文学是文学的源头的认识。从印刷术在民间文化生活和宗教活动中的广泛应用与中国民间文学兴盛的实际考察，现代意义上的文学形式主流在民间，中国现代文学现代化的思路也可以从民间文学的历史演变和时代形成性上得到有益的启发。

考察推动印刷术发明的动力，会发现：印刷术发明了以后，中国人仅仅用来印刷宗教经典或者道家咒符，没有用来推广文化和教育，更没能大量印刷文艺作品，促进中国文学的发展，而从先秦就开始的作为信验的印

① 钱存训：《中国印刷史·序》，见张秀臣著，韩琦增订《中国印刷史》，浙江古籍出版社2006年版，第2—3页。

章刻印，之后道教用以辟邪、驱鬼等的咒符刻印，经过民间不断改进，才出现了比较完善的能大量刻印的雕版印刷术。东晋道教学者、炼丹家、医药学家葛洪在其名著《抱朴子》内篇卷四《登涉》中记载："或问：为道者多在山林，山林多虎狼之害也，何以辟之？抱朴子曰：古之人入山者，皆佩黄神越章之印，其广四寸，其字一百二十，以封泥著所住之四方各百步，则虎狼不敢近其内也。行见新迹，以印顺印之，虎即去；以印逆印之，虎即还。带此印以行山林，亦不畏虎狼也。不但只辟虎狼，若有山川社庙血食恶神能作福祸者，以印封泥断其道路，则不复能神矣。"

由此，"我们不难知道，与传统的小面积石质印章相比，扩大了尺寸的木刻印章'黄神越章之印'，其雕刻已与雕版印刷的雕版工艺没有多大差别了，因此，葛洪所说的'黄神越章之印'恰恰就超越了传统印章的雕刻工序向雕版印刷工艺过渡的两个障碍。由于没有了上述两个障碍，所以我们说它是向雕版印刷的雕版工艺的过渡。有了这个过渡，再结合产生的木刻拓印的刷印工序，雕版印刷术就应运而生了。木刻拓印与木刻印章都是木刻的，使得人们容易将两种技术结合起来，只要把拓印的刷印工序用于扩大了尺寸的木刻印章，把印章的压印变成拓印的刷印，雕版印刷术就会出现。因此我们说，晋代道教徒的'黄神越章之印'为我国雕版印刷术的出现提供了条件"①。

学术界一般认为，雕版印刷术在唐朝时出现的原因，除了完全具备技术条件以外，就是当时人们对佛经书籍的大量需求。可以说佛教徒对佛经的需求促成了雕版印刷术的诞生。雕版印刷术诞生后大量印刷的宗教经典没有束之高阁，而是广为流布民间，无疑繁荣了民间文化；由此，为破解宗教神秘的典籍记载，也为更好地传播宗教信条和更好地吃斋念佛，附会一些宗教因果报应、佛祖解除众生苦难等故事来宣讲，这是顺理成章的。可以说是宗教活动推动了印刷技术的不断演进，直到广泛用于文学作品的民间传播。论述纸质印刷时代的文学创作、传播与接受情况，以及中国传统文学的本体构建，对此应该给予足够的关注。

① 王小蓉：《道教与我国早期雕版印刷术关系浅探》，《宗教学研究》2005年第2期。

正是在这样的背景下，唐宋的民间讲唱文学兴盛，从大量敦煌文化依存可清楚地知道民间文艺广泛普及的程度和样态，很多作品本身就带着浓厚的宗教信仰意味，这对中国文学思想内容、风格追求和欣赏接受趣味的制约无疑是很深远的。这种由宗教符咒印制而来的“印刷意识”，在一定程度上对宋元以降的文学观念的形成，也有潜在影响。至少可以说明中国文学特别是小说、讲唱、话本、曲艺中贯彻着由宗教意识赋予的精神探索的初步萌芽，逐步形成古代人民在文学中寄寓的文化观念和价值倾向，这突出体现在大量小说中因果报应故事和传说的穿插。今天我们阅读《红楼梦》、《水浒传》、《西游记》和《聊斋志异》等经典作品时，也能清晰地感受到。

正是中国人首先把印刷技术用于精神世界的探索，用于推广“慈悲为怀”的人文价值理念，赋予中国文学宗教情感，涵养其内在精神和灵魂，而没有首先用来建立外部世界的秩序和对自然的征服，不在物质上逐利和实用。宗教情感是一种救世的普泛的民间情感，印刷术虽然一开始没有得到主流文化的呼应，但对民间朴素的精神信仰给予传承和推演，使印刷内容走向了选择关注众生的文化自觉，这对民族文化观念的形成起着关键作用。从当前人类媒介科技发展带来的文明悖论看，这必然成为中华民族的媒介理念，更加符合人类居住的“地球村”所要求的和谐家园构建的文化意识。

文字崇拜的民族文化心理，加上汉字本身的形体美、汉语声韵的音乐美和印刷空间的互动，深远地影响着印刷文化的时代选择和艺术性生成。正如中国现代新诗的内在节奏和分行排列给读者创造了微妙的视觉幻想一样，新诗建行留下的空白和中国山水画的空白一样给读者开创了想象的余地，“诗中有画，画中有诗”不单是诗画意境创造的一致性规律，也在书体制作和行文布局上创造了视觉感知的空间美和结构美。“印刷品的视觉表层充塞着强加的意义，印刷术控制着文字形成的文本，而且控制着语词在书页上具体的位置和语词之间的空间关系……印刷空间不仅影响科学和哲学想象，而且影响文学幻想，这就说明，印刷空间对心理产生的影响是相当复杂的。”甚至“德里达为代表的结构主义思潮和印刷术联系在一起，而不是结构主义者声称的和文字联系在一起”。[①]

宗教热情和民间传播技艺的结合、文字崇拜融合印刷文化的民间取向，开拓了中国文学广阔的民间文化空间，对民族文学观念的形成产生的影响巨大且深远。

第三节　空间叙事与媒介对空间的塑造

生活事件在一定时空下序列性发生，是文学叙事形成的客观基础。考察人类远古时期的时空观念，在人类面对日月星辰、山川河流、四季更迭、万物消长等占据空间的外界物象时，直接的空间感受应该是本能性地发生在原始人类的初始阶段。然而，排列万物序列、抽象出整体、推演出规律、感受出因果相连的思维不是人类一开始就具备的能力。

原始部落人通常有一种异乎寻常的敏锐的空间知觉，卡西尔在《人论》中举了一个生动的例子：“生活在这些部落中的一个土人一眼就能看出他周围环境中一切最小的细节。他对他四周围各种物体在位置上的每一变化都极其敏感，甚至在非常困难的环境下他都能够找到他的道路。在划船或航海时他能以最大的精确性沿着他所来回经过的河流的一切转角处拐弯。但是在更仔细的考察中我们惊讶地发现，尽管有着这种能力，在原始人对空间的把握中却似乎有着一个奇怪的缺陷。如果你要求他给你一个关于河流航线的一般描述或示意图，他是做不到的。如果你希望他画出这条河流及它的各个转弯口的地图，那他似乎甚至不能理解你的问题。在对空间和空间关系的具体理解和抽象理解之间的区别，在这里可以看得非常清楚了。”[②] 然而，面对一个外界物象，仅仅能够知道它的实际用途，并能以准确的方法使用它，显然只是停留在人类初始最为原始的文明阶段。人类首先要对进入自己视线的一个个空间对象产生一个总体的类的概念，并且从各种不同的角度来看待它，能在不在场时回想到它，还能把储存在意识

① ［美］沃尔特·翁：《口语文化与书面文化——词语的技术化》，何道宽译，北京大学出版社 2008 年版，第 97—99 页。

② ［德］恩斯特·卡西尔：《人论》，甘阳译，上海译文出版社 1985 年版，第 58—59 页。

中的许多对象加以排序比较，发现各个对象之间的各种关联，在一个总体化的体系中指定一个对象的位置并规定它在体系中的地位，人类才能进入一个意识自觉的阶段。

一

空间概念来自人类自身的体验。人与周围的接触多体现为空间状态和空间关系，生物学研究得知大脑的整个运行机制及反映方式都是空间性质的。占据一定空间的物象以生动、简捷、原初的形式最易于人类的感知。然而，人类只有对无数纷繁的空间材料形成一种普遍的、同质的空间概念，抽象出一种系统的宇宙秩序观念，进而一个空间体系和空间整体结构进入人类的思维，并以这种具备了统一性和合法性的空间观念为媒介，从空间形象的背后感受无数材料之间内在的关联，人类才能逐步构建自己的文化时空，文明才能得以起源发展。于是，人类开始对密集在一起、彼此难解难分的事物以“结绳”，或者在木头上刻痕或者刻写在石洞岩壁上，并对这些仍然占有空间的形象材料初步加以排列，逐渐在空间物体形象材料上附着一种诸如大小多少、轻重强弱等观念性的概念。所以，形象表达是人类意识和心理的本能。对于纯心灵的、纯意识的心理状态，诸如努力、心灵、热情等，我们今天仍然用“不大努力”、“心灵强大”、“热情很高”等衡量空间的“大小”、“高低”来表达。正如柏格森所说：“我们在把强度性的东西翻译为广度性的东西；使得我们相信，我们对于两种广度之间的关系有一个模糊的直觉，并且使用这直觉来比较两种强度，或者至少使用这直觉来把这番比较表达出来。”① 直觉表达是人类心灵表达的最初形式，同时构成文学叙事的可能和依据。

虽然，把承载文化的手段固定为物质形态，把记录经验感知的语言文字刻写于器物、书之于竹帛流传，把过去和远方的空间形态加以保存，以线性的意识结构形成文明发展的序列体系，以文化的整体序列和强劲的规约力量，在漫长的历史空间里逐渐形成政治、民族、国家和文化的统一观

① ［法］柏格森：《时间与自由意志》，吴士栋译，商务印书馆 1958 年版，第 3 页。

念。伴随物质空间体系的物理属性和永恒朝夕更迭的时间推演，沧海桑田成为时空给予人类永恒的历史情结。但是，文化的连续性和历史形态并没有淹没对自然时空属性的远古直观空间的认知，“天圆地方”的空间感知广泛渗透在古典诗文中，同时也渗透在没有文字干扰的长久处在自然生存状态的民间故事、神话传说等口头作品中。对天的敬畏，通过仰观天象，俯察地理，来参透宇宙万物生存之理，逐渐在一个宏阔的空间领域寄寓与天地相合的整体宇宙观和人生思考。于是，“天人合一”成为中国传统文化处理主客观关系的核心理念，渗透着东方哲学关于天、地、人关系的本体思考，构成东方艺术的价值取向和美学构成。

面对时空的自然属性所构成的客体存在，中国文艺思想对主体建构上如何达成主客体统一，如何达到忘我无我之境和主客体和谐交融，在传统文论中有许多经典的表述。被广为引证的如：刘勰在《文心雕龙·体性》谈到“情采”特征时指出：“夫情动而言形，理发而文见，盖沿隐以至显，因内而符外者也。”在《神思》篇中说：“其神远矣，故寂然凝虑，思接千载；悄焉动容，视通万里；吟咏之间，吐纳珠玉之声；眉睫之前，卷舒风云之色：其思理之致乎！”司空图在描述含蓄时说：“不着一字，尽得风流”①，严羽在论诗的“别才”和“别趣”时说：“羚羊挂角，无迹可求”，“透彻玲珑，不可凑泊，如空中之音，相中之色，水中之月，镜中之象，言有意而意无穷”。② 陆机在论诗人进行艺术构思时说：“收视反听，耽思傍讯，精骛八极，心游万仞”，“罄澄心以凝思，眇众虑而为言，笼天地于形内，挫万物于笔端”。③ 王国维论境界时说：“境非独谓景物也。喜怒哀乐，亦人心中之一境界。故能写真景物、真感情者，谓之有境界。否则谓之无境界。”④ 宗白华论美的本质时说：“以宇宙人生的具体为对象，赏玩它的色相、秩序、节奏、和谐，借以窥见自我的最深心灵的反映；化实景而为虚境，创形象以为象征，使人类最高的心灵具体化、肉身化，这就是

① 司空图：《诗品》，齐鲁书社 1980 年版，第 102 页。

② 郭绍虞：《沧浪诗话校释》，人民文学出版社 1961 年版，第 20 页。

③ 张怀瑾：《文赋译注》，北京出版社 1984 年版，第 22 页。

④ 姚淦铭、王燕：《王国维文集》第 1 卷，中国文史出版社 1997 年版，第 142 页。

'艺术境界'。艺术境界主于'美'，所以一切美的光是来自心灵的源泉；没有心灵的映射，是无所谓美的。”“既须得屈原的绵绵悱恻，又须得庄子的超旷空灵。绵绵悱恻，才能一往情深，深入事物的核心，所谓'得其环中'。超旷空灵，才能如镜中花，水中月，羚羊挂角，无迹可寻，所谓'超以象外'”[①]……

外物与情思融合，主客观和谐统一于艺术实践，见诸古典诗文者，不胜枚举，例如陈子昂的“念天地之悠悠，独怆然而涕下”，李白的“飞流直下三千尺”、“轻舟已过万重山”、“孤帆远影碧空尽，唯见长江天际流”，苏轼的“明月几时有，把酒问青天。不知天上宫阙，今夕是何年”，杜甫的“万里悲秋常作客，百年多病独登台”，白居易的“日出江花红胜火，春来江水绿如蓝”，张子野的“云破月来花弄影”等诗词，以其浓重的人文情怀，感怀宇宙的亘古悠长，人事的循环往复，成为千古绝唱。它们之所以经典，在于这些诗把天地、日月、山川、河流等永恒伴随人类的自然空间物象，深深内化为人的生命的一部分，洋溢着浓郁的生命意识和对客体存在意蕴的感兴追问。

二

人类对外界事物的感知不但受时空唯一性、不可重复性的限制，并且更受自身生理极限的限制，对现场同时发生的外界物象感官接触时，注意力和意识只能关注有限的一部分。即使对这很有限的部分，由于线性思维方式和因果思维方式的干扰，以及对生存安全感考虑和出于与环境和谐相处的要求，把表面没有相互关联的物象在无意识中过滤掉，以凸显那些与过去、未来密切关联的物象。于是，同时发生的充盈空间的事物甚至在很多时候也不自觉以时间序列思考，这就是刑事侦查案件中最为麻烦的工作：寻找现场证据、证人。在叙事作品参与文化构建过程中，围绕叙事中心也只能在创作、出版和多媒体传播的整个运作过程中，线性顺序地进入一个多维的文化时空，也增添和创造着日益远离真实现场的这样一个文化

---

① 宗白华：《美学散步》，上海人民出版社1981年版，第59、63页。

时空。阅读环节同样受语言顺序性连接和依次呈现的限制，两个词语不可能完全占据同一个纸面空间位置，对于视觉感受区域和意识关注点的限制，我们所能做的，只能是对那些在过去对现场作重新收集和创造性并置的感受材料再一次进行创造性的想象还原，尝试性地对想象的空间进行某种关联阅读现场的认可和插入。此前作者对作品中人物现场同时发生的无穷多的事物，无论是追求意境营构、蒙太奇手法还是戏剧场面描写技巧等，都无法真实还原在场各种生动细微的感受，正因为如此，穷尽语言文字之力，能否丰富真切地描绘现场相关事物给予的丰富感受，能否有机地堆砌一座同时发生的意识材料大厦，成为衡量作品艺术水平高下的重要标准。这是传统强调主客观统一的二元论和再现论长期陷入的困境，也是经典现实主义叙事作品偏重历史宏大叙事的先天缺陷。

博尔赫斯的经典短篇小说《阿莱夫》，也是一篇常为文学空间叙事理论研究所例举的作品。其中有一段颇能说明人们对无限空间事物语言描述的局限和困惑："现在我来到我故事的难以用语言表达的中心；我作为作家的绝望心情从这时开始。任何语言都是符号的字母表，运用语言时要以交谈者共有的过去经历为前提；我的羞惭的记忆力简直无法包括那个无限的阿莱夫，我又如何向别人传达呢？……此外，中心问题是无法解决的：综述一个无限的总体，即使综述其中一部分，是办不到的。在那了不起的时刻，我看到几百万愉快的或者骇人的场面；最使我吃惊的是，所有场面在同一个地点，没有重叠，也不透明。我眼睛看到的是同时发生的：我记叙下来的却有先后顺序，因为语言有先后顺序。总之，我记住了一部分。"①

最能还原人类时空存在的以语言文字记录的文学叙事，虽然只能部分地反映在场空间，但它作为人类与自然、与社会、与他人之间实现空间在场还原和想象的联结媒介，对于空间观念构建具有无可替代的意义。

相对于自然物理属性的空间，在牛顿物理学认知的客观性之外、并依存这个自然属性空间，存在着一个人类漫长的文明发展所塑造的精神空间。这个空间充盈着人类多样性的精神诉求所构建的哲学、社会学、政治

① ［阿根廷］豪·路·博尔赫斯：《阿莱夫》，王永年译，载陈众议编《博尔赫斯文集·小说卷》，海南国际新闻出版中心 1996 年版。

学、人类学、美学和艺术等，为了强调这个空间与自然空间的相关性，它被广泛认知为第二空间。第二空间是人类最为密切的空间形态，在这个空间里，各类卡西尔所说的文化符号被有序排列。其中，语言文字的意识形态性必然最为突出，因为人类是语言的动物，是生存得以显现的工具。外界可感知的、客观的空间要素在第二空间中已经不再重要，话语霸权的构建成为第二空间形成的关键要素。人类探究自然以及与自然的关联形态、对自然的假设和想象最终都要进入人类这个精神空间世界，并以语言方式与自然空间和外在于自己的世界发生关联。

文学艺术对人类精神空间的构建具有无可取代的贡献。它开拓这个精神空间的领域，拓展人类探究外在空间的疆域，为自然物理空间绘制未来进入人类生存场域的蓝图，以描绘现实纷繁意象世界来超越时空局限，以无边无际的想象空间给予人类生存以永恒性。其自身的媒介属性，也是一种麦克卢汉在《理解媒介——论人的延伸》中所说的“人的延伸”方式。

人类诸如战争、侵略和掠夺等人为的灾难和纷扰，表面看来是对生存领域和物质财富的争夺，攻城略地是对外部物理空间的强力占有，实质上多出于对第二空间的抽象性、主观性、价值性失去度量和规范后的身体暴力展示。饱受人为灾难和战争的人类，从来没有停止在精神空间里构建企图对应于物质空间的理想的生存空间，人类构建的一切人文学科从某种意义上说都是对未来理想空间的美好想象。比如，中国东晋时期陶渊明的“世外桃源”和英国19世纪托马斯·莫尔的“乌托邦”被认为是这个精神空间里最完美的形态。无数现代主义文学作品也对人类普遍心理状态进行描绘，意识流创作手法将那些在现实中无法触及的纯粹精神状态以文字媒介加以形象的展示。例如，伍尔夫、艾略特、福克纳等作品反映人类共存性的心理意识空间，揭示人性的隐秘和人类普遍的精神形态，成为现代主义经典的叙事模式。再如，鲁迅的《示众》围绕着被示众者形成一个观看的核心，构成一个具有空间意义的环形的中心结构。各个独立的人物组成一个个与中心联系的结点。人物之间虽然几乎不存在彼此的交流，交相出现的场景先后并置并以参照和交互参照的方式关联成一个整体。在共存的空间画面中，看客与被示众者之间、看客之间、警察与被示众者之间相互独立出现，彼此冷漠，毫无交流。把这些人物作为具有“看客”共同特征的人物集合体来加以表现，在他们的行动上、没有表情的脸上、对微不足道的事件的兴趣上，把他们的“看客”特征表现得淋漓尽致。再以参照和交互参照的方法，关联到鲁迅的其他文本，在互文性的意义上，理解《示众》以不具严密的内在时间与逻辑关联所表现的空间叙事意义，我们就会更深刻地理解到鲁迅对“看客”的观念和态度深深植根于他的思想中，几乎成为他艺术表现的一个母题：对于“看客”强烈的否定和批评态度，对民族性格中缺乏关爱和民众精神麻木状况的揭示。由此，小说的空间叙事如传统的线性叙事一样，产生了极好的艺术效果，臻于极高的艺术境界。①

另一方面，正因为这个精神空间无法占据真实的自然空间，才不断地引发人们的遐想和追求。于是，文明进展的显著标志在于把精神空间内五彩缤纷、琳琅满日的景象以生动的形式呈现出来，并使“原先存在于文字和图画中的乌托邦，可以借助更多的媒体手段让人们有更直观的体会。于是，在当今的地形图中，诉诸观念和想象的第二空间也有了多样的物质承载方式。尤其是在影视作品里，我们可以直观地体验到那些原本存在于幻想中的世界。随着这些承载方式的变换与随意的组合，空间的意义也不断得到拓展”②。

三

现代性观念之所以成为中国近现代文学转型的内在标识和隐性参数，并广泛渗透到社会文化的方方面面，其中断然离不开近代印刷技术推动的现代报业、出版业等媒体所创造的现代空间观念。被林语堂称为“中国记者的先行者”、对中国报纸的贡献恰如梁启超后来对杂志的贡献的王韬，《循环日报》的创办对他来说，虽然与当时参与办报的其他知识分子一样，“基本是在科举之途遇阻的被动状态下去接触这一新鲜事物的。由于根深蒂固的举业思想，介入新式媒介只是他们解决生计问题的权宜之计，但这

① 谭君强：《论小说的空间叙事》，《云南民族大学学报》2010年第5期。

② 邵培仁、杨丽萍：《转向空间：媒介地理中的空间与景观研究》，《山东理工大学学报》2010年第3期。

种被动的实践却为他们意外地打开了一片别有意义的新天地”。而王韬把报纸定位于“通上下”、“通内外”，这些对于封闭的中国来说，已经是个超越时代的见识。[①] 也许正是由于这样的见识，才使王韬能够在百余年前就提出了著名论断：“今昔异情，世局大变，五洲交通，地球合一，我之不可画疆自守也明也。”[②]

晚清时期，以康有为、梁启超等为代表的维新派和后来辛亥革命派知识分子，为建立民主国家的政治意识，更为积极地通过报刊让国人睁眼看世界，确立中国在世界中的空间位置，寻找我们可行的独立富强的道路。而晚清白话报的广泛创办，各地纷纷以开办阅报社、阅报栏，以读报、讲报等形式，自上而下传播新观念、新思想，以达到唤醒民众，推动革新的目的，这在古老封闭的民间乡野吹起了一股清新的世纪春风，对民间社会的发现与唤醒，对丰富社会文化的地域认知和建立立体的空间文化观念起了巨大作用。在启蒙的同时，民间原生状态的生活空间在新文化运动前后，一度成为五四先驱特别是民粹主义者寄寓美好社会理想的想象空间和富有浪漫色彩的文化实践的实验场。在新文学革命时期，《歌谣周刊》在北京大学歌谣征集运动推动下创刊，创刊时的主编常惠回忆道：“本是一校的刊物，而竟引起全国各省各地的爱好者，以至苏、英、美、法、德、日的学者们的注意，购买《歌谣》周刊并通信访问。作文的也不只本校教授同学，甚至印刷工人，学校工友，都投稿写文章讨论。那时真是想不到的热闹。也真有爱好者而入了迷，每逢星期一，一早就跑到北大一院号房等着周刊（朱自清就是其中一位）……”[③] 由此可见，五四启蒙者对民间文化的热衷，对民间原生状态精神空间了解的热情。并且，那时文学周刊仍然是新鲜事物，就拿全国来说，“从晚清到1949年出版的文学期刊，有明确创刊日期的共988种”[④]，平均每年全国仅二十种左右！而以报刊印刷品反映乡野底层的民间文学，可为开天辟地，空谷足音，就连朱自清也对

---

① 易蓉：《晚清知识分子的办报实践：王韬与〈循环日报〉》，《光明日报》2010年9月14日。

② 王韬：《弢园尺牍》，中华书局1959年版，第215页。

③ 常惠：《回忆〈歌谣〉周刊》，《民间文学》1962年第6期。

④ 谢娜：《空间生产与文化表征》，中国人民大学出版社2010年版，第146页。

其产生浓厚的兴趣，就不足怪了。

报刊加强了晚清时期人们自上而下对国内社会生活和文化状态的了解，开通了国内国外密切联结的渠道，使国人逐步树立了全球空间意识。而晚清现代意义上的民族国家意识，不能不说正是在晚清报刊传播推动下引发的全球空间意识的基础上逐步建立起来的，由此也带来了中国文化现代性的体验。国家空间意识的转变不仅迫使中国重新定位自己的形象，也带来了文学观念的更新，使中国文学摆脱了自大的疆域封闭性，初步显示现代意义上的全球意识或世界意识，进而开始了中国文学进入世界文学框架体系的艰难历程。整个中国现代文学即使到了今天，也正是在这样的空间意识下得以开拓创新。“由此，以报纸为代表的现代大众传媒的衍生成为纠合在场与缺场的重要介质，它凭借着机械可复制性、高强度弥散性和即时性等特质，打破了古典空间相对凝固静止的封闭状态，以世界是由不同点与点之间的混乱网络构成的现代时空经验，消解了举头望月、伤别思乡、‘家书抵万金’式的古典时空经验，创建了一张联结全球的现代之网，在这张‘魔网’的笼罩下，人即便可以日行千万里，翻越高山海洋，也都依然不同程度地为现代大众传媒所控制监管。”“现代大众传媒的兴起彻底改变了传统的空间形式和样态，形成了空间媒介化趋势。传播媒介已不仅仅是空间的填充物、构成物，而且成为建构、型塑空间的决定性因素。”①

回顾人类历史上空间观念的演变形态，“把空间看作没有生命的容器，这可以说是西方理性主义哲学传统的一个令人沮丧的后果。即便现代性在17世纪萌生，现代性的最终是盯住了时间而不是空间。时间就是金钱，时间就是效益，这些口头禅到21世纪致力于完善社会主义市场经济的中国语境，也还是耳熟能详。故追赶时间，毋宁说就是现代性的向导。但是转向在悄悄发生。作为后现代文化的一个标志，从20世纪后半叶开始，‘空间转向’从列斐伏尔点燃的星火渐而燎原，不仅波及建筑、地理、城市规划这些传统空间的‘本行’领域，而且迅速向哲学和文学蔓延。它将要显示，空间不是单纯的社会关系演变的舞台，反之它是在历史发展中生产出

① 谢娜：《空间生产与文化表征》，中国人民大学出版社2010年版，第145页。

来，又随历史的演变而重新结构和转化。故空间说到底也是社会的和文化的空间，包括身体在内，它们都是人类文化活动的产物。由此看来，重新阐释空间进而重构空间，对于当代学术是为必需，因为它们同样意味着人文的重构”。① 文学空间叙事的研究以及以空间叙事为创作手段的创作实践，是后现代文学理论建设的应有命题，也为人类重新认知空间、建构文化空间提供了有益的参照。

社会学领域内的空间转向，公认发生在20世纪90年代。其内在因素与互联网的普及、全球化意识和人类的生存空间意识空前加强直接相关。网络的发展已经使人类进入了虚拟时空阶段。在这个阶段，人类直接把时空当作消费的对象，时空可细分为若干单位和品位加以消费。时空与人的主体之间的差别日益消除，主体更多的情况是消融于物理时空和人造时空之中。“无论是一般的信息时空还是虚拟实在的时空设计，都表明信息时空已再现和创造了一种新的现实，它绝不是主观、主体性时空与客观、实体性时空的一种拼凑物，而是二者的结合体，这个结合体就体现为心物融合、虚实一体的虚拟化状态，所以虚拟化是信息时代时空观的最本质特性，它的存在本身就直接体现了人类新实践的创造性本质。”② 主客体间隔消除，人类感知外界的审美力需要新的动力机制才能新生。

那么伴随着社会学、人类学、政治学、地理学、哲学和美学的空间转向，作为先天具有空间叙事特质的文学空间意识，在这个宏大的人文学科转向和人类精神空间建构中如何生存发展，其审美张力和艺术形式演变的可能性在哪里，是文学研究密切关切当下人类生存的最为重要的命题之一。

第四节　报刊媒介和近代文学转型期的民间趋向

晚清时期，中国文学的演进离不开西方近代机械印刷技术的传入和文化机制的转变。促使文化传播机制转变的主要因素，首先是法律对报刊繁

① 陆扬：《空间转向中的文学批评》，《吉林大学社会科学学报》2009年第5期。

② 杨沐：《论信息文明时空观的特征》，《探索》2009年第2期。

荣和从事文学活动的基本保障。1908 年，《钦定宪法大纲》中给予了人们言论、著作和出版的自由，辛亥革命后的《临时约法》也规定了言论著作和刊行的自由。维新时期发生过重要作用的报刊媒介在清末民初得到了长足的发展。报刊编辑在栏目、体裁、题材、主题上由于启蒙的先锋意识，都追求对普通民众的影响力。梁启超所谓的“自报章兴，吾国之文体，为之一变……”报刊的繁荣刺激文学的发展，并与政治上的封建色彩退减和文学的现代化同步进行。

同时，现代出版业的重心转移到民营出版业。民营出版与官办和教会出版业不同的是民营出版业向产业化方向发展，受市场制约，与大众需求保持密切联系，决定着现代出版业和文学的大众化、平民化特性。这给那些具有现代思想的知识分子为主的文学创作，提供了理论交往的民间空间，保证了文学现代性的实现机会。这种状况一直延续到 1949 年，保持了 50 年一贯的机制。转型期社会产生了一个较大的自由撰稿人队伍，于是在报刊传媒繁荣、出版业平民化和自由的文学撰稿人队伍出现的基础上，文学的接受机制也发生了转变。朝廷的策论变为报刊上的自由论述，小说由听说书人叙述表演的欣赏变成了阅读理解，文学接受者的队伍随着维新、立宪和革命的进展而日益扩大，同时伴随着社会思潮的迅速更新，市场机制的调节，文学接受也维新是骛，推动着文学自身的变革①。

社会变革的思潮和知识分子启蒙思想通过报刊和文学书籍广为传播，晚清以来各地阅报栏、读书会等的设立和兴起，为文化的民间普及和文学的民间意识增长提供了条件。维新变法和辛亥革命等的经验教训促使先进的知识分子，在变革社会的策略上逐渐认识到民间觉醒的重要，于是伴随着借鉴西方同时又要“走向民间”成为时代的要求。文学革命尽管受到西方文化的重要影响，但文学先驱们借鉴本体民间文化和民间文学来建设中国新文化、新文学的努力没有停止。五四新文化先驱和新文学作家汲取民间文学的营养来建设新文学的出发点尽管不同，但挖掘复杂多样的、有价值的文化信息资源进入到民间社会和文学革命视野，并以笔录口传的方式

① 朱栋霖等主编：《中国现代文学史（1917—1997）》上册，高等教育出版社 1999 年版，第 4—5 页。

传播建设新文化的民间文学资源的心愿是基本一致的。

黄遵宪、梁启超重视民间文学发挥的“新民”教育和社会革命作用，特别是黄遵宪的创作对客家歌谣的广泛运用，一定程度上代表了近代文人作家从事的“诗界革命”和文学观念革新的最高成就。他们能担当起五四前新文学建设的开路先锋的重任，在晚清思想启蒙、文学启蒙到五四新文学建设的过程中起到了桥梁作用。黄遵宪借用民间文学的意识和创作实践，给五四建设“平民文学”的思想予以很大的启发。

鲁迅、周作人早期对儿歌、神话的重视，主要继承了清末民初思想启蒙运动中对民间文化的开掘利用，目的仍然在于新民德、开民智；随着新文学的建设进展，重视从民间文学中挖掘国民劣根性①，以引起疗救，推动新文学的思想建设。他们的创作都大量运用了民间文学题材。民间文学的运用为鲁迅历史小说创作扩展了丰富瑰丽的艺术空间，为鲁迅杂文增添了不容忽视的辩驳力、战斗性；也构成了周作人小品文的民俗文化色彩，不但为现代民俗研究提供了理论参考，还表达出周作人关注民众、贴近民生、呼唤民间文学和民俗文化中的自由性灵的愿望，这些都大大提高了新文学散文创作的美学品位。

刘半农、沈尹默、胡适发起歌谣征集和重视歌谣研究，最初基本上是出于明确的建设新文学的目的，并且在新文学建设过程中坚持如一，这在《歌谣》周刊上鲜明地体现出来。刘半农勇于从事民歌体白话新诗创作实践，他的《瓦釜集》、《扬鞭集》中寄寓着开拓民间文学以推动新文学建设的热切呼唤；值得注意的是，刘半农并没有希望新诗建设走民歌的道路，他强调的是从民间文学中汲取精神的营养，以增强新文学的求真意识、自由个性及淳朴风格的追求，从而建设新文学的现代价值观、美学观。胡适尽管创作上没有过多借用民间文学，只在《尝试集》中对歌谣体式有所运用，但他整理白话文学史，确立白话文学为中国文学的正宗的新文学观；不无偏颇地推崇民间文学的艺术价值，推动了新文学的理论建设和对中国传统文学的重新认识，唤起了新文学作家的民间情怀。

---

① 钱理群：《周作人的民俗研究与国民性考察》，《北京大学学报》1988年第5期。

郑振铎相对宽泛的俗文学史的整理研究，以及他五四后的《中国俗文学史》、《插图本中国文学史》等著作，主要把历史记载下来的民间文学作品进行归类研究，给予很高的评价，命意在对中国文学史的重新整理，为新文学建设确立了新的文学史观，对新文学理论建设有重要的参考价值。朱自清的《中国歌谣》和他把歌谣研究引进大学课堂教学，对民间文学中的歌谣学研究作出了巨大贡献；虽然朱自清在创作中对民间文学的运用是不自觉的，并且没有显著特征，但他为民间文学走上新文学高雅的学术研究殿堂，在学理上作出了精深的探讨。

茅盾和闻一多注重神话研究，他们的神话、传说研究的理论著作在很大程度上奠定了中国现代神话学的基础，提供了现代学术研究方法。他们继承王国维、顾颉刚开掘民间戏曲、神话传说的科学价值，为新文学建设酿造走向民间的现代学术研究思潮[①]。

瞿秋白在1920年第一次到苏联期间，就深受苏俄扫盲运动中民间文学形式发挥巨大作用的影响，也深受高尔基无论是文学创作还是论文、讲演中都对民间文学大量引用，从而推动了无产阶级革命文学发展的影响[②]，所以，他在随后的文学理论建设中，不但在新文学语言文字建设上大力主张采用老百姓能听得懂的口头白话甚至土语，以克服“新文言”和过于欧化的语言，进行“文腔”革命，而且在理论和实践上都十分重视民间文学。瞿秋白“在《十月革命前的俄罗斯文学》一文中，对俄国民间文学的各种体裁，都作了具体详细的介绍。认为文字产生之前的民间口头文学已奠定了‘伟大的俄罗斯文学的基础’，许多民间文学作品具有很高的历史价值与艺术价值”[③]。

这促成了他对左翼文学运动的正确领导和取得文艺大众化论争、批判“自由人”和“第三种人”的胜利，并在对文学史上的俗文学、市民文学、平民文学深入研究和论述的基础上，形成了系统的大众文学的理论框架。

---

① 详见高有鹏《中国现代民间文学史论——中国现代作家的民间文学观》有关茅盾和闻一多部分，河南大学出版社2004年版。

② ［苏］尼·皮克萨诺夫：《高尔基与民间文学》，林陵等译，中国民间文艺出版社1981年版。

③ 段宝林、祁连休主编：《民间文学词典》，河北教育出版社1988年版，第432页。

并且，瞿秋白在运用民间文学从事无产阶级革命文学建设的实践中，为了学习群众语言和了解民间文学形式，曾冒着生命危险化装到上海城隍庙等地听艺人说书演唱；在江西中央根据地任教育人民委员时，大力提倡搜集民间歌谣，主张运用民歌来填词；他还运用民间文学形式写了一些大众化的作品，如“十月革命调”、“东洋人出兵”、“上海打仗景致”（无锡景致小调）、“可恶的日本”、“江北人拆姘头”、“英雄巧计献上海”等，这些富于宣传鼓动内容的通俗诗歌和革命小调，在当时的群众中曾广为流传。特别需要注意的是，瞿秋白把这些重视民间文学形式来建设革命文学的理论和实践，明确地看作是五四新文化、五四新文学革命的继续和深化，是中国文学的必然发展趋势。[①] 瞿秋白的这些观点对以后乃至新中国成立后50年代形成的民间文学是中国文学的主流和方向的思想产生了很大的推进作用[②]。

研究者在论述刘半农和刘大白五四时期的民歌体白话新诗时，认为“应该说，在新诗的第一个十年中，恐怕再也找不到比二刘的一些诗更容易为读者接受的了”，“20年代属于这一流派的诗人不多，但到40年代，它成为最主要的诗歌流派，在解放区，是诗的主流”，同时指出“二刘的诗，从民歌中获益，至少包括三个方面，即人民精神的熏陶，艺术手法的借取，语言的吸收”。[③] 这虽然只是对刘半农和刘大白创作的概括，但这种概括对整个新文学创作来说具有普遍性和一般特征性，因为，从“精神”、“艺术手法”和“语言”三个方面且主要是“精神”、“语言”上汲取民间文学的营养也应该是民间文学为五四新文学建设提供资源的主要形式。事实上，除上面提到的新文学作家外，众多新文学作家对民间文学的借鉴也正是在不自觉中、在精神上受到感染和语言上受民间语言的口语性、集体性特征的必然制约[④]。

---

① 详见曹子西编《瞿秋白的文学活动》，新文艺出版社1958年版。

② 见北京师范大学中文系55级学生集体编写《中国民间文学史（初稿）》，人民文学出版社1958年版。

③ 陆耀东：《二十年代中国各流派诗人论》，中国社会科学出版社1985年版，第161、336、158页。

④ 详见拙作《五四新文学的民族民间文学资源》，民族出版社2006年版，第6—9页。

在报刊和出版业日渐繁荣的推动下，现代知识分子发掘民间文学的热情不断高涨，北京大学创办的《歌谣周刊》，曾一度以教育部的公文下发方式来征集民间歌谣。千百年来口传的民间文学得以整理，民间文化生活一时间进入到中国现代精英知识分子的话语空间。中国现代社会学、人类学、语言学、民间文艺学等现代学科体系的萌芽均受益于那些长期寄生于民间生活领域的无比丰富的文本信息中。比如，从《何典》这部并不厚重的谚语小说的出版重印所引起的文化波澜，从这部颇带魔幻色彩的写鬼蜮生活的小说，在新文学家浓厚的民间情怀中的位置，可以看到中国文学精神来源于民间的历史身影。而这个身影又充满着混溶的文化信息，赋予中国文学先天厚重的民间文化蕴涵。

《何典》是一部独特的谚语方言小说。通篇用了三百条以上民间俗谚，且行文全是俚语方言。书的序言全部用谚语连缀而成，天衣无缝，令人拍案叫绝，如开头："无中生有，萃来海外奇谈；忙里偷闲，架就室中楼阁。全凭插科打诨，用不着子曰诗云；讵能嚼文咬字，又何须之乎者也……"[①]《何典》为清乾嘉年间上海才子张南庄所著，但从嘉庆初年出现至光绪三年的七八十年间，没有人刻印过。至1878年，才有了上海《申报》馆海上餐霞客为其写《跋》的版本，并从这篇《跋》里，略微知道张南庄的一些情况。鲁迅在著《中国小说史略》期间，曾从1879年印的《申报馆书目续集》上《何典》的题要，"疑其颇别致，于是留心访求，但不得；常维钧（即曾任《歌谣》周刊编辑的常惠）多识旧书肆中人，因托他搜寻，仍不得。"[②] 1926年5月，刘半农在北京厂甸庙市的旧书摊上，无意中买到了《何典》的旧版本，于是，按照新式报刊排版行文的方式，进行标点、校注，重印出版，并请鲁迅作序。鲁迅连写了《题记》和《为半农题记〈何典〉后，作》两篇文章，这是鲁迅为一书写两序的唯一一例。鲁迅评说"谈鬼物正象人间，用新典一如古典"，"成语和死古典又不同，多是现世相的神髓，随手拈掇，自然使文字分外精神；又即从成语中，另抽出思绪：既然从世相的种子出，开的也一定是世相的花。于是作者便在死的鬼

① 张南庄：《何典》，人民文学出版社1981年版，第3页。

② 鲁迅：《为半农题记〈何典〉后，作》，《语丝周刊》1926年第82期。

画符和鬼打墙中，展示了活的人间相，或者也可以说是将活的人间相，都看作了死的鬼画符和鬼打墙。便是信口开河的地方，也常能令人仿佛有会于心，禁不住不很为难的苦笑。”[①]

鲁迅称赞《何典》对谚语、谜语和笑话的运用恰到好处，无懈可击，不愧为一部反映民间生活的上乘之作。1932 年，日本打算编印《世界幽默全集》，鲁迅把《何典》作为中国的八种幽默作品之一，推荐给增田涉。在《题记》中，鲁迅认为作者的创作是“三家村的达人穿了赤膊大衫向大成至圣先师拱手，甚至而至于翻筋斗，吓得‘子曰店’的老板昏厥过去；但到站直之后，究竟都还是长衫朋友。”同时，鲁迅又客观称赞作者：“不过这一个筋斗，在那时，敢于翻的人的魄力，可总要算是极大的了。”刘半农在序中指出，没有任何一部小说能像《何典》一样，把民间谚语运用得炉火纯青，并且嬉笑怒骂皆成文章，各种方言谚语、口头白话穿插自如，描绘了一幅栩栩如生的、活灵活现的“三家村”乡村生活图景。刘半农把它具体概括为“一层是此书中善用俚言土语，甚至极土极村的字眼，也全不避忌；在看的人却并不觉得他蠢俗讨厌，反觉得别有风趣”[②]。《何典》的诙谐气概，大胆风格，其民间色彩和平民文学意味，能够给五四小说中的情欲描写和不羁的大胆用语以不小的鼓励。

“我们的精神用在修饰文字的功夫上的既多，我们的言语自然日趋钝拙、日趋平淡无奇，远不及一般不识字的民众滑稽而多风趣。”[③] 顾颉刚曾在称赞民间谜语表现出了民间智慧的同时，又对方言浑然天成的表达远胜文人雕饰的语言大加赞赏。刘半农于 1926 年校勘重印旧《何典》时，正是在五四文人经过了一段时间重建文学国语的探索而有所成效的时期，《何典》无疑成了一本生动的教材。周作人在《自己的园地·谜语》里指出，中国 20 年代后期是以出版谜语、寓言、歇后语、诨号、民间秘密语和双关语著作为主的时代，而“自刘复重刊清代小说《何典》，开始了中国知识

① 鲁迅：《何典·题记》，张南庄《何典》，人民文学出版社 1981 年版。

② 刘复：《重印〈何典〉序》，张南庄《何典》，人民文学出版社 1981 年版，第 126 页。

③ 顾颉刚：《谜史·序》，《民俗周刊》1928 年第 23 期。

分子搜集民间谚语的新趋势”。[1] 新文学建设者们在20世纪20年代后期，已由文学革命的理论提倡到把视角深入到民间文学、为新文学寻求民间资源的具体实践中了，他们力图在方言文学、民间语言的推广提倡中，真正落实建设新文学的理论主张，而重印、推广《何典》，又为实践这种理论主张起到了推波助澜的作用。

《何典》得以出版和传播，离不开新文化建设的时代背景和刘半农、鲁迅等人的推介和宣传，离不开在中国文化转型时期，五四先驱们以博大的民间情怀广为借鉴民间文化资源的气度和智慧，同时也离不开近代机械印刷技术和出版物的大量印行。《何典》是在纸质文本建构民族文化和国家意识的现代媒介语境下出现的，纸质对文化经典的承载赋予作者深厚的传统文化素养，也赋予纸质经典文本多元化的丰富的文化信息。当前网络文学中的玄幻小说、盗墓笔记和鬼故事，数量的泛滥和艺术性多可质疑的背后，折射着网络信息时代的文化特征和网络媒介无限传播对深度意义的消解，虽然与《何典》在文化信息上无法比肩，但这些小说和故事所具有的社会转型时期的叛逆个性和乖异姿态可谓与《何典》“鬼气”相通，同时，网络文学大多表征着文化体制外的民间诉求。因此，在批判它们“装神弄鬼”[2] 的同时，指出其存在的合理性并加以引导，是抵制信息化浪潮颠覆价值理性的有益选择。因为，社会转型期的文化建设，需要打破成规、无所顾忌的“无中生有”，而对历史上千百年来就是承载民众精神诉求和世俗欢娱的“道听途说”和“街谈巷议”的小说做法，正如《何典》结尾处的“绝句”中所言：“文章自古无凭据，花样重新做出来……”[3]

① ［美］洪长泰：《到民间去》，董晓萍译，上海文艺出版社1993年版，第258页。

② 陶东风：《青春文学、玄幻文学与盗墓文学——“80后写作”举要》，《中国政法大学学报》2008年第5期。

③ 张南庄：《何典》，人民文学出版社1981年版，第111页。

第六章 影视媒介传播下的纸质文本改编

20世纪初，伴随着中国社会现代化转型，影视技术从西方引进后，迅速和中国传统舞台艺术相结合，演进为具有民族特色的影剧艺术。影视艺术和纸质文学在形象塑造、情景模拟和感情触发等方面相互依存。影视和纸质文字作为媒介，在文化传播功能上优势互补，彼此促进。文字是根本性的人类思想与情感的介质，但接受文字作品需要对抽象概括的语言编码进行解码还原；纸质文学作品的阅读接受需要艺术素养和认知经验的积累，并受社会文化教育普及程度和传播媒介技术条件的制约。影视以直观和现场性的展示，减少了接受过程中的语言解码，影视艺术以形象和细节的真实感，能迅速引发接受者情感反映，触发思想和见解的参与。改编文学名著的影视文学遵循着媒介技术普泛化、走向民间的传播倾向，往往能使文学名著获得更广泛的阅读接受。文字阅读和影视观摩是两种功能不同、触发人类不同感官系统的文化传播媒介，具有清晰的美学内涵和接受文化场域，在不同时代的文化思潮和技术背景下，有此消彼长的可能，但始终呈现相辅相成的交融态势。

金庸小说和张爱玲小说融合传统和现代、中国和西方、通俗和高雅的艺术技巧，塑造的形象系列较为丰满地体现了中国文学的美学特征和艺术魅力，分别展示了中国社会近现代转型过程中一个真实的现实空间和一个虚构的侠义空间，在中国文学现代性演变过程中具有代表性，接受过程也彰显了文学观念的历史演变过程，并且这一过程携带的文化信息和社会心理迁移饱含着丰富而沧桑的人世感受。两人的作品，无论是文字文本还是经过影视改编都能得到广泛的接受认可，潜在地传承着民间文化机制和演变脉络。金庸小说故事情节常见于民间文学中的天仙配模式和民间侠义救世思想等，张爱玲小说反映旧时代向新时代转型过程中浓厚的民众生活气息和对民族古老礼俗风情的出色表现，他们的作品无论是原创纸质文字还是经过影视改编，无不最大程度地显示出中国文学现代化演变中，文学观念构建的民间参与热情和希冀。他们作品的影视改编，流行于时下，既反映了当前文学接受多样化市场需求和文学传播民间化过程对传播媒介多样化的选择，又昭示着中国近现代以来文学观念演变的历史脉络。

第一节　从金庸小说改编看影视传播的优势和缺憾

小说与影视剧是两种不同的艺术形式，如何走向广阔的民间文化市场，如何被普通民众欣赏接受，两者之间的传播媒介不同，在艺术旨趣、文化属性和传播效果等诸多方面也不同。金庸小说被改编成影视剧，正如其他优秀文学作品的改编一样，影视作品很难体现小说原著中那些深刻的文化内涵，往往出力不讨好。尽管这样，金庸小说原著还是被反复改编，出现众多影视剧版本，一拍再拍，热潮不断，责难也不断。这涉及时代的文化环境变迁、人们的接受心理、商业的运作机制等多方面的因素。

就影视媒介对文字文本技术性处理方面，在拍摄过程中有难易两方面的问题。金庸小说的影视剧改编难以把握的地方在于：原著篇幅太长，心理分析手法广泛运用，因此，原著文字叙述语言的审美效果难以体现；影视媒介商业利益的追求行为与金庸小说原著的主题精神相悖，影视形象不易改变人们的接受心理等。影视媒介相对容易展现的地方在于：小说场景描写、冲突尖锐的情节和具象化的个性化语言；影视媒介的科技手段也为高难度镜头拍摄提供了可能。具体说来有如下几个方面。

一　改编难以把握文字文本的艺术风貌和主体精神

人们无论是读过原著再观影视剧，还是先看到影视剧再读原著，多少都会产生影视剧与原著相比，给人的美感体验落差太大的感觉。即使没读原著，直接看到影视剧，也会产生对演员表演与具体影视场景不谐调的不满，或者对故事发展逻辑疑窦丛生，对故事进展的合理性发生疑问等。这与文字媒介向影视媒介转换过程中的一系列操作性问题相关。

首先，纸质文字皇皇巨著，动辄百万字，而又情节连贯，结构严谨，统一于性格刻画和形象塑造上，用有时间限制的影视剧全面表现几乎是不可能的，片断剪接必然破坏情节的逻辑性和故事蕴含的深刻性。电视连续剧稍微好一点，电影就有蚂蚁吞大象的困难，厚重的历史内涵、宏大的主题、丰富的人性意义必然会大量丧失。除非是像王家卫拍摄《东邪西毒》那样，自成路子，完全背离原著，但这又产生一个问题：既然是独出心裁，为何又挂一个文字原著的招牌？无论是想体现出影视创作推陈出新，或者是想让画面音响别具一格，达到摄人心魄的效果，都会让偏爱小说文本的观众产生一种挂羊头卖狗肉的厌恶感，特别是那些文化层次较高、注重欣赏思想内涵的观众，对此很难认同。

其次，心理刻画是金庸小说最富现代性深度的艺术手法之一，故事情节在最紧要关头，在扣人心弦、跌宕起伏时，以人物的心理突变做动力，或者进行精细的心理分析为情节转变促成事理逻辑；小说中人物形象所表达的人性深度也多以心理分析的方法揭示，影视媒介面对这些地方，单单依靠镜头转换的蒙太奇手法基本无能为力。

如《神雕侠侣》第十四回“少年英侠”中，写杨过到华山之巅，奇遇洪七公和义父欧阳峰一段，是小说情节的大转折，也是后面情节得以展开的铺垫。而杨过为什么会来到华山？这里没有叙事情节进展的事理逻辑，完全是杨过突然遇到了武氏兄弟和郭芙，想到了自己的童年不幸，由此感到旁边的人连结伴的陆无双等都看不起他。于是，“突然发足狂奔，也不依循道路，只在荒野中乱走”[①]，本来是自西北向东南走的，却反而折返西北，一直奔到华山之巅。小说有一大段文字来描写他几乎敏感得变态了的心理活动，来促成他到华山的行为逻辑：到华山的原因是无意狂奔的结果，狂奔又是心理错乱、矛盾、痛苦等活动所导致。这用蒙太奇叙述有很大难度，很难通过视觉镜头让人明白杨过何以突然来到了华山。

① 金庸：《神雕侠侣》，广州出版社 2002 年版，第 327、1349—1350 页。

再比如，在《神雕侠侣》结尾，当杨过从蒙古军中救了郭芙的丈夫后，郭芙这次真心感谢，并向杨过表达自己一生对不住他时，杨过说："芙妹，咱俩从小一起长大，虽然常闹别扭，其实情若兄妹。只要你此后不再讨厌我、恨我，我就心满意足了。"接下来，小说描写郭芙听杨过这么说后的心理：

郭芙一呆，儿时的种种往事，刹时之间如电光石火般在心头一闪而过："我难道讨厌他么？当真恨他么？武氏兄弟一直拼命的想讨我欢喜，可是他却从来不理我。只要他稍微顺着我一点儿，我便为他死了，也所甘愿。我为什么老是这般没来由地恨他？只因为我暗暗想着他，念着他，但他竟没半点将我放在心上？"

二十年来，她一直不明白自己的心事，每一念及杨过，总是将他当作了对头。实则内心深处，对他的眷念关注，固非言语所能形容。可是不但杨过丝毫没明白她的心事，连她自己也不明白。

此刻障在心头的恨恶之意一去，她才突然体会到，原来自己对他的关心竟是如此深切。"他冲入敌阵去救齐哥时，我到底是更为谁担心多一些啊？我实在说不上来。"便在这千军万马厮杀相扑的战阵之中，郭芙陡然间明白了自己的心事："他在襄妹生日那天送了她这三份大礼，我为什么要恨之切骨？他揭露霍都的阴谋毒计，使齐哥得任丐帮帮主，为什么我反而暗暗生气？

郭芙啊郭芙，你是在妒忌自己的亲妹子！他对襄妹这般温柔体贴，但从没半分如此待我。"

想到此处，不由得恚怒又生，愤愤的向杨过和郭襄各瞪一眼，但蓦地惊觉："为甚么我还在乎这些？我是有夫之妇，齐哥又待我如此恩爱！"不知不觉幽幽地叹了口长气。虽然她这一生什么都不缺少了，但内心深处，实有一股说不出的遗憾。她从来要什么便有什么，但真正要得最热切的，却无法得到。因此她这一生之中，常常自己也不明白：为甚么脾气这般暴躁？为什么人人都高兴的时候，自己却会没来由的生气着恼？

郭芙脸上一阵红，一阵白，想着自己奇异的心事。……[①]

这段心理分析把一个执着、多情又不无乖戾、任性女子的复杂心理展现出来了，把郭芙心灵深处最隐秘的恋情揭示出来了。读者在为之惋惜嗟叹之余，同情怜惜之情由衷而生，甚至怨责杨过没有明察，但杨过已经遭受郭芙多次致命的伤害，又怎能怨他。读者会在感叹、思索中，达到对人们恋爱心理是多么微妙复杂的深层认识，对人性的善恶美丑难辨、人世沧桑冷暖自知的深邃体悟。通过演员举止言谈的演出，既无法把郭芙复杂、痛苦的心理过程表现出来，也不能把恋爱中人性的这种真实状态再现出来。所以，影视镜头表现的郭芙形象，基本上是一个让人痛恨的人物，许多情节逻辑让观众很难接受，感到演员的表演技巧不尽如人意。正如李亚鹏主演的《笑傲江湖》，不单是李亚鹏对令狐冲形象缺乏深刻理解，实在也是因为作品中人物的心理深度，由影视媒介技术把握起来实在是困难重重。金庸小说更有许多变态、痴狂的人物形象，这些形象都有一个非常复杂的心理变异、性格逐步被扭曲的过程，这个心理变异过程往往也是故事情节发展的关键。那么文字可以做最精细深刻的心理分析，用影视画面就难以表现人物这种惊心动魄的心理巨变，从而影视剧情发展的逻辑性和人物形象的丰满就要大打折扣。所以，即使没有读原著，没有比照的观影前提，直接从影视画面接受去体验，也会产生人物形象单薄，故事失真，情节进展不合逻辑等的接受缺憾。

再次，影视媒介对原著文字叙述语言的审美效果难以体现。金庸小说的语言既现代又古雅，既通俗天然又诗词富丽，形成一种雅俗共赏的审美趣味，成为金庸小说艺术构成中最重要的因素之一，也是获得知识精英认可，逐步走上崇高学术地位的重要原因之一。现代抑或当代的叙事作品很少堪与比肩，影视改编更无法顾及。相反，有些作品虽然语言上没有任何特色，但在情节、题材或者思想倾向上见长，也能通过影视媒介技术处理，拍摄成优秀的影视作品，而金庸的小说一旦被拍摄成影视剧，语言方

① 金庸：《神雕侠侣》，广州出版社 2002 年版，第 327、1349—1350 页。

面的艺术价值就丧失殆尽。

小说叙述中大量古诗词的穿插，武功招式的古诗词、古典意境化所构成的浓郁情调，使人物形象被放置在一种特殊的既虚幻又真实的艺术境界中，同时赋予人物一种特殊的心境。虽然人物语言可以转换成影视媒介语言，但那些叙述、描写、铺垫，使用古诗词所构成的古典意境，简洁明快的语言效果，就无法用影视镜头来表现。这势必破坏了影视艺术格调的统一性，使影视剧的表现缺乏心灵深处的感染力和文字造成的文化穿透力、辐射力，这样，其美学价值、思想深度与原著相比都会大大降低。

如《射雕英雄传》第二十二回，黄药师误信女儿黄蓉淹死在海里了，先是大笑后又龙吟，接着唱道：

伊上帝之降命，何修短之难哉？或华发以终年，或怀妊而逢灾。感前哀之未阕，复新殃之重来。方朝华而晚敷，比晨露而先晞。感逝者之不追，情忽忽而失度，天盖高而无阶，怀此恨其谁诉？……天长地久，人生几时？先后无觉，从尔有期。[①]

黄药师是借用曹植的诗赋来表达感情的，曹植写此《哀女篇》时，正好也是失去了女儿。影视剧中可以让演员唱出这一段，但一闪而过，不会如文字令人理解得清楚，观众又不明此诗背景，既难准确理解黄药师的心情，又难领会黄药师学究天人的形象特征。

最后，浮躁的影视媒介追求商业利益的行为与金庸小说原著的主题精神相悖。看似二者没有太大关系，其实是内在的统一。原著中表达的仁、义思想，展示的人物淳朴纯真的心灵世界，对民族传统文化的追求，对美好人性的歌颂，对民间伦理文化思想的传承等，凝聚为绝对无私忘我的侠义精神和一种无比瑰丽的人文风貌，构成金庸作品动人心魄的美学力量。但是，媒介的技术理性和商业利益追求，使人文精神丧失，构成一个不容忽视的现代商业文化气氛。尽管不乏仁者大声疾呼，但时代的主题会淹没

① 金庸：《射雕英雄传》，广州出版社 2002 年版，第 768—769 页。

个体的声音。一个追求人文精神，赞美美好人性的活泼泼的武侠世界，一个鞭挞假、恶、丑，遵循恶有恶报，善有善报的淳朴奇幻的理想国，文字可以随意描绘，而影视作品尽管物质技术随科学进步，高难度的画面制作越来越不成问题，但非物质因素构成的画面，诸如情节的改编、增删，场地的选择利用，特别是演员的选取都构成影响影视剧接受效果的内在制约因素。这其中，明显表现在演员素养上，哑着嗓子上台的表演者有之，不读原著的表演者也有之，读了原著而不受原著精神感染的演出者更不乏其人。灵魂的做假是做不来的，不用心灵去再现心灵，演技虽高，神情气质却会露出破绽。另外，嗓音歌喉好，武功技艺超群，演其他影片可以演好，但金庸小说的改编剧就不容易演好。1983 年香港版《射雕英雄传》公演，翁美玲一举成为“最理想的黄蓉”，而此时翁美玲几乎还不是个职业演员，更不是明星，是香港相对良好的影视制作机制成全了翁美玲，也铸就了此版为《射雕英雄传》的影视经典版。

最为关键的是，从接受美学上说，金庸小说也不利于影视媒介的改编传播。固然一千个读者阅读同一部艺术品，会有一千种阅读感受，但金庸小说艺术形象的“原型性”特征很鲜明，故事原型、人物形象或者“侠”的形象原型，是长期民族历史发展所积淀的集体无意识，是文化情结，久已“定型成像”，这些形象所蕴含的最为广泛的民间情感力量和价值倾向，是相对清晰的、固定的，吻合我们民族的接受心理和思维习惯。小说中的杨康是投敌叛国的丑恶形象的代表，影视作品的创新赋予杨康更丰富的个性内涵和合理的情感谅解，观众便不能接受；郭靖、乔峰是为国为民的侠之大者，单亲或者孤儿的身世经历，符合人们对坎坷壮丽的人生命运的同情、崇尚。情感经历也符合千百年民族民间世代传承的“仙女配凡人”或者是“天鹅处女”型故事原型。金庸小说把这些历史认同的原型形象赋予现代性的价值观念和现代社会的精神气质，加以生动的个性创造。金庸小说是在这种民间文学“原型”基础上的创造，影视改编却是在金庸基础上的发挥，与集体无意识观照下的接受心理隔了一层，所以，改编不易，改编出来又容易让观众反复挑剔，殊难接受。忠于原著的媒介技术制作本已很不容易，改编者发挥个人想象和理念的些微改动，没有经过集体无意识的心理过滤，自然很难被认可接受。而旧武侠小说或者文字艺术性不高的作品可弥补的空白和缺憾多，可随意改编，观众并不多加指责。

一般来说，文字文本情节故事相对容易做影视媒介处理，但人物形象可创造的空间不大。而金庸小说的人物形象与故事发展相辅相成，人物性格形成在故事情节的逐步展开中，这也是优秀作品共同的艺术规律，金庸小说在这方面做得几乎无可挑剔，影视媒介改编却不容易做到形象与情节协调一致。

二　场景、情节和具象性的个性语言易于影视刻画

对金庸小说的影视剧改编，中国大陆、中国台湾、中国香港，新加坡等地的影视界热情不断，虽然大陆起步晚，但势头很强。这不单体现着传统文化向现代商业文化的转型和多元化时代潮流的自觉选择，也与金庸小说创作对影视剧艺术手法的采用分不开，如小说情节发展、武功描写、语言描绘具象性、很强的动态画面性等。艺术门类既相区别，又有相通性，金庸在创作小说时曾积极参与影视剧的制作，自觉与不自觉间借用了影视技巧。

首先，金庸小说重视场面描写，故事发展可以说主要是由一个个生活场景、武打场面连续构成。场面描写易于用影视镜头表现，场面转变就是故事的发展，这本身就是电影蒙太奇手法。金庸小说非常重视对场景的精雕细刻，为渲染气氛，用大量篇幅对构成故事环境的色彩、声音、物像的形体特征进行描绘，并与情节进展、性格刻画密切联系，从而具有很强的画面感，这等于也给影视表演设置了详细的道具。①

其次，金庸小说人物形象容易转换成鲜明的影视形象。金庸把小说塑造人物形象的手法推向了中国小说艺术的极致。金庸小说人物形象所蕴含的现代性深度和人性深度，极大地开拓了人物形象本身所具有的审美内涵，特别对心理变态人物形象的刻画，揭示了人类灵魂的深刻性、复杂性，极大地吸引着读者想象探究的兴趣，也让人们对影视形象的再创造充满了热切的期待，尽管很多影视形象与原著相比，差强人意，但这并不妨

① 严家炎：《论金庸小说的影剧式技巧》，《金庸小说论稿》，北京大学出版社 1999 年版，第 139 页。

碍人们对自己心中形象逼真性的追寻、模拟。所以，面对不同版本的再改编，观众在不满和期待中，会继续走进影剧院。何况，每一次观看，在改编剧对原著人物形象内涵的反复开拓中，也能感受到不同的情感和思想。虽然对不如期待中的演员和影视形象会付之一笑甚至怨骂，但这无疑也是激发影视媒介传播的动力因素之一。

“中国是诗人之国，注意的是情与意，而不是形与象；注意的是词和句，而不是性格与心理。叙事文学也有，要么是忠奸之辨，要么是昏君与明君，要么是狐鬼猪猴，要么是饮食男女，很少关心个人的形象、性格、心灵。谈到叙事，就如鲁迅先生所言，写好人就全都好，写坏人则全都是坏。说到底，还是忠与奸、明与昏、神与鬼……的自然延伸或换面不换里。中国的作者和读者都习惯了。”[①] 而金庸小说追求的是人物性格，金庸认为，“武侠小说的故事不免有过分的离奇和巧合。我一直希望做到，武功可以事实上不可能，人的性格总应当是可能的”。因为，“道德规范、行为准则、风俗习惯等社会的行为模式，经常随着时代而改变，然而人的性格和感情，变动却十分缓慢。三千年前《诗经》中的欢悦、哀伤、怀念、悲苦，与今日人们的感情仍是并无重大分别。我个人始终觉得，在小说中，人的性格和感情，比社会意义具有更大的重要性。……父母子女兄弟间的亲情、纯真的友谊、爱情、正义感、仁善、勇于助人、为社会献身等感情与品德，相信今后还是长期的为人们所赞美，这似乎不是任何政治理论、经济制度、社会改革、宗教信仰等所能代替的”。[②] 这是我们艺术创作中长期缺失的艺术理念，无论在小说还是在影视作品中。金庸小说艺术生命力和强烈的感染力主要在人物形象塑造上，人们对改编剧的热切关注也在于通过欣赏影视形象，满足对人物个性审美内涵直观面对的渴望。很显然从叙事中的形象转换成影视人物形象，要比用影视镜头演绎一些思想观念容易得多。

同时，金庸小说对人物的肖像刻画，汲取古典戏剧中脸谱效果，结合人物性格，给予鲜明的外表特征，或通过肢体特征，或者所用刀、剑、

① 陈墨：《金庸小说艺术论》，百花洲文艺出版社 1999 年版，第 236 页。

② 金庸：《神雕侠侣·后记》，广州出版社 2002 年版。

钩、轮、剪、鞭、棍等兵刃不同显示特征，这给影视形象的转换提供了更大的方便。特别是那些结合情节发展的动态化描绘，更具有影视效果和极强的画面感。

如《连城诀》中描写血刀老祖的形象：

> 汪啸风回过头去，见是一个身穿黄袍的和尚。那和尚年纪极老，尖头削耳，脸上都是皱纹，身上僧袍的质地颜色和狄云所穿一模一样。
>
> ……
>
> 斜眼向血刀老祖瞧去，只见他微微冷笑，浑不以敌方人多势众为忌，双手各提一人，一柄血刀咬在嘴里，更显得狰狞凶恶。待得群豪奔到二十余丈之外，他缓缓将狄云放下，小心不碰动他的伤腿，等群豪奔到十余丈外，他又将水笙放在狄云身旁，一柄刀仍是咬在嘴里，双手叉腰，夜风猎猎，鼓动宽大的袍袖。[①]

血刀老祖的鲜明形象很容易转换为同样鲜明生动的影视形象，并且“身上僧袍的质地颜色和狄云所穿一模一样”，用镜头直观凸显，使狄云在接下来的故事中，被冤屈为和血刀老祖一类的淫僧，更具画面的直观效果，产生比文字更强的震撼力。

再次，金庸小说人物语言具有多方面的功能，有利于转换成影视语言。特别是人物对话，或突出鲜明的人物个性，增强戏剧性效果，或交代事件的前因后果，或者千里伏线，为后面情节做铺垫，它们直接转换成影视人物语言后，不但不会影响影视画面的动态感，还会使情节进展更简洁明快，取得很好的视觉效果。这方面，可以说是国产影视剧做得最不如意的地方，冗长的套语对话，与情节关系不大，使影视画面呆滞，加上故弄玄虚的情节，莫名其妙的细节，让观众不知所云，昏昏欲睡。尤其是那些片面空洞的思想性追求，即使如《英雄》这样的大片，力图要演绎的思想也仅仅停留在初中毕业生的水平，再去掉豪华的明星阵容、数码科技，艺

① 金庸：《连城诀》，广州出版社2002年版，第151、159页。

术含量就所剩无几，把演员内涵的空洞与好看的外表不相协调的弱点暴露无遗。处理影视人物语言、人物对话与个性、情节、戏剧性、影视的动态画面感的关系，显得力不从心，或者根本意识不到。影视画面上要么是吃不完的晚餐，要么就是说不完的话，勉强拿出来几个镜头动作，观众一下子就知道下面将要发生什么。金庸对现有根据他的小说拍成的影视剧作品表达出坚决的否定性态度，他说："我的小说并不很好，打个70分吧，但是经过电影、电视编导先生们的改动以后，多数只能打34分，他们删减我的小说可以，但是不要自作聪明，增加一些故事情节进去，结果不和谐，露马脚，'献丑'。"[①] 这除了前面提到的一些原因外，恐怕还有"编导先生们"对人物对话与情节关系，这个看似显而易见的艺术手法，在影视转换时无能力把握，所以通过删减来适应自己的"聪明"等原因。

另外，现代科学技术的发展，为武打场景的拍摄提供了创新的可能。声、光、电、色的组合，数码科技的运用，使金庸结合人物性格或者琴棋书画等古典文化，所自创的武打招式转换成影视镜头，越来越容易。如乔峰、郭靖的"降龙十八掌"，在前后不同版木中表现为越来越具象化，越来越生动形象、奇幻莫测，给予视觉极大的动感刺激。

综上所述，从某种程度、某些方面上说，金庸小说影视剧改编能大大促进国产影视剧的创新、发展，能为影视改编剧提供经验教训，应该成为有目共睹的影视剧改编发展史上的里程碑。

第二节　纸质文本影视传播的审美空间

文字文本的影视改编不但使文字文本的艺术思想更加大众化，通俗化，生活化和民间化，而且视听媒介本身蕴含着艺术因素，使影视剧兼有原著和自身双重的艺术空间。影视审美空间以逼真的形象特征，改变着人们对原著的朦胧感受，既改变了传统的美感体验方式，又创造出新型的艺术接受的心理机制。

① 张英：《学问不够是我的一大缺陷》，《南方周末》2003年7月31日。

一种艺术形式向另一种艺术形式的转换，往往相应于一种艺术传播媒介向另一种艺术传播媒介的转换，同时也就是一种审美接受方式向另一种审美接受方式的转变。这种转换涉及审美接受心理的转变。审美既是一种心灵感知外物的方式，也是一种情感涌动和一种无功利的精神愿望的实现。人的心灵、情感、精神承载人类世代相传的智识，并认同和谐的美感形式。一定时代的社会政治、经济、风俗、伦理道德的制约与个人的生活经历、教育、世界观、人生观的影响，再加上两种截然不同的艺术方式的转换往往是跨时空进行的，这种转换在艺术领域内所引起的审美趣味、价值尺度、伦理风尚的改变，不亚于人类生产生活形式的转型。既然两种社会形态的转型能用社会思潮、文化思潮去宏观把握，那么，两种艺术形式的转换，我们也能从审美空间的开拓上和传播媒介逐步民间化的规律上，去探索人们感受不同艺术形式的心理状态和追求审美愉悦的规律。

人类从“听—说”为媒介转变到普遍以文字为媒介，传播信息，释放精神压抑，从事审美活动，经历了一个极其漫长的史前文明发展时期。然后从文字为媒介再转变到以现代视听为媒介，来触动心灵的琴弦，获得美感享受，又经历了两三千年的文明进步。20 世纪初以电影的发明为标志，到目前的电视、网络、手机、VCD、DVD 等，空前灵便的视听传播，给人类创造了一个极其丰富宏大的想象空间，以与现代生活合拍的快节律方式和认同民间价值倾向的规律，传播着审美艺术形象。影视剧已经成为人类群体主要的文化消费方式，是人类文明现代化程度最高、影响最普遍的民间大众艺术形式。影视媒介寄寓着民众普遍的心理模式和情感形式，构成一个既异彩纷呈又格调统一的审美空间。

文字文本以纸质文字载体印刷传播，通过阅读体验和思维活动获得情感宣泄，转换成全新的通过视听来获得震撼和共鸣，同原著文字文本相比，所创造的艺术空间有着鲜明的美学特征。

一　使文字文本的艺术思想更加大众化、通俗化和民间化

影视传播是众多人参与的群体审美行为，不是个人的阅读行为；改编后的影视剧，通过声、光、电、色等现代科技手段，更廉价、更方便地使

原著真正家喻户晓。艺术的大众化和通俗化有内在的规律性。这里的通俗化并不一定就是低俗化，与文学史范畴内的通俗文学中的“通俗”根本性质不同。这种“通俗”是影视剧改编对纸质原著某一方面美学意义的彰显、凸显，进一步地简易化、明晰化，对原著进行适应群体和时代需要的调适。调适后不但让更多人了解，并在直观画面的观感中形成一致的更贴近生活的体验，逐步达到对现实经验、人性形态、价值观念的真正的民间共鸣。如2005年10月，中央八套热播的《我们的父亲》，根据东西同名小说改编，刘小枫扮演剧中“父亲”。影视剧形成了群体观影共鸣：父亲博大无私，人性熠熠生辉，叩问沉浮于日常生活的庸常灵魂，远比东西的原著深远、广泛、通俗和民间化。

实际上，金庸小说之所以能产生如此轰动效应，尽管由于原著是一流小说家的创造，但影视剧的频繁改编，改编后明星出演、商业广告效应等也功不可没。很多人首先是通过金庸小说影视改编剧才走近金庸原著，更多的情况是看过影视剧后就不再读原著。阅读原著是个体审美经验参与到原著构建的审美空间；观影是集体意识或无意识的凝聚和再生，是对原著审美空间超越性的扩展和延伸，是在民间群体经验世界里彰显一种普遍的心理趋向。影视理论中把影视作为一门文化产业，并确认在当代信息社会中，影视在塑造民族形象和建构民族文化认同中具有强大的功能。其中也包含了名著改编的影视剧，在培养一种普遍的艺术趣味和相对统一的情感价值倾向上，所具有的超越个体读解原著所能达到的社会舆论功能。

央视古天乐、李若彤版《神雕侠侣》，以画面、色彩渲染侠侣意象，强化了杨过与小龙女生死相许的爱情观，放弃了原著文字媒介所赋予的形而上的抽象思考，原著中蕴含的儒、释、道思想和文字叙述构成的意义空间，不为民众读者所青睐，也不为愉悦性观影者乐意推演考究。周伯通就是一个顽童形象，好玩儿，可笑，让观众轻松，影视接受可以从生活中比附这样的心无滞碍的人，并进入老顽童所创造的生活气息浓厚的形象空间。民众对杨过、小龙女、周伯通影视形象所直观到的人性的美好理解，纯朴清晰，与世俗生活高度一致。这种艺术效果促使人们对社会情感价值的判断达到空前统一，并逐步熔铸于社会伦理规范，以浅易通俗的形式产生深远的影响。这不是一般的通俗化所能实现，也是原著文字阅读难以为任的。王新民执导的《连城诀》结尾改编为地震发生，地面陷落，大水淹没了暗藏着无数奇珍异宝的天宁寺，追逐财宝的各色人等，转头来搭上了性命。改编剧添加一些体现改编意图的枝节，让开茶楼的根宝夫妇向一位白发老者探询寻宝者的去向，借老者回答根宝夫妇的话，表达“安安乐乐就是福，平平淡淡才是真”的生活理念，这虽然有蛇足之感，说教味道，但与影视画面紧密吻合，对形成通俗的民间伦理文化，传承古典有价值的礼仪民俗，强化一种淳朴务实的社会心理不无作用。

当然，这种大众化和通俗化也与多元化的文化现实相适应，大众化的程度体现出鲜明的阶层特征。而严格遵循原著的影视改编，更适应文化层次较高的知识阶层的审美趣味。知识精英偏于谨慎遵守传统文化秩序，他们对原著整体思想艺术价值把握较为深刻，对突破原著划定的艺术空间的影视改编不免挑三拣四，但广大市民阶层更贴近普通人生的生活趣味，不会大费气力地把影视剧与原著反复比照，他们偏重关注影视剧人物形象的形似，显示出相对宽容的民间审美心理，一般不会深入去琢磨过于深邃的人性因素。虽然说原著是一片读者可以自由驰骋想象的空间，影视剧的美感空间必然受到媒介特性的约束，从而造成名著影视改编备受批评，但文字叙事艺术与影像视听艺术，本来就是两种不同的艺术感受方式，影视剧改编本来就是改编者、拍摄者与群体欣赏者视听心理的互动、同构的结果。所以，批判尽管批判，改编自有改编的理由，影视媒介和纸质文字传播并行不悖。

二　影视媒介蕴含艺术的因素，兼有原著和自身双重的艺术要素

毫无疑问，视听艺术是当代生活中文学传播和接受的最重要的方式之一。影视既受当代社会运行的文化机制的制约，又是人类文明发展中令人震惊的科技成果，已经成为经济生活中一门最重要的文化产业，同时，影视媒介本身也是一门科技含量丰富的审美形式，是当代意识形态领域内思想、行为、情感方式的必然选择。“在审美价值和艺术价值的创造过程中，

媒介融入了价值本体运行之中，成为其价值生长的一部分；媒介还进入创造活动的结果之中，成为其价值载体感性形式不可分割的有机因素；一种新媒介的产生，可能意味着一种新的审美价值和艺术价值形态的诞生。”①

影视的声、光、电、色等手段是构成整部影视作品的艺术组成部分，参与影视剧美感形式的创造，其变幻的戏剧化造成视觉感知的极大震撼。它们创造的神奇画面所开拓的时空感受，既陌生、奇幻又富丽、亲切，这是纸质文本所无法传达的，因为影像媒介已经“成为其价值载体感性形式不可分割的有机因素”。影视的光影变幻，使文字描写中的不可能转变为可能，并随着科技进步，造型的可能性被无限扩展。改编后原著想象的艺术空间看似渐趋狭窄，但形象感却越来越动人心魄。如1983年香港版影视剧《射雕英雄传》，运用重影、光色来拍摄周伯通的双手互搏术；运用彩色光影组成八条龙头形状，由七条龙围成一个龙圈，来呈现洪七公的“降龙十八掌”的威力；黄药师运用内功玉箫吹奏“碧海潮生曲”，让欧阳克和郭靖击鼓相抗，看谁能抵御，从而决出胜负为黄蓉招夫。小说是让郭靖和欧阳克各折一根竹枝敲击，与箫声节拍相抗，原著文字是这样描写的：

> 郭靖竹枝连打，记记都打在节拍前后，时而快时而慢，或抢先或堕后，玉箫声数次几乎被他打得走腔乱板。这一来，不但黄药师留上了神，洪七公与欧阳锋也是甚为讶异。
>
> 原来郭靖适才听了三人以箫声、筝声、啸声相斗，悟到了在乐音中攻合拒战的法门，他又丝毫不懂音律节拍，听到黄药师的箫声，只道考较的便是如何与箫声相抗。当下以竹枝的击打扰乱他的曲调。他以竹枝打在枯竹之上，发出“空、空”之声，饶是黄药师的定力已然炉火纯青，竟也有数次险些儿把箫声去跟随这阵极难听、极嘈杂的节拍。黄药师精神一振，心想你这小子居然还有这一手，曲调突转，缓缓的变得柔靡万端。
>
> 欧阳克只听了片刻，不由自主地举起手中竹枝婆娑起舞。欧阳锋

① 杜书瀛：《论媒介及其审美——艺术的意义》，《文学评论》2007年第4期。

叹了口气，抢过去扣住他腕上脉门，取出丝巾塞住了他的双耳，待他心神宁定，方始放手。①

影视媒介以技术手段把曲音形象地造型为粉红色、橘黄色、紫色光柱和类似绘图中描绘电波的波浪线、蜘蛛网状环线，这些线萦绕周围的人，同时配合一种特殊的声音刺激听觉，创造出与小说文字描绘的声音相似的听觉效果。不能否认，这些声、光、电、色的组合本身就含有绘形摹声的丰富的艺术因子，它们所创造出的艺术空间又追求与原著的形似和神似。镜头中不懂音律的郭靖对“碧海潮生曲”的曲音不能以鼓相和，反而能以鼓相抵，让这些彩色光柱和波浪线无法侵入耳膜，从而获胜。虽然影视剧这样改编，省去了原著大段情节的铺垫，文字的丰富意蕴势必流失，但却比文字叙述简洁明快、生动形象得多，在艺术空间的开拓上，这段影视剧情的创造让观影兴味盎然，独具魅力，毫不逊色于原著。

随着科技的发展，名著的影视改编，由声、光、电、色和各种特技镜头制作的影视形象，会开拓出更大的艺术空间。这样的艺术空间，让人们更能观照自我价值的实现，更能感受到艺术与科技紧密结合，使日常生活处处洋溢着人类对丰富多样的美感体验的不懈追求。

三　影视审美空间创造新型的艺术接受机制

影视审美空间以逼真的形象模拟，改变着人们对原著的朦胧感受和美感体验方式。文字文本带给人们的阅读和思考时忘我无我的欣赏境界，是原著文字书写的朦胧多义性和文字叙事创造的艺术空白与真实人生产生距离美的结果。由此，原著寄寓人生理想，让心灵充满对虚幻境界的向往，以一种愉悦的激情暂时消解现实的苦闷。但是，影视塑造的形象消除了这种模糊性、朦胧性，它的清晰逼真可以以假乱真。人们对一个电视节目主持人的亲和程度，宁愿根据他在电视屏幕上表现出来的风采，而不在乎报纸杂志上对他才艺的客观评述。同样，人们看过83香港版的影视剧《射雕

① 金庸：《射雕英雄传》，广州出版社2002年版，第628页。

英雄传》，就认同黄蓉就是像翁美玲一样，甚至不会再去想象小说中“真实的”黄蓉不一定也是一口“兔儿牙”。

“印刷技术使文学、情书、哲学、精神分析，以及民族独立国家的概念成为可能。新的电信时代正在产生新的形式来取代这一切。这些新的媒体——电影、电视、因特网不只是原封不动地传播意识形态或者真实内容的被动的母体。不管你乐意不乐意，它们都会以自己的方式打造被‘发送’的对象，把其内容改变成该媒体特有的表达方式。”① 并以这种“特有的表达方式”创造民众心理，让影像和声音成为艺术欣赏的主要对象。影像和声音带来的感官愉悦与快节奏的现代生活谐调同步，共同打造新的基于新媒介基础上的精神价值尺度和审美心理倾向。

接受美学认为，艺术的接受与艺术创造有同构关系，文化消费市场让艺术价值得以实现，同时也制约着艺术创造的方式和创造者依据需要所构建的新的艺术空间。金庸小说的影剧式技巧既是主体自觉的艺术风格，也是迎合接受心理、文化消费市场需要的被动追求。金庸创作武侠小说前，从1952年起连续几年在《新晚报》编副刊，写影评，并写出电影剧本《绝代佳人》、《兰花花》等。1957年，金庸到香港老牌电影公司长城电影制片公司担任编导后，开始写《射雕英雄传》，并在《商报》上连载。1958年，《射雕英雄传》还没有写完，同年创办的峨眉电影公司，由胡鹏做导演就开始抢拍粤语版《射雕英雄传》。随后的50年代到60年代之交，金庸正在创作小说的鼎盛时期，峨眉电影公司连续拍摄了粤语版《碧血剑》、《书剑恩仇录》、《雪山飞狐》、《鸳鸯刀》、《神雕侠侣》等。说金庸小说是为电影写的，或者电影手法给金庸创作提供了艺术经验，并不过分。金庸做电影编导、写电影评论、写电影剧本都在他创作出最成熟的小说之前，这些经历和经验，使他清醒地意识到文化市场对影视艺术的选择趋向，影剧中的哪些场面具有看点，如何使小说创作借用影剧技巧与文化市场直接接轨等。并且，金庸小说首先在报纸上连载，并以此推动人们对他创办的报纸更加关注。报纸紧密地连接着民众的心理，连载的小说又与民众的普遍审

① ［美］J. 希利斯·米勒：《全球化时代文学研究还会继续存在吗?》，国荣译，《文学评论》2001年第1期。

美趣味迎合互动。

所以，影视改编是原著和文化市场的桥梁，影视艺术空间是原著艺术思想与时代集体意识沟通的美学平台。影视媒介传播对原著思想艺术的背离既是对原著美学思想的补充和挖掘，又是寄托着当前文化思潮对原著艺术空间拓展的热切愿望。影视媒介实现了由传统艺术接受机制向现代艺术接受机制的转型，同时，文字文本又为这种转型提供了坚实的人文价值的依托。

第三节　纸质文本影视传播在当前的文化意义

电影传入我国不久，出现的第一部真正意义上的影片《定军山》，是对京剧《定军山》片断的影视改编。从此，中国传统舞台艺术脱离时空限制，获得广泛的民间接受成为了可能。今天，通过视听接受文化信息，借助影视获得艺术感受，已经成为人们的文化生存状态和日常生活方式，在当前多元化、全球化文化背景下，纸质文学文本通过影视传播，不但使传统艺术被广泛接受，获得创新发展的契机，而且在弘扬民族文化，开拓文化全球化背景下的公众精神空间，重建现代人文传统等方面，具有广泛和深远的建设意义。具体说来有以下几点：

一　使传统艺术走向民间，获得创新发展的契机

一些传统的艺术形式随着时代的发展，已经出现了生存危机。由于传统艺术地方性很强，没有快捷的传播媒介，一些优秀的民族民间艺术不但不为人知，且大有自生自灭的趋势。这里不但是一个借助影视媒介有效传播的问题，而且是把传统艺术形式与现代媒介科技密切结合，促成一种新的创造，使艺术观念更新换代，民族传统美学和艺术价值标准与时共进，以拿来主义的发展原则，对传统进行突破和创新。

拿戏剧文学来说，在多元艺术思想、价值观念的文化背景下，各地方戏曲及其民俗文化所孕育的民众情感和朴素的艺术趣味，怎样与当代普通民众的日常生活结合，成为这一传统艺术进一步发展的关键。以我国最大

的地方剧种豫剧为例，豫剧原名“河南梆子”，从乾隆年间至今，流传了二百五十年的豫剧经历了由传统向现代的转型与演进，而当代豫剧的生命力像其他地方戏曲一样，日趋萎缩，成为亟待保护的“非物质文化遗产”。河南电视台1994年10月开播“梨园春”节目以来，可以说让陷入困境中的戏曲，走上了开拓新的艺术领域和审美空间的宽广道路。特别是1999年，随着电视文化产业和音像艺术产业日益成为民众日常文化娱乐的主要方式，“梨园春”应时改版，推出“戏迷擂台赛”，让观众与影视戏曲制作互动，以观众的审美期待为卖点，由此激发的民众文化参与意识和社会反响之大，是其他地方戏曲无以相比的。“播出一年多，即已收到观众来信30多万封，每期拨打168热线电话者都在五千名以上，擂台赛已有近两万人报名。《梨园春》不仅受到河南及北京、山东、河北、安徽、江苏、陕西、山西、湖北等周边省、市观众的热爱，就是新疆、甘肃、内蒙古、黑龙江、贵州、青海、四川、西藏等边远省区也有不少热心观众。据中视收视率调查，《梨园春》栏目平均收视率已达到25.85%”①。

相对于小说创造，“作为动态影像的艺术，电影能够给受众带来比文学强烈得多的直观快感。因此，当电影不再谋求基于自身形式特质的自主性，并进入传统上为文学独占的表征领域的时候，它就带来了一场意义深远的艺术革命。在这场美学革命中，电影以其逼真性对于艺术的规则进行了新的定义，在经济资本的协同作用下，作为艺术场域的后来居上者，它迫使文学走向边缘。在此语境压力下，文学家能够选择的策略是或者俯首称臣，沦为电影文学脚本的文学师，或者以电影的叙事逻辑为模仿对象，企图接受电影的招安，或者以种种语言或叙事实验企图突出重围，却不幸跌入无人喝彩的寂寞沙场”。② 虽然这种看法颇有争议，但起码在多元艺术形式共存的文化生态中，影视艺术的发展速度日益呈现出人类文明加速发展的特征，文字作品表达手法的进步和更新相对而言并不显著，所以小说在当前和未来文化语境下，是经典艺术形式，也是传统的艺术形式。小说

① 谭静波：《〈梨园春〉现象调查报告》，马紫晨、范立方编《梨园春流行唱段选》，河南文艺出版社2001年版，第511页。

② 朱国华：《电影：文学的终结者?》，《文学评论》2003年第2期。

创作与影视媒介相结合，谋求获得更广泛的接受群体，最大限度地实现小说创作的文化价值，也是发展创新的可行选择。

金庸小说历时半个世纪的阅读接受，造成了奇异的阅读景观，是现当代任何作家的作品都不能比肩的。从小说与影视剧的互动情况看，金庸小说改编的影视剧收视率不会低于小说读者数量。十多年前，有人做过统计，金庸小说“自出版 36 册一套的单行本到 1994 年止，正式印行的已达 4000 万套以上。如果一册书有五人读过，那么读者就达两亿。必须注意的是，金庸小说无论在中国台湾还是在中国大陆，都有许多盗印本。这些盗印总数，可能不在正式出版数以下”。[①] 由此我们可以推知，目前，看过影视作品的观众数量按 1994 年小说读者的两倍计算，可以说从影视作品知道郭靖、乔峰、黄蓉、小龙女等生动鲜明的影视形象，知道“路见不平，拔刀相助”的侠义精神的观众数量不会在四亿之下。伴随着民间接受热情，人们对金庸小说创造性的“误读”，也充分体现在改编、演出、产品制作和观众接受过程中。民众对原著精神内涵和艺术形式的丰富发展呈现集体创造的文化景观。

二　开拓全球化背景下的公众精神空间，重建现代人文传统

人类的生存空间由物质生存空间和精神生存空间构成。人们对艺术的追求，所创造的审美愉悦空间，以特有的审美感染力，成为超越时空和民族界限的共同的精神生活领域。例如金庸小说的侠义精神和深刻的人性光辉，在当代公众精神生活中，既有针砭时弊、匡正风俗、重塑灵魂的精神力量，又因影视媒介的科技特征，获得更为持久的生命力。影视传播使金庸渲染的文化思想、艺术氛围成为当前重要的公共精神生活的组成部分，金庸影视剧也同时成为一种公众艺术。“就其实质而言，公共艺术的最终目的并不是要体现艺术家所创造的艺术风格和样式以及形成的艺术思想，而是体现一种群体性的精神空间，是人类改造自身生存环境的一种外在表现形式。在每一个特定的地域中，特定的历史文化决定着特定的公共艺术

① 严家炎：《金庸小说论稿》，北京大学出版社 1999 年版，第 8 页。

特质，同时，特定的公共艺术也直接或间接地影响特定的艺术观念和审美模式。因此，可以说，我们从艺术的角度来认真地思考公共环境问题，是人类改善生存状态、延续人类文明发展过程中所面对的一个重要问题。”①这也许是金庸小说影视传播的核心价值和深远的意义所在。所以，人们并不顾忌改编对原著思想与艺术有机性的解构，观众尽管对改编产生了诸多不满意，但难舍荧幕上惩恶扬善的快事和侠义精神、美好人性给予心灵的启迪和慰藉。在接受过程的期待、焦虑、振奋和争论中，传达着公众的价值理念，选择着一种符合当前文化生存所需的艺术观念和审美模式，进而促成和谐美好的人文生存环境。

目前，公认好莱坞影视业占据世界影视业之最，而能与之抗衡的两类影视作品，一是印度的歌舞片，然后就是中国的武侠片。如果说金庸小说由于传统文化浓厚，语言的民族化色彩鲜明，对其他民族来说接受相对比较困难些，那么金庸影视作品以其直观性、真实现场性，正在随中国武侠片走向世界，逐步产生了国际影响。例如，日本 NECO 电视台 2006 年用了一年多时间，以每周两集的速度播出了大陆版《射雕英雄传》、《天龙八部》和《笑傲江湖》，并发行 DVD，一批日本金庸武侠迷诞生了。而此前，金庸小说在日本陆续出版的历史已经有十年之久，也没有产生如此被接受的盛况。在相同的现代影视媒介技术条件下，民族之间的文化艺术更容易沟通、互补和彼此弘扬。

在当今，全球化趋势愈演愈烈，西方文化以先进的科技手段为辅助，扮演着主导文化理念和价值取向的角色，逐步形成以其为中心的全球化、一体化趋势，一种文化优胜劣汰的态势给民族文化发展造成威胁。民族传统文化思想和古典文学长期孕育的艺术思想，在当代优秀的纸质文学作品中有丰富的渗透和体现，具有永恒的思想价值和艺术价值，与现代先进的传播技术相结合，必将创造出新的具有民族特色、内涵新颖深刻的艺术新品。如此，才能将民族文化理念不断扩展和延伸，使传统艺术获得新生，构建新的与全球化相接轨的公众艺术空间。在此，诸如金庸小说改编一

① 蒋志强：《公共艺术与公众文化空间》，《文艺研究》2007 年第 5 期。

样，传统经典纸质文本的影视传播，已经不单是一般意义上的商业性艺术形式转换，而是具有振兴民族文化的战略意义。

另一方面，“相对而言，中国电影的致命弊端，在于一些电影人对电影的技艺或许驾轻就熟，但对电影的人文维度即人类的自我认知水准则多半懵懂无知。最差的中国电影，仍然停留在对电影人物的神圣化与妖魔化的两极化认知状态，即停留在原始思维状态或者说停留在儿童认知的水准线上。好人与坏人，善良与邪恶，总是一目了然。近年来的中国电影虽然大有改观，但总体上对人性的了解即人类的自我认知水准依旧十分有限。一些较低水准的电影中人物虽非过去式的红脸和白脸截然相对，但却仍然有许多人物不做人事、不通人情，甚至也不说人话。”① 传统文学中的载道思想，现当代文学思潮中长期的意识形态干扰，文学史构建过程中关于人性论的一次次批判，使艺术作品对人性内涵的揭示禁忌颇多，对人性的普遍性视而不见，期间，极“左”电影也推波助澜，所形成的艺术价值判断中忽视个体存在的思维定式，很难在短期内彻底改变。长期以来，影视形象塑造缺乏人格独立意识和主动性，影视制作仍然是一种思想观念的传声筒。所以，苦心经营的影视作品与炫人视听的影视科技的发展不能相适应，影视艺术审美空间中的人文精神并没有得以张扬。

金庸小说创作在香港20世纪五六十年代，相对于大陆，那是一个特定的时空背景，现代科技发展与自由多元的艺术追求，造成一个色彩纷呈、个性突出、彰显人性的艺术空间。金庸小说的人性深度、生活化倾向、形式的独创性、对传统文化的深邃理解和合理扬弃，给予影视传播极大的艺术再创造空间，也形成了更为广大的民间接受群体。20世纪90年代，金庸影视改编逐渐成为大众艺术中的热点，也正是文学界关于创作中人文精神的讨论引起广泛社会关注的时期，金庸影视剧对人文精神建设的导向作用，不容忽视。直到今天，金庸小说的影视形象揭示的人性深度和构建的人文气息，在当今众多的影视艺术制作中，还没有哪一部有大的突破。另一方面，日益推陈出新的影视技术和纸质文本影视传播方式，借助金庸小

① 陈墨：《电视电影：前景与途径》，《当代电影》2007年第2期。

说的影视改编，充分体现了影视手段重建人文精神、培育先进文化意识的载体功能。诸如金庸小说影视改编历程一样，为数众多的传统纸质载体文学文本与现代影视媒介技术结合，成为日常生活中新生文学文本的文化运行机制，共同创建当今社会文明发展所需要的公众文化形态和人文精神重建的可行方式，这样的文化传播模式和文化消费模式，已经成为有目共睹的文化现实和民族文化新生的可行选择。

第四节　从张爱玲小说传播看纸本小说的不可取代

汉语言文字创造的艺术，表意空间和美学意蕴具有价值稳定性和再生性。这是汉语言文字和中国文化融合发展、互为表里所形成的基本特征。因此，单纯工具性地运用汉语言文字的思维逻辑去转换文学艺术的传播形式，必然以美的意蕴部分丧失作为代价。内蕴深邃的纸质文字文本如果经过戏剧舞台处理后，再以影视传播，等于经过了两重艺术真实性感知的阻隔，也经过了是否能保持原著审美性的两次接受方式转换的考验。

特别是经典名著之所以经典，就在于它创造了永久性的艺术魅力，并对超越时空的人性内涵作出合理的阐释，从而使我们的心灵得到艺术的滋养或者精神境界的提升。文字提供给我们回味深思的空间博大深广，是一座宏伟的艺术宫殿，一个有机的艺术整体，任何形式的改编都难以超越。对张爱玲小说的改编也会陷入出力不讨好的尴尬境地。内在因素就是张爱玲小说善于运用各种意象堆砌营造氛围，这给非文字媒介表达的改编带来了很多先天性的困难。中国传统文化的意象审美理论是中国文学诗学建构的出发点，也是解读中国小说文化内涵的钥匙。中国语言文字的意象性特征在张爱玲的小说创作中，得到了出神入化的表现。面对意象系统的文学媒介系统，任何非文字的改编传播都会显示出力不从心的艺术缺憾。

首先，张爱玲小说运用意象，表达人性深处激烈的戏剧冲突，揭示人世苍凉和生命本质的悲哀。她关照个体生命的悲欢，没有激烈的社会矛盾冲突，或者人物与环境做抗争，从而演绎出跌宕起伏的故事情节；张爱玲讲述的是内心的戏剧冲突，是用色彩斑斓的意象讲述人性与心灵故事，物像、意蕴难以在舞台上设置、营造，人性故事也难以模拟表演，很难达到文字阅读的艺术效果。

2004年王安忆改编的《金锁记》，黄蜀芹做话剧执导，在上海第六届国际艺术节上演，当时有不少论者把该剧评得很好。其实，如果说此次演出是小说家王安忆、电影导演黄蜀芹、电影演员吴冕、京剧老生关栋天共同进行的一次试验性话剧演出，这无不可。如果说是对原作成功的再创造，满足了人们的心理期待，却有待商榷。

当然，名著话剧改编后再经过影视传播有成功的，但不会是张爱玲"意象式"的作品。比如现代文学史上，曹禺改编巴金的《家》就是成功的范例。但是，巴金的小说《家》不是精雕细刻的作品，是巴金强烈的战斗激情的流露，以倾诉的语言形式表达对封建礼教、对家长制的愤懑和抗争，它的价值主要在于它是20世纪30年代中国现代长篇小说成熟的标志之一，在于长篇小说文体形式的创造。没有繁复的意象，婉曲含蓄的表达，没有深刻的内蕴，只是以一条明朗的线索串起三十多万字的故事，虽然洋洋长篇，但激烈的冲突是社会环境与人物之间，没有主人公心灵深处的自我搏斗，更没有人性扭曲变态时赋予外界物象的特殊的主观情调，所以也就不显示惊心动魄的人性变异过程。曹禺在这样的基础上，删繁就简，只以觉新、瑞珏、梅小姐三个人物之间的关系作为剧本的主要线索，表达对封建婚姻的控诉和反抗。如此，既忠于原作精神，又创造性地塑造了觉新的形象和瑞珏、梅、鸣凤这些优美的女性形象。显然，曹禺对《家》的改编要比王安忆对《金锁记》的改编容易得多。

其次，纸本小说意象繁复叠加，表达一种深长的人生况味和"呓语"式的美学格调，这种况味和格调是文字抒写产生的特殊魅力，而戏剧舞台殊难传达。如《金锁记》开头，被当作写月亮意象的一段经典文字："年轻的人想着三十年前的月亮该是铜钱大的一个红黄的湿晕，像朵云轩信笺上落了一滴泪珠，陈旧而迷糊"①。这里用的意象有"月亮"、"铜钱"、"红黄的湿晕"、"朵云轩"、"信笺"、"泪珠"，还可把"朵云轩"分为"朵

① 张爱玲：《张爱玲文集》第2卷，安徽文艺出版社1992年版，第85页。

云”、“轩”（这里的“轩”该当“门”、“窗”义讲）。“月亮”和“铜钱”我们尚且能够理解，它们质不同而形似，而“月亮”与“湿晕”这中间就有点辽远，并且这“湿晕”还是“红黄色”的，似乎有点不可思议，这还可以理解，因为“晕”的模糊、隐隐约约与薄云见月和泪眼望月能相通。说“月亮”像“泪珠”就发挥了“月亮”像“湿晕”中的动感，成为一滴正在下落、有立体感的泪。如果没有意象情境，是无论如何也不能把“月亮”和“泪珠”联想到一块的。这“泪珠”是滴在“信笺”上，而这“信笺”又是“朵云”“轩”信笺，“朵云轩”由信笺名字使人联想明月夜里天上的云彩和一扇门窗，这个门窗还是一间古雅典丽、由一位凄艳佳人寂寂依靠、在夜深人静独望明月的门窗。几个意象排列下来，什么意境、情绪、象征都有了，多么开阔的艺术境界和精心的罗织！更重要的是，这段月亮描写开篇给全文奠下了情绪基调和深远隐喻，为曹七巧出场和全篇要表达的苍凉感做了铺垫。这里意象组合很密集，又极其开放，所创造的艺术空间超越意象结构在文本中所产生的诗思哲理，达到了普通人生都能关注到的命题领域内：不单是月亮，万事万物，逝而不返，历尽的人生，回首时能有什么刻骨铭心的东西不是“陈旧而迷糊”的？这不是宇宙一个恒常的真理吗？也许这样的分析有所牵强，但即使作家本人没有意识到这一层，而艺术空间创造也要依靠艺术家天才的直感和欣赏者“白日梦”式的文本思考，是双向和双构的。

这是文字的模糊性、朦胧性、联想性等特殊功能所创造的，显然戏剧舞台和影视传播都无法悬置一个真实的月亮，舞台表演也无法向观众阐释“呓语式”的人生体味。所以，王安忆改编的话剧《金锁记》，开头不得不干脆删去了丫头凤萧和小双坐在窗下地铺上、月光下，谈论姜公馆、谈论“二奶奶”曹七巧的出身和行状这一细节，对纸质文本来说，正是这些细节才是《金锁记》最具艺术魅力的地方。其他诸如《色戒》、《倾城之恋》等的影视传播，缺陷和遗憾也与此相类。

再次，张爱玲小说运用意象叙事，注重细节描绘，赋予日常生活物象以特殊的张爱玲式感受，并以鲜艳的色彩构成鲜明、富有意蕴的时空感，这种时空感在舞台演出和影视传播中很难与情节相辅相成，表里统一。意象叙事是张爱玲小说里运用得最富诗性、审美功能发挥得最淋漓尽致的艺术表现形式之一。意象在小说中，疏通行文脉络、贯穿叙事结构。同一意象在小说中不断出现，像在诗歌中反复出现使诗产生一种节奏美一样，也能使小说产生一种多层次的旋律美，还能使小说脉络清晰。张爱玲还善于用色彩构成意象的层次感，造成特殊意境，推动情节。有人这样统计过，取《传奇》集子中全部16篇作品，随便各拣出一段描写景物或描写女人的文字来统计，16段共91处用了带色调的词汇，其中红色23处，白色14处，黄色14处，绿色12处，金色8处，蓝色7处，紫色4处，黑色4处，米色2处，银色1处，栗色1处。她是刻意要用金碧辉煌来叙说一个衰败的世界。①

在这方面，显然王安忆深有领悟："我觉得张爱玲把衣服视为人的蚕蜕，很重视人的衣服。我就想是不是在舞台上换，我问剧务能不能做到，他说可以。后来我就坚持说就在舞台上换。可惜因为经费问题，那些衣服实在是太邋遢了，他们找不到好的衣服，那些衣服是非常糟糕的。我原来希望这个衣服是要体现他们家道的中落和时代的变迁，结果这都没有体现出来。"② 其实，即使有好衣服，也属无奈，如此纷繁斑斓的色彩根本无法搬上舞台，勉强搬上也不会如文字描写的那样让意象组合出心理情节故事来。

当然，王安忆对《金锁记》的改编也体现出了这种努力，也借用了服饰意象构成场景，结构全剧。全剧两幕八场，由八个场景组成。每一个场景开始都是阳台、服饰和一个特殊的意象"丫头小双"组成，来渲染春逝人瘦的气氛，构成一种世事苍凉的意蕴，推进剧情向前发展。如第一幕：

第一场：台口有一具砖砌水泥浮雕花边阳台，阳台周边堆晒着花团锦簇的衣服，有皮毛绸缎的，看得出是年轻媳妇的箱底。丫头小双倚着阳台，无聊地嗑着瓜子，向下看。……

第二场：台口阳台上，小双捧出一包衣服，将其中一件使劲一

① 吴福辉：《张爱玲散文全编·序》，浙江文艺出版社1992年版。

② 王安忆：《改编〈金锁记〉》，《南通大学学报》2007年第3期。

抖，金丝银缕地展开，铺张耀眼，小双晾晒毕，方转身。

第三场：小双在阳台，用衣叉举起一件件旗袍，挂在阳台上方晒衣绳上。从此可见得时间已过去十年，正是旗袍兴起的时代。

第四场：阳台调到另一台口……显然是较为新式也较为逼仄的弄堂房子，阳台沿上列了一行鞋，从旧式到新式。小双和相邻阳台的女佣喊喊私语。有卖梨膏糖的手风琴声响着，从弄口传进。

再如第二幕：

第一场：十年过后。天向晚，小双在阳台上收衣服，她已是个小妇人了。衣服一件一件收起来，进去，灯光灭。台上灯亮，姜季泽家。

第二场：小双在阳台晒衣服，衣服的颜色显然沉暗得多，隔壁女佣也在。

第三场：台口阳台，满是衣服，这一日晒的是长安的衣服，摩登的30年代流行。小双和隔壁女佣引颈远眺，弄口有急切热烈的锣鼓和山东曲调，是耍猴的。

第四场：台口阳台上空寂着，只晾了水淋淋的半匹黑绸，是浸了缩水的。隔壁的女佣上来伸了几次头，见小双不来，便百无聊赖地嗑瓜子。市声嘈杂，卖报、卖花、卖面包、白糖年糕、桂花糖粥……①

这里“阳台”调到了另一台口，曹七巧终于熬得丈夫、公婆死去，熬到了用青春、爱情换到的财产，分家另过了。阳台上晒的“衣服”是一个蕴涵丰富的意象，从刚结婚时“阳台周边堆晒着花团锦簇的衣服，有皮毛绸缎的”，到“一件件旗袍”、“列了一行鞋，从旧式到新式”，再到第二幕阳台上“衣服的颜色显然沉暗得多”，“长安的衣服，摩登的30年代流行”的，到最后“阳台上空寂着，只晾了水淋淋的半匹黑绸，是浸了缩水的”，八个场次，“阳台”、“衣服”叙述出的意味深长悠远。真是“物非人也非”，世事变迁，

① 王安忆：《金锁记（剧本）》，《上海文学》2004年第10期。

岁月无奈。阳台上还有一个逐渐老去、百无聊赖的丫头“小双”活动着，台下不变的是叫卖的繁华市声，嘈杂让人迷乱。此处较好地利用张爱玲善用衣饰意象叙说苍凉人生意味的手法，设计了一个“阳台”晒衣服的场景，又着意让原著中没有跟随至终的丫头小双一直在阳台上摆弄衣服，闲嗑瓜子，又有隔壁的女佣相伴，使阳台也自有人和事的故事，多少也给曹七巧的悲哀、长安的凄凉人生一个不冷不热的见证人，让观众多一个透视剧中人生的视角。这也许是王安忆改编中最精彩的地方。

《金锁记》小说中有一段很精彩的意象叙事，交代七巧丈夫死了，不是对话也不是直接述说，而是几个意象的营造：“七巧双手按住了镜子。镜子里反映着的翠竹窗子和一副金绿山水屏条依旧在风中来回荡漾着，望久了，便有了一种晕船的感觉。再定睛看时，翠竹帘子已经褪了色，金绿山水换了一张她丈夫的遗像，镜子里的人也老了十年。”[①] 这里“翠竹帘子”和“山水屏条”，“风”吹着产生动的感觉，动着动着，“山水屏条”换成了“遗像”，这镜头一闪竟是十年时间过去了。这里的空间是在镜子里，是一个虚无奇幻的世界，这空间的闪耀是实物“山水屏条”换“遗像”，然后从镜内影射出来。这个过程有镜中人物为证，她一直在看着镜，竟看了十年！镜中世界和她十年的生命竟是一刹那的定睛之间。极强的时空感造成一个极大的艺术空白，其中蕴含的叙事节奏和美感表达力度根本无法用其他媒介传达出来。意象跳跃推进着故事，而故事所裹挟的清婉、凄凉、沧桑、虚幻而又真实的气韵，也决不是通过影视和舞台道具的摆放和着意的布局所能传达的。很可惜，话剧中又不得不干脆删去了这一节，靠小双在阳台上晒旗袍，说明到了旗袍流行的时代，已是十年后了。但观众很难知道这是“1922 年”。接下来，是七巧丈夫之死与分家产的戏，“满台缟素，唯有曹七巧，就像有意为之，孝衣，孝袍，以及鞋面上的白麻布，都短了一条，露出底下的大红衣裙。”[②] 这里不但演不出七巧那种并非因为丈夫死才产生的那种凄凉、沧桑的戏剧味道，而且演不出包括七巧本人、作者、观众、读者共同体味到的那种人生苍凉感。还有一个明显的漏洞，就是让七巧“露出底下的大红衣裙”，曹七巧

① 张爱玲：《张爱玲文集》第 2 卷，安徽文艺出版社 1992 年版，第 99 页。

② 王安忆：《话剧〈金锁记〉》，《上海文学》2004 年第 10 期。

决不是一个这样张扬的人，相反她是受压抑变态的，何况此时的处境是分家产，族长、公证人、全家人都在场，她的心境是冷静、凄楚、审视、高度理性、经过多年等待后的最后等待，决不会露出大红衣裙。当然，舞台处理是想让观众明白，曹七巧并不真因死夫而悲哀，她外穿白素内着大红，说明她受压抑，这显然弄巧成拙，这造成演员的神情脸色都无法与此装束谐调，又与整个戏剧气氛、原著韵味相去甚远。

最后，张爱玲小说人物对话的潜台词多为心理的揭示，与故事情节发展不直接联系，而人物神情举止和意象营造的意境相融合，才成为故事进展的关键，这给舞台上留下的通过对白推进故事的空间不大。

话剧《金锁记》虽然通过阳台设置了意象，达到交待时代变迁和家道中落的效果，但与剧中主要人物的故事没有直接联系的事理逻辑，所以要用对话弥补。同时还要通过对白彰显七巧的性格，所以造成舞台上的七巧没有性格变化的过程，很外露，一开始就是火辣辣的，对姜季泽一上去就“抱紧了他的脖颈”，“就是不肯松手”[①]，根本没有顾忌七巧开始仅仅是一个麻油店的姑娘，还很纯朴，仅和自己有好感的朝禄们偶尔开开玩笑而已，而且从后面情况看，七巧嫁入姜家并非自己所愿，而舞台上在此处弄得七巧好像是从社交场里出来专门就嫁的，一副兴高采烈的样子。

有限的舞台动作，不能产生表演效果，而整个舞台又是对白覆盖，大有小说家的风格。这一点，王安忆后来也有认识，谈到当她把第一稿交给执导时，执导给她的建议是：“你从来没有写过戏，你是把戏当小说写了，你基本上就是把一个小说变成对话，也就是在舞台上有人物分配对话的一个东西。这个肯定不行，你要搞一些花样。”[②] 可惜后来的“花样”与剧情不吻合，是油和水。并且舞台花样也不彻底，通篇还是对白，甚至把叙事语言也用对白表达，如：

姜季泽：（步步后退，情急地）家里人我是不惹的。

曹七巧：（笑，继续紧退）家里人自然不好惹，一时的兴致过去了，

① 王安忆：《话剧〈金锁记〉》，《上海文学》2004年第10期。

② 王安忆：《改编〈金锁记〉》，《南通大学学报》2007年第3期。

躲也躲不掉，踢也踢不开，成天在面前，不是个累赘又是个什么？[①]

七巧的话，小说中是作者描写姜季泽的心理活动的，改编剧变成七巧说出来，让姜季泽的“衣服”穿在了曹七巧身上了。

总之，张爱玲长于近距离透视人物的心灵，她追求一种深度的穿透力，而不是广度的辐射面。所以她的小说往往只在几个甚至一个场景中展开故事，叙事的逻辑和心理进程中的主观空间感要求她采取空间意象来完成。意象处理小说空间的方式不是“压缩”而是“截取”一些日常生活片断和这片断中的日常生活用品。所以她选择的意象并不负载多么深刻的社会意义，意象空间内在的可拓展性很自然地将读者的目光一步步引入人物内心的冲突、千疮百孔的情感的微妙变化、心理深层的暗区。当读者对人物的这种生存状态、人性的弱点有所感悟，进而上升到某些哲学的意味时，形而上的思考与彻悟对空间的依赖就淡化了，空间意象的使命也就完成了。这在舞台上无论如何都办不到，影视传播也不能达到。所以，王安忆改编话剧《金锁记》出现一些失败的方面，主要在于纸质小说文字意象运用的独特性造成的难度很大，不单是受舞台、经费、演员的局限。这在大多数以非传统纸质文字载体试图传播文字作品的各种形式的改编中，都不同程度地存在着。

第五节　文学纸质媒介与影视媒介将长期和谐共存

一

从媒介演变历史看，东汉造纸术改进，纸书开始出现。期间书籍形态大抵官方文书仍用简牍，重要图书多用帛书。1996 年在长沙走马楼第 22 号古井内发现三国孙吴纪年简牍数万枚，其中基本完好的有 2000 枚以上，时间断限为孙吴嘉禾元年至六年（232—237），这是官方文书仍然使用简牍的明证。简牍费时费事，缣帛价格昂贵，且产量有限，而纸书随着质量的不断改

① 王安忆：《话剧〈金锁记〉》，《上海文学》2004 年第 10 期。

进，可以说物美价廉，便于抄写携带，但它的推广却经历了数百年之久，并且依据古籍记载看，纸书显然是自下而上逐步推广的，如《三国志·魏书·文帝丕》注引《魏书》说："帝以素书所着典论及诗赋饷孙权，又以纸写一通与张昭。"张昭的身份显然不能与孙权相提并论，所以只能配"纸写"的典论和诗赋相送。从西晋左思《三都赋》写成后，豪门富贵竞相传写，洛阳一时之间为之纸贵看，文学的广泛传播，才有力推动了纸书成为书籍的主要形态，纸书先从民间流行然后才进入社会上层领域。

刘勰、焦循、王国维、胡适之等论述的"一时代有一时代的文学"，偏重对文学形式在历史时空展开的现象描述，而"唐诗宋词元曲明清小说之类的表述，着眼的是某一时代的代表性文类。唐诗无法涵盖有唐一代的文学精华，宋词更不足以穷尽宋代文学的魅力。同样道理，骈文也不能作为'六朝文学'的唯一代表"。[①] 如果再追问形成每个时代文学状况的政治经济原因，情况就会很复杂；如果从文学物质载体和媒介的技术演进角度考察，对文学形式的制约选择，值得反思的问题就会更复杂。

没有文字之前，人类精神、情感的表达方式，是直觉地、图像化诉诸视角。这一漫长的历史时期，是文学起源时期，也是文字孕育发明时期。此时，人类面对自然的敬畏和困惑，面对生命的混沌认识，投射到一切生存活动中。文化没有独立的分类，生命孕育在混沌之中。文学是在口耳相传中被忘却、演变和创新的。世界各民族都有大量的口头文学遗存。文字产生之后，造纸术发明之前，一切文字活动，都应服务于一个群体生活的稳定和发展，让过去与当下、当下和未来、社群与社群之间发生联系，是人类文化传承演变的开始。文化各个门类处在混溶状态。对口头文学遗存加以记录、整理、增删和传承演变，对文学的发展尤其重要。

纸作为载体发明之后，印刷术发明之前，文化保存在量上有巨大增加，文化范围、种类急剧增多，人类对自然、社会、自身的认识和想象都加入传承的文化形式中，并进一步创造新形式，激发新的感知经验。活字印刷术发明之后，电子媒介做载体出现之前，文学是伴随人类工业化经济

① 陈平原：《现代中国的"魏晋风度"与"六朝散文"》，《中国现代学术之建立——以章太炎、胡适之为中心》，北京大学出版社 1998 年版，第 330 页。

和打破农耕经济的同时得到发展演变的。像织布机的发明使工人和资本家出现一样，活字印刷术使专门从事文字工作和专门以文字抒写人类自身生命想象、人与自然、人与社会的精神关联的一批人出现，他们叫“作家”。

使用的方便和价廉不是书籍形态流行的主要因素。电子书籍、网络创作等，虽然以“由上而下”的传媒霸权姿态，能随着新技术无法阻挡的媒介优势，迅速占据文学场的主流载体。但几千年纸书相传所积淀下来的无比丰富的文化形态和纸书中寄予的民族文化的认同感，凝聚为广大民间敬惜字纸的那种神圣的文化意识，形成民族文化传承的稳固力量，除非这种文化载体的物质形态被摧毁，才有可能被另一种载体所取代。

当前，由纸书媒介形成的文学各种样式和多样的欣赏情趣处在一个激烈的转型中，文学信息载体由传统的单一的纸质文字，逐渐多样化，逐渐与影视融合。信息传播的媒介选择对文学抒写方式有很强的制约性。如果单单从信息传播的便捷和易于接受角度看，影视媒介相比纸质文字，优越性显而易见。一副精美的在飞机上拍摄的喜马拉雅山山脉图片，方寸之间带给观赏者身临其境的感觉，这是一种穿越时空的感觉，由此，人的感知方式发生了改变。照片超越语言和颜料对物象的描绘力量，穿越时空传播的经验世界同样超越纯视觉关系；借助姿势、神情、自然流露，洞穿经验整体，有力推动了艺术对心理世界的描绘，人们不再费心费神地琢磨深沉的字句和颜料，图像世界构成了一个虚拟的世界。

照片、影像使画家逼真地描绘生活场景和事物的艺术一时之间失去了魅力，似乎小说家为读者描绘的实在境界和生活画面也不再让人心驰神往，读者通过数码瞬间摄像、即时网络传播，或者通过生动精微的影视画面，舒舒服服地坐在沙发上，足不出户，对着一个逼真的数码大屏幕，就能够接受到精彩的物体形象和丰富多彩的事象。外面的世界可以多方位地进入到人们的生活空间，人们可以有选择地观看了解外界事物，身边的事件也可以随时随地加以编辑、储存、传播和被不知名的对方接受，甚至人人都可以成为导演、编剧、叙述事件的能手，基于现实的生活叙事类作品不再为读者热心。于是人们对这种转型期的文化形态产生一时的恐慌也在所难免。

二

麦克卢汉认为媒介引入带来事物的尺度变化、速度变化和模式变化。这些变化创造了一种新的环境，改变着人的感知比率和感知模式，对人的社会组合与行为模式发挥着塑造和控制作用，从而产生一定的心理影响和社会影响。“感觉与颜色的平衡机制相同。感觉（sensation）总是一个100%的常数，颜色也是一个100%的常数。但是，其构成成分的比例可能会变化无穷。如果一个成分得到强化，其他成分就立即受到影响。以听觉为例，如果它被强化，触觉、味觉、视觉就立即受到影响。收音机对重文字、重视觉的人施加的影响，是重新唤起他对部落生活的回忆”，而“书写的发展，以视觉形象组织生活的方式，使人发现个人主义和内省等成为可能”[①]。从这一角度考察五四时代的个性主义张扬和五四作家深刻的自省意识，就会发现这些与近代印刷出版事业的发展密切关联。又由于印刷文字是“视觉的”“现代文化”，电子媒介是“触觉的”“后现代文化”[②]，所以，个性主义成为现代文化的基本观念和价值诉求，以鲁迅为代表的深刻的自省和批判意识成为现代文学现代性建设的显著标识。今天，电子媒介构筑的触觉文化形态日益成为社会生活的主流，成为当前文化的亮丽景观。观看影视和图片，给予人们感官诱发的是触觉的冲动，于是参与意识逐渐带来了浮躁奢华的社会热潮。文学创作表现出由精心创作转向即兴创作，又从连续的严谨的结构特征，转型到非连续的碎片式文化组接。麦克卢汉的这些媒介理论对印刷纸质媒介和影视媒介产生的社会文化影响，进行了心理层面的透视。

另一方面，“任何发明和技术都是人体的延伸或自我截除。这样一种延伸还要求其他的感官和其他的延伸产生新的比率、谋求新的平衡。”[③] 如

---

① ［加］马歇尔·麦克卢汉：《理解媒介——论人的延伸》，何道宽译，商务印书馆2000年版，第78页。

② 何道宽：《麦克卢汉的遗产》，［加］马歇尔·麦克卢汉《理解媒介——论人的延伸》，商务印书馆2000年版，第9页。

③ ［加］马歇尔·麦克卢汉：《理解媒介——论人的延伸》，何道宽译，商务印书馆2000年版，第78页。

果一种或两种感知优先并损害其他的感知，就会使人无意之中拼命追求其他的感知，仿佛我们的心灵和肉体都在努力纠正感知的失衡一样。印刷纸质是一种深度的视觉渗透，是一种别有意味的视觉感知，是一种艺术心理参与的静默的“看”。影视图片表面的视觉冲击或者说是视觉的盛宴，带给感知的却是浮躁的触觉冲动，“物欲横流”是这种电子媒介培育的文化副产品。人类的感知比率日益失衡，特别是数码科技使电子媒介登峰造极，于是一种谋求新的平衡的社会思潮就应运而生，这表现在文化回归意识和捍卫人类精神家园的呼声逐渐成为时代的最强音。随着影视媒介的繁荣，印刷纸质弥补感知不足的内驱力也日益彰显。纸质文学的印刷出版，满足了一种静默的心灵渴望，对感知失衡作出最好的补偏救弊。

从整个电子媒介生活看，互联网和手机等信息交流渠道的丰富和快捷，不但不能泯灭人们亲临现场的渴望，反而刺激运输工具的改良和运送人的机会增加。汽车、火车、飞机和高速铁路等迅速发展，并没有因信息的即时互动交流而磨灭。20世纪中后期，中学地理教材普遍表述西方的大城市人口逐步在向郊区迁移，大城市在逐渐过时。但当今的实际情况出乎那时的预料，不但中国的城市化仍然在飞速推进，美国纽约也迅速从致命的袭击中恢复。衣食住行的便捷给予城市生活最大的魅力，感官的满足是文化发展追求的内在尺度。感觉亲临优先的原则是声像影视媒介的动力和出发点。正如以美丽的图片和影视播放为主的旅游业宣传，只能加强了人们亲临景区的愿望，而不会因此代替亲临现场获得真切感触一样。当今，异地旅游成为日常生活方式，中外旅游业蓬勃发展的趋势潜藏着触觉感知对影视感知弥补的内在驱动。

纸质文字阅读是视觉和触觉的融合协调。纸质阅读似乎只有视觉参与，似乎只由视觉构成阅读的心理感知系统，人们常常忽视手拿纸本、正襟危坐赋予阅读在审美心理和精神体验方面的崇高感和神圣感。纸质所塑造的文化形象是关乎人类生存的精神原点，影视的重构和模拟，观看的反思和追问，人类对物质亲临和感知互补的规律，不断促使人们对纸质阅读的珍视，而不是逐渐泯灭纸质文字阅读方式。

对影视媒介存在的一个普遍的担心是：“当观众的感知结构被重塑后，

他们很难再变成文学阅读的真正读者，道理很简单，因为观众接受了一套较容易的解码系统后，再来面对高难度的解码系统，他们或者会不得要领或者会望而生畏。因此，夸张一点讲，影视媒介其实就是在培养人们厌恶文字、读不懂文学作品（尤其是文学名著）的能力。很大程度上说，这种媒介如今已成为文学阅读的潜在杀手。”[①] 另一方面，我们还要认识到影视接受和文学阅读有着共同的审美诉求，有互为启发的接受心理期待。单纯以影视很难构成对人类历史形成的复杂感知结构的重塑，即使重塑也离不开文学阅读形成的认知机制的参与。影视和构成文学阅读的文字媒介的文化属性截然不同。偏重技术性的影视媒介不会扼杀以人文性为其本质的文字媒介。观看影视和文学阅读所用感官不同，沉溺于网络虚拟世界也与在现实中登山览水不同。影视通过“观看”归依触觉和听觉，文学阅读以触觉、视觉为基础。从感知比率的平衡和感官互补的心理规律看，两者存在着颇为内在的依存性和互补规律。取代文字阅读的前提是人类放弃语言的使用和对感知抽象概括的天性，显然这个前提是不存在的。

三

消除对影视重构感知系统的担心，还要认识到：文学阅读主要是文字阅读但不唯一是文字阅读，从古到今都不乏插图文学版本的流行。如今还出现了配音乐的小说阅读，虽然由于人类感知信息能力的感官极限和音乐与文字造成的心理接受方式的矛盾性等制约，同时，这种过度融合高雅的艺术趣味与世俗社会文化格格不入，使这种所谓的音乐小说不可能成为主流和占据未来，但作为一种突破传统单一的文字阅读方式的尝试，有其创新的合理性。

另一方面，文学阅读主要通过纸质物质手段阅读，但不单一是纸本阅读。造纸术没有发明出来就有文学阅读，纸质大量流行的时代，仍然存在文学阅读，许多唐诗宋词的处女作甚至是刻写在驿站的墙壁上。简单地把文学阅读仅仅局限在纸质阅读上，就容易忽视影视媒介的文学表达，甚至

① 赵勇：《媒介文化语境中的文学阅读》，《中国社会科学》2008年第5期。

把纸质和影视对立起来。任何影视都不会脱离语境，没有语言辅助和语言逻辑组织的影视几乎是不存在的，而影视仅仅是文学理解的渠道，是文学形象化的技术方式。对获取知识和智慧来说，影视以技术干预接受的手段，加强人类接受和解码的效果，而不是取代接受。按照本雅明的说法，影视是对图片的复制和创造性的组接，复制中的创新是现代艺术的道路之一。影视是对文字手段的文学的无穷复制和模拟，而无穷无尽的快捷的复制却能带来接受心理的疲倦和感知的失衡。纸质文字文学阅读的魅力基于物质触觉的真实、感官亲临的安稳和对复制毁坏的审美感知结构的重建。当前文学名著阅读一时间被冷淡，但一个不能忽视的事实是许多文学名著恰恰在一个机械复制泛滥的时代被造就的，正如当前许多作家的作品恰恰由于影视传播的推动才被广为阅读的一样，甚至，许多文字纸质作品，干脆就脱胎于影视制作。这恰恰如盗版复制对于作家的名利形成的悖论一样，我们激烈地维护自己的版权，不惜诉诸法庭打击复制盗版，但不能否定的是：很多作家之所以能获得商业和名誉的极大成功，正是由于广泛的没有约束的复制盗版造就的，正如张爱玲对待剽窃的态度：剽窃是最高的奖赏！说句过激的话：复制盗版别人的作品固然不道德，而被斤斤计较于版权和不被剽窃的作品决不会成为伟大的作品！自古以来，文学名著都是群众的，是无数庸常民众创造出来的，而不单单是作家本人的。文学名著也是一个逐渐被群体建构的过程，是某一个时代的文化意识、社会思潮和价值尺度的文本体现。可以说，影视时代固然会有新的判断名著的尺度，也会有新的文学名著的典范，而影视媒介的无限复制技术对当代电子媒介背景下文学名著的产生所起的作用不单单是制约，另一方面还不断推动和催生其产生。

远离文字作品，不读文学作品，这是一个社会文化转型时期的特征，有其深远的政治经济和文化全球化背景。影视是活动的图片，以图像组合为基础，图像的摄取或者描绘与文学在艺术生产和欣赏过程上的类似性，是一个古老的话题。图像接受从生理上看，是光线照在物体上，其透射或反射光的分布就是“图”，形成的印象或认识就是“像”。前者是客观存在，后者是人的感觉，图像就是二者的结合。视觉系统从外界获取图像，就是在眼睛视网膜上获得周围世界的光学成像，然后由视觉接收器将光图像信息转化为视网膜的神经活动电信息，最后通过视神经纤维，把这些图像信息传送入大脑，由大脑获得图像感知。人们对图片的观赏过程，就是大脑对视神经纤维传送来的图像信息进行分析和理解，通过图像获得感知周围世界信息和知识的过程。因此，所谓视知觉，也就是视觉思维。它不是对刺激物的简单复制，而是一种积极的理性活动。人眼对不同波长的光有不同的敏感度，波长不同而辐射功率相同的光不仅给人以不同的色彩感觉，而且亮度感觉也不同。

这种感知图像的生理基础，成就图像感知过程也是艺术感知过程，有审美心理和审美趣味的参与。面对一幅风景画，光波的长短和光的辐射功率不同，产生的心理上的距离感和对一幅图像的整体认知感就不同，由此与图像反映的实际生活境况产生陌生感。这种陌生感使我们观看时会涌现出体验的愿望和想象，产生联想和向往。一般人不会面对一幅画，静止不动地观赏，而会不自觉地转换各种角度去看，大多数情况，还会伸出手触摸或者产生触摸的愿望，这就是一种冲动，由艺术想象诱引的一种身在其中的神往和迷恋，所以麦克卢汉把图像归入触觉的延伸。如果是名人画作，在直接感知画里境界前，还有一种崇敬和感叹，我们往往在欣赏这样的画作时，乍一看就感叹：真像呀，或者画得真好呀！然后在细细把玩中赏析品味，其中不无抽象的生活哲理，观赏者根据自己的阅历、素养和审美情趣，各自形成一套振振有词的阐释。

作为美而不是作为研究资料保存的照片或摄影，我们从它们的创作过程中认识到，一般都要选择镜头和角度，还要调整一下焦距，然后才能得到一个意想中的有结构选择的照片。这样的照片成为一个完整的艺术世界，拍摄时的情境构思、选择角度时赋予的内涵和丰满感、完整感，与观赏者产生时空相隔的自足感。虽然是一张普通的日常生活照片，但在真实生活中我们只能部分地进入照片中的世界，我们没法进入整体，很难从整体上进入审美把握；我们进入了整体，也没有面对时的一种时空感给予的缅想，在缅想中必然渗透主观愿望和主体情绪。

影视在许多方面不是文学作品阅读的敌人，恰恰是同盟军。很难想象，一个不喜欢文学的人会专心致志观看影视剧，也很难想象一个对动画片都津津入迷的人会讨厌阅读文学作品。在上百年的电影发展历史中，一个不争的事实是，有许多文学作品之所以经久不衰不仅仅是通过文字阅读传承，而是越来越多地依赖于影视才得以广泛传播；尽管影视传播的意义和效果与纸质文学的被阅读接受不同，但它们互生互长，共同繁荣，共同创造着文学经典形成的精神氛围和社会文化机制。

文学是神圣的，同时也是素朴的，文学是高雅的，同时也是民间化的，文学是轻松的，同时也是寓教于乐的，文学带来的震撼不以纸质和影视载体为根本转移。在文化转型的今天，在知识和信息普及的时代，如果影视能让人们获得比通过某些高深的纸质文学作品更多的审美感知和生命领悟，过激地说，那么那些一定要通过艰苦修习才能获得解码的高头讲章类文学作品不读也罢。

当前，与影视同步发展的是各种各样的出版物构成大量的文化产品和副产品，与文学沾亲带故的各类边缘叙事，在文字领域内占据和冲击着作家艺术构思，把艺术家各类事件构象变得清浅而贬值。各种媒体的新闻报道，已经把不是新闻的事件都报道了。我们身边乃至地球上任何地方发生任何一件事情，不管大小，只要人们有兴趣知道，马上就可以得到详细的介绍，小说家苦心经营的故事失去了对应现实思考感悟的新奇感和超越感。多媒介干预的日常生活，无论你从事什么职业，你一定要处在一种媒介中从事你的工作，无论你在职业中接触什么媒介，你都能同时从另一种媒介甚至两种或者更多种媒介中关联到你所从事的工作。你可以乘坐飞机到世界任何地方去旅游。同样，阅读一部文学著作的同时，你可以从影视或者网络等不同媒体传播方式中看到同样丰富的相关信息，你的阅读也会变得被动，阅读的新奇感、艺术欣赏的陌生感都会受到损伤。“世界本身变成了一种博物馆，其中的陈列品你已经在另一种媒介中接触过了。”[①] 同时，麦克卢汉早在1966年就曾预言：“（书）早已失去信息渠道的垄断地位，然而作为捕捉思想和语言让人们学习的手段，它永远不会

① ［加］马歇尔·麦克卢汉：《理解媒介——论人的延伸》，何道宽译，商务印书馆2000年版，第249页。

失去用途。”①

媒体技术的日新月异，带来文学传播和信息传播的五彩缤纷，使我们对于传统文学生存境况迥异于传统的现代传播环境，感觉到似乎文学亟待拯救。其实以人类文化进程的持久性和连续性考察，应该是一个始料能及的社会发展问题。任何发展都无法摆脱历史，文学受到历史经验和历史想象的制约要比其他人文科学门类更严重一些。穿越历史需要积累感知经验，有时这种经验使我们面对现状会产生种种不适应。文学经验、审美习惯和价值倾向的历史积淀，使我们对新兴媒体传播文学的感受，既沉迷依恋又陌生抗拒。但是，新媒介的出现不一定是为了替代旧媒介，多数时候是为了完善旧媒介某方面的不足，以适应新的传播环境，而旧的环境仍然占据主流，那么旧有的媒介就不一定过时。这样，新媒介就以新成员的身份丰富媒体大家族。当一种新媒介出现时，不能用非此即彼的观念来看待，而是要知其长短，使不同媒介长期和谐共存，共同发展。例如，2009年鲍鲸鲸的网络小说《失恋 33 天》，在网络上传播获得读者跟帖追捧，2010 年 1 月纸质出版后同样获得很大的销量，2011 年 11 月份被拍摄成同名电影，公演后首周票房达到近两个亿。由此可看，纸质、网络和影视三种媒介交互影响，相辅相成，为多媒介传播时代创造着丰富多彩的审美感知形象，开拓着数字网络时代的民间文化空间，不断创造着文学传播和接受的现代神话。

面对当前媒介技术的多样化发展，小说家和诗人要转变抒写的对象，开拓新的表现领域，寻找情感思想飞翔的新途径，重构艺术大厦的基石，成为势所必然。由虚浮光艳的外在转向一个静谧的内在，由昂扬愤激的情绪状态转向冷漠静思的超越姿态，赋予心理以特别的洞察力，是一个艺术家在媒体霸权时代的明智选择，如此才能突破媒体的包围，构造我们自己的形象和艺术世界，如此读者才能获得新的生存感受，诗人和小说家也才能获得作为当代艺术家的身份认同。正如麦克卢汉所说：“艺术从外在的匹配转向内在的构拟。艺术家不再表现一个客观世界匹配的世界，而是转

① ［加］马歇尔·麦克卢汉：《麦克卢汉如是说：理解我》，何道宽译，中国人民大学出版社 2006 年版，第 119 页。

向表现创造的过程，以便于公众参与。”[①]

我们从媒体时代的小说类别中已经看到转向的潮流了，并且已经深切体会到这种“转向内在的构拟”带给这个时代文学的生存状态的变革。我们势必要突破雅俗的思维定式，突破二元模式，在文学观念建构中重新审订那些超越现实生活和超越各种生存模式的故事类型，认真考察影视媒介所钟情的奇幻小说、武侠小说、玄幻故事，以及大量的公案侦探小说和各种各样的历史演义小说的文学品位和价值倾向，如此才能使担当民族国家意识的创作和精英知识分子的纸质文字创作，在一个广阔的文学语境中显示其独特的价值和意蕴。

在刚刚肇始的中国文化强国发展战略方针的指导下，承载民族传统文化，发掘民间文化淳朴深厚的人文底蕴，开拓纸质文学文本接受的多渠道可能性，以影视媒介技术加以干预传播，必将具有现实的可行性和可预见的美好前景。建构在纸质文本基础上的艺术传统理念和文学观念，发轫于五四时期通过报刊媒介输入的西方审美思想和艺术思维方式，势必要在当前民族文化复兴的新时代背景下，在多媒介共生互融的全球化媒介语境下，做最为深刻的观念普泛化媒介诗学转型，这是文学观念更新和重建的必由之路。

① ［加］马歇尔·麦克卢汉：《理解媒介——论人的延伸》，何道宽译，商务印书馆2000年版，第245页。

第七章　网络媒介传播下的文学生态

文学传播媒介演变到网络媒介，对文学自身发展来说同样具有划时代的意义。虽然网络媒介对文学本体构建的功能仍然有待于进一步研究，而网络对文学外部形态和读者接受的文化心理的深刻影响已经得到普遍认同。媒介对文学实现过程的意义生成从口传到网络逐步累加，这种意义累加首先体现在网络实现了多媒介立体交互传播，使文学表达形式和接受方式发生了根本改变；其次体现在网络对文学信息化、文学民间化的强烈诉求，篡改了传统认识论领域内对文学观念形态的建构依据。如果说纸质书刊借助纸质传播的便利和在近现代转型时期复杂的文化机制推动下，成为文学民间化的一个转折点，那么网络媒介让文学突破任何机制束缚，还原民间品质，成为迄今为止人类开发的最为杰出的传播手段。网络媒介不单使文学独立成为可能，而且也构成未来人类进一步感知陌生领域的物质基础。数字化生存离不开网络，网络在整合传统文化和创造新型文化的过程中，重组人类积淀的精神品格和价值尺度，使审美感知的消解与文学场域的重建互为表里，同步进行。网络文学场域的扩大化、动态化和民主化成为文学民间化生存的源头活水。在网络环境下，文学发展所需要的文化生态平衡同样离不开多样性和丰富性，离不开传统和未来的碰撞、内容和形式的转换，以及通俗和高雅的融合、精英文学和青春文学的互补。由此，网络文学理论批评的话语空间在中国文学自身演进规律中，得以开拓和更新。

第一节　传播媒介演变对文学实现过程的意义建构

从文学媒介的传播过程看，口传文学的显著特征是创作、传播和接受等环节在同一物质场域中进行；纸质传播媒介出现后，文学的创作、传播和接受能够相互分离，各自独立进行，特别是作品能够得到保存，传播和接受成为驱动社会分工的内在因素；当数字媒介出现后，社会生活各部门的关联发生改变，社会分工发生了转型和重组，文学创作、传播和接受环节呈现出新的状态，特别是网络的即时性打破了文学活动三个环节的关联性，消解了文学社会意义和文化价值在传播过程中生成的可能性，互动一体化颠覆着纸质媒介文学的存在方式。

具体说来，媒介载体本身的物质属性同样成为思考数字媒介文学特征和未来发展趋向的重点，纸质文学载体的物质属性对文学意蕴属性和审美特征的建构作用也发生在传播过程之中，数字媒介对文学语言符号的转换生成，对文学的改变最直观的体现在数字化物质形态的存在方式上。如果单单从载体物质存在状态上强调文学存在方式的不同，必然过分夸大技术力量创造文学样态的功用，就会过分强调“超文本”、多媒体、超链接技术对审美性构建的功能。由此倾向于把数字媒介狭隘地仅仅归结为文学传播的载体，忽略数字媒介是一种人类科技推动信息传播技术发展的阶段性成果，相对整个人类文明发展历史，必然不是唯一的和最完美的媒介。众多理论话语关涉纸质媒介文学和数字媒介文学的线性与非线性、单向度与立体性、中心化与交互性、单媒体与多媒体、深度审美与欲望叙事、真实与虚拟等外部特征。这些远离文学审美的表述，建构在文学存在方式的物质形态和外部静态结构关系上，忽略了动态过程性建构的意义，并不能很好地推进数字时代文学观念的重建。

传统的文学本体论、文学价值论、文学创作论、文学文本论、文学鉴赏批评论和文学史论等，被认为是建构在纸质媒介物质基础上的研究，实质上也形成了对口传时代文学特征研究的先验命题，对数字媒介文学新观念的建立同样构成参照和规约。如何继往开来地建设数字媒介文学理论，研究者从媒介形态演变方面，做了很多开拓。其中，以本质主义解释文学本体，以主体性思维方式解释作家创作和文学接受，以精英主义立场阐释文学价值的生成和文学文本的深刻意蕴等遭到质疑。研究者关注到，在数字媒介文学活动中，尽管创作、传播和接受各个环节也都可以从文学活动整体链条中抽离出来，在时空间隔中成为单独的文学活动，但数字媒介的技术优势显然更加趋向把创作、传播和接受实时性地连接在一起，进行即时性沟通和在线互动。互动性改变的是创作主客关系，是交互主体性双向去中心化的交流，文学的线性流向模式被打破，创作、传播和接受向一体化的文学场域回归。①

在两次文学媒介转变过程中，文学创作、传播和接受是一体化连接在一起还是可暂时分离，是决定文学存在方式的关键，也是我们考察文学性生成的关键。造成文学过程三个环节分离的是技术对物质外观的改变和事物存在形式的改变，我们有理由认为技术改变的是文学活动过程中文学结构性和文学要素之间的关联性，理论上说，文学存在的社会地位和重要价值没有改变。

把握数字媒介文学，理所当然要归结到数字技术对文学实现过程中创作、传播和接受三个环节在文学活动具体时空中的呈现状态。促使三者分离的媒介因素，贯穿于传播的各个环节。不能实时传播就必然造成时空间隔。文学传播媒介的物质属性对文学塑造的作用是隐性的，关键在于时空间隔过程所产生的文学意义。应该说，任何事物都在过程中和物质时空中存在，在特定时空中文学各要素的关联会发生重组，文学结构要素的功能会相应地发生调整。区别于数字媒介文学的即时性，纸质媒介文学创作、传播和接受的各环节都必然处在相对独立的文化场域中，接受社会思潮和历史文化传统的浸染。纸质媒介文学是人类文化交往的需要，也是商品经济社会发展的产物，在时空间隔过程或者是在文学性延迟过程中，每一个阶段，每一个时空点上都必然要受到意识形态干预下的社会文化心理、价值尺度和审美倾向的多方面、多元化的塑造。于是才能有“一千个人眼中

① 单小曦：《纸媒文学·数字文学·文艺学边界》，《中州学刊》2010年第2期。

有一千个哈姆雷特”的差别，诸如《红楼梦》、《红与黑》等经典名著也由此获得一个经典化的过程。数字媒介文学的互动一体性，虽然也可以使创作、传播和接受环节发生时空推延，但借助技术的大量涌现和各个环节的迅捷关联，大大缩小了文学性生成的历史文化空间和时代思潮变幻淘洗的过程。比如，纸质媒介文学传播环节中的出版印刷过程，这个过程既然是一个社会经济活动形式，就要接受当下经济规律和制度的约束，还要受到物质技术进步程度的制约，同时这个过程从审稿、校对和排版，从纸张的选择到印刷数量的多少等环节又要牵涉社会生产的各个门类，无论是经济、文化方面，还是社会心理、历史文化积淀等方面，都对这个过程发生内在的干预。印刷过程是整个社会活动的缩影，给文学价值、意义和审美诸多精神层面投下深刻的烙印。纸质媒介文学在这个过程中可以建立丰富多样的文学批评体系，可以针对这个过程从事独立于创作和接受环节之外的批评活动，并且让批评本身成为社会文化和经济活动的建构力量之一。那些承载着厚重的历史内蕴的纸质媒介作品，大多都是在一个漫长、曲折的传播过程中被赋予文学意义和决定接受的审美趣味倾向性的，并且这些后来的意义往往并不取决于接受环节的文化样态。那些不经过传播过程的时空间隔，一发表就引起轰动或者授命创作的纸张媒介文学作品，历史证明将会被很快遗忘。

文学是一个动态过程，文学性在这个动态过程中被赋予，文学形象在无尽的时空关联中被塑造。数字媒介文学可以省却创作、传播和接受的时空间隔达到即时互动，但仍然要以互动的过程性来建构理解文学意蕴的理论基础。数字技术对文学的改变在于对文本生成和转换的迅捷无比，文学的时间长度被大大压缩了，同时文学的空间立体感又被大大扩展，造成空间的文化堆积愈来愈挤压文学传播与接受过程中形成的历史意识。一旦文学的实现时间长度在文学价值构成中大幅度贬值，那么对数字媒介文学的文学性就会产生怀疑。从纸质媒介文学传播样态看，个性化的、以浓厚的人文气息和强烈的历史责任感参与的文学活动过程没有了，一个以时间沉淀的文学价值体系建构过程被大大缩短了。空间立体的文学结构体系以更迅捷的方式关联整个社会生活，文化的、经济的、政治的、民族的、地域的文学关联性得以张扬。随着媒介技术革新的步伐，最终的文学观念很有可能要建构在超越线性过程的一体化的“人类性”意识形态之中，也就是全球化生存意识和文化环境之中。

第二节　数字化生存与文学生存境况的改变

当人类信息传播突破单一的纸质媒介出现多媒介融合后，文学与现实的关系就发生了很大改变：首先，媒体的新闻性质，追求与现实生活同步的价值目标，排挤文学参与现实生活精神图景的塑造，泛化文学反映现实的深度，淡化文学与现实的密切关系，动摇了传统文学理论指涉现实的核心价值观念。主要表现在数码技术和高保真技术，几乎可以把日常生活的任何景象都原封不动摄取下来，又可通过网络、手机等传播手段把它们传送到现实世界任何可能的地方。各类纪实性电视节目，如“今日说法”、“焦点访谈”等交叉着同步的报刊、广播，还有显得古老的收音机也并没有退场地报道着现实生活的真实事件，其涉及现实生活的广度和深度前所未有。其次，媒体的商业性追求，时尚文化的引领，颠覆了文学传统上赋予现实生活意义和价值的理念；把精神产品纳入消费和娱乐领域，直接消解了文学表现现实生活精神空间的传统优势。再次，媒体易受意识形态的干扰，其倾向性和鼓动性促成文化思潮分化为官方和民间对峙局面；数字媒体的强势引导和主流话语的霸权，使文学的个体思考空间越来越小，文学关注个体命运的向度被放逐于民间边缘。

各类报道现实生活事件的媒体，几乎都能以多种媒介方式进入人们的日常生活。数字技术创造的视听媒介使人们更为便捷地进入一个更为丰富、更加充满异域情调的生活境界，人们既可与远隔重洋的亲友亲密交谈，又可欣羡亲友在异国他乡刚刚经历的奇人奇事、风俗民情，甚至可以即时欣赏亲友随手发送的身边情境的保真场景。更为深刻的是，媒体可以制造多种叙事技巧，能达到纸质阅读获得的多种心理体验和想象，数码技术还可以创造场景和故事。人们通过文学所要表达的情绪和思想，所追求的内心自由和生命创造价值的体现，同样可以通过数码技术营造奇幻境界，创造出只有潜意识才能构造出的影像世界来表达。对日益丰富、多样化的影像化叙事和日常生活审美化的景观，人们已经“审美疲劳”。技术赋予的满足人文需求的能力，严重侵犯着原本属于现实主义文学专长的表现领域。所以很早就有人对叙事作品担心：“19 世纪的长篇小说死亡了，主要是因为，打个譬喻说，长篇小说想同‘社会档案’，从而同照相、新闻、科学调查比个高低。这些作为文献和证明的媒体今天所取得的成效，已使得长篇小说以及它的虚构性和假定性显得毫无裨益和令人厌恶。”①

从今天多媒体发展的情况，特别是通过数字媒介创作和传播的文学实际看，这种看法并不确切。这种看法对数字技术的革命性力量没有足够的认识，仅仅看到了数字技术全方位反映现实、渗透现实的能力，却忽视了数字技术创造现实、创造精神空间的能力。数字技术造成的时空错位和穿越时空的技术力量，为文学叙事开拓了广阔的想象空间；数字技术提供的全民参与精神产品制作的可能性和巨大潜力，创造了传统精英文化根本无法比拟的艺术前景。玄幻小说、武侠小说、穿越小说等风行网络，网络上各种类型小说，动辄百万字，有重组历史叙事的历史小说、游戏经典的小说、公安侦探小说、言情小说等，同时网络发表和纸质传播，形成传统小说无法相比的真正的文学大众化局面。

数字媒介真正改变文学传统的，是文学与人类相处的方式，文学对人的精神领域的反映能力和途径。首先在于传统文学的叙事模式发生了巨大改变。正如古典文学的叙事模式在晚清时期遭遇西方纸质文化的影响，发生了巨大改变相似。纸质改变了以口传为主的文学的叙事现场，数字媒介改变了文学叙事密切依存的物质现场性。这表现在以下几个方面：

一　数字化环境下文学场景的虚拟和真实

对于数字化技术创造出的“虚拟现实”，尼葛洛庞帝认为这种“虚拟现实能使人造事物像真实事物一样逼真，甚至比真实事物还要逼真”。② 显然，这种“比真实事物还要逼真”是就数字技术创造的模拟场景对人的感

① ［美］乔·艾略特等：《小说的艺术》，社会科学文献出版社 1999 年版，第 201 页。

② ［美］尼葛洛庞帝：《数字化生存》，胡咏、范海燕译，海南出版社 1997 年版，第 140 页。

官刺激后产生的一种情境体验而言，并非这种虚拟现实真的“比真实事物还要真实”，显然既然是“虚拟”就决不可能等同于“现实”。虚拟现实是消除物质现场性之后的一种想象性现场体验，往往首先是创造、拉近一种虚拟场景，把真实世界内每时每刻都在流动着的时间隐藏，让人在一个虚拟界面通过触觉，或者仅仅是挥挥手、摇摇头就创造出一个逼真的数字化场景。

尼葛洛庞帝用了两个例子来说明这种虚拟现实的“比现实还要逼真”的逼真性。一是在飞行模拟器上刚刚训练出来并已经练就一身好本领的飞行员，之所以能在初试牛刀时就驾驶一架满载乘客的“真正”波音 747 客机，原因就是他们在飞行模拟器上学习驾驶技术，要比他们在真正的飞机上学到的还要快、还要多，飞行员会置身于现实世界可能不会出现的所有罕见的情况，包括飞机几乎相撞或者裂成几段；二是在虚拟场景中学习汽车驾驶训练：在一条湿滑的路上突然遇到一个小孩冲到两辆汽车中间，如果从未经历过这种情况，谁也不知道自己会作出什么反应。虚拟现实容许我们亲身体验各种可能发生的情况。

针对这种逼真性，我们首先认识到，创造一种虚拟现实除了实验室里的虚拟技术研究外，最终是为了现实应用。尤其是操作技术的模拟训练有着鲜明的功利目的，它重在训练一种理性判断、处理问题的经验性能力；排除感情因素和情绪干扰，训练出一种近乎机械的适应性体验。某种意义上说，这种面临界面时的训练并不在于突然冲到两辆汽车中间的是一个小孩或是一只小狗，界面给予的现实场景感不重在创造或者丰富你的一种感性体验，更不是一种生活现象的捕捉和现实感性的积累。所以这种虚拟现实无论如何不会“比真实事物更真实”，与离开界面做做深呼吸，舒展舒展腰腿的真实感觉有着清晰的界线，不会出现拟像的以假乱真。虚拟中的游戏，仅仅是技术开拓的一种娱乐产品，它实质上也是在虚拟界面中首先要求作出种种理性判断，在应变速度和能力达到的前提下，得心应手地处理很多复杂多变的尴尬、危机情况。在处理这类问题的过程中，手脑并用，忘记自我，乐在其中，达到宣泄一种个性中的压抑和现实冲突带来的焦虑的目的，这与艺术中的忘我和情绪宣泄的本质不同在于可清晰辨识的技术虚拟性，所以我们读书或者观看影片能够为情所动，黯然泪下，而打游戏决不会打出感动的泪水来。

数字化技术通过消除客观物质现场性感觉创造出虚拟现实，然而，物质感知是人类生存的依据和本体存在的方式，现实的真实感是在物质中存在的一种感官方式，一种具有无限丰富情感特征的真实存在，消除物质现场感的虚拟现实不能让我们产生身临其境的感觉。利用眼睛的视觉原理，让进入视觉中的形象随着视点变化即时变化，由此增强动感；利用物体的相对体积、颜色、亮度以及不同角度上的运动情况，同时利用透视的差感等视觉线索，创造一个在真实情景中才能接受到的三维图像。如果我们还承认人类的视觉经验离不开人的精神、情绪和即时的心灵状态参与，人类感知过程是一个有机的特殊心理系统，那么视觉经验的真实程度就不决定于图像的质量，不是从图像中显示的边和其间结构的数量多少来显示出清晰度的高低。数量越多图像越清晰，图像质量越好，这并不说明视觉经验的真实程度就高。大雾弥漫的清晨，我们打开窗户瞭望到隐隐约约的高楼大厦，并不因为其清晰度不高就疑惑其真实程度，以往的对高楼大厦的视觉“历史”、过去物质感受中积累的感知经验和模模糊糊的现在影像能共同精确地告诉我们它的真实存在方位。“虚拟现实”中的图像没有这种历史物质感受经验参与，强烈的物质可触性的隐匿，造成虚拟场景中感官的错位，这是数字化生存中人们对生存产生虚幻感的一个重要因素。当我们放下可视电话或者从视频聊天的电脑前站起来，端起杯子喝口咖啡时，我们也许暂时排遣了对亲友的思念，但我们同时也失去了握手寒暄时的真切关怀，会不断增加一种与真实隔离的遗憾和困惑。

“当我们拥有了威力强、成本低的电脑时，才可能把虚拟现实技术当作一种满足消费者娱乐目的的媒介。而在虚拟现实的新面貌中，绝对少不了令人惊恐万状的镜头”，“数字化的生活将越来越不需要仰赖特定的时间和地点”①。这强调了虚拟技术的媒介作用和数字化对日常生活物质客观性限制的改变。仅仅看到了虚拟技术可无限夸大事物的体积和速度、形状和

① ［美］尼葛洛庞帝：《数字化生存》，胡咏、范海燕译，海南出版社 1997 年版，第 142、194 页。

色彩，轻而易举制作出过去要冒着生命危险和极大代价才能获得的令人惊恐万状的镜头。但，虚拟技术仍然是媒介，尽管可以使这种媒介隐匿得难以觉察，但背后一定是可以控制的。技术的媒介属性和人类对虚拟现实的控制技术的发展，使电脑虚拟的现实景象能从根本上与现实的真实划清界限，尽管技术发展要求这种控制手段越来越让人容易操作。电脑普遍实现了尼葛洛庞帝所说的“人造事物像真实事物一样逼真，甚至比真实事物还要逼真”，但他并没有认为“电脑空间非常真实”①。如果“虚拟真实”② 果真“比真实还要真实”，那么以这种可随意制作出“像真实事物一样逼真”的场景和随心所欲的形象，就彻底消解了艺术塑型的价值和意义，彻底颠覆了文学塑造想象现实的审美维度，人类艺术就会真的终结了，那么人类就会丧失生存的意义。

电脑网络使“虚拟现实”成为数字化生存实现的重要手段，并大大缩小了现实世界的距离感，改变着人们的生存观念，加强空间穿越意识，压缩上下千年的时间心理感受，依靠想象构建场景和展开故事的文学创作，在这种时空观念下开拓文学的可能性，必然带着与真实物质世界严重错位的文学景象。网络文学中的穿越小说、玄幻小说以及表现异域境界的小说，打上了虚拟现实技术与人文性相结合的精神烙印。追求奇幻和感官的可视性，追求场景的惊异和刺激，叙述完全可以天马行空，不用遵守真实世界的物质展开逻辑，也不刻意追求以情动人，甚至放逐悲伤落泪的阅读效果，以很强的陌生化效果颠覆着传统叙事原则。

另外，网络中面临的虚拟生活界面，本身的虚幻感就是网络时代日常生活的感受。比如凄美的爱情故事，中外文学作品已经创造出了无数经典模式，足可为任何现实爱情叙事模式提供范本，但蔡智恒《第一次亲密接触》，之所以仍然能产生轰动效应，仍然能达到让人扼腕叹息的阅读效果，最重要的还是在于作品超越传统爱情小说的物质现场感受，提供给读者与生活同步的爱情叙事模式。没有传统爱情小说的场景距离和客观物质约束，由此产生极其亲切、真实和新颖的艺术陌生感，使这篇并不长的爱情

① 欧阳友权：《网络文学本体论》，中国文联出版社 2004 年版，第 124 页。

② 同上书，第 108 页。

小说成为网络时代爱情叙事具有里程碑意义的标志性作品。这篇作品的深远意义也许在于启发我们，对数字时代文学创作要推陈出新和融入现实人生，在于怎样建构虚拟场景中的爱情叙事模式，并更新人们真实物质基础上建构起来的美感体验方式。启发我们在数字化生存时代，文学叙事怎样展示和开拓人类崭新的数字化生存想象，以及如何思考自身命运和张扬人性的真善美。

二　数字化推动文学场景叙事观念的更新

文学通过对特殊时空下的生活事件和人生图景的再创造，或者对想象时空中的物象和事件的构造，使文学叙事成为可能。叙事时间和叙事空间构成文学形象塑造的根据，是情节展开的逻辑形式，即使诗歌、散文等以抒情见长的作品也离不开依据真实时空感创造的艺术时空。没有离开时空的意境，意境的时空感愈强，艺术形象愈加鲜明生动。艺术的逼真效果在于对“此时此境”的细微模拟。一般来说，传统上我们评价经典名著的一个标准，也是依据作品对历史场景的描绘和对历史时空洞察的力度。《三国演义》、《水浒传》满足人们对过去的想象，《红楼梦》以真实的生活细节场景描绘和全景式的封建时代大家族庭院楼台、闺阁绣房的展示，成为现实主义作品的典范。《西游记》通过大闹天宫、西天取经等宏伟的时空创造，淋漓尽致地张扬了人的意志、信仰和力量。现代文学作品中，《死水微澜》、《白鹿原》等也以时间的跨度和历史画面的开阔抒写成为公认的好作品。诗歌上，杜甫的“诗史”，李白对祖国秀丽江山空间感、形象感的浪漫塑造，分别成为现实主义和浪漫主义诗歌的艺术高峰。

然而这种传统的时空叙事形成经典作品的模式，在数字化技术创造的新的时空感受面前受到挑战。文学不再是单一的时空叙事，不再是通过沉默静思阅读的方式达到对时空的再现，达到形象的感知和审美。数字技术提供的时空想象和时空虚拟可随时调用，数字技术可使瞬间时空拉长变大，可以随心所欲地编织时空。企图以真实的历史场景的还原来催生艺术的震撼效果，已经不再容易产生陌生化的审美体验，企图以真切的画面描绘达到身临其境的艺术效果的传统抒写，也不容易像传统那样成为读者审美情趣的形成途径。

“数字化生存”是技术渗透日常生活、技术干预艺术生成的形象概括。尽管在科技发展与发展目的之间，人类遭受了种种悖论，受到了和将要受到越来越严厉的自然和社会的惩罚，但数字化带给生活的便捷和对精神领域的关注，以及数字技术对人类生存缺陷的修补和对以往谬误的更正，使数字技术必然打上深深的人文烙印。人类越来越清晰地认识到：只有客观和主观、物质和精神、技术和艺术和谐融合，人类才能寻找到幸福的家园。数字技术所唤醒和塑造的虚拟现实中，每一段虚拟时空都寄予一种人文理想，并参与现实人生场景的构成。数字化时代的艺术也必然是高度发达的技术和高度人文化的理想的共同达成。传统文学叙事的时空观念要在横向展示、即时呈现中重建文学演变的秩序。

然而，文学接受中，人类耳目接受的生理局限和精神内面被顺序化组合后才能与之感应的客观制约，是规约数字技术创造虚拟时空“错乱”的根本性人文力量。数字化生存中，技术要最大限度地服务于人类，使人类精神生活异彩纷呈，使艺术王国成为安放人类心灵的最佳栖息地，首先人文学科要综合后才能匹配数字技术人文需求的先锋性。

数字化是一种综合技术，它改变人类的时空观念，把生活距离拉近，把生活场景浓缩，因此，数字化生存同时也可看成是一种艺术化的生存。它颠覆了客观和主观科学领域的许多知识体系，迫使艺术的技术性和技术的艺术性同时加强。网络文学、手机文学、纸质出版的作品无不需要数字技术的参与，无不以技术的力量加强着艺术性的广泛渗透和对审美塑型产生心理干扰，以技术形象交融人文精神形象。数字化生存模糊了现实与虚拟、生活与审美、艺术与非艺术等传统人文学科井然分明的界限，单纯从数字技术与文艺学相关范畴的关系角度去重建文艺学理论体系，必然会使文艺失去对文艺创作的引导和提升，仅仅流于对不断变迁的技术与人文关系的反复阐释。富有阐释力的数字化环境下的文学思想生成，要从人文学科的融合发展脉络中寻根求源。

三　数字化生存推动文化融合和文学环境的重建

“科技和人文科学、科学和艺术、右脑和左脑之间，都有着公认的明显差异（不管这种差异有多少是人为的）。刚刚萌芽的多媒体很可能像有些学科——比如建筑学一样，在这些领域之间架起桥梁”[①]，如果说，这是尼葛洛庞帝十多年前的预言，那么今天的数字技术已经使人文科学的许多门类趋于融合。这种技术促进文化融合带来的突出问题在研究界已经达成共识：一方面，依靠新媒体和数字传播渠道的文学创作异常繁荣，仅仅网络和手机创作的文学作品已经使文学研究者望洋兴叹。另一方面，感叹文学终结的论争仍有余音，文学批评出现严重失语状态，这在一定程度上反映了促进新的文艺思想形成的知识体系还处在构建阶段，传统的学科体系正处在被打破重组过程中，文学与技术的瓜葛、文学所需要的知识背景都已经不再如传统文学那样单纯。如果说 20 世纪 70 年代，雅克·德里达、罗兰·巴特等解构主义者提出的互文性理论，认为文学文本与哲学、历史、政治、经济、社会、宗教等文本互相影响，是对走向唯美主义和象征主义狭路上的文学的质疑，然后通过把凡是经过语言文字记录的、表征某种社会意义和兼具审美价值的作品，都视为文学的大文学观，从而颠覆了专指审美的语言艺术为文学的狭义文学观念，那么当今的数字技术已经打破文本之间的壁垒，给哲学、历史、政治、宗教等文本进入文学文本提供了便捷的文化平台。

数字化生存构造的全球化和公民社会景观，使文学所承担的强化民族国家和意识形态合法性的意识淡化，文学活动被视为与其他人文学科一样的知识活动和学术行为的趋势显著加强。此外，当前文学理论建设和文学观念更新的滞后，使文学未来建设和当前文化环境的矛盾日益显露。从大的方面说，缺乏信仰和自由批判的文化环境，很难产生人文学科的创新生长，而人文学科的长足发展直接推动文学艺术的繁荣。当务之急要解决的是长期以来学科之间壁垒森严，缺乏沟通，难以互动的文化局面。迄今为

① ［美］尼葛洛庞帝：《数字化生存》，胡泳、范海燕译，海南出版社 1997 年版，第 100 页。

止，在我国的研究机构及高等院校中，不仅文理之间依然泾渭分明，本应是互通的文史哲之间，亦仍各自为战。文学学科与艺术学科分属不同院系，哲学、历史学、心理学专业与语言文学专业根本不搭界，社会发展所催生出的诸如“文化产业管理”、“文学与传媒”等学科，出现系别隶属的尴尬。与文学有着密切关联的某些学科，如社会学、人类学等，在20世纪的中国，虽早有学者介入，但却未能兴盛发展。我们缺乏哲学家和思想家来构建文学艺术追问生命现象的精神大厦；长期封建时代的思想禁锢和战乱，新中国成立后的心理学一度被判定为“伪科学”的做法，费孝通、吴文藻、潘光旦等社会学家、人类学家纷纷被打成了右派，文学通往心灵深处的触觉被回避、放逐，由此造成作家、批评家、理论家知识结构的不足、文化视野的局限，这种状况不仅是文学面临的生存困境，甚至也阻碍着整个科学文化的进步。

改变目前“我们的教育还不适应经济社会发展的要求，不适应国家对人才培养的要求”① 是社会发展的百年大计，同样也是我们文学艺术进步的关键因素。数字化生存推动科学技术与文学艺术的相互融合，成为人类文化发展的必然趋势。教育如何适应数字化提供的手段和思维方式，社会思潮如何适应数字化提供的科学与人文结合的理念，文化体制如何适应数字化提供的广泛参与和高度民主的可能性，文学实践如何适应数字化提供的创作与接受一体化和大众化走势，这是数字化社会给予我们的警示和反省。

教育和研究机构长期以来是我们主流文化的传承者和建设者，是文学观念、文学价值和创作质量工程的评判者，尽管不断遭受质疑和颠覆，但不可否认，它们将仍然是未来文学发展强有力的推动者。如何面对数字化生存带来的文化冲突和发展机会，如何适应文学发展现状，如何引导文学克服狭隘，广泛接纳文化传统，融合人文学科的创新成就，以开阔的文化视野更新传统文学观念，建设新的文学认知结构，以人类多方面的文明成果刷新文学追求真善美和塑造健全心智的审美空间，以全球化意识加强文

① 温家宝2009年9月4日在北京三十五中的讲话：《教育大计 教师为本》。

学艺术的现实责任感和历史使命感，这也是数字技术赋予人文属性的关键所在。在创造人文学科融合的文化体制过程中，需要粗化和重组学科分类，以数字化提供的手段架起人文学科间互动发展的桥梁，以最大限度利用数字化生存提供的生存理念和创造的文化环境，催生新的文学样态和文艺思想。一个国家和民族文学的繁荣，是文化繁荣和社会进步的显著标志，应该成为科学技术和文学艺术工作者的共同使命。

第三节　网络媒介对审美感知的消解与重建

一　媒介对文学类型的选择

不同载体上的文学被阅读接受时，所要求的阅读状态不一样，阅读前的心理准备、场景氛围、时间条件和情绪等都不一样。这与媒介方式的不同和生活方式选择的不同相关。比如，通过手机下载看小说和通过数码产品随身携带听音乐，是青春派读者群体的方式，手执纸质书本的静默阅读，是一些年龄偏大者及文人知识分子的主要方式。

媒介的优势在于对不同品位和类型的作品之间的商业利益进行协调，媒体制作的新闻事件能为争取最大的文化市场份额做轰动性宣传，能使作品获得文学以外的商业形象。例如，郭敬明的《小时代 2.0》有效地利用网络多媒体，在新浪网视频宣传栏目演示文学书籍的复制和运输过程：14家全国一级印刷工厂灯火通明，127台大型高速印刷机器轰然作响，47台胶订机器流水作业时刻不停，3060名印厂工人披星戴月……800吨原纸变成一张张催人泪下的动人篇章，16家全国大型货运公司，126辆重型运输卡车，67条遍布全国、抵达每个城市的铁路、公路运输线路，等等，可以说动用了一切可能的媒体轰动性话语，创造性地演绎着麦克卢汉“媒介即信息”的传播学推断。于是，2009年第600期《人民文学》杂志，因刊载郭敬明的《小时代 2.0》而卖脱销了；2010年年初，莫言的长篇小说《蛙》和王蒙的小品文集《老王系列》上市时，两位精英作家也都先后邀请郭敬明为他们的新作站台。

似乎，文学批评本身真的逐渐丧失了独立性，成为出版社付费的红包批评和市场营销机制的一部分，这势必为文学批评的价值判断带来极大的困扰。“但可以肯定的是，文学生产的商业化和产业化，势必只能导致文学成为文化快餐或垃圾。根据美国经济学家泰勒·考恩（Tyler Cowen）的看法，资本主义市场经济能够促进文化艺术的多样性，推动艺术家对创造力的追求。”[①] 特别是电子传媒依靠技术力量，同时也对文化思潮、作家作品的流行方式作出选择。这种选择对文学的生存和发展，对文学审美性和社会价值的实现等方面产生了极大的影响。影响传媒新闻人物是否获得象征资本以及资本的多少，甚至成为最有影响力的、权威的价值评判尺度，推动文学消费市场类型的形成和销售数量的增加。尽管新闻媒介力量完全可以把一个蹩脚的作家当作先锋文学家进行媒体操作，树立服务于新闻媒体意识形态需要的文学形象，还可以把一本二流、三流的作品当作时代的精品进行传播，来主导消费市场对文化意识的选择。但是，传媒不可能把一个经济学家包装、新闻化为一个文学家，把一个机械师捧成为一个名记者，不可能把一本土木工程设计的书当作文学书来宣扬它的文学审美价值。

只要文学自身存在，文学自律性就存在，只要文学自主性能得到文化场域的身份确认，文学自身会主动地依附电子媒介，电子媒介也有必要依靠文学性的审美建构来扩大新闻传播的价值和影响力。一方面文学性质的规约力量是媒介选择的根本依据，我们不用担心精神世界对文学的吁求、人类感情世界对真善美的渴望、人之为人的基本特征会发生根本改变，除非人类文明的发展真的会带来人类自身的灭亡。另一方面，新闻媒介自身处在商业运作场域内，消费社会主宰的文化市场以文化产品的销售数量和利益获得的大小为基本动力，文学价值实现与媒介的商业性质在社会消费网络中利益与共、存亡相依，媒介可以扩大和推动文学的影响，媒介的新闻力量可以改变社会事件的性质，遮蔽人们对事件真相的了解，但如果要对文学思潮、作家和作品产生改变性质的影响，那么就只有把文学转换成

① 杨玲：《当代文学的产业化趋势与文学研究的未来——以青春文学为例》，《文艺争鸣》2010年第9期。

事件来操纵事物的本质属性。如果这样，新闻媒介首先就要面临自身公信力的丧失，在激烈竞争的媒体商业运作中，就会很快失去话语权。媒体是否能发展壮大，除了技术提供的条件外，主要仍然取决于市场占有的份额和自身新闻形象的公信力。同时，文学变成了“新闻事件”，显然不是决定文学价值高低的根本原因，反而文学的新闻事件往往会给一个作家或者作品带来臭名远扬的负面影响。

历史地考察新闻媒介对文学的仰仗和推动文学的民间化走向，是媒介和文学合谋发展的主要方式。媒介促进文学的社会性和审美性形成，是构建文学场域的主导力量。媒介本身的利益角逐不再如纸质版权那样成为文学发展演变的决定因素。媒介主导文学，主要在于媒介消解着文学霸权，把多元价值观、多元化精神追求的社会组织密切关联在一起，在推动文学逐步民间化的过程中，使文学场域分化为更为纷繁复杂的、与各种文化类型交融渗透的新型文学样态。当今媒介发展的趋势对文学样态的改变表现在媒介文学的特征上。纸质版权文学场域仍然是精英文学建构的平台，精英文学与版权体制、文化机制密切相连，虽然两者也不断发生利益冲突和背离，但主导文化的使命感和制度体系的制约又使彼此互融互存。

随着媒介的多样化发展和商业属性的加强，一个大众化文学公共空间逐步形成。民间价值观体现在媒介交融的多样性方面，网络既是多媒体的平台，也是多媒介文学交融发展的中介，是消融意识形态的民间文化空间。网络文学以其自由、平等、隐身等优长，更以其快捷的技术优势，使源于网络的文学意识成为构建文学观念的关键因素，网络民间在承载传统和创新未来上，将成为滋生文学新思想的富有广阔前景的文化源头。

媒介干预下的多样文学场域，共同形成类型化的文学市场和读者群体。快速的媒介技术平台使每年几千部长篇小说的生产成为可能。对文学研究者来说，这个数量已经超出了阅读极限和研究的传统理论视野。单一的历时性批评眼光已经不能全面反映和揭示共生共存的多样文学类型和文学价值观。同样，俯瞰式的批评视角会带着理论的先天局限，逐渐脱离文学民间化的、思想原创的源流活水。网络媒介通过对传统文学审美品格进行消解和重建，催生不同类型的读者群体和文化市场，形成文学传播与接受的新型模式。

二　网络媒介对艺术品审美感知的消解

网络作为信息传播方式，在传播学领域内得到了广泛深入的研究。如果把1998年蔡智恒的《第一次亲密接触》当作网络文学的肇始，那么到今天，网络文学在短短十几年中已经蔚为大观，但什么是网络文学，网络文学的生存状态和审美内涵又有什么特征，研究界众说纷纭，基本没有一个广泛认同的概念。那种基于计算机技术的比特叙事基础上的表述，因以科技因素遮蔽了文学的人文属性，也不能从本质上揭示网络文学与传统纸质抒写文学的根本区别。

从当前媒介技术革新对人文科学的巨大影响和现代传播对载体性质的改变方面考虑，特别是从文学与传播媒介演变的关系考察，问题就显得简单：网络文学就是通过网络媒介传播的文学。这个判断看似轻描淡写，内涵界定似乎过于宽泛，实际上这个概念去掉过于狭窄的非语言文字表达为主的网络多媒体干扰，单纯以网络媒介作为与传统纸质传播为主的文学相区别的唯一特征，从根本上回答了两种不同媒介承载的文学形态的本质不同。

本雅明的短篇《机械复制时代的文艺作品》和麦克卢汉的鸿篇巨制《理解媒介——论人的延伸》之所以同时成为经典学术名著，在于提供给人们一个崭新的认识现实世界的视角，这两部书在人类文明发展转型时期，敏锐观察到了信息传播技术革命对未来社会产生的巨大变革力量。本雅明基于摄影和电影，探讨影像艺术的无限复制使传统艺术失去了“光韵”，根本性质发生了改变；麦克卢汉论述了电子媒介技术决定人们未来生存形态。两者都看到了传播媒介对艺术本质存在和事物内部结构功能的改变，洞察和描述了人类社会由传统向现代的必然转型。网络文学就是网络媒介对文学观念和文学性质改变后的新型文学形态，把网络文学概念分化出广义和狭义的指代不是一种很妥当的表述，会给网络文学的进一步研究带来不必要的含混和困扰。那么，探讨网络媒介和纸质媒介传播的文学样态，在根本性质上或者在美学、功能、价值等方面对文学观念建构和解构会产生什么影响，成为网络文学身份认证的关键所在。

分析网络媒介如何消解审美感知，不单要从两种文学的抒写状态、传播状态和接受状态入手，还要从媒介作为载体的技术性与整个社会文化的关联，以及媒介传播方式的改变对传统文化机制的改变方面考虑，来透视网络媒介对纸质版权传播形成的文学机制、认知结构和审美性构成的改变。

本雅明分析了技术对艺术本质与艺术价值的改变。技术已经全面介入到了艺术领域，艺术传播媒介更新带来了人们对艺术的感受方式的改变，这种改变表现在艺术品“光韵”的消逝。“光韵”（Aura）一词是本雅明独创的艺术概念，用来概括传统艺术最为根本的审美特性，在他的艺术理论中占有十分重要的地位。不同的翻译作品和评论文章对“Aura”的翻译不尽相同。有译作“灵光”、“光晕”、“灵韵”或“韵味”的。本雅明的“光韵”含义比较丰富，就历史对象来说，光韵的内涵是“艺术品的即时即地性，即它在问世地点的独一无二性。但唯有借助于这种独一无二性才构成了历史，艺术品的存在过程就受制于历史。这里面不仅包含了由于时间演替使艺术品在其物理构造方面发生的变化，而且也包含了艺术品可能所处的不同占有关系的变化。”“原作的即时即地性组成了它的原真性（Echtheit）。”就自然对象方面来说，“我们将自然对象的光韵界定为在一定距离之外但感觉上如此贴近之物的独一无二的显现。”“对艺术品的接受有着不同方面的侧重，在这些不同侧重中有两种尤为明显：一种侧重于艺术品的膜拜价值，另一种侧重于艺术品的展示价值。艺术创造发端于为膜拜服务的创造物。”① 那么独一无二的原真性艺术必然具有膜拜价值的另一重“光韵”。

由此，艺术作品的原真性、距离感和膜拜价值这三个方面就是“光韵”的基本内涵。“光韵”的衰竭来自两种情形，“即现代大众具有着要使物在空间上和人性上更易‘接近’的强烈愿望，就像他们具有着接受每件

① ［德］瓦尔特·本雅明：《机械复制时代的艺术作品》，王才勇译，中国城市出版社2002年版，第84、90、94页。

实物的复制品以克服其独一无二性的强烈倾向一样”。[①] 很显然，现代工业革命后的机械技术通过大量复制满足了大众的这种强烈愿望，而网络技术又大大突破机械复制技术传播的时空限制，首先消除了艺术品的距离感，然后，即时即地的原真性和独一无二的膜拜价值也荡然无存。那么传统艺术的审美感知方式发生了根本改变，或者说传统艺术的存在方式不存在了。

艺术自古以来寄寓着被不断复制的人类愿望，文学更是在复制中求生存。复制推动了传播的广度和深度，复制实现了传播。机械复制既加快了文学的民间化取向，又与文学民间化、创新诉求相一致。“艺术作品在原则上总是可以复制的，人所制作的东西总是可被仿造的。……复制较之原来的作品还表现出一些创新。这种创新在历史进程中断断续续地被接受，且要相隔一段时间才有一些创新，但却一次比一次强烈。”[②] 复制技术日益创新，并沿着调动人类各种感官和易接受原则发展。特别是网络媒介叠加人类目前各种媒介的方式，以强大的复制功能，实现了各种媒介的彼此渗透和融合创新，使文学普及到社会生活的每一个角落和每一个阶层类属，也使文学逐步形成内涵多样而界限又相对明晰的文体类型和文化样态。

本雅明分析了由于机械复制技术的流行，面对复制作品，光韵作为艺术作品特有的真实性被严重地削弱了，以至于我们已经到达了一个光韵消逝的年代。艺术创造发端于为膜拜服务的创造物，传统艺术源于祭典仪式，其崇拜价值赋予艺术品以颇带神秘的光韵，而机械复制技术的流行使艺术品直接而亲密地面向大众，大大地削弱了艺术品的崇拜价值，加强了其展示价值。正是展示价值引起了艺术本质的质变。如此，艺术的奠基便由祭典仪式转向了政治。这意味着未来的艺术将不可避免地与政治发生关联。尽管这一切的根源可以追溯到机械技术的流行，但其产生的后果与影响是无法改变的。政治加手于其中，艺术再也无法自立。这就是本雅明对

---

① ［德］瓦尔特·本雅明：《机械复制时代的艺术作品》，王才勇译，中国城市出版社 2002 年版，第 90 页。

② 同上书，第 5 页。

未来艺术作品的预言。

三　网络媒介对文学审美感知的重建

本雅明对未来艺术发展轨迹的描述，正如诸多西方文艺理论一样是基于造型艺术的，本雅明论述的思路也是从原始壁画、绘画到近代摄影再到现代的电影艺术。在《摄影小史》中他已经对摄影作了足够的诠释，而在《机械复制时代的艺术作品》中其笔触则主要针对电影。本雅明认为，电影的制作模式使其离不开机械的中介，离不开摄像机镜头的持续关注。这些机械中介一方面削弱了电影的崇拜价值，使光韵消逝，另一方面迫使演员与观众都首先要与摄像机镜头保持认同。然而电影仍然具有其他艺术所无法比拟的优势，电影结合了摄影艺术与科学探索，为我们打开了一个日常的生活空间，一个无意识的经验世界。在那里，熟悉的事物焕发出陌生的光彩。摄像机镜头以一种特有的技术深入到了真实性的核心。后现代的批判家们以一种犀利的笔触分析了摄像机怎样以一种无边的介入虚构了我们的日常生活的真实。但是，在电影中，摄像机镜头的存在是深刻的，它把幻象嵌接到真实性的内部。[①] 所以，尽管电影失去了如原始壁画、绘画那样的膜拜价值，但它的展示价值得到了长足的发展。

本雅明的侧重点显然并不在于以语言文字为载体的想象性的文学艺术。他虽然指出了艺术在技术入侵时代普遍的生存状态，但从媒介角度考察的艺术门类之间的差别，应该首先从媒介在不同形态的艺术中的构成作出区分。对于传统艺术的膜拜价值（Kultwert），本雅明认为，图画来自原始人对狩猎的期望，舞蹈是古人祭拜不可缺少的部分，在欧洲，文字最早记载的是神话和宗教的内容。但文字本身的媒介功能是强大的，文字记录语言的艺术恰恰不是为了膜拜，而是为了把隐秘在表象和抽象中的思想情感要素展示出来。文字作为传达神话和宗教的媒介，是为了保存和传播这种神话和宗教的。宗教和神话关乎艺术的起源，是人类认识自我、解读生命现象、使人类由自然状态通向神灵世界的中介，文字记载神话和宗教的

① ［德］瓦尔特·本雅明：《机械复制时代的艺术作品》，王才勇译，中国城市出版社 2002 年版，第 22—48 页。

内容，那么文字就充当了媒介的媒介。文字衍生的本质是为了描摹和阐发，使来自人类隐秘灵魂中的艺术元素得到广泛的接受和共鸣。文字天生就是记录和有效传达记忆、思想、情感的工具。在对宗教和神话日益丰富的记录方式和其日益丰富的内容基础上，文字随语言的发展演变为一种形象有效地记述思维痕迹的工具，演变为讲究规则和契合心灵的艺术化了的表达符号，并能以一定的表达体系，来塑造形象和发挥想象，洞察世界和憧憬未来，逐步完善为一种无限灵活的具有强大表现功能的语言艺术。因此，由语言文字为媒介直接形成的艺术，是要经过思维和想象的还原，需要想象和重构。

人类用各种方式表达对于自身无法理解的事物的崇拜。崇拜是无言的、静默的、神秘的，而语言文字是要争取最大可能地描述这种崇拜，洞悉这种崇拜，记录流传这种崇拜。因此，起于神话、宗教和礼仪膜拜的造型艺术，在传统艺术观念里，重复和雷同向来被人们视为艺术创造才能平庸低下或创造力衰退的表现，仿作往往被人们轻蔑地斥为赝品而鄙视唾弃。而起于语言文字的文学实质是以“展示价值”的先天优势得以并列于各类造型艺术之林，并以“展示”的淋漓尽致而获得较高的价值认同。

由此，文学是独立自足的，与造型艺术的显著区别在于特殊表达媒介和传播媒介。如今，网络媒介对于文学的关系，正如纸质对于文学的承载一样，它并不改变文学对提高展示价值的媒介诉求，更不赋予文学自身膜拜价值。那么，网络媒介改变文学的只能是载体媒介自身。也许对于一部名家之作，或者是一部古代纸质原稿，人们也会有膜拜、亲近、占有的冲动，但它的独一无二和原真性不在于它的造型本身，而主要在于纸质载体本身的历史价值和携带的文化信息，这种膜拜可谓“媒介膜拜”，是出于时空间隔的膜拜，不是出于信仰和礼仪的膜拜。

网络塑造了文学介入生活的方式，网络媒介和纸质媒介规划的主要是文学的社会属性，重塑的是易于亲近、易于占有的更加大众化、日常化的审美品格。网络实现了艺术创造的即时即地性。如果说纸质文本创作还有一个底稿，那么网络文学几乎没有原真性，它的意义在于迅捷地复制和流行，在于网络媒介彻底消除艺术的膜拜价值，日常民众的点击率和社会共鸣充分彰显着它的展示价值。它的审美品格也同时朝着民间伦理观念和集体无意识心理趋同，为此丧失纸质创作时的精致构思和静默思索的精神品格也在所不惜。我们从网络流行的对古老民间传说和神话故事重新编造并附会演绎的新神话、新奇幻故事中，可以看到网络文学对民间价值观念的认同和对权贵意识的彻底颠覆。纸质版权媒介时期的民间口传笑话、谚语、寓言和智慧故事等也广泛跻身于网络，演化为各类段子，成为网络新民间文学。

特别是当前主流文学的作协化体制和学术机制的考评制度，使纯文学刊物和学术评论逐渐演变为获得文化象征资本的途径。一方面作品不能很好地走向文化市场，通过民众接受，激发人文价值和审美性的更新重建；另一方面，文化市场还不够健全，很难保证市场文化机制能对优秀作品的创生给予应得的回报和激励。因而，体制内的文学创作逐渐呈现学理色彩，以作品的审美价值和艺术样式的创新为代价，换取文学内涵意义、思想价值、文化功能、专业知识和可阐释性的增加；以谨小慎微或不够健康的过于追名逐利的文化心态，代替以活泼自由的艺术个性来张扬多元化、多样化的审美性和思想性。于是，文学作品的知识信息含量逐渐丰富，以保证主流文学有足够的话语权，获得文化权利和资本，从而真正地延续传统文学的形式创新和美学建构被逐渐推向网络空间，文学本体的建设资源很有可能需要从海量网络文学作品和微博上的片段式原创民间艺术中获取。当然，主流体制内的文学仍将以鲜明的意义旨趣追求，在文学信息化转型中，以丰富的知识含量和浓厚的学理色彩获得生存的合理性和持续发展的生命力。在全球化各民族文化发展竞争中，保有一贯的民族立场和担当民族文化建设的使命，为民族文化的连续性和传承性作出贡献。

第四节　网络媒介与精英文学和青春文学

一　精英文学与网络媒介的偏离和认同

考察精英文学的文化机制，一般认为精英文学是印刷文化的产物，与纸质媒介有着血缘关系。虽然艺术发展现状有足够的理由和证据，来证明信息传播和审美感知发生了图像转型，音像制品对文化市场占据的份额越来越大，整个文学边缘化似乎已经是不言而喻、无可奈何的了。精英文学未来的生存之路将走向何处，成为文化建设的重要命题。但可以肯定的是，精英文学所坚持的艺术原则和精英意识，所自觉担当的社会责任和民族国家的精神诉求，不会消退和逝去，网络媒介也不会取代纸质媒介。无论网络发达到如何与大众须臾不可分离，纸质媒介的自身优势和历史形成的文化价值观念，使纸质也不会退出各类文化场域。或者可以说，只要纸张和语言文字存在，精英文学就会依然故我。

从媒介的演进看，如前所述，尽管在东汉时被改进的造纸术带给文字记录以极大的便利，但纸质媒介也经过了几百年的适应和推广，到魏晋南北朝时期才以行政命令的方式，以主流传播介质代替了金石竹帛。近代纸质印刷品的真正走向大众，不过百余年。也许媒介技术会加速发展，网络很快取代纸质，但文明发展加速进行的观念实际是对文明现状很危险的判断，因为文明的方式和标准，本身是一个难以梳理和辨识的深奥的哲学命题。

网络与纸质相比，是技术的战胜，但绝对不是唯一意味着文明的进步的。那么文化建设的媒介优劣和判断取舍是要从属一个价值主题，即使金石竹帛媒介也没有全然退出人类历史演进的文化场景，仍然在整个文化系统中具有存在的价值。相对于网络媒介，纸质文学之所以塑造着精英文学的传播形态，纸质之所以能够坚固精英文学的价值立场，除了网络文学论者已经大量和深刻地论述过的网络文学的自由、平等、即时反馈、大众化、民间性或草根性等优势外，网络文学还同时存在着很多弊端，如随意性、不负责任和粗制滥造等。从媒介属性对比和历史地考察整个社会文化环境，精英文学生存发展的纸质形态还有多方面的必然因素。

第一，网络基于信息传播和交流，文学也是信息传播和交流，但文学显然不是以信息传播和交流为主，文学是要为时代文化造型立碑的。网络可以用来传播文学，但文学不可能只以网络传播。网络可以选择文学，文学也可以选择网络，显然文学的选择是主动的，因为网络是技术，文学才是主宰技术的人文。网络的媒体性质与报刊的媒体性质相类，对文学的影响在于，表面看是制造媒体事件，实质是借媒体的传播平台把文学价值观念的冲突激发和扩大。冲突也是交流，是没有达成和谐认同的交流。“从所谓的‘韩白论争’，到‘孔子与章子怡谁更能有效地代表中国文化’，从‘玄幻文学之争’、‘梨花体诗歌事件’等，到从电视到图书的易中天的《品三国》、于丹的《论语心得》等，都把网络、电视这些新生媒体的威力发挥得淋漓尽致，也把传统媒体的大众化趋向表露无遗。”[①] 网络推动的是文学的大众化趋向，而大众化不是必然要与精英价值观背道而驰，一个社会的伦理道德建设和先进的文化价值观念的形成，很大程度上体现在精英意识的大众化、普世化、民间化和日常化。当然精英意识和精英文化与当前文化体制内知识分子的现实文化立场和生存状态，不是全然等同的。比如，李锐、余杰等作家，虽然有独立于体制之外的姿态，但他们的意识和文化理念也是精英化的，带着浓厚的人文理想和对人类美好未来的愿望，彰显着一般人难以达到的精神境界和道德高标。同时，他们的创作带着鲜明的传统儒家文化积极建设的入世色彩。并且，这些媒体事件，也是在网络媒介普及的初期阶段，在网络媒介缺失伦理规范和文化习俗约束的背景下阶段性爆发的，不会成为网络与文学关系的常态。以今天的网络媒介理论考察网络与文学各自的职责、功能和如何互利共赢，可以看到两者已经处在良性发展时期。有人认为“博客并不适合于严肃的文学写作以及学术交流，它更适合于偶像明星和他们的粉丝群体之间的‘互动’，那是他们的极乐世界。明星什么都不说，就说‘今天我累了’，后面的跟帖就有几千条。……这是偶像和‘粉丝’这个特殊群体再好不过的联络渠道和互动频道”[②]。这虽然有轻视网络媒介对文学的作用之嫌，但有版权约束的严肃的纸质媒介确实是精英文学创作和传播的首选。

第二，网络的技术链接，给语言文字的保存和传输带来了无限可能性，这种无限性的前提是让网络上的语言文字处在无形和无边的状态下，这给网络上的文学传播和接受也带来了无限可能性，这种无限可能性也同

① 白烨：《遭遇“媒体时代”》，《文艺争鸣》2007年第2期。

② 同上。

样要求在技术支持的对文学语言文字的全然遮蔽状态下才有可能。这样，人们要想在茶余饭后，随时随地欣赏和品评文学，并没有纸质文本来得随心所欲，且不说进入文学境界的沉思默想的最佳渠道不是电脑，因为无论将来的电脑和数码产品如何轻便灵动，就连打开电脑，仍然需要网络支持，需要能源供给，需要技术开关或者键屏触摸，甚至需要天气状况和周边环境条件许可等。网络媒介给文学带来的快捷速度和传输的广度，并不适合人类对生活安适和心情愉悦的审美向往，正如手机沟通的快捷和方便并不适合需要休息的时空和时机。纸质文本在传播的快捷和广度方面恰好可以利用网络传输终端达到，而网络文学传播的劣势，恰好纸质文本能给予弥补。如今，多种媒体的联合共谋，使各类媒介都在沿着自身特征上的优胜劣汰的选择规律取舍发展，各种媒介都在利用技术力量把各自的优势发挥到极致。网络媒介做不到的纸质载体能做到，网络媒介能做到的纸质载体也可以利用网络终端做到。先进的媒介功能要建立在传统的媒介功能基础上，正如人类的进步，传统必然给未来带来借鉴和支持一样。网络传输和计算机排印给传统的纸质印刷带来了新的生命力。20世纪人们普遍有印刷品要衰退的预言，而今天纸质书籍出版的繁荣景象和纸质版权文学在大众阅读市场上份额日渐增多的状况，很好地说明了承载精英文学的纸质媒介并没有衰退，社会对精英品位需求的市场期待不是减弱了，而是逐步增强了。书籍，这种千百年来承载人类文化结晶的媒介，必然成为真正能够贯穿古今人类精神家园的生命脉络。而网络对于文学，是新生的婴儿，寄寓了人们对未来的期待和厚望。也正如很多论者所说，网络即时性淹没了反思反悔的机会，纸质书接受时的静观默念适合文学接受时的形象再创造和审美重构，按照接受美学的观点这正是对文学的真正实现，对于担当道义的精英文学尤其如此。

第三，国家的文化建设不可能不支持精英文化价值观，并且还要使精英文化价值观尽可能地借助文学的日益民间化、日常化趋势，把这种精英意识推行到社会生活的各个方面，以利于精神文明建设。纸质印刷的版权既是一个文化机制对文化责任的约束和强制施行，对文学写作来说也是推敲艺术形式美、调整语言结构、张扬语言文字魅力、赋予人文底蕴、规范文化伦理的外部条件。所以，纸质的版权必然维护着精英价值观的权威性。另外，学校教育又是一个强有力的推动落实精英文化价值观的机制平台，对精英文学和经典作品的选择推行带给文学创作的社会影响是持久的、一贯的，是自由文学市场不可比肩的。比如青春文学创作的繁荣就离不开教育理念的实践尝试。1999 年 1 月，上海市作家协会主办的《萌芽》杂志，联合北京大学等数所国内知名高校举办首届“新概念作文大赛”，目的是想纠正教育界“重理轻文”的观念，批判现行教育模式，缓解青少年心灵受到的应试教育的压抑，而获得一等奖的作者将有可能被保送到参与活动的名牌高校。这是 80 后作家群诞生的起始性事件。韩寒是第一届新概念作文大赛一等奖的获得者，他以一篇文字老练和讽刺意味极浓的《杯中窥人》获得了北大中文系教授、作家曹文轩的充分肯定，这使他得到了同龄人的崇拜及传媒的热捧。于是随着“新概念作文大赛”的成功举办，80 后作家、青春文学就赫然矗立于当代文坛。① 尽管目前这些创作存在借助网络媒介走向文化产品制作的倾向，但它受教育机制和精英文化观念规约是潜在的和必要的。

另一个侧面，文学经典的反复重印，一定程度上说不是人为的宣传，而是时代和群体的渴望，是时代文化建设焦虑中一种补偏救弊的良药。甚至网络媒介在传播文学的同时，也对精英文化观念和精英文学形象资本加以利用，作为信息传播的市场效益的催化剂，这在网络和纸质媒介交互合作的现状中可以得到确证。

第四，精英文学对精神品格的塑造和追求，与网络技术霸权有着本能的抵触，如精英意识里对心灵坚毅、责任明确、胸怀坦荡和事实清楚等这些基于印刷文化的价值理念，自由对话、担当意识薄弱的网络媒介就颇显得不能胜任。

总之，文学纸质出版是官方的、规范的、透明的和实体物质的，又是去技术化的、讲究文字布局结构的、可印证确凿和可圈可点的文学生存方式。这很典型地体现在学术写作中引用网络资料时，虽然注明了网站域

① 陶东风：《青春文学、玄幻文学与盗墓文学——“80 后写作”举要》，《中国政法大学学报》2008 年第 5 期。

名，但仍然感到没有纸质版权书籍注明出版社名称、出版时间、地点和页码等信息带来的可信任度高。

克服大众化、民间化、通俗化取向就与精英化价值观念必然对立的保守的文化心理，才能使网络媒介与纸质媒介真正互补协作，更好地为文学的美好未来搭建快速行进的通道。

二 网络媒介对青春文学的塑造与张扬

历史地考察，“青春文学”作为一个文学类型，主要用来指代那些处于青春期的年轻作家表现青春期生活的文学作品，是一个从生理角度探讨文学类型的新角度。文学的特殊人文性和文学主体对作品人性内涵的渗透，当文学的生理特征在社会生活复杂、外部冲突激烈的动荡时期会隐含在时代文学潮流和文化价值总体倾向里，但当文学演进到今天抒写个人和文学日常化的时代，在“身体写作”、“图像化叙事”成为文学研究的关键词后，文学反映人生不同阶段的情感、心理体验和心灵磨难，并与作家的生理年龄特征互为印证，日益成为文学创作的新景观和文学研究的新思路。

由此，我们可以使青春文学研究的理论视野触及整个现当代文学的全过程。因为，文学上关注青春，观照青春的个性十足和青春的社会反叛，应属于中国近现代文学转型期的文化范畴，这类文学体现着个性张扬与社会规约之间典型的形象性、人文性特征。对现当代文学内涵建设起着重要作用。

从五四激烈反传统的新文学建设历程看，“文学研究会”和“创造社”为主流的现代文学初始阶段带来了鲜明的青春化特征。对社会文化变革和反传统的决绝，尽管今天看来颇有矫枉过正的思维特征，但五四青年以其炽热的爱国情感抒写的富有青春特征的宏伟作品，具有丰厚的文化内涵，奠定着民族国家的未来之路。他们的感伤、焦虑、反抗和彷徨是属于五四的，也是超越时代的青春文学的鲜明特征。“以青春文学为‘常项’，可以作为判断一段历史时期的文学内涵的标尺。当代文学的起始带有明显的青春文学特征，但当代文学的发展却走了一条不寻常的历程，青春文学的个性自由不断被规训……”“‘文革’结束以后，中国当代文学迎来了一个崭新的发展时期，文学的自由空间得到不断的拓展，青春文学也得到空前的发展。今天，青春就像是在晴朗天空下的一只自由精灵，青春文学也成为了在市场上最受青睐的文学品种。但当我们被扑面而来的青春文学包围得几乎喘不过气来时，我们仍不应该忘记青春文学曾经走过了艰难开创期。中国当代文学的青春文学开创者们在吟唱‘青春之歌’时，不得不带上背离青春的音符。那时候他们何曾不想有一个让青春自由飞翔的年代。到了21世纪前后，‘80后’作为年轻一代的新人，让青春文学成为了一股强大的文学潮流，但它更多地打上了市场化的烙印，其青春的自由性和个人性仍大打折扣。”① 如何沿着现代文化的人文建设需要，继承五四青春文学的内在精神，来充分张扬青春的自由性和个人性，为美丽的青春寻找到温暖的家，是当前青春文学创作者和研究者共同的职业使命，也是热爱青春文学的读者们应该深思的时代命题。

21世纪以来，媒体主导下的商业营销颇为关注的青春文学写作，以及青春文学群体和青春文学概念逐渐明确的指代意义的形成，与网络的选择和推动关系密切。郭敬明就任长江文艺出版社副总编职务，这种媒体对畅销作家和文学思潮的利用和推动，已经不是新鲜的文坛事件。媒体的操纵是建立在市场需求基础上的，我们不应该忽视青春写作、校园文学在当前文学市场的畅销，以及读者数量上相对精英作品和世界名著占绝对的优势。在21世纪初期，“尤其是郭敬明、张悦然等人的作品，在网络文坛和传统文坛所占的读者数量和市场份额越来越大，几乎可以和一些著名作家不分上下。像郭敬明的《幻城》和《梦里花落知多少》，接连在2003年文学畅销书排行榜中位居前列，张悦然也以《葵花走失在1890》等作品赢得许多年轻读者的喜爱。”② 如今，《梦里花落知多少》的印数早已超过百万册，而整个青春文学在图书市场所占份额早已经同中国现当代作家作品相

---

① 贺绍俊：《以青春文学为“常项”——描述中国当代文学的一种视角》，《文学评论》2011年第1期。

② 白烨：《崛起之后——文坛“80后”答问录》，张炯、白烨编《中国当代文学研究》2004年秋冬卷，第44页。

均衡，如果没有学校教育对经典的重视和现当代名家的选择倾向性干扰，青春文学的数量会更多些，影响更大些。

除了需要从文学生存的社会政治经济、时代文化环境等根基方面思考青春文学崛起的原因：青春文学围绕着青春的“成长”，从幼儿园写到大学时代，细微真切地描述了成长的种种经历与感受，以及在不同时期对于亲情、友情和爱情的体验与理解，初入社会的种种艰辛等，这些关怀自身生命和生理特征的抒写，现当代经典和翻译的名著中很少关注，在长期抒写外部社会激烈冲突和人性惨烈争斗的现实主义文学序列中，青春文学显得另类和低幼。而这正好为当今文化世俗化社会所必须和应该具备的文学样态之一。同时，青春文学中对应试教育的嘲讽和批判、对社会的愤激抨击也切中了青少年学生反叛社会的心理需求，使他们在阅读中得到一种因反叛带来的寄托和快感。不管主流和精英文坛对青春文学的态度如何，媒体的选择已经使青春写作成为当前文学最有影响力和社会轰动效应的文学现象之一。网络和对市场依赖性强，不应是青春文学的缺陷，精英文学也会在市场和读者选择中求生存。更多地仰仗网络媒体，靠近图书市场，使青春文学不被主流文坛主动接受或者认可，但这不影响他们成为时代文学一道亮丽的风景线，媒体选择的优胜劣汰法则，对类型化的文学现状的形成起到了推波助澜的作用。

从现实媒介语境出发，如果不让当今的青少年学生阅读青春文学是很困难的。当代生活是一个非常世俗化的商品经济社会，是一个媒体决定和选择生活方式的日常社会。时尚和新潮的文化消费品是全球性的特殊商品。好莱坞商业片、韩剧和国产肥皂剧充斥着人们随身携带的电子银屏，数码媒介给予的便捷和快速使快餐文化铺天盖地，网络文学和各种网络服务的开拓创新，使得网络与社会生活、日常工作形影不离，文学乃至整个社会文化与网络须臾不可分离。这样的媒介环境下，青春活泼和心理躁动时期能坐下来看点书已经难能可贵了。纸质阅读对心理健康的培养、学习习惯的养成、审美情感的触发、性格毅力的磨炼、沉默静观的思维习惯的形成无疑有着极大的帮助，但一味让青少年阅读指定的所谓高雅的经典，排斥那些探索性的与时代同行的作品，且不说经典的时代意义不是一成不变的，特别是现当代经典的价值在百年的时空沉淀中还是比较短暂的。那么那些健康明朗的青春抒写，虽然不具备深邃的思想内涵和隽永的艺术魅力，且不无天真和浅显，但以其浓厚的生活气息，走进青春阅读的视野，未尝不是良好的文化接受状况。即便是那些言情、武侠、侦探、穿越和玄幻作品，在社会引导和老师指导下阅读，对青少年想象力和创造精神的培养也大有裨益，不应加以全废。

青春是要受到规约的，随着网络媒介和媒体主导兴起的青春文学，要协调青春朝气和社会责任、媒介优势和义务承担之间的关系，走出一条民族特色的传统与创新相结合的富有活力的文化建设之路，青春文学需要全社会爱的宽容，也需要文学评论界爱的苛责。

第五节　网络文学理论批评的话语空间

探讨网络文学的社会价值、审美倾向、传播与接受状态等文化意义，时至今日，已经成为中国当代文学研究的热点命题。网络文学以创作实践的丰富和最大程度的平民化、民间化趋向，构成中国文学史无前例的繁荣景象，即使在传播技术史、文化发展史等相关领域，网络文学改变文化观念的现实状况也是有迹可寻的。

关于网络文学价值、意义和品位高低等的争论，基本无法面对网络文学创作个体的生存现状和基于文本的实际考察。因为，即使是“现在的网络文学99％都是垃圾，而1％的精华”[①]，就拿成立于2008年7月的盛大文学有限公司目前管理的网站拥有的大约85万名作者来说，每天上传字数近六千万字，1％也已经是六百万字，还不说盛大文学公司之外的写作。这已经超出一个人的阅读极限了。并且不用担心这1％的精华不能浮出水面，通过网上读者点击率的科学计算和文学评论家的进一步评奖筛选，好作品还是能得到一定阅读范围内的认可的。除非我们带着现代文学“启蒙家”的心态不相信“群众的眼睛”和大众的审美品位，同时还不相信对文学作

① 《作家麦家称网络文学99％是垃圾》，《语文教学与研究》2010年第15期。

品文本的细致分析所得才是最可靠的研究结论。

中南大学网络文学研究基地以欧阳友权为代表的研究团队，对网络文学进行了相对全面而深入的探讨，围绕网络文学连续出版近20部专著，对网络文学的研究既是垦荒也不失为开拓的先锋。2008年出版的《网络文学发展史》对十多年来迅猛发展起来的汉语网络文学的文学调查、资料汇集和史的梳理，为网络文学研究者的进一步研究打下了坚实的基础，启发学界对网络文学研究中的诸多问题和目前的不足作出深入思考。

网络文学研究的深入和不断完善，批评格局的形成和批评话语的成熟，很重要的一方面体现在网络文学的问题意识和面对问题的学理思考。对此，中国作家网主管马季认为：当今网络文学中表现出的包括审美趣味、思想情感、行为方式、生活态度等全方位的断裂，显然已经超出了当前理论批评的话语范畴。民众对文学的关注程度不亚于影视及其他艺术门类，其广泛性超越20世纪80年代文学黄金时代。网络文学理论批评明显滞后于创作。建立网络文学理论批评体系必须深刻认识网络文学产生的历史意义。要认识到网络文学是时代剧烈变革的产物，创新精神成为最基本的诉求，要看到网络文学的广阔视野和草根性对文学发展走向的影响，看到作者之间、作者与读者之间相互交流和撞击的宝贵价值，看到中国文学史上从未发生过的如此大规模的大众阅读。套用西方电子传媒学理论研究成果解释中国当代网络文学，笃信当代文学是在媒介科技推动下的信息传播语境下发生的演变，仅仅注目于网络文学与电子传媒技术不可分割的血缘关系，而忽视对中国当代思想文化裂变的思考，不从“全球化”文化传播语境下探讨中国文学生存发展的现实理路，仅仅从传媒技术上分析网络文学，就无法找到有效的理论批评话语空间。①

一 网络技术术语不应参与网络文学批评话语

普遍认同的网络文学文本有三类，即：所有进入计算机网络的文学作品，包括用电脑创作、在互联网上首发的网络原创文学；网络超文本文

① 马季：《网络文学：直逼文学价值认同断裂的现实》，《南方文坛》2010年第4期。

学；多媒体文学。[①] 在网络文学研究初期，认为最能体现网络文学本性的是网络超文本链接和多媒体制作的作品，这类作品具有网络的依赖性、延伸性和互动性，不能下载和媒介转换，离开了计算机网络就不能生存，它将网络文学与传统印刷文学完全区分开来，这是狭义的网络文学，也是真正的网络文学。[②] 虽然关注这种网络技术提供的超文本链接和多媒体制作的作品的新奇感受，是网络文学研究的热点之一。然而，这类研究重在从传媒技术上探讨网络文学的生成和形态特征，相对忽略了中国当代思想文化裂变的背景，忽略了中国语境下的传统文学运作体制对网络原创文学繁荣的反向推动力量。

过于重视传播技术对网络文学形成的作用，体现在以计算机和网络技术的专门术语直接运用于网络文学批评上，如大量以“比特”、“数字”等科技术语指涉网络文学，把超链接、多媒体的综合艺术的媒体实验性特征和学科综合发展的趋向，当成以人文性为本质特征的文学发展方向。

从最基本的媒介载体看，网络文学传播依靠的到底是所谓的“比特”媒介，抑或仍然是以文字承载文学信息为基本特征，是值得商榷的。这涉及网络文学与纸质版权文学的传播与接受机制的比照考察。我们知道“比特”是英文 bit 一词的英译，指的是计算机二进制数的位，由一连串的 0 和 1 组成，计算机以此完成信息转换和处理。显然它是计算机内部的工作原理，并不直观呈现给用户，也不给网络文学作品的作者和读者作出信息转换的提示，读者是浑然不觉在网页上、在文档里进行着与纸质上的文字没有太大差别的遣词造句，构思篇章。

从传播技术角度看，“比特”是信息世界构成的基本单位，它的意义不仅是便于复制和传送，更重要的是方便不同信息之间的相互转换，如将文字转换成为声音，既然“更多的人倾向于认为，internet 不是媒介，将其视为媒介是对其某个技术特点的放大”[③]，那么作为技术深层的计算机语

① 欧阳友权：《网络文学本体论》，中国文联出版社 2004 年版，第 138 页。又见欧阳友权《网络文学概论》，北京大学出版社 2008 年版，第 83 页。

② 须刚：《网络文学的发展与研究现状》，《重庆社会科学》2010 年第 4 期。

③ 庄晓东：《传播与文化概论》，人民出版社 2008 年版，第 132 页。

言“比特”，是机器的功能显示，是科技发展在信息处理上获得的成就，如果把它视为媒介就把信息转换功能科技主义地放大到信息传播功能，从根本上忽视了信息传播过程中人文主义参与的创造性。正如，造纸技术和制作笔墨的技术进步使文学传播与文学阅读获得了极大便利，书写速度和清晰度获得了大大提高，对人类文明的进步和文学观念的演变产生了巨大的推动作用，而文学活动过程并不需要了解竹帛与纸浆、毫毛与墨水之间的原子构成发生了怎样的变化，因为它们基本上是科技史研究的范畴，不构成文学活动的基本要素，既不影响文学性的生成，也不影响文学构思和情感抒发，对文学创作过程和文学阅读接受的影响微乎其微。

认为“比特是计算机操作的媒介，网络文学写作要使用比特，就如同传统写作要使用文字一样”①，把“比特”等同于文字，把计算机的“计算”方式等同于记录思想情感的语言工具，大大降低了传统文学纸质写作的人文属性和主体的能动性。传统写作文字的使用，是作家全副身心投入艺术创造时，最为具体、最为直观的艺术才华的发挥和展示，所谓的“吟安一个字，捻断数根须”，反复琢磨，方见文字的艺术表现力；“敬惜字纸”对文字的崇拜习俗至今在一些文化不发达的地区仍然有所遗留。计算机使用的纯技术范畴的“比特”，怎么能与承载千年文化传统、开拓未来精神生存之路的汉语言“文字”媒介相比呢？“比特”是计算机的工作原理，不是计算机操作的媒介；“比特”是计算时的基本单位，它把一切信息转换成“比特”进行技术处理，因此以计算机为代表的现代信息技术被称为“数字化技术”，互联网被称为“数字媒体”。

“诗与数学的统一”② 概括了计算机“计算”的神奇功能，反映了科技进步与人文学科的综合发展成为未来社会进步的方向。“诗与数学的统一”创造出了精彩的信息载体，包括文字、声音、影像等，组合出任何我们能想象到的图形、画面和文字组合。最初的数字化只是英文符号和数字表达，80 年代后才进入文字处理阶段，又经过大约十年左右的时间，“比特”开始能够处理声音、颜色、图像等，自此，数字化技术进入寻常百

① 欧阳友权：《网络文学概论》，北京大学出版社 2008 年版，第 49 页。

② 黄鸣奋：《数码艺术 50 年：理念、技术与创新》，《文艺理论研究》2004 年第 6 期。

姓家，对人们的工作和生活产生深刻影响，俨然成为21世纪人们的生存方式。数字化技术的进步正如历史上的科技发展一样，通过一种技术民间化、传播民间化的发展路径，实现科技服务人类的最终目的。显然，使“诗与数学”统一起来的力量是科技理念，对网络文学主体来说，仍然是以文字做思想的载体，以网络做传播的途径，实现主客观的交互作用。“数字”和“比特”是技术因子，看不见的电子微粒，并不构成信息本身，更不可能构成网络文学创作、传播和接受的理论要素，它们过多地进入文艺理论的话语范畴势必遮蔽文艺理论建设过程中人文因素的积极推动力量。

视“比特”为文学媒介，是网络文学研究初期把计算机强大功能下的创作软件、超文本链接、多媒体技术生成的综合艺术产品当成“真正的网络文学”。这种初期的“网络文学”范畴指涉，重视技术木身的革命性和改变事物物质外观的神奇力量，忽略了传播本身所赋予人类文化结构的社会性、目的性、创造性和互动性，因为“文化传播是人类特有的各种文化要素传递扩散和迁移继传的现象，是各种文化资源和文化信息在时间和空间中的流变、共享、互动和重组，是人类生存符号化和社会化的过程，是传播者的编码和解读者的解码互动阐释的过程，是主体间进行文化交往的创造性的精神活动”①。文学是文化飞翔的翅膀，网络文学传播无疑又给文学发展创造了一座划时代的历史丰碑；同时，文学活动是信息传播链条中促进文化传播的主要承担者，但并非传播中的文化信息都是文学。

从网络文学创作与传播的实际看，网络原创作品是传统文学发展演变的逻辑转型，携带着人类文化演进的时代特征，成为网络作者、读者和研究者默认的网络文学范畴和形态。认为超链接和多媒体创作更类似网络游戏类的先进科技产品的观点，是不无道理的。从艺术媒介演变历史看，多媒体发展的是人类耳、目、口、触等多种感官的功能，开发这些感官接受意义符号信息的潜力，是人类感官肢体的“延伸”。多媒体艺术所显示出

① 庄晓东：《传播与文化概论》，人民出版社2008年版，第3页。

的视听效果，在文字解说之外能自成一条通往艺术之宫的路径，语言文字本身为其审美内涵做阐释服务，处在整个多媒体艺术的次要地位，即使没有文字语言的说明阐释，也不影响其一般审美性的发挥。视听本身趋向较为直接的感官刺激，意义指向不在于符号编码解码过程中丰沛的情感和审美生成，不能使接受达到沉思默想后的深度体验，根据人类生理机能和接受心理所受的先天局限，人类不可能在短暂的时间内，对各种感官接受的信息进行深度加工。因此，多媒体重视视听本身表达的即时性造型效果，语言文字的想象和表意魅力被消散在一个狭小的声色形象的间隙内，多媒体需要形象艺术的理论话语去透视，而网络文学的理论表述不能在造型技术中介的纯客观视域开拓话语空间，因为语言仍然是网络文学的栖息之地，网络文学的文学性在很大程度上仍然倚重文字阅读展示的语言魅力和思维魅力。

二　网络文学批评话语面临的内部文化冲突

创新适应于网络文学的理论体系将会是一个漫长曲折的过程。当前文学价值认同的断裂集中体现在文学批评界对网络文学作者及其作品的关注还很不够。当代文坛活跃的文学批评家基本上是六七十年代出生的，而网络文学的作者大多是70后、80后，他们的作品基本没有进入批评家的视野；在目前的评审体制下，网络上发表文学批评不能获得稿酬，专家学者在网上发表文章还不算是正式发表的科研成果，是不能被量化的。因而对于众多的批评家来说，网上出现的他们的文章一般都是被转贴上去的，是传统媒体上发表的文章再次上网[①]。于是，一方面批评家的知识储备和时代制约的文化观念落后于现实生活，旧有的文学理论体系中既没有对这些异军突起的文学队伍预设话语空间，也不看好他们借助网络迅速走红的文学态势。另一方面，纸质出版的文学批评文章才能纳入主流评价体制，那么流行在网络上的大众化的网络文学批评就显得人微言轻。同时，纸质印刷的文学作品才能获得与之匹配的文学主流身份。

① 周志雄：《网络文学批评的现状与问题》，《山东师范大学学报》2010年第2期。

如何不仅仅从传媒技术上分析网络文学，而且从中国当代思想、文化裂变进行深入思考，从而在当代文学理论批评体系中建构起成熟的网络文学理论批评体系，不能回避对两个问题的思考：一是中国内部的现实文化冲突，二是全球化的世界语境。

目前经济上我们寻找持续发展的战略，文化上寻找补偏救弊的传统资源。是的，儒家文化有无比优越的文化质素，但同时也要看到儒家文化在当今时代所造就的极其虚伪的世态风俗。它骨子里对强权和等级观念的强调不单对民主社会文化气氛的形成造成阻碍，也对先进的外来思想文化意识产生潜在的抵触，这是五四时代的文化先驱曾以生命来唤醒民众的警示。在一个日益加快的全球化民主文化氛围下，需要健全的社会保障体系和民主文化自律来保障“老有所终，幼有所长”的世界语境下，在一个以商品经济规律规约伦理道德行为的今天，仍然高举“弟子规”类的旗帜，只能辱没我们的先人，把先人标举的理想国旗帜拿来当作推卸责任、蒙骗“老者”、“幼者”的工具。结果我们的文化只能是越来越虚伪和乖戾，我们的道德风尚建设不见成效。这些很有可能强化我们的文化等级观念，使文学的雅俗观念仍然带上高下之别、贵贱之分，背离文学创作实际，产生鄙薄网络文学的倾向，视网络玄幻小说为“装神弄鬼”，视金庸小说为“鸦片毒品”，等等。当然，传统文化转型一定意义上来说是一个永久的文化建设命题，传统文化中“天人合一”的自然观、平等观，甚至道家思想中“齐生死”的对现实的超越，是可以拿来作为拯救世风的应急良药。

“文以载道”的传统文化观念和民族历史的深刻记忆，积淀为文学观照国运兴衰的铁肩道义，在此话语之下赋予艺术的审美价值和功能意义才算文学的正统，才算是纯的、高雅的文学；上百年的民族屈辱在集体意识中熔铸为“启蒙与救亡”的文化思潮和文学观念，这是中国文学光辉璀璨的民族品格和优秀传统，中国文人没有理由拒绝这种文化基因；自身因袭的封建思想、新中国前行途中的坎坷曲折，给中国文人造成的身心磨难久久不能平复，并笔之书之，构成文学叙事的主流。然而，这一切在遭遇了商品和消费时代的转型，没有、也不能有与时俱进的文化心理，在坚守中有一种崇高，同时在文学天然依附的品格中平添了悲怆和哀怜，在“食色性也”的生存规则中滑向极其虚伪的文风、学风和自我分裂的乖张人格。抓着自以为纯洁高贵的拯救文学的一根稻草，不甘心让一直在向外冲、争夺文化领域的文学回归到内部人性的思考和个体生命体验的本位，更不甘、不敢在歌舞升平中拿文学自娱娱人，沦为浅唱低吟的陋巷卖艺。同时，又倍感遭受文学艺术之外的“他者”的欺骗与愚弄。中国文学现代性的进展步履艰难，中国文人左右为难的命运遭际是可悲可叹的！

人类科技的进步和生存空间的拓展，“一体化”、“全球化”是势在必行的文化趋势，又把现实文化冲突逐渐推向现实紧迫思考的边缘。特别是传媒文化消除时空间隔的人类共同的生存感受，无情消解了历史记忆的沉重负担。改革开放前出生的文人已经青春不再了，那饥饿的记忆和烈火燃烧的激情早已经化为文学天空的一缕轻烟，而且仅仅是无限广阔天际的一线风景，它虽不会消散却也再不会弥漫整个天空。

20世纪末以来，网络走进千家万户与70后、80后的人一起成长，网络文学的发展自然进入他们的物质与精神生活的双重领域。他们的成长经验与时代环境赋予的一些特征、青春所具有的叛逆冲动、没有历史羁绊的思维和行为等，呈现在老一辈人面前就是反常识、反经验、反规则，并且在虚拟的消费文化背景和趋利趋新潮流的衬托下，显得特别刺眼和易遭厌恶。然而，“80后”作家的青春是“在中国市场经济高速发展的时代中度过的，他们经历的是中国历史上最富裕和最活跃的时期。社会生活的发展让他们更有条件去表现从个人的日常生活出发而致的‘普遍性’的人类体验的可能。20世纪中国特有的经验现在逐渐被这些年轻人所关切的人类普遍性的问题所充实和转换。他们的作品虽然还留有青少年的稚嫩，但其实已经有了一种新的世界和人类的意识，也表现出注重个体生命的意义，关注人与自然和谐等新的主题。这些和我们当年的创作有了相当大的不同。这些变化并不是我们所熟悉的，也不成熟和有力，但却是新兴的文化思潮的萌芽，自有其独特的不可替代的意义。”①

况且，许多成名的网络文学作者，他们的文化品位也并不低俗，如

① 张颐武：《当下文学的转变与精神发展》，《探索与争鸣》2009年第8期。

《新语丝》的方舟子是生物学博士，被誉为学术打假斗士，少君获得经济学博士学位，痞子蔡是学水利的博士，邢育森是学通讯的工科博士，安妮宝贝、宁财神最初是学金融的。当年明月五岁开始读史书，写《明朝那些事儿》之前，已通读了《资治通鉴》、《史记》、《二十四史》等多遍；安妮宝贝自幼喜欢阅读杜拉斯，小说以忧伤的感悟、哲理的反思和都市边缘人形象的塑造赢得读者的追捧；慕容雪村在《伊甸樱桃》后的一篇关于人类对自然的掠夺的长文俨然出自一个学者之手，文章以翔实的资料和对人类生存处境的关怀深深地震撼着读者；蔡骏在创作心理悬疑小说时，大量阅读了阿加沙·克里斯蒂、铃木光司、斯蒂芬·金等人的作品；方舟子在中学时代就是一个热爱文学的青年，海外留学的经历，开阔的科技知识视野，使他的写作有着科技与人文的双重底蕴；宁肯在写作《蒙面之城》之前就是一个写作多年的优秀散文作家；都梁的《亮剑》在纸质出版的同时，网络传播获得了广泛的赞誉后连续推出了《血色浪漫》、《狼烟北平》；龙吟曾是一家高校的教授，《万古风流苏东坡》曾入围鲁迅文学奖……[①]

排斥网络文学的文化心理，多出于对“80后”文化生存话语的质疑和网络语境的双重障碍。网络文学的自由化无序写作状态，以及网上个体全面真实的展露和网下生活现实局限下的选择性暴露造成的强烈反差，使网络写作带上虚幻的色彩。并且，基本没有责任担当的网络叙事给人一种虚假的叙事表象。然而，套用蔡智恒《第一次亲密接触》（第三节）里的一句台词：“虚幻的应是人性而非网路，不是吗？”

这是网络文学理论体系建构所不得不面临的现实文化冲突。由此，我们只有借助网络提供的强大检索、评选功能，加强对网络作家和作品的解读，在文本细读的基础上获得的艺术感知和美学思考，才能奠定理论话语的基石，从而获得网络文学理论创新的契机。

三　“全球化”语境下网络文学批评话语的开拓

网络应用是人类社会转型的显著特征，科技推动的人类活动不因为

① 周志雄：《论网络文学的创作群体》，《北方论丛》2009年第5期。

科技的负面因素几乎以同样的速度增长而停止对人们生产、生活的积极干预。人类生活与网络结缘不是民族性、地域性问题，也不是文化体制、意识形态问题，而是整个人类“全球化”发展的有力手段。文学活动与网络结缘是文学发展演变的世界性趋势，正像廉价纸张取代锦帛竹简一样，从东汉蔡伦的改进造纸术到魏晋南北朝时才真正推广应用，尽管经过了三百年的适应，但毕竟纸张载体最终还是以其优越性取代了缣帛竹简，并推动文化艺术向人类精神领域延伸，文学自觉的时代成为可能；同样，今天网络在中国日益广泛的应用成为社会发展和人们生活水平提高的显著标识。

2008年以来，网络小说的读者每天以两万人的速度增长，盛大文学有限公司旗下的三个文学网站每日平均页面浏览量接近四亿人次，这不仅仅是简单的数字统计，更说明了网络文学是一种世界性的文学发展趋势，纳入世界文化发展的总体倾向之中。我们可以检索国外许多著名的英文网站，文学作品与研究著作几乎应有尽有；凡是著名作家，几乎都有其研究性的网站，内容丰富生动，很多是免费开放。不论中外，原创性的网站上发表原始性的诗歌及其他文学作品成为一种常态的文学活动标识。并且，网络写作首先是从外国传来，许多作品首先是在网络上发表，许多有名的作家首先也是网络写手。最新外国文学作品，首先是以网络写作方式发表，我们也是通过网络才能最先了解与阅读。人文学科未来的发展路径，以及文学观念转变后的理论重建语境，都不能不考虑网络时代的话语系统，都不能不具有“全球化”意识和世界文化意识。

我们可以从网络玄幻小说、言情小说、武侠小说、穿越小说、科幻小说等小说类型化的出现，隐隐看到中国当代小说创作已经与西方类型化的影视剧遥相呼应；从中国影视文化产业发展看，类型化的网络小说提供的素材类型和阅读群体是其巨大的开发资源。这不以某个集团、某类群体的意志为转移，而是也许可以宏观调控却不能阻挡的消费文化潮流。而体制内过分指责网络文学的商业化弊端，指责网络当红年轻作家只为点击率和金钱写作的声音，就显得一下子清高起来，一下子就放逐了文学现代性的显著标识之一的现代稿费、版税制度，颇带有以五十步笑百步之嫌。

美国“9·11”事件刚刚发生，不到十分钟网络上就有报道，广为传播，三天后就能在书店的书架上看到相关的纸质图书。如果是十年后的今天，手机微博用户在场，“9·11”这样的事件一分钟之内就可传遍全世界，不到三天就可看到相关的纸质专著。根据中国互联网络信息中心发布的《第28次中国互联网络发展状况统计报告》：2011年上半年，中国微博用户已经增至1.95亿，中国互联网的普及率增至36.2%，微博在网民中的普及率增至40.2%，手机微博在网民中的使用率比例上升到34%，网络传播方式以迅猛之势迅速普及。特别是微博的使用，标志着人类运用文字进行超时空即时交流真正实现。网络也使文学创作与生活同步变成了可能，网络文学强化了文学反映现实的广度和力度。当代作家即使不使用网络提供的方便获得文学信息，不发电子邮件来做信息交流，不建博客来获得表达的自由和读者的认同，但不通过电脑输入进行创作，仍然以纸笔创作，像当代美国媒介环境学派第二代核心人物沃尔特·翁那样，完全靠记忆用纸笔写出几本影响很大的著作，这样的作者恐怕会越来越少。

弥合文学理论之于网络文学批评的失语和价值体系的断裂，离不开把全球化对未来文化建设的影响和赋予网络文学世界性文化品位的现实纳入理论体系的构架之中。文化传播加速了全球化进程。网络文化传播是一种全球传播，是一种国际化的现象，需要全球性的思维，需要开放的理念。全球化是人的社会关系和人的社会交往的世界化。全球化瓦解了文化传播的边界和防护系统，为文化的交流与融合提供了条件，从而也改变了当今世界的文化地图。从网络文化传播的全球化语境看，“任何文化都应该是开放的而不可能是封闭的。我们并不需要以一种新的文化中心论去取代旧的文化中心论，中国需要的是一种与时俱进的开放的本土文化、一种世界主义的胸怀、一种鼓励多元文化的战略。我们应该在全球意识的观照下发展自身的民族文化，认真处理好‘现代对传统的超越性复归’与‘传统文化向现代文化的转化’两者之间的关系。”① 唯其如此，我们才能在未来更为激烈的中西文化冲突和文化主权争夺中，张扬中华民族文化的超越性品

① 庄晓东：《传播与文化概论》，人民出版社2008年版，第3页。

格；网络文学理论批评话语秉承这种文化传播全球化语境下的先锋意识，既是大势所趋，也是理论自身觉醒的需要。

同时，不能把这种全球化视角搁置，要把它当作批评立场和方法论，融汇到对网络文学的文本分析和价值评定上。在这种视角下，我们理解网络文学，就不能仅仅从媒介演变和媒介技术层面上做技术主义探究，就不会在什么是网络文学上仅仅去挖掘“比特”、“数字”之于文学范畴的区分功能，更为重要的是就不会把网络文学和纸质版权文学划分得井然分明。也就不会恐惧于传播技术摧毁传统纸质印刷文化体系的现实，更不会在价值失范的假象面前对文学的前景作出必然“终结”的悲观结论。同时，在评价网络文学的价值、功能和人伦道德意义时，就会从一个大视角长远而全面地分析，以积极参与的姿态纠正网络文学存在的弊端，以建设性的批评态度积极推动网络文学尽快走上人文道德自律和艺术规范化的演进坦途。

网络文学是新生事物，是文学的方向，它需要悉心关照，需要理论引导，需要赞赏也需要批评。阐发其对未来文化建设的积极意义，不失为传统的原则。这不是中庸之道的批评方法，而是制约我们文化思考的现实焦虑所驱使：人类文明出现了严重的悖论，全球化的错位、文化内外的冲突和人类的生存危机感一并呈现在人们面前。而网络文学的一些表达还是有深刻现实意义的。比如，一些网络文学表达的对人类生存命运的关怀和个体生命的体验，甚至一些玄幻小说表达的虚幻和虚假的表象，同样是日益复杂多元化生活状态和多面化人性的展示，甚至有些网络小说触及了当前人类生存必须共同面对的命题，比如2001年影响较大的《灰锡时代》，讲述了一个发生在30世纪的故事：未来世界，地球环境遭到严重的破坏，城市环境污染严重，从早到晚都是灰蒙蒙的，好像海底世界一样，每呼一口气，就会有一种劈波斩浪的感觉，灰尘很快分成左右两边，当中是一条清爽的以二氧化碳为主的人的气息，人们不得不戴着防毒面具才可以出门……其超拔飞扬的想象力和戏谑幽默的语言风格，其关注人类生存的大视野和对人类未来美好生活的热切期望等等，都应该进入我们的阅读和审美经验范围之内，成为我们理论抽象依据的感知阅读经验。

人类文化传播的全球化互动生成趋势，也迫使我们对网络文学表达的文化理念进行认真思考和理论概括，并将网络文学的研究纳入传播学、文化学甚至人类学等多学科领域进行研究，以开拓文学研究的理论空间和人文视野，并以宽广的理论情怀来构建我们相对客观的、并能与现实有效对话的话语体系。

目前，对于网络文学批评话语空间的开拓与网络所创建的公共文化空间的关系，研究界普遍认识到：网络促进了精英文学和大众文学界限的消解，文艺学正在进行着一场传播学的转向，文学的期待视野、文本结构、文学传播都发生了巨大变迁；网络为人们提供了一个全球视野的公共空间；网络给予人的自由与平等，实质就是文学创作和社会生活民主化的集中表现，如果没有网络的参与，中国民主的进程不会有这么快的进步；在网络世界我们必须建构一个世界公民意识，具备这种世界意识才能把中华民族自由而美的东西传递给世界，实现我们承担更多人类社会责任的使命①。

① 欧阳友权：《“网络·网络文学·公共空间”全国学术研讨会综述》，禹建湘整理，《文学评论》2009 年第 5 期。

第八章　多媒介语境下的作家文学传播

在多媒介交互传播语境下，作家文学在逐渐调适中呈现出鲜明特征：逐渐背离乡土，超越地域文学限制，作品中也不断出现描述生活受传媒主导的情节；在全球化文化传播形势下，向西方世界展示汉语言文学的独特艺术魅力和浓厚的人文性特征，以民族振兴的使命感彰显中国文学的责任担当；描写媒介篡改下的文化生态失衡，寄寓着以民族传统优秀文化拯救时弊的渴望。沿海地区得风气之先，信息传播发达，媒介科技领先，作家作品依附传媒的现象鲜明，报社记者出身或在文化传播浪尖上的主流作家作品出现较多。而中原地区历史因袭沉重，文化相对闭塞保守，媒介技术推广相对缓慢，开放意识迟延。但近年来随着媒介技术超越时空的渗透篡改和全球化的发展，其作品和主体精神诉求逐渐出现迎合适应的趋势，地域文化的单一视角发生了转变，文学意识逐渐开放，作家作品不断走向世界。分析中原河洛作家李佩甫、李洱和阎连科等人近年来的创作状况，颇能代表当前主流精英作家适应传媒时代的艰苦努力。

第一节　对民族文化因袭的背离和超越

李佩甫是河南作家的典型代表，也是在创作中传承以农业文明为特征、以儒家思想为脉络的河洛文化而有杰出成就的代表作家。李佩甫在20世纪创作的《金屋》、《城市白皮书》、《羊的门》等大批中短篇和长篇小说，以及21世纪初的《李氏家族》、《城的灯》等多部作品，在鞭挞乡村政治文化的同时，洋溢着浓郁的怀旧情调。特别是《李氏家族》，追寻“家族”的起源，以博大的悲悯情怀缅怀家族命运的变迁，同时也是在探寻河洛文化的血脉流程及其生命活力再生的新动力，整个作品充满一种厚重的历史感。然而在中国城市化加速进展和传媒主导社会文化的背景下，经过一段选材上“城乡”之间的徘徊，2007年发表的长篇《等等灵魂》，完全转向，几乎是横断面地抒写城市和商场人物，描写广告媒体对经济和人性的操纵。作品的历史感、表现手法、社会生活刻画和人物形象塑造等方面体现着鲜明的媒体文化特征，作出了对河洛文化的背离与超越。这种超越表现在以下几个方面。

一　深度历史感的消逝

在《等等灵魂》前，李佩甫小说的历史感，不是简单的历史叙事，而是对社会文化和民众心理的历史探寻，寄寓着一种超越的痛苦，作出努力超越的姿态，关注现实和展望未来；刻画由乡村到城镇、由极度贫穷到大富大贵的人物命运的转折，将群体历史命运与个人情感历程、特定的时代背景与阶段性政治话语相结合，洞察社会文化的历史进程，对沉隐在人际关系中的政治文化和权术文化的不断演改，进行尖锐的揭示和鞭挞。叙述上往往围绕着“家”的处境，和“当家人”的困惑和焦虑，通过对深远的历史情景的缅怀，折射出河洛乡土难以撼动的文化劣根。透视中国社会的现代化历程，赋予人物性格复杂性和深刻性，达到探寻集体无意识形成的深度历史感。

如《金屋》中，一段写杨如意两腿叉开，居高临下，站在“金屋”楼顶上环视四周时的心理活动：

> 这一切都是他熟悉的。那过去了的岁月在他心里深深地划了一道痕，他记住了，永不会忘。心理上的高度兴奋使他的眼睛燃烧着绿色的火苗儿，那火苗儿灼烧着眼前的一切，点燃了遍地绿火。他的心在无边的燃烧中踏遍了扁担杨的每一寸土地，尽情地享受着燃烧的快感。心潮的一次次激动使他有点头晕，晕得几乎栽下楼去，可他站住

了，定定地站住了。他敞开那宽大的恶狠狠的胸怀，挺身而立，面对土地、河流、村庄，喉管里一口浓浓的恶唾沫冲天而起，呼啸着在空气中炸成千万颗五彩缤纷的碎钉！①

这种对人物心理的刻画，在李佩甫作品中是一种叙事模式。从杨如意到《城市白皮书》中的“魏征叔叔”、《羊的门》中的呼天成、《李氏家族》中的李金魁、《城的灯》中的冯家昌，李佩甫描写的这些人物都有一个曲折的过去，一部关于成长的坎坷史。小说叙述上，讲究不断展示人物性格形成的历史环境和蕴含的历史文化内涵，人物的命运历程紧密联系着现在，促成现实的行为逻辑。刻画人物时又多用倒叙的手法，使小说产生一种浓厚的历史沧桑感和忧患意识。但是，《等等灵魂》中的任秋风，在“金色阳光”一度辉煌之前，虽然也经过了心理历练，但他的坎坷没有一个过程，不像杨如意、冯家昌等，经济生活和外界生存困境造成创伤性记忆，或者由于长期遭受屈辱，形成某种情结，促成当下的事业。任秋风刚毅果断的性格，与他的军人出身有关。其次，任秋风准备给久别的爱妻一个惊喜，到家看到的第一眼却是妻子和一个男人在床上，这种打击虽然刻骨铭心，但并不能充分成为他刚毅、坚忍甚至有点老奸巨猾的性格逻辑。小说没有渲染苗青青对他的伤害，苗青青对邹志刚没有任何感情，与邹上床多少带着偶然，带着长久独守空床造成的性上的苟合色彩。事后苗青青后悔不迭，并坚决不与任秋风离婚。小说也没有对任秋风军人生活过多的追忆，简单提到的几笔是对他初创“金色阳光”时如何拉起关系网络的必要补叙。

因此，在《等等灵魂》中，没有了沧桑的历史意味和忧患感，没有了通过个人心路历程的展示，寄寓民族命运、时代变幻、乡村人文景观的深思洞察，反思的色彩也随之丧失。有的只是任秋风带着三个商学院学生，在商场如战场中的搏击，多的是商业场面的描绘，叙事和描写一大片，大家彼此紧密连接，社会生活的各个环节纽结一起，人物命运与共，任秋风

① 李佩甫：《金屋》，《李佩甫文集》，百花文艺出版社2000年版，第9页。

已根本无暇自顾心灵世界，不再像杨如意站在富有标志性的楼上，恶狠狠地对他人的宣战，对周围社会环境挑衅。《等等灵魂》没有描写任秋风的“夺妻之恨”，甚至任秋风还出于商业上的策略，和邹志刚有过合作。所以，小说结尾没有对苗青青有所交代，只通过齐康敏的口，以指责任秋风的口吻说：你知道苗青青现在变成什么样了吗？完全是你的责任！至于苗青青怎样堕落了，留下了潜台词，但这个潜台词也引不起读者多少追怀和对苗青青现实境况的具体联想。

小说中描写商场的欲望膨胀，社会各个领域的广泛连接，媒体炒作，35家连锁经营的“金色阳光”商场，空间场面描写极其开阔。然后是欲望膨胀后的轰然倒塌，任秋风终于栽了。所以，随着深度历史感的丧失，随之而来的是空间感的增强，社会生活的立体厚度感丧失，欲望化、物化、平面化的感觉增强了。虽然“后现代主义是关于空间的，现代主义是关于时间的，但这两样东西并不是对象，并不是客观存在的物质对象，你是找不到它们的。确切地说，作家之所以写这两样东西正是因为它们不存在，是一个问题而不是客观对象，必须用新的手法和技巧来表现后现代主义的全球性空间意识，后现代主义中的空间正是其神秘之处，但这种空间现实又正好是看不见摸不着的”①。然而，和李佩甫以前历史感很强的小说对比，我们能看到，这种“看不见摸不着的”“时间感”向“空间感”的转变，伴随着一种现代主义意识向后现代主义意识的过渡，体现出一种文化呼唤和呼唤中的焦虑绝望，向一种空前无奈和在无奈中形成冷漠旁观的文化状态转换。

《金屋》中，还有一类这样的人和事物：

> 瘸爷恨自己。他七十六了，是经过几个朝代的人了，剪过辫子，抓过壮丁，又经历了分地、入社、再分地……生生死死、盛盛衰衰也都见识过了，怎么就解不透呢？……老狗黑子在瘸爷身边静静地卧着，仿佛也沉浸在往事之中，它太老了，身上的骨架子七零八落

① ［美］杰姆逊：《后现代主义和文化理论》（精校版），唐小兵译，北京大学出版社2005年版，第219页。

> 的，皮毛一块块地脱落，灰不灰黑不黑的很难看。两只狗眼时常是耷拉着，每睁一次都很费力。它年轻的时候曾是一条漂亮的母狗，常在夜里被一群公狗围着，在野地里窜来窜去……可它现在仿佛连站起来的力气都没有了，腿软软地缩在地上，像条死狗似的。然而，一听到什么动静，它的耳朵马上就会竖起来，狗眼里闪出一点火焰般的亮光。[①]

这种对历史“遗留物”式的旧人旧物的描写，包括一些自然环境的描写，在李佩甫作品中极富有象征意味。象征的不单是个体对过去的简单留恋，还展示一种权力丧失的失意，或者对人心不古的鞭挞；除了早期作品的短篇中，如《黑蜻蜓》、《村魂》、《钢婚》、《田园》等对美好乡土风情的怀恋与歌颂外，李佩甫的乡土情结中，表现的多是对病态或者陋俗的不认同姿态。通过老狗黑子、瘸爷，象征的更多是在一种古老农耕时代，乡村生活的伦理、社会形态、文化机制、民情风俗对当下人生造成的焦虑、不适感。让人想到的是社会现代化裂变带来的痛苦，带来的社会病态和忧虑，甚至带来了某种绝望和毁灭。而在《等等灵魂》中，这种焦虑、毁灭感、绝望感失去了，一种客观冷静的叙述语调，带来的多是一种隔离感，一种冷静的嘲讽，一种冷眼旁观的姿态。而这正好就是一种社会生活和文化形态由现代主义向后现代主义转型的典型心理和文化色彩。焦虑和绝望必然伴随对历史的痛苦穿越，冷眼旁观是个体自我丧失造成生存无奈的后现代文化立场。

“过去意识既表现在历史中，也表现在个人身上，在历史那里就是传统，在个人身上就表现为记忆。现代主义的倾向，是同时探讨历史传统和个人记忆这两个方面。在后现代主义中，关于过去的这种深度感消失了，我们只存在于现时，没有历史……”[②]《等等灵魂》中，任秋风对过去的记忆，几乎仅仅是一种妻子和别人上床了的没有特点的羞辱，而邹志刚简直

① 李佩甫：《金屋》，《李佩甫文集》，百花文艺出版社 2000 年版，第 9 页。

② ［美］杰姆逊：《后现代主义和文化理论》（精校版），唐小兵译，北京大学出版社 2005 年版，第 185 页。

就没有过去的记忆，只是一个标准的当代商场投机者；叙事上的冷静、距离感和对过去的割裂，又明显表现出对传统的背离，所以《等等灵魂》在集体“传统”和个人“记忆”两个方面，表现出了“过去意识”的淡薄，即历史深度感的消失。

二　消解象征主义的倾向

小说题目“金屋”、“羊的门”、“城的灯”、“红蚂蚱、绿蚂蚱”等都是颇有寄予的意象，《李氏家族》中以“十二属相”连接起一个个故事片段和家族历史场景，也包含有浓郁的文化象征意义，使李佩甫的小说洋溢着象征主义情调。《金屋》中的“金屋”是20世纪80年代，农村经济改革后，颠覆古老的乡村伦理民俗的欲望象征。小说叙事结构上，每叙述一节就穿插一节对“金屋”的描写，造成一种回环往复的叙事节奏和诗化的叙事旋律，更加强了这种象征的意味。《城市白皮书》中，以一个不会说话的孩子“我”的视角，来看城市中的污浊、丑恶、虚伪、欺诈，而“我”具有特异功能，能突破时空，看穿城市人的心肺肠胃，并能用眼睛治病。其中“红蚊子音乐”、“魏征叔叔”、“人头纸”、“猫叫”等意象象征，穿插幻景、意识流动，组成片断而又连贯的故事，情节结构用富有原型象征意味的“春”、“夏”、“秋”、“冬”时序推进，一种现代主义特有的焦虑、痛苦、对丑恶的展示，渗透在叙事中。可以说，整个小说是一部关于城市的寓言，涉及的人事都以象征的方式，隐寓现代城市的性格和对平民小人物的摧残，隐含着主体对善良人性和美好生活的向往。《羊的门》卷首引用了《圣经·新乐·约翰福音10》中的一段话：“……耶稣对他们说，我实实在在地告诉你们，我就是羊的门。我就是门。凡从我进来的，必然得救，并且出入得草吃。盗贼来，无非要偷盗、杀害、毁坏。我来了，是要叫羊得生命，并且得的更丰盛。”赋予一种富有神话原型特征的象征主义色彩。作品通过对“许地”这块古老的土地及土地上的人民进行深入骨髓的剖析，得出了一个结论，也是三千年来仅仅传下来的这么一句话：这是一块“绵羊地”，呼天成就是这儿的“上帝耶稣”了。整部小说就是在这样的象征寓意框架内叙述。《城的灯》的扉页题字也摘引《新约·启示录》中的话，“城的灯”的象征意义也是不言而喻的。

而《等等灵魂》，明显地没有了曲折隐寓，多了直白和平面化，叙事节奏加快。“金色阳光”、“摩天大厦”与任秋风，在叙事中，既与历史断裂，又没有深沉复杂的形象特征和精神内蕴。“黑井茶社”隔壁动物园里狼的哭叫声，几乎在每次重要人物决定重要事情时，都能隐隐约约传来，带来了莫名的恐惧感，似乎可以成为某种象征，但小说通过齐康敏的口，说出这种狼哭是一个不吉利的征兆，并且在故事构成中，也并没有在叙述逻辑上具有意义生成的功能。虽然能制造一种神秘气氛，隐含意味却很单薄，不能达成一种深层的象征。很有意思的是，结尾任秋风的失踪，无论在叙事方式还是结构营造上，都与李佩甫以前的小说不同。“失踪”是一种无结局的结局，千头万绪归于无从查对，生成了意义又无所依凭。是一种无奈的冷淡，一种可遥遥无期等待的距离。但这种等待没有任何诗意，更没有期待，仅存浅薄的推测。

象征意义的消解，还表现在，李佩甫小说一贯重视对民俗的描写，并寄寓深刻的集体意识和对河洛文化的反思，显示着作品的厚度和主体的乡土情结。如在《黑蜻蜓》中，对中原农村旧时串亲提的“点心匣子”的描写，有缅怀，有寄寓。“点心匣子”也成为一种符号，是中原文化的胎记。小说中写道：“我怀恋乡村里的点心匣子，那种摆在乡村集市上的马粪纸做成的点心匣子。”[①] 直到《城的灯》里，小说第一章第二节标题就是“挂在梁上的点心匣子”，对这一民俗又详加描绘，并在生动而辛酸的叙述中，刻画了冯家昌童年遭受的磨炼。

再如《田园》中对颍河岸边秋收季节“打平伙”这一古老民俗极其生动的描绘：

> 村人们在火光的映照下头挨头，脸贴脸地围着一口大锅，大锅里冒着暄天的热气，猪肉的香气溢向四野！在猪肉的香气里他听见了村

① 李佩甫：《李佩甫中短篇小说自选集》，华夏出版社1997年版，第80页。

人的笑骂声和汉子们的吼叫！有人唱了，野唱，一声声炸破喉咙：

……

汉子们那阳壮的野吼震动了整个苇荡。在火光中，红色的芦苇随着“日日”的唱一浪一浪起伏，仿佛整个河滩都燃烧起来了！那憋足气的人脸举着一张张大嘴巴，铺天盖地都是嗷嗷的叫声……[①]

《等等灵魂》几乎没有对民间的东西有所关注，这不单因为城乡差别，民俗似乎匿迹，更明显表现在作家观察生活的角度发生了改变，对生活的体验不同。一种后现代文化的特征就是消解厚重，消解民俗和象征，消解深层的生活意义。因为，“按照弗雷德克·杰姆逊的见解，后现代主义文学和艺术将时间割裂为一连串永恒的当下，拒绝传统的‘解释’，取消表面现实与内在意义之间的联系，反抗黑格尔式的、弗洛伊德式的、存在主义的、符号学的深度模式，不承认其中关于现象与本质、显意识与潜意识、本真存在与非本真存在、能指与所指之间的对立与区分。简言之，后现代主义文学和艺术是平面化的文学和艺术，整个后现代主义文化也是一种平面文化，其基本表现是历史感的淡薄与各种深度模式的消失。”[②]

三　“传媒引导”的后现代社会生活的描绘

这也是造成深度历史感丧失的主要原因。杰姆逊在《后现代主义和文化理论》的讲稿中，引用美国社会学家戴维·里斯曼把社会分成三个历史时期，即“传统引导”社会、“内在引导”社会和“他人引导”社会的观点。在市场资本主义时期，做生意的实业家，挣钱是主要目的，他们是“内在引导”社会的产物，是时代的英雄和典范。但，“随着社会的发展，传播媒介的进步，社会越来越趋于整一性，形成一个‘他人引导’的社会。实业家体现的是自我依靠的精神，而‘他人引导’的社会则是一个后现代主义的社会……现在要做一个好的企业家并不是要成为 entrepreneur，

① 李佩甫：《田园》，《李佩甫中短篇小说自选集》，华夏出版社 1997 年版，第 376—377 页。

② 何林军：《意义的放逐——论后现代主义的反象征性》，《文学评论》2007 年第 6 期。

并不是要不断创新、发明、富于开拓精神，而是要成为一个组织中有效的一员，要对自己的企业忠诚，要具有科层制精神状况，或者说具有唯技术人员精神。这当然是一个较新的概念。”① 在《等等灵魂》中，我们看到，任秋风和对手邹志刚都不是那种靠创新、发明而成的企业家，也并不富于开拓精神，不像杨如意、冯家昌等人物身上，有那种西方文学传统中的“恶魔性”因素。“恶魔性”的内涵是对某种正常秩序的破坏，对正常意义上的社会伦理道德的反叛，其核心要素是反抗，其生命是叛逆，其实质是战斗，原始的生命冲动和颇具创造性的智慧是其性格中共有特点。当然，杨如意、冯家昌身上的“恶魔性”带着中国特征。显然，任秋风、邹志刚身上已经没有任何“恶魔性”了，他们主要靠的是商业运作中的权术，靠一种机制，在这种机制中，每一个员工都要极其忠诚，要具有严格的“科层制精神”。陶小桃对员工亲切关怀，有“人文精神”，却背离了“金色阳光”的利益和服从，于是被降级和解雇；齐康敏痴情，在任秋风眼里，无疑显得可笑可悲。如果说杨如意、冯家昌是“现代性”的人物，那么任秋风、邹志刚就是标准的后现代媒体引导社会中的人物。

除了被追逐最大商业利益的“引导”外，“他人引导”还表现在媒体和货币在“金色阳光”兴衰中的作用。《等等灵魂》初次描写了媒介的主导作用。小说中描写的媒体对“金色阳光”的生死攸关，已经不是一般意义上的宣传广告了。苗青青做记者的职业特征和职业习性促成她结识邹志刚，给任秋风的命运带来了大转折，也让苗青青悔恨交加，又无力挽回自己实际很钟爱的丈夫的决然离去。

“金色阳光”在角逐中取胜是靠独特的媒体宣传，靠上官云霓到北京走访电视台、报社，甚至靠作家别出心裁创造出的一种富有中国特色的“飞机媒介”：飞机飞临都市空中，做超低飞行，同时抛出拖着长长飘带的金红色气球，然后撒下奖券，撒时的气势是“只听‘哗’的一声，就是一天的花红柳绿，一天的风花雪月，一天的五彩缤纷……太阳被遮住了，就觉得红腾腾、黄澄澄、蓝莹莹、哗啦啦的东西洋洋洒洒地从天上

① ［美］杰姆逊：《后现代主义和文化理论》（精校版），唐小兵译，北京大学出版社 2005 年版，第 52—55 页。

落下来”，这真是最佳的吸引人“眼球”的方式，所造的声势空前壮观：“当奖券铺天盖地撒下来的时候，先是有千万只手臂伸出去，就像是游泳大赛似的，形成了一浪一浪的手臂冲击波，跌倒了再爬起来，勇往直前；紧接着又像是短跑大赛，一个个头拱着地、屁股朝天，成了一窝一窝、没了头绪的、撕咬中的乱蜂……哄抢声、抓挠声、厮打声不绝于耳。”[①]这比开业时的美女仪仗队更胜一筹，“金色阳光”一举成功，使邹志刚的“万花商场”和徐玉英的“东方商厦”黯然失色。然而，“金色阳光”最后的雪崩也是由媒体直接造成的，是任秋风得罪的一个笔名“沪生”的小个子小报记者，发愤疾书一篇六千字新闻稿件，投向88家全国大小报刊，结果“一篇不足六千字的狗屁文章，立刻就让他陷入了绝境”[②]。“金色阳光”真是“成也媒体，败也媒体”，鲜明地体现出媒体引导的后现代商业社会特征。

掌握任秋风的命运和“金色阳光”成败的，已经不单单是对财富的追逐，很大程度上是高度商业化的“货币”的运作机制。从小在高尔夫球场当过球童，并能让工商银行行长薛民选、交通银行行长千有余唯马首是瞻的大老郭，“背景十分复杂，你看，他明明是中原人，却有一本香港护照。据说他的夫人原在香港经商，现又入了加拿大籍，如今住在多伦多的一栋阳光明媚的别墅里”[③]。很有点黑社会的味道，但就是这样的人物，最后还是栽在任秋风的“金色阳光”里。至于那些疯狂入股的与任沾亲带故的人，更是在这变幻无常的股市市场上，呼天抢地了。

《等等灵魂》中的大城市场景描写呈现出一种鲜明的商业一体化、全球化的后现代生活特征。“金色阳光”、“摩天大厦”、“黑井茶社”等建筑形象，具有一种夸张、浮华、趋时髦、赶潮流的意味，洋溢着浓郁的后现代商业一体化、全球化色彩。整个小说情节、事件、人物活动，关键时刻都是在这三个地方进行的。任秋风在地球仪上插满小红旗，想象着“金色阳光”商场遍布全世界，“金色阳光”是任秋风建立称霸全球的商业帝

① 李佩甫：《等等灵魂》，《十月》2007年第1期。

② 同上。

③ 同上。

国的梦想，并在他的意志的支配下，迅速在全世界扩展到35家分商场，成为《等等灵魂》中一种后现代背景下可无限复制的文化表征。“摩天大厦”要世界第一，然而地基却打在了断裂带上，正像全球化的商业帝国构想在中国的土地上，全盘照搬，地基薄弱，必然坍塌一样。“黑井茶社”是日本人开的，有外商、华侨、香港人出没，是涉及“金色阳光”命运的几次商业交易的场所，是关系任秋风成败和任秋风与友，与敌谈判的场所，也是任秋风最信任的江雪投靠邹志刚，离开“金色阳光”的出发地。

李佩甫是长期在河洛文化中耳濡目染的作家，是一位深受儒家思想影响的极富有社会责任感的作家，颇有铁肩担道义的执着精神，作品具有浓郁的与时俱进的时代气息和深刻的现实主义品位。《等等灵魂》刻意追求一种由乡村到城市的创作转变和对河洛文化的背离与超越，表达了一种对后现代文化在中国语境中的忧虑和思考。在多元化、无主潮的当下文学创作状况中，《等等灵魂》是否具有当下文学创作的共性特征，有待进一步研究。同时，这是否能成为中原作家突破地域文化局限的“乡村—政治”、“乡村—城市”创作模式，突破素材单一、价值单一、审美趣味单一、文化内蕴单一的新篇章的代表之作，也有待于全面研究和未来的期待。总之，这成为李佩甫个体创作文化价值生成的一个新的出发点，应该是没有问题的。

第二节　当前小说的文化传播使命

中国当代小说对生存状态的反映和对人性的揭示是非常丰富深刻的，构成人类文化演进历史的一部分，逐渐比肩于世界文学之林而无愧色。特别是那些被西方世界认可并成为中西文化交流桥梁的作品，必然蕴含着超越民族国界的文化的或普遍人性的因素。探寻这些因素，可对当代小说创作作出有益的反思，对思考全球化语境下中国文化建设问题也会有所启发。

近年，在翻译到国外去并产生了很大影响的小说中，李洱的长篇《石榴树上结樱桃》是比较成功的一部。媒体报道称：2007 年 4 月，《石榴树上结樱桃》由德国最著名的出版社之一 DTV 出版社出版。首印版两个月内一抢而空，短时间内加印四次，热销于世界上最挑剔的德国图书市场，被《普鲁士报》认为"配得上它所获得的一切荣誉"的小说；德国出版社专门为李洱在德国举办了系列朗诵会，德国的奥迪汽车公司还为李洱的德国之行提供了 5 万欧元的赞助；2008 年 3 月，企鹅出版社经过调查，最后选出应该被翻译到英语世界的中国作家是铁凝、贾平凹和李洱。2008 年德国总理默克尔将德文版《石榴树上结樱桃》送给中国总理温家宝，并点名要与李洱对谈……①

早在 2004 年，这部小说获得由《新京报》与《南方都市报》联合主办的首届"华语图书传媒大奖"2004 年度文学类图书奖时，授奖词为："这是一部通过密集的细节挑战人们对乡土小说的阅读和认识的书……恢复了乡土中国的喧哗、混杂，恢复了它难以界定的、包孕无穷可能性的真实境遇"。②

对这部小说的独特性，学界公认：首先，叙述技巧上，客观冷静而类似于西方叙事学所说的"零度叙事"；其次，人物形象塑造上，孔繁花是最丰满的人物形象，其性格的复杂与单纯的矛盾统一，是李洱对中国当代文学的杰出贡献。其他人物，如庆书的好高骛远，小红的机关算尽、运筹帷幄，李皓老谋深算、颇存奸邪，牛乡长、刘俊杰官场的圆熟运心，铁锁的狡猾倔强，裴贞和雪娥农村妇女的闲言琐碎，令佩的小偷小摸，以及孔庆林养狼给狗配种，殿军要养骆驼……把中国现代农村的各色人和各色事描绘得角色分明，眉眼清晰，加上精细贴切的乡土语言，饱含农民式的智慧和深邃荒诞的主体体验；再次，"在一定程度上写出了中国人的生存和命运，所以也可以说李洱小说的思想意义，是超越了题材意义的现当代中国人的生存状况与思想和心理的困境。而且也正是在这个大题目下，才见出了李洱的独特与深刻，同时也才能回答他的德国读者为什么喜欢他这个

① 吴虹飞：《李洱 作家嘴里开花腔》，《南方人物周刊》2009 年第 12 期。

② 《李洱：改写乡土文学成规》，《新京报》2005 年 3 月 8 日。

问题”。[①] 除此之外，李洱小说蕴含着全球化语境下的生存忧虑和“密集的细节”中浓郁的诗性特征，禀赋了一些世界名著的素质，同时，给予当代小说文化传播使命的思考以诸多启示。

一 “国际化语境”和“全球化”背景下的生存忧虑

李洱很多小说视野开阔，文化气度颇为恢宏，有学者型的超越性品格。早在 2001 年长篇《花腔》问世时，就有学者指出：“对《花腔》文本‘国际化语境’最直接的感受来自它的语词层面。……一组组看似对立的语词元素杂糅一体，语调庄重又暗伏机锋。在这些丰富驳杂的语汇中，有一个基本的对立项，即域外文化与中国的语言及其表述方式之间的对立。”“诸种外来的语音和文化——俄国的、法国的、日本的、英文的、德语的……面对中国文化的不同层面——无论古典与现代、书斋与民间、历史与时尚，全方位地实施着撞击和浸染……”[②]

李洱创作初期的作品《导师死了》就颇有西方情调，如开头的环境描写：建在一片山间平地里，原是殖民地时期的教堂的疗养院，“在雪影之中，它就像是一座古老剧院里画工精良的布景，很远就可以看到它的主教堂的灰色的圆顶。”“从教堂圆顶上流下来的雪水汇成水流，流向道路两侧的阴沟和花径。”[③] 描写疗养院这种清新幽僻的自然景色，渗透着一种浓厚幽雅的西方情调。1998 年创作的《午后的诗学》里，主人公在不同场合的谈话广泛涉及柏拉图、海德格尔、亚里士多德、莱辛、阿多诺、马拉美、但丁、巴赫、培根、荷马、布罗茨基、莎士比亚、艾柯、瓦雷里、巴巴拉·卡特兰等的诗文言论或观点逸事，甚至还谈论到耶稣、二战时的巴顿将军、明星麦当娜和罗马的罗慕洛斯大帝、两个不知名的美国人等等，即使小说中人物的名字也颇有点西化色彩，如费边、赖莎、卡拉等；在《朋友之妻》、《窨井盖上的舞蹈》等小说中，主人公又都有一段留学国外的背

① 刘思谦：《“村委直选”与乡土中国——李洱长篇小说〈花腔〉到〈石榴树上结樱桃〉阅读随笔》，《海南师范大学学报》2009 年第 4 期。

② 李迎丰：《国际化语境中的知识悲剧——李洱小说〈花腔〉中话语结构的比较文学阐释》，《中国比较文学》2003 年第 4 期。

③ 李洱：《遗忘·导师死了》，漓江出版社 2002 年版，第 120—122 页。

景。在这种“国际化语境”中抒写中国知识分子所面临的生存困境和精神焦虑，显示出李洱小说描写社会生活和现实生存境况的艺术空间十分广阔，以及浓厚的中西文化交流的当代意识。

《石榴树上结樱桃》以一个中国乡村官庄村的微波细澜，展现出一个后现代、全球化社会生活图景，并以含蓄蕴藉和诙谐反讽的个性特征走向了世界。“李洱不知道这本书在德国为何如此受欢迎，从翻译那里得到的解释是：‘他们非常惊讶中国乡村已经深深卷入全球化进程了’”[①]。其实，这与李洱小说的全球化意识分不开，正如李洱所说：“在所谓的全球化时代，某种现代的——干脆一点说，是西方的，那样一种制度化的设计，与中国乡村的古老现实，结合在一起，就形成了一种前所未有的新的现实，一种意外的果实”。[②] 李洱对当代中国乡村社会经济发展模式所带来的诸如环境恶化、人文沦丧等问题，有着细致的描述和深沉的忧虑。正如李洱在一篇短文中面对南水北调工程发出的沉痛呼吁：“如此浩大的工程……创造了一系列水利建设的奇迹。可是我总有一种感觉，这些奇迹与其说是我们的光荣，不如说是我们的补救；与其说是一个时代的伟大象征，不如说是一个促人反思的纪念碑。”“如果我们不能及时地调整我们的发展观念，如果我们还是按照这 20 年的发展模式向前推进，那么在未来的 20 年内，我们将看到什么呢？我甚至有一种不祥的感觉……”“我多么希望有一天，在祖国大地上，再也不需要这些浩大的调水工程，在祖国的北部地带，每年都是风调雨顺，水草丰美，使南水北调工程成为摆设。”[③] 在另一篇小说中，李洱写道：“虽然济水河是一条鱼虾早已死绝的臭河，但它毕竟是自然的象征。……就像上海的情侣们喜欢挤到臭烘烘的外滩约会一样，这座城市里的人也常到这里转悠，把这里当成了一个风景胜地。……被组织起来的人们，正在那里疏浚河道，用水泥和石板铺设河床。他们伐掉高大的悬铃木，扩展广场，修建舞榭亭台。……费边对朋友说，看啊，这里就是

① 吴虹飞：《李洱 作家嘴里开花腔》，《南方人物周刊》2009 年第 12 期。

② 魏天真、李洱：《“倾听世界的心跳”——李洱访谈录》，《小说评论》2006 年第 4 期。

③ 李洱：《我那家乡的水啊》，《青年文学》2008 年第 7 期。

一个观景台，在我这里可以看到现代生活中最荒诞的戏剧。”[①] 这不禁又让人联想到鲁迅在1930年对后人的警告：“林木伐尽，水泽湮枯，将来的一滴水，将和血液等价……”[②]《石榴树上结樱桃》里，故事的结尾，一切皆大欢喜，污染官庄村西河水的造纸厂将在新任村长孟小红的领导下继续开工，而大家利益相关，一致赞同，这又警醒人们：我们的经济发展付出了多么不堪设想的代价！

关于中国农村的基层选举，从乔典运的《满票》、《笑语满场》等写农村民主选举深入人心，到阎连科的《两程故里》等小说的乡土思想启蒙，再到李洱的《石榴树上结樱桃》以反讽和荒诞的叙述语调对乡村民主的置疑，渗透着当代知识分子对中国农村乡土政治的严肃思考和反省意识，各自以独特的表现手法增添了中国乡土叙事的思想品格。而李洱小说中带给人们的“现代生活中最荒诞的戏剧”，却是超越国界和民族，是全球化、后现代文化语境下全人类面临的文明发展的深刻悖论。

二　“密集的细节”中浓郁的诗性特征

刻意于细节的真实和结构的严谨，是李洱一开始创作时就追求的，从《鬼子进村》、《喑哑的声音》到《儿女情长》、《斯蒂芬又来了》等，颇显示出细节的绵密细致；从《葬礼》、《国道》、《遗忘》到《花腔》等，颇讲究结构和叙述的客观视角。如果说长篇《花腔》因结构历史的欲望过于强烈，以至于冲淡了人生细节的感性抒写，过于“国际化的语境”建构，模糊了作者尖锐的历史真相的追问，使作品存在有诸多艺术表达的遗憾，但到《石榴树上结樱桃》，在密集的细节描绘中洋溢着充沛的人生感悟和现实情怀，洗练的语言、诙谐的风格、自然谨严的结构，体现在围绕着官庄村村干部换届选举这条主线索编织着的许多伏线中。而这些伏线至少有：造纸厂兴衰起落的线索，发现雪娥“肚子大”到如何解决的线索，孔繁花拉选票的线索，孟小红暗中拉选票的线索，殿军在深

---

① 李洱：《午后的诗学》，《大家》1998年第2期。

② 鲁迅：《二心集·〈进化〉和〈退化〉小引》，《鲁迅全集》第4卷，人民文学出版社1981年版，第195页。

圳当“工程师”的线索等，各条线索由开头的裴贞一边打着毛衣，一边家长里短地述说，到结尾，又以落选了的孔繁花打毛衣的场面做结，既有民族化生活的传神写照，又有全球化、后现代社会与人生风貌的概括。

李洱对乡村社会环境和自然景物的描绘，冷静深沉，含义隽永，不乏对人物心理的衬托，颇含悲悯的人文情怀，体现出鲜明的诗性特征和作者的诗人气质。

抄录一段共赏：

官庄村后有一大片丘陵，高高低低有三百亩。原来栽的也是果树，低洼之处栽的是梨树、杏树、桃树，高岭上栽的是核桃树。大跃进那年为了赶超英美，大办钢铁，一夜之间全砍光了。后来又栽上了，还没有挂果，学大寨就开始了。怎么办？砍吧。就又砍了。前几年，又栽了一批树，这回不栽果树了，栽的是杨树、榆树。村里有人说了，这下好了，栽的都是长得快的，遇到什么形势需要砍了，它也成材了，砍了也不心疼。可是树长得再快，也没有形势变化快。杨树长到胳膊粗的时候，澳水城有一个房地产商人在县领导的陪同下来了，说要开发这片地，盖一批小别墅。庆茂当时算了一笔账，一亩地卖十万，三百亩就是三千万。全村人不吃不喝，十年攒不了这么多钱，提前奔小康了。有这等好事，放着不干，不是头号傻瓜又是什么？当然得干。慌慌张张的，就又把树砍了。可后来那个房地产商人却没有来，一打听，靠他娘的，原来进大牢了……

天穹之下，那丘陵起伏绵延，一派苍莽。远处有一面白镜，那其实是一片水域。偶尔有一株白杨树，支在天地之间，远看像个孤儿。离村子不远有一片低凹之处，蒿草足有半人之高，婚前繁花和殿军曾在那里打过滚的。身上沾着草籽，屁股被蒿草划得一道红一道黑。可当时竟觉得很幸福，心里就像灌了蜜。这会儿站在高处往下一望，他们脸上就有隐隐的笑意．不约而同向那边走去。殿军说：“这里可以养骆驼的。骆驼什么都吃。”正走着，他们突然看见了李皓，正在放羊的李皓。李皓、繁花和殿军都是高中同学。[①]

戏谑、嘲讽历史的那份从容和智慧，纯粹天成的叙述语调，见出驾驭语言的艺术高度和穿透历史、领悟现实的境界。孔繁花与丈夫面对沧桑巨变又自然亲切的山坡景致，柔情缅怀油然而生。人和事叙述得诗情画意，耐人寻味。情节徐缓有致，穿插铺垫，千里伏线，故事逐渐展开，各色人等也渐次出场。这一段对西方读者来说，无论艺术手法还是思想情感，都会得到新鲜的感知：中国半个世纪以来的历史变迁和中国民众的生存命运如此密切相关，孔繁花这个中国乡村女官背后曾有如此的浪漫纯情……

小说结尾有一段叙述，似不经意，实含春秋笔法，耐人回味：

> 繁奇其实是来劝繁花入股的。谁都知道，只要官庄村不闹事，纸厂是一本万利，为什么不入呢？入了吧，繁荣都入了，你为什么不入呢？繁花问父亲，繁荣是不是真入了？老爷子说："入了，我替她报名了。繁荣打来电话了，说姐姐终于可以给老孔家生个儿子了。"繁花想，繁荣这一下称心了，她不是总说我麻烦她丈夫，早晚会耽误她丈夫的前程吗？以后就不会麻烦人家了。繁花问："听说妹夫要当局长了？"繁花父亲说："还没宣布呢。改天我找宪法算一卦。"繁奇说："你看，局长夫人都入了股了，你还不入？"繁花心里想，我想入也入不了啊，我还得筹钱给殿军治病呢。繁奇给殿军递了一根烟，雪茄烟，说："老叔啊，人心都是肉长的，到了这一步，我心里也不是滋味啊。好在繁花能想得开，不然我这张老脸都没处放。你说呢，殿军？"[②]

繁花想不开又能怎样呢？人家小红为了能让那个"外国人"孔庆刚来官庄村投资，在全村人没能阻止邻村人强行起坟时，奋不顾身跳进坟坑；

① 李洱：《石榴树上结樱桃》，江苏文艺出版社 2004 年版，第 57 页。

② 同上书，第 161 页。

能让没有子女的祥宁夫妇过继了女儿，让雪娥有了生育三胎的机会，给李皓解决了终身问题，还让整个官庄村以一百万元入股纸厂，由纸厂承担全村的电费……连自己的亲妹子都不站到自己一边，连自己的父亲也要加入小红继续污染河水的造纸厂，自己还有什么话可说呢？可是，颇能善心周全的孔繁花带着恩爱的丈夫殿军，为官庄村可也真做了不少工作呀：据说老外要来考察，响应县委书记在全县“掀起学习英语新高潮”的号召，买了几千本书记侄子编的《英语会话300句》；谨遵县长的话：“计划生育可不仅仅是裤裆里的事，关系到国计民生，也关系到资源枯竭、可持续发展战略以及地球变暖等一系列问题”①，所以为解决雪娥计划外怀孕问题寝食不安；拜访放羊的李皓并操心其婚事；安排游手好闲的令佩工作；赔钱、赔工夫让丈夫帮雪娥补鞋；小红跳到坟坑里的举动让她十分感激以致流泪；以及改造纸厂，根治污水排放，搞好养殖业、保护环境，让村民共同富裕的宏伟蓝图等都付之东流了。特别是小红，原本就想着再干两届就把担子交给她，可是小红也真无情呀……平淡的叙述中流露出浓厚的苦涩和悲剧感，也许这苦涩很淡薄，仅仅是孔繁花个人的，但世态炎凉，却让人辛酸；也许这种悲剧感并不强烈，孔繁花感受到的虚幻、荒诞仅仅是中国特色的“石榴树上结樱桃”，但深远处也包含了人类生存状态的大悲哀。作者写得沉重忧心，读者感受到了责任和担当。艺术上吻合西方偏好悲剧的审美品位，又寄寓了“后现代”的文化焦虑和全球化生存处境的思考。

三　中国当代小说的文化使命

媒体引导、暗箱操作、杀鸡取卵是发展的景观和潜规则，而孔繁花仍然以古老的乡村权力运作模式去应对，不了解在计划生育问题上老百姓的对策，不了解孔庆刚祖坟重新安葬背后的经济发展模式，不知道一个新的与全球化接轨的乡土社会来到村人面前。她的感伤、悲哀和悲剧感，是在当前整个中国乡村乃至全球化人类共同的生存背景下衬托出来的。从这个

① 李洱：《石榴树上结樱桃》，江苏文艺出版社2004年版，第89页。

背景的侧面我们清晰地看到水源污染，环境继续恶化；“上有政策，下有对策”，人口增长无法遏制；利益诱导，人心不古等问题，这些不单单是中国的问题，而是当前人类共同面对的生存困境。也许不经意间，《石榴树上结樱桃》告诉人们，当前的社会正如一列轰鸣前行的列车，无人能阻挡地带着人类文明发展的悖论，驶向一个多么危险的境地！李洱小说所触及的这些问题，不能不说是中国小说贡献给世界文化的关乎生存的警示。

这就是我们当前面临的新的现实，当代作家如何面对，如何使创作具有超越的品质，正如李洱所说：“在这样一个文化背景下，小说作为一种‘酒杯里的水’，应该能用自己的方式对这种复杂的文化现实做出命名，即做出文学的表达。……我写的是90年代以后中国的乡村，这个乡村与《边城》、《白鹿原》、《山乡巨变》里的乡村已经大不相同，它成为现代化进程在乡土中国的一个投影，有各种各样的疑难问题，其中很多问题，都超出了我们的想象”①。

全球化文化传播语境下，中西方人们的生存境况日益趋同，文学的主题与承载的文化使命、人性表达的内涵与方式都发生了深刻变革。人类获得“有意义生活”的手段和目的之间的悖论不断彰显，人类需要重新思考自身存在的意义，思考在生存意义获得过程中文学的地位和功能。李洱小说的反讽和荒诞修辞，蕴含着对这种生存危机的思考，表达了小说对精神价值重塑的强烈愿望。

关注现实人生，坚守对现实的“模仿”，是中国小说的优良传统。时代发展到今天，和谐是发展的主流，日益全球化、日常化的消费社会形态，颠覆了亢奋激进的理想主义。惨烈的人性展示消弭于庸常凡俗之中，你死我活的矛盾斗争、界限划分井然的画面更成为久远的历史背影，那些横眉冷对和剑拔弩张的情节故事失去了现实的土壤，而《石榴树上结樱桃》触及的人类发展过程中的忧虑和感伤成为时代的大主题。李洱写的是个小小的官庄村，观照的是全人类的大命运，这不能不说是当代小说新的

① 李洱：《为什么写，写什么，怎么写——在苏州大学“小说家讲坛”上的讲演》，《当代作家评论》2005年第3期。

文化使命。李洱的获奖感言说："面对如此错综复杂、如此含混暧昧的现实和语境，如何在公共生活和个人的内在经验之间建立起有效的联系，并用文学的方式对此进行准确有力的表达，对所有写作者来说，可能都是一项极富挑战性的工作。"①《石榴树上结樱桃》显示了小说在公共生活中的不可或缺和走向文化中心的可能。

当前，以著名学者鲁枢元等为代表所从事的生态批评，与其说开拓了新的学术生长点，不如说日益强化了中国当代作家的生态意识和全球化意识，推动中国作家勇于承担全球化语境下新的人文使命，赋予中国文学新的品质和文化超越的品格，书写一个可持续发展、安宁清洁的地球家园和在此家园里的人生故事、人性的色彩。这样的文学显然是一种在"公共生活"和"个人内在经验之间"建立了和谐有效联系的文学。

参与国际化，构建文化全球化传播背景下和谐生存理念，关注人类共同命运和对人性普遍性的宽容和同情，目前正在逐步成为文学的主流话语。如何使文学不再边缘化，保持文学参与文化建设的重要工程，这也是全球化程度日益加强的时代赋予当代小说的民间愿望，这必将引起文化界的广泛关注和当代文学界的紧迫思考。面对全人类的生存现状，张扬中国文化所蕴含的"天人合一"的自然观，以纠偏西方长期的"天人对立"的自然观，由此推动东学西渐的文化思潮，彰显中国文学寄寓的文化精神的博大和超越性，由此赋予中国文学比肩于世界名著的新品格并非是不可能的。

第三节　精英小说对文化生态失衡的焦虑和救赎

阎连科小说与当代媒体本身的密切关联，对各类媒介参与传播的适应与主体表达愿望的隐忍苟合等，都体现着传媒时代文学传播过程中的文化特征。不能否认的是，阎连科小说在传统纸质图书出版发行上和网络媒介传播上的广泛影响，不单是作家本身表达的深刻，揭示的鲜明，笔锋的大

① 李洱：《改写乡土文学成规》，《新京报》2005年3月8日。

胆直率，同时离不开媒体富有力度和影响力的宣传引导。在当前文坛上，阎连科小说对现实文化价值观念的拷问多次引起广泛的争论。近几年连续创作的长篇《风雅颂》和《我与父辈》，所表达的寻找家园、文化回归和精神返乡意识，包含着强烈的自我反省和对亲情省察的倾向，特别是《风雅颂》中描写的媒体导向对人物命运的深刻影响，可谓传播时代文学生存状况的某种隐喻。这是否代表着当前精英文学对价值倾斜、文化生态失衡的焦虑，以及重塑乡土伦理的救赎愿望，把两部作品放在一起深入解读，会得到很多启发。

一　《诗经》精神与亲情自省

《风雅颂》讲述京城清燕大学一个讲授《诗经》的教授杨科在家庭、爱情、事业诸方面悲情而又荒诞的遭遇。描写了杨科懦弱犹豫的个性，他浮夸，崇拜权力，很少承担，躲闪落下的灾难，逃避应有的责任，包含着清晰而强烈的自我批判意识。《风雅颂》在结构上，采用“风”、“雅”、“颂”、“风雅之颂”轮换做小说13卷的卷目；每一卷内又采用《诗经》中的文言篇目标题和小说行文的白话小节标题并列，并且对每个文言标题再加一个注释。《诗经》的文言标题、《风雅颂》的白话标题以及对文言标题的白话解释，融合在一起。在全书45个小标题中，《诗经》篇目的意向与《风雅颂》的文本之间构成21个“反比”，18个“同比”，6个“模糊”对比。在叙事中贯穿着对《诗经》的学术研究、课堂讲解以及其他阐释，特意把《诗经》文本纳入到小说文本之中。在这样的对比和穿插中产生了可笑荒诞的意味，于是很自然地构成一种反讽的寓意效果。由此形成《诗经》篇目与《风雅颂》文本之间的互文关系。《诗经》作为经典寄寓着中国文学的传统精神，对历代中国文化的演变都产生了极其深远的影响。于是处理《诗经》与《风雅颂》文本之间的话语方式就成为小说《风雅颂》意义的生长空间。[①]

在这个意义空间内，多数读者愿意按照《坚硬如水》、《受活》、《丁庄

① 文贵良：《〈风雅颂〉：从话语分裂的地方开始抵抗》，《枣庄学院学报》2009年第3期。

梦》等作品的阅读惯性，或者按照媒体给作者所奉的“魔幻现实主义大师”的定位思路，从杨科荒诞的遭遇和荒谬的情节中，解读出讽刺现实、批判时弊的意味，甚至对号入座式地发挥出作品所映射的对象。如果把《风雅颂》和创作时间间隔很短的长篇自传性散文《我与父辈》放在一起阅读，就能清晰地读出前者“精神自传”的沉重、无情自剖的勇气与真诚。《我与父辈》讲述一个没有虚夸的真实的阎连科，他的父辈们和中国千百万农民一样勤劳和艰辛、悲苦和无奈，然而相亲相依，父辈的孙男侄女们也都相亲相爱，敬老孝顺，遵从和演绎着中华民族优良的伦理传统。阎连科深情地说：“在我成长过程中，我可能什么都缺乏，唯一不缺的，正是来自父亲、大伯和叔叔们这一辈人给我的那细雨无声的温情与呵护。”[①] 在描述了父亲、大伯和四叔简单而艰辛的一生后，阎连科又不无动情地说：“在今天，以最世俗的目光去看我们家，父辈和大娘、母亲、三婶、四婶所幸的，皆是他们的子女都孝顺。在我们一群的同辈和孙辈中，有的孝顺得堪称旧伦传统的楷模和榜样，尽管孝字在今天的社会里，显得那样陈旧和浅贱，可是在农村，那依然是对生命最大的安慰和尊重。”[②] 阎连科的家乡河南嵩县田湖镇既是宋代理学家程颐、程颢的故乡，周围环境又是中原河洛文化的中心区域，也是孕育《诗经》和传统乡村伦理文化的中心地带。联想到阎连科从20世纪80年代就开始在小说中对耙耧山脉和两程故里的叙事，离开家乡三十年，每年都要回到那个充满天伦温情的老家陪伴亲人过年，至今仍然每隔两天就能问候远在家乡的母亲，我们是否会更深入一层理解阎连科小说城乡叙事中关于乡土的荒诞描述，包含了飘浮于城市的虚空感和对今天农村败落后的恐慌这种双重悲情。恐怕当代很少有作家与中国乡土有如此深厚真挚的依恋，有如此深邃透彻的体悟，同时也是对生命本源的思考，这种思考积淀着对古老的乡土伦理文化在艰难转型中所产生的揪心疼痛。

由此，我们不难理解，阎连科对现实的批判和荒诞的叙事手法是基于乡土伦理和对土地上生命的关爱。他的悲剧感来自飞速发展的城市化、现

① 阎连科：《我与父辈》，云南人民出版社2009年版，第111页。

② 同上书，第171页。

代化和文化后现代性对传统的无情颠覆。《风雅颂》展示的就是在这宏阔的历史进程中，所有人包括大学教授在内的知识分子共同感受到的失落和悲哀；《我与父辈》既是阎连科对父辈人生的总结，也是艰难创作历程中依傍乡土的小憩，正如他自云是所有作品中情感的一颗“钻石”，同时也寄寓着恐慌失落的所有现代人、特别是知识分子面对当前文化失衡的焦虑和救赎的愿望。这是阎连科创作风格的新转变，渗透着当代文学参与文化建设和重塑社会伦理的使命感。把这两部作品放到一起解读，我们不难从《风雅颂》中读出传媒形成的话语霸权以及传统经典被消解颠覆的现状；也能从《我与父辈》中读出经典被颠覆、传统伦理沦丧后重建精神家园的渴望。

二　经典传播与传播中的价值失衡

正如研究者所指出的《风雅颂》“在貌似荒诞滑稽的表象背后，怵目惊心地揭示出现代高校理念的混乱与颠倒、现代文人精神的沉沦与消退、现代知识分子的凄惶与悲哀。由此，《风雅颂》为我们探寻近百年知识分子形象演变的文学史价值已不言而喻”[①]。考察杨科精神被奴役、身心受伤害的原因，从表面看显然是当前高校管理体制和学术文化评价机制存在的种种弊端，从深层看有现代知识分子自身的悲哀和现代人文精神沉沦的社会环境。这种关注自身精神立场问题，一直是20世纪90年代以来知识分子文学叙事的热点，很多当代小说都有涉及。格非的《欲望的旗帜》，阎真的《沧浪之水》，何顿的《荒芜之旅》都不同程度地展示出知识分子角逐于名利场，好色、排斥异己、践踏学术等所作所为，几乎可以将自己送上道德法庭的断头台。

阎连科突破当下知识分子叙事的地方不仅在于自我反省和批判，更在于对当下社会文化建设的思考和浓厚的精神救赎意识。《诗经》在《风雅颂》中是拯救当下文化生态失衡的高标符号，是医治时代焦虑的终极理想：“东方人最本根的精神，不在今天崛起的都市、乡村和可视可触的现

① 栾梅健：《精神堡垒的坍塌与重建——论〈风雅颂〉的文学史意义》，《小说评论》2009年第1期。

代化的建设中，而在无法触摸的《诗经》的记忆和消失在《诗经》的字句中的时间里。”[①] 而《诗经》这部民族精神元典式的作品在小说中遭遇的命运，是《风雅颂》提示给我们反思当前容易被发展所遮蔽的文化危机的重要线索。

小说中，曾经是来自社会最底层的耙耧山脉的杨科，凭借坚忍、执着、忍让和奋斗，凭借昼夜苦读，最终留校成为清燕大学一名年轻的讲师，一步步成为最年轻的《诗经》研究界的半个专家，成为中文系古典文学教研室教《诗经诠释》的赵教授的如意女婿，娶了赵教授因早恋而高中没有毕业就辍学了的女儿赵茹萍。杨科在清燕大学的大教室里讲授《诗经解读》也曾经是高朋满座，但不知不觉间，以《诗经》为代表的古典文学课成了社会的木乃伊。而妻子赵茹萍夹着一打电影画报和国内外影人逸事的书，考上了京城一家艺术学院的函授本科班，又因为对一大批国外影帝影后的趣闻和身世的探究与着迷，成了那家艺术学院的函授研究生，毕业后进入了清燕大学刚刚与时俱进地成立的影视艺术系当了老师。又凭借把别人关于电影艺术探讨的四篇论文取长补短，穿插组合成自己的专著出版，成了影视艺术系的副教授。并且她讲授《大明星的生活细节》东拉西扯、胡编乱造竟然让教室里座无虚席，迎来了学生的欢呼和热烈的掌声！和杨科的《诗经》课形成鲜明对比，给杨科研究《诗经》的执着以无情打击，一下子显示出了杨科的无能和赵茹萍的春风得意。于是杨科卧薪尝胆，用五年时间闭门谢客于一间窄小的办公室里，查阅资料、殚精竭虑终于完成了专著《风雅之颂——关于〈诗经〉精神的本源探究》，而此时赵茹萍已被破格晋升为正教授，并与副校长李广智上了床……而没有至少五万块钱的费用，杨科的研究专著就没法出版，因为“《风雅之颂》太有价值了，可这年月的现实是，最有价值的书最是没有人看”[②]。是时代颠覆了经典传播的命运，还是传播放逐了深度和意义，选择了浅薄和浮华？抑或人们迷失了家园，茫然于归宿？那么又是什么力量驱使人们把陌路当作正途，摒弃正义，蔑视经典？

① 阎连科：《风雅颂》，江苏人民出版社2008年版，第229页。

② 同上书，第51页。

从杨科被校党委会举手表决送入精神病院一节中，我们可以看到当代媒介语境下传媒意识形态和传媒所形成的话语霸权的阴影。事件的直接原因是，杨科在清燕大学校园内赤裸臂膀和学生组成人体长城抗拒风沙的事迹，迅速被国内外报刊、网络等各种媒体广为报道，带来了想象不到的负面影响。“连美国的《纽约时报》、德国的《世界报》、英国的《卫报》和法国的《解放报》，还有日本的《朝日新闻》、韩国的《朝鲜日报》等，都在头版报道了清燕大学不满国家的经济发展、破坏环境的状况”，“这些被全世界关注的消息给中国政府造成什么样的被动和压力，大家不言自明，可以想象”，并且“让上边又一次以为，我们学校似乎总是不以国家利益为重，总爱做出偏颇激进的事端来”[①]。而此时正是上级有关部门向国际大学联合会推荐只有一个名额的国际“教学质量最高成就奖”的中国名校的关键时刻。于是，迫于压力和对百年名校名誉的维护，杨科只有被认定为在风沙中经过校领导集体劝阻没有被劝阻住的精神病人，并真正被送进医院，才能平息媒体的舆论，避免被海内外媒体所利用。

当代传播是人类现代化发展的重要标志，然而，我们由此可以清楚地看到媒体的意识形态本质，信息技术、传播导向、信息组合和传播速度通过影响力直接干预事件的性质形成。也许在小说中，这不是作者倾注思考和表达的主旨，仅仅是一个可以被忽略的细节，然而正是被举手表决送入精神病院这一事件成为小说情节转折和促使杨科“回家”，完成精神家园寻找历程的关键因素。

经过一年多时间，杨科终于在困惑和迷失中找到了诗经古城，发现了被孔子删去的很多古诗，回到了清燕大学，而此时赵茹萍把他的专著改头换面成《诗经本源之研究》出版了，并获得了国家级大奖，由此分到了豪华房子，还和成为正校长的李广智同住在了一起。他以为抓到了赵茹萍抄袭的证据，并想以此要挟校长，以求获得校方资助来完成《诗经》古城的发掘和研究。结果再次被学校会议集体表决送进精神病医院。这说明杨科的《诗经》研究本身的价值和意义确实能得到主流文化体制的认可，出版

① 阎连科：《风雅颂》，江苏人民出版社 2008 年版，第 72—73 页。

社也确实推出了杰出的学术成果，只是现代社会由传媒控制的文化场域内，纸质版权传播所造就的文化体制弊端，平面媒体垄断所规约的制度体系，助长了文化信息传播和利益分配的不公平，由此整个社会价值倾向失衡，社会焦虑和恐慌日益加重。

三　失去的《诗经》古城与“乌托邦”家园重建

从《风雅颂》到《我与父辈》显示了阎连科小说叙述风格发生了明显的转移，叙事主旨由批判转向救赎和医治，由放逐转向寻找和回归。《风雅颂》里耙耧山村有杨科童年的记忆、纯真的初恋，给予杨科在充分现代化了的京城和“清燕大学”里得不到的温暖、信任和尊严。然而，传统的乡村理念加上都市现代意识的浸染，使文化失衡，伦理沦丧，耙耧山村已经不可能是安稳的精神栖居地，更不可能成为角逐于功名利禄圈内的现代知识分子的精神归宿。那么，突围和拯救之路在哪里？

一部忏悔录式的《我与父辈》以其深刻的自责、检讨与反省，为作者自己，也为我们寻找到了精神上的归宿。这条路原来在乡村父辈们为柴米油盐的操劳里，在土地上经过久远岁月积淀的乡情伦理、朴素真挚的人间关爱和坚忍不拔的生存意志里。“大伯就带着他的孩子们，脱下衣裤，单穿了裤衩和布衫，先在岸边用双手拍拍冻僵的腿上的肌肉，而后走进水里，趟过河去，等到日色有暖，气温高出一度二度，他和我的叔伯弟兄们一起，嘴里呼着白气，额门上挂着雾汗，而周身却又结着水珠冰凌，吱喳吱喳地踏踩着青白的冰渣，蹚着齐腰的河水，把石头运至河的这边，再拉回到村子里。”[①] 这不单是对历史岁月情感记忆的回顾和分享，也是对生命真谛的诠释。人类的坚忍、尊严和辛勤，这些原始的纯朴愿望和愿望达成的付出，这种生命力的展示和信念的实施，昭示着生命的意义和《诗经》精神的还原。面对当下机巧、虚伪和浮躁的文化生态，这种生命的景观颇有救偏补弊的时效。

并且，对照《我与父辈》的直白叙述来读阎连科此前的小说，“三姓

① 阎连科：《我与父辈》，云南人民出版社2009年版，第95页。

村”、“受活庄”、“丁庄”中那种在生存绝境中拓路的夸张想象，和“割肉买皮”、施展“绝术”等为生存而不顾一切的修辞想象，原来早就在阎连科的乡土经验中播下了种子，而《风雅颂》后记中，作者自述在2004年亲眼看见大雪天蝴蝶飞落棺材的奇异景象，也被作为包括《丁庄梦》在内的小说中荒诞情节的最好注脚。

如果说《风雅颂》是“精神自传”，那么《我与父辈》就是阎连科纪实性的生活自传，是精神探索向现实物质生活的回归，塑造了一个充满生动细节、全方位坦诚展开内心隐秘的作家形象。抒写父辈的意义在于挖掘长期被历史忽略了的民间文化空间最为本源的人生启示和人性内蕴，是对日常生存价值的本源性追问。带着对当今文化生态失衡后普遍的社会焦虑和精神救赎的使命，在不断远去的乡土伦理文化和不断遭受质疑的父辈的文化价值观念背景下，《我与父辈》就有了重要的重塑正面文化价值的当下意义。

“五四以来，出身于农民家庭的作家有许多，但那些接受了现代文明，用进化论或者革命理论的知识分子很少体贴地看待过自己的父亲，现在阎连科认真走出了这一步，把父亲当作一个既过去了、又没有过去的生命源头，检讨父亲也是检讨自己，为自己寻找到一个文化上的归宿。”[①] 这个归宿是承接杨科逃离京城后的寻找所得。书中关于对父辈亲情的描述超越时代，能唤回民族精神的核心伦理观念，毕竟，民族内蕴的东西，是民族经过久远的历史文化积淀，真正超脱了时代和年龄限制的精神财富。

杨科要逃离，要“回家”，回到耙耧，回到诗经古城，但并不成功。于是，《我与父辈》就达到了真正的回归。阎连科在《风雅颂》后记中说自己近年来由于年龄关系等，一直有回家、居住家乡的想法，虽然知道不现实，但愿望很强烈。这正是精神寻找和现实矛盾不可调和的心理矛盾的体现。《我与父辈》的坦直和真诚，朴素和深刻，个体祈求与民族家园意识，过去的怀恋和现实的关涉，亲人的淳朴与知识分子的自省心理，城市与乡村的现代性话题，流浪和回乡主题等，被没有技巧的言说，表达到了

① 陈思和：《写父亲，太沉重——读阎连科的〈我与父辈〉》，见《文汇读书周报》2009年8月7日。

炉火纯青的地步。阎连科似乎找到了家园：永久存在于那失去了的乡村牧歌中和那亘古流传的诗经精神的本根里！

四　乡土伦理与救赎的途径

《风雅颂》和《我与父辈》再现了一代人包括知识分子的心理图景，给我们当今这个时代一个精神本根的探源，对当前社会伦理文化建设不无裨益。也许随着时代的演进，有一天我们的后代会吃惊我们怎么会有吃不饱肚子的过去，或者我们的后代会感叹这种亲情带给我们的温暖，竟然与我们的幸福观念、生存之本和类群意识密切关联，竟然是我们解决文化危机的核心要素。

近百年以来，随着西方社会伦理价值观念的传播，到今天以信息社会构建的自由、平等的伦理思想，以顺应全球化、一体化社会伦理文化的构建性，篡改着传统的亲情、尊卑礼俗为基础的伦理道德观念，可以说，现代社会的发展和文化现代性的演进，在很大程度上体现为伦理现代化的进展程度。在缺失宗教信仰的文化背景下，文学对伦理道德的指涉不管如何与意识形态建设纠结和分歧，如何水火不容或者相辅相成，中国文学对社会伦理道德建设的积极参与，一直是一条联结城乡、传统和现代并达成彼此认同的纽带，一直是文学穿越时空走回民间、树立人性风范、抚慰众生的精神力量，这一点也许构成了中西方最为内在的文化差别和民族身份确认的标识。

然而，随着中国社会城市现代化的飞速进展，城乡伦理观念不是以和谐互融的良性发展为主流，而是以城市物质力量的强大和传播媒介意识形态性质的优势，压抑、颠覆和消除乡俗民情，并把乡俗民情基础上的传统伦理道德，包括古老的亲情伦理等正面因素，逐渐置换为颇有技术和功利色彩的现代伦理观念，亲孝、宽厚、忠诚等本应成为现代人文思想的价值理念并不能得到张扬，人们感受到的是物欲和实用，是虚浮的世风和倾斜的价值标准。通往精神家园的伦理之路被堵死了，这是文化的危机，也必将关涉人类精神生存的危机。从《风雅颂》到《我与父辈》，我们看到了阎连科对这一问题的深切思考，作品所包含的寻找家园而不得的焦虑是时代的焦虑，是全球化背景下一个正直、忠诚于时代的知识分子对和谐的现代人文精神建设的热切呼唤。呼唤的疲倦和失望，淋漓尽致地表达在《我与父辈》的感伤、哀悼、愧疚和反省的情调之中。“这样的村庄是无法维系传统的伦理体系的，而这种伦理一旦丧失了权威，社会倡导的主流价值观、城市与流行价值观又缺乏乡村的土壤，乡村的负面价值观便盛行起来，形成不伦不类的乡村文化怪胎。这是阎连科深层次的忧患所在，他一再诉说他的‘焦虑’，然而，他是无能为力的，他只能通过父辈的故事，向人们讲述曾经的乡村，曾经的美德。在书中，阎连科反复书写父辈的离去对后代的影响……它提示人们注意到的不仅是生命消失的自然节律，在特定的语境中，它成了对乡村、传统文明与精神价值的可怕的寓言：当乡村死去，我们将再无庇护。”①

文化市场的预期和读者的渴望是一致的，前者依赖后者获得效果，但现代经典基本顾及不到这两者。阎连科的《风雅颂》写知识分子，立意就是知识分子的自省、自查，它的读者也主要是知识分子，现代的农民大概也是不看的，但无论知识分子还是土地上的农民都能看得懂《我与父辈》，颇能获得广泛的社会心理共鸣。甚至有读者看了这部书后，按图索骥找到作者的家乡，到书中描写过的院子里走走看看。从两部作品中看出，阎连科忠实于自己的内心，面对读者以真诚为本，并敢于在文字中那样诚恳地撕开内心，袒露灵魂。也唯有把自己放在旧日乡土中的固执的写作者，才能在当今社会伦理文化建设的焦虑中，以知识分子的责任担当开始一种坦荡的忏悔；也只有这种面对乡土和亲情的心灵忏悔，在文化生态失衡的现代社会里才能唤起人们归依《诗经》精神家园的心灵共鸣。《风雅颂》和《我与父辈》得到市场的广泛接受和认同，能否代表着当代文学传播对文化价值观念与时俱进的正确选择，代表着当代精英文学面对传媒时代文化生态失衡状况下纠偏补弊的积极姿态和策略，值得以传播学和社会学理论去深入探讨。

总之，从李佩甫《等等灵魂》走出乡土家园的尝试性城市叙事，到李

① 晓华：《阎连科的乡村伦理——评〈我与父辈〉》，《当代作家评论》2009年第6期。

洱《石榴树上结樱桃》对古老乡土随现代化转型而来的现代礼俗民情的抒写，再到阎连科《风雅颂》中民族精神家园的寻找意识，以及《我与父辈》中追寻传统农耕时代乡土情感和传统伦理文化孕育的人文理念，寄托着精英知识分子在当今文化世俗化、民间化转型语境下，构建中国当代文学新型叙事模式的严肃思考。这种叙事模式在多媒介传播环境下，虽然混溶于以网络媒介为中心的、民间传播的信息洪流中，但作为承载民族国家意识的强音仍然铸就着时代文化的黄钟大吕，延续着传统文化积极参与现实的优秀品格，在文学观念更新演变中作为贯通传统和未来的精神纽带，也将在多媒介参与传播下发挥更大的文化价值。

第九章　多媒介语境下的民间文学传播

民间文学的审美属性和文化形态，不管社会变迁发生怎样的改变，其口传形式仍然是区别于物质媒介文学的基本特征。口传的即时性和现场性是媒介技术发展的目标，一旦媒介技术接近或者达到这个传播目标，文学观念就会发生相应的改变。民间文学是一种历史形态的文学，是人类生活的精神遗存，携带着丰富的历史文化信息。在传播媒介多样化的今天，在网络媒介和手机短信创造的信息即时交流和形成新的文学口语表达习惯的传播背景下，历史文化遗存有效地进入了现实文化生存空间，在日常生活审美化的追求过程中，包容、接受和改造传统文学样式，创生出新的民间文学形式。其中，短信文学被指认为新民间文学，也是基于手机信息传播技术对民间文学口传特征的实现。

第一节　反思民间文学学科

一　民间文学概念再思考

老一代民间文学研究者如钟敬文、顾颉刚等研究者开始拓荒，经过刘魁立、刘守华、董晓萍、吕微、程蔷、贾芝、苑利、邢莉、户晓辉、陈泳超、万建中、高有鹏、刘铁梁等为代表的几代学人的努力，民间文学研究逐渐深入。在当代文学研究的范畴内，民间文学概念界定比较明确，研究的范围、价值和意义也逐渐确立。虽然《现代汉语词典》明确解释“民间文学”为：“在人民中间广泛流传的文学，主要是口头文学，包括神话、传说、民间故事、民间戏曲、民间曲艺、歌谣等。”然而，在五四新文学建设之初，从“民间文学”作为一种文学类别被胡愈之第一次提出，到新中国成立后“民间文学”学科逐渐成熟，民间文学的概念范畴和学科属性不断被反思。特别是文学载体和传播媒介的技术革新对文学接受产生越来越深刻的影响，由于民间文学与生活本身密切关联，其范畴和属性尤其成为一个动态演变的、不断生成的热门话题。

钟敬文先生在20世纪新时期以后，曾一再强调：“要建立真正的民间文艺学，就必须针对民间文学的特点，它本身独具的性质去进行探索，找出规律”；只有“在这种特定的对象上探索出来的理论，才能具有自己的特点，才是地地道道的中国式的理论”。[①] 这里所强调的“民间文学本身的性质”和“特定的对象”已经带着反思历史的意味。新中国成立以来受苏联影响的民间文学概念中“人民中间广泛流传的文学”的措辞，逐渐失去涵盖民间文学性质和对象的准确性和科学性。对民间文学的“民间”和“民”的指涉，中外民俗学研究者开展了广泛的讨论。在人类学家和民俗学视野内，“民”的范围不断扩大，“民”可以是任何人组成的任何群体，只要这个群体有着自己的文化基点和传承的共同性。从民间文学创作主体考察，“民众”一词被广泛认同。这个“民众”的概念颇有现代回归的色彩。五四新文化背景下，胡愈之1921年在《妇女杂志》上发表的《论民间文学》第一次阐述“民间文学”的含义是参考西方学者的论述，并非是中国化、本土化以后的与“贵族文学”、作家文学相对的民间文学，而是这个“民间文学的意义，与英文的‘folklore’大略相同，是指流行于民族中间的文学。民间文学的作品，有两个特质：第一，创作的人乃是民族全体，不是个人。普通的文学著作，都是从个人创作出来的，每一种著作，都有一个作家。民间文学可是不然；创作的决不是甲，也不是乙，乃是民族的全体。……所以民间文学和普通文学的不同：一个是个人创作出来的，一个却是民族全体创作出来的……”[②]

这个“民族全体创作出来的”是秉承启蒙主义思潮，从建设新文学的

① 钟敬文：《中国民间文学讲演集》，北京师范大学出版社1999年版，第68—69页。

② 苑利：《二十世纪中国民俗学经典·民俗理论卷》，社会科学文献出版社2002年版，第3页。

主体使命感出发，强调民间文学文字文本的社会功用和文学性中的“民间”意义，并没有关注民间文学的本质特性。新中国成立以来以及20世纪新时期以来，西方民俗学、社会学、人类学、文化学等研究视角和理论方法被广为借鉴，尤其在神话学方面的研究堪为走向世界学术前沿，民间文学取得了令人瞩目的成就并一度成为显学。然而，随着文化载体媒介的演变，追问媒介的意义必然涉及文化接受状态。文学的接受随着现代化的进展和媒介文化理论的深入探讨，必然成为文学研究新的思维方法和研究视野。全球一体化和文化单一性的文化生态危机，伴随着媒介技术广泛深入地向日常生活渗透，民间文化促进文化多样性、丰富民众精神生活的功能和民族身份认同的价值彰显出来。人们逐渐认识到，主体性探讨的集体、民众或者民族全体等视角是纸质记录和书面传承的文本研究理路，对民间文学的接受与互动形成的动态性认识不够，民间文学研究偏离了生活本身。

从《诗经》之前劳动者“吭唷——吭唷——”的现场口耳相传，到今天网络平台的海量产出，伴随文学演进的是文学物质载体的技术演变。民间文学载体本身的作用和价值过去长期被忽略，目前已经广泛走进文学研究的视野。这就把接受因素纳入到民间文学形态构建的理论视野之中，考虑到接受的对象和生活现场，就接近了民间文学的“活态”性，把纸质载体下的固定文本和完成性的文本区别开来了。这个“活态”中的“活”具体表现为：“1.‘底本’（民间传唱本）是活的——有基本主题和程式，但没有固定的文字文本；2.表演是活的——每一次都有特定的心境，都有即兴的发挥，都是一种新创造；3.受众是活的——每一次的对象都是不同的，即便是同一对象，在不同的现场，也会有不同的反应，均会有不同程度的参与和创造；4.场景是活的——每一次都会有新的变化，至少时间上不同，不同的场景对表演者会有不同的影响。”“所以，在本质上，我们必须如实地把民间文学的文本确立为以演唱（讲）者口头表演为中心，以特定生命场为标征的‘活态’文本。其内涵，不仅指表演者演唱的内容，同时也包括演唱者的表演（表情、语调、手势、体态等）、受众的现场反应以及场景的作用等，是一个多种因素综合效应的生命系统。”[1] 同时，为了达到现场接受的效果，表演者的因素必然要被强调。诸如表演的技巧、每次表演的心境和场地氛围等因素也应纳入研究范围。于是，民间文学的创作主体反过来也重新被审视，创作的民众集体性因素受到质疑，传承的个性因素被重新肯定。

克服两者不能兼顾的研究视角集中在“口传”特征上。如果不从传播学和媒介理论上探讨民间文学的接受状态，不从当前文学互动生成性上以统一的整体观念研究各类文学的相辅相成性，就会仍然把民间文学指涉为区别于甚至对立于作家文学的一种文学样态，并不能超越对民间文学“主要是口头文学”的认识局限。仅仅从传播渠道上限定“主要是口传文学”作品，淡化了民间文学存在所受的物质条件的制约，考察的范围是大量口传文学作品被整理记载于书册之后的第二手、第三手材料，而不是口传时代的原始风貌；出发点是在整个文学历史演进有了相当的规模和格局，出现了大量专业作者和专门化的文学职业，并在历史转型时期对没有作者的那部分作品进行了简单梳理和归纳之后。“民间文学”在建构过程中，遮蔽了文学物质媒介对文学广泛流传和文学身份确认的制约事实。

“民间文学”概念把口传时代的作品指定为“包括神话、传说、民间故事、民间戏曲、民间曲艺、歌谣等”，是比照成熟的作家作品和特定文化背景下的文学类型作出的粗略分类。文学的分类和其他精神产品分类一样，是人文学科研究的必要，是学科发展必须采取的方法，但同时带上了先天形而上的局限性。尤其关乎人类情感和即兴式的语言表达的文学，分类就使探讨的过程流于静态和死板。且不说“神话、传说、民间故事、民间戏曲、民间曲艺、歌谣”之间的混溶交叉，认真辨识起来不是那么容易，从人类学的角度反思，人类最初的歌咏感兴在千差万别、变幻不定的场景之下，采取的方式和姿态必然会五彩缤纷，人类实践生活的复杂和精神领域的玄奥莫测使类的区分和命名无法涵盖。简单根据现行的语言结构模式，来概括久远传承的民间文学，试图还原民间文学的全部，是非常困难的。民间文学从文学整体中划分出来，无形之中遮蔽了人类精神现象和

---

① 贺学君：《从书面到口头：关于民间文学研究的反思》，中国民族文学网 http：//iel.cass.cn。

文学作为情感心灵学科的复杂性、混溶性，影响文学人文性的揭示。

二　民间文学传播中文化属性的艰难指认

关于“民间性”的研究，形成一定程度共识的观点有陈思和、南帆、韩东等人的研究。陈思和对“民间”所指的概括：“第一是指根据民间自在的生活方式的度向，即来自中国传统农村的村落文化的方式和来自现代经济社会的世俗文化的方式来观察生活、表达生活、描述生活的文学创作视界；第二是指作家虽然站在知识分子的传统立场上说话，但所表现的却是民间自在的生活状态和民间审美趣味，由于作家注意到民间这一客体世界的存在并采取尊重的平等对话而不是霸权态度，使这些文学创作中充满了民间的意味。”[①] 对整个当代文学研究领域内出现的“民间”观念加以抽象，所指的第一层面的“自在的生活方式的度向”是与作为学科的民间文学所指大致一致，第二层面的作家“站在知识分子的传统立场上说话”，陈思和在《民间的沉浮》中概括得更加抽象但指涉明晰：“在国家权力中心控制范围的边缘区域形成的文化空间。”[②] 显然第二层面所指民间文学空间涵盖了第一层面的民间文学空间，因为没有理由不说“中国传统农村的村落文化”是“国家权力中心控制的边缘区域”。随后，南帆作出的提炼进一步完备、客观：“‘民间’指谓的是某种文化空间。民间不是一个固定的结构，一个边缘明晰的版图；这个文化空间毋宁说是一系列文化因素复杂运作的历史产物。换言之，民间的范围具有历史的相对性。”[③] 随后经过十几年的思考、沉淀，也随着社会生活的巨大变迁，城乡一体化，世界全球化，文学传播媒介高度技术化的发展，“民间”的意义指涉逐渐集中在强调一种独立意识和艺术的创造精神，逐渐趋向一种立场和姿态的坚守，这种坚守是民族全体成员的，不分高低贵贱的，是在权力和制约之外的一种民间文化生态样貌。

更让文学研究显得滞后的是文学传播媒介的研究和文学社会学的开

① 陈思和：《民间的还原》，《文艺争鸣》1994 年第 1 期。

② 周介人、陈保平：《几度风雨海上花》，生活·读书·新知三联书店 1996 年版，第 17 页。

③ 南帆：《民间的意义》，见南帆《隐蔽的成规》，福建教育出版社 1999 年版，第 224 页。

拓，纸质文学载体和网络文学并行发展拓展着文学的生存空间，也不断交融着自古以来人类建立的各类人文学科以及还处在萌芽状态中的新型学科，文学研究提出了一个引起热烈争议的“文学和文学研究将要终结”的命题。此时的民间文学学科似乎仍然在向纵深处开拓学术领域，同时也不断在边界划定上演变更新，继续思索着郑振铎《俗文学史》在特定背景下对民间文学概括的充足理由和矛盾缺陷，探索其心理的、社会的、文化的、革命的、传统的、隐秘的学术理路；从亟待解决的数字化生存背景下民俗文化和文化遗产的保护方面探索，综合的、统一的人文学科的整体视角思考和探索将更有利于我们重建文学的生态。民间文学本体研究面对一个新的文化语境，理论体系的构建愈加复杂和困难。

“民众”观念逐步发展为所有文学形态所指认的接受对象和创作互动的对象。民间文学的口传特征必然面临借助物质媒介的尴尬，而媒介的多样化和立体化是当前民间文学的文化处境，一旦记录或者音像录制，口传性随即失去。因为任何媒介承载都不可能还原特定时空下的民间文学生态。于是，媒介的过程性和传播的当下性，使民间文学失去了口传特性。把民间文学概括为“广大民众集体创作、口头流传、现场展演的文学样式”，其性质为“既是一种文艺现象，又是一种民俗文化现象”。[①] 强调民间文学的“展演”和民俗文化特征不失为一时的权宜策略。概括了当前民间文学研究争论的主要成就，指出民间文学的民俗文化属性，是指民间文学是一种民俗文化现象。对这一现象的理解，一是从民间文学的实际产生和存活状态看，民间文学比作家文学同生活有更加密切的关系，以至于口头创作与表演本身就是生活的一部分；二是从民间文学的学科归属看，民间文学是民俗学的一部分。民俗即民间风俗，是一个国家或民族的民众集体创造、共同享用和传承的生活文化。又用田野调查作为民间文学的研究方法弥补民间文学文本研究的严重缺失，似乎解决了民间文学性质和学科边界的诸多问题。虽然民间文学归属民俗学使民俗学研究赋予美学研究的方法，符合文学与生活同步、文学就是生活本身、日常生活审美化的文化

① 黄涛：《中国民间文学概论》，中国人民大学出版社2010年版，第2—8页。

取向，但传统范畴内的民间文学类型研究，诸如神话、民间故事、谚语等媒介的物质特征不鲜明，而故事的原型和语言结构相对固定的文本研究就不好说其民俗性特征在哪里，比如神话的功能和价值显然具有超越民俗研究框架的人类学意义。另外，比如对民歌的研究，做传唱场景的民俗还原，那么历史积淀的情感和审美性就被湮没，民间文学就只有“俗”的研究，流于对民众生活习惯的研究。

所以，要深入探讨民间文学在当前媒介传播语境下的生存状态，那么，还原民间文学口传背景下的文化属性，梳理民间文学作为一种知识体系的形成过程，是一种可行的研究思路和研究方法。

第二节　口传知识体系下的民间文学

一　非物质文化遗产保护与民间文学的口传性

媒介技术对文化和教育的普及也达到了超越时空的地步，使文盲的含义不再是不识字的人，而是不会使用媒介获得知识的人。文字承载和影音媒介在生活中无处不在，阅读和观看是生活的一部分。传统意义上的民间文学在现代化发展中，其表达形式和存在样态发生了根本性变化。众多历史传承正如一些生物物种一样濒临灭绝，人类正遭受文化生态失衡和文化生活单一性的现代化发展的尴尬局面。多样性的丧失意味着人类创造力的衰退。于是，一个世界范围内的对历史传承的挖掘保护势在必行。民间文学的学科性和文学性被纳入一个更大范围和学科边界愈加模糊的文化遗产保护的工程中。单一的文学性和民俗性保护要以整体性、环境性的生态还原为基础。作为遗产和农耕时代的文化生活形态，民间文学的研究和学科建设必然要以历史的方法去梳理。

根据联合国教科文组织于2003年10月17日在巴黎通过的《保护非物质文化遗产公约》的定义“非物质文化遗产”是指被各社区、群体，有时是个人，视为其文化遗产组成部分的各种社会实践、观念表述、表现形式、知识、技能以及相关的工具、实物、手工艺品和文化场所。这种非物质文化遗产世代相传，在各社区和群体适应周围环境以及与自然和历史的互动中，被不断地再创造，为这些社区和群体提供认同感和持续感，从而增强对文化多样性和人类创造力的尊重。并指出需要保护的“非物质文化遗产”包括5个方面：1. 口头传统和表现形式，包括作为非物质文化遗产媒介的语言；2. 表演艺术；3. 社会实践、仪式、节庆活动；4. 有关自然界和宇宙的知识和实践；5. 传统手工艺。

在全球化背景下，媒介技术在为各群体之间开展新的对话创造条件的同时，非物质文化遗产面临损坏和消失的严重威胁。媒介技术促使全球一体化的同时逐渐蚕食着文化多样性和人类的创造性。需要保护的非物质文化遗产的第一方面“口头传统和表现形式”，涵盖了民间文学的各种形式，并把区别于口述史研究的口传文化研究推向前沿，作为文化遗产媒介的语言的发展变迁研究必然成为研究民间文学的根基，语言对文化多样性的建设、民族身份认同和人类个性特征的研究具有无可取代的价值。

在非物质文化遗产保护和相关领域综合研究的背景下，民间文学获得新的研究视野和生存机遇。文字的发明、语词和口语系统的完备是人类媒介技术进步中根本性的技术突破。在口传文化视野下，更多不能回避的问题被提出来：民间文学“主要是指口头文学”，而在文字出现之前“口传”的文学是否都是民间文学？记载于史册和典籍上、今天又广为流传于网络的“神话、传说、民间故事、民间戏曲、民间曲艺、歌谣”在多大程度上保留有口传的特性？在源头上起于口传的作品，经过长期的历史文化积淀和历代传承的演变，某个时期又经过文人的加工，是否仍然是民间文学？这类作品还具有怎样的“民间”属性？在口传文化视野下，民间文学是否是一个历史时期的普遍的文化状态，是一个中外文化史上共有的文学阶段性存在状态？

探讨这些问题，不单使我们认同民间文学是作家文学产生之前唯一的文学存在，而且使我们具有一个更为开阔的研究视野，更为长远地、整体地观照人类文学发生发展的漫长历程，以及人类精神生产与物质进步的彼此依存。从四百万年以前的非洲早期猿人起，信息交流就主要靠人们的口耳。在漫长的进化中，人类依赖语言的有声属性，创造了无比灿烂的口传文化，这在各民族有幸保存下来的文学作品中，都有一些经典的传奇性作品作为明证。口传文化视野下观照文学艺术，对民间文学研究的重要启示是，民间文学形态实质上就是人类文化发展的特定历史时期的重要文学状态，是农耕文明时期，民族经济以自给自足为主，农业人口占绝大多数，农民在田间地头，在繁重的体力劳动和等级差异显著的社会状态下，自发产生、自然传承的口头文学作品。这些作品带着艺术的原生态和集体创造的特性，为许多研究者认为是艺术产生的必由之路，也为人类学家、文化史家认为是关涉人类精神生活本质的文化之源。

民间文学已经不能简单地以民间与非民间来指认，而要从传播途径上，从文字纸质传播方式的普及程度上考察。西方在 15 世纪中叶，“印刷机发明之前，‘作家’这个概念，用现代意义来衡量是根本不存在的，‘写作’在很大程度上是指把文字抄写下来的任务，正因为如此，所以个人的概念、高度个人化的写作活动，在抄写传统下是不存在的。”[①] 中华民族悠久的文化传统，与此不尽相同但又大致吻合，记录汉语言的文字不单有象形取义的先天形象艺术的优势，而且书写的材料从金石、竹帛，到魏晋南北朝时期物美价廉的植物纤维纸被广泛使用，此后从未间断，已经孕育出有完整体系的书面文学系统。同时，考察浩繁的民族文化典籍中记录下来的已流传久远的神话、传说、歌谣和民谚，乃至那些纯朴粗糙的锣鼓敲击、曲艺清唱和仪式俗礼，同样是在廉价纸和活字印刷术发明之前，通过抄写、描述记录保存下来的。我们可以把《道德经》、《庄子》、《墨子》等诸子百家，把《国语》、《战国策》、《史记》等历史著作，把《孔子》、《孟子》、《礼记》、《春秋》等儒家经典作为文学经典，然而偏偏在语言文字的纸质载体被广泛使用的魏晋南北朝时期，才出现了“文学的自觉”。“文学自觉”前的汉赋是否可以认为是以飞扬的文采把口语的气势、声色、情绪和抑扬渲染等语音魅力发挥到了极致？民间文学的传承接受的历史具有民族文学的特征，是全民族创作，全民族享有的，具有民族性、集体性，如前所述，这在民间文学研究界考证“民间文学”词源上已经得到

① ［美］尼尔·波兹曼：《童年的消逝》，吴燕莛译，广西师范大学出版社 2004 年版，第 30—31 页。

辨析。文学的口语性与集体性相互关联，口传必然有一个口语环境，有交流的对象，有必然从属于整个语言环境的传播和接受的双方，这样的文学活动又同时为这个语言环境植入新的生动的口语材料。一个民族的语言在没有文字记录的情况下，也会在意义结构、发音方式和表情达意功能等方面逐步完善。民间文学的人类学意义、文化史属性和对民族集体意识的记录等多义本质，就是在民族语言环境和混溶的民族集体生产、生活中赋予的。

口传到物质载体，我们看到推动文学发展演变的重要力量之一是载体技术的进步。从口语到纸质的普及有一条文学观念和文学形态逐渐演变的鲜明轨迹。

从口传文化的历史性看，尽管今天在网络时代、多媒体传播的文化背景下，文学的观念发生了很大变化，但对“文学是语言的艺术”却没有太大的质疑。即使在到处都充满着印刷品的今天，语言的存在方式基本上仍然以听说形式为主，书可以不读，字可以不看，但人类不能不说话。我们可以看到“语言的有声属性是压倒一切的，所以历史上数以万计的语言中，大约只有106种语言曾经不同程度地使用过文字或产生了文学，绝大多数的语言根本就没有文字。在现存的大约三千种口语语言里，大约只有78种语言有书面文献。至于文字出现之前，多少语言已经消失或融入了别的语言，那就无从计算了。就在今天，数以百计活生生的语言从来就不曾有书面形式：没有人发明过有效的文字来记录这些语言。语言的基本口语属性是时代永存的。”[①] 我们不禁会思考，文学既然是语言的艺术，其艺术特质在口语系统中是如何被继承发展的，在文字没有作为记录工具的时代和地域，产生的文学形态如果被认为是“民间文学”，那么在印刷时代，纸质文本记录传播的文学在整个人类文化史、文学发展史中处在什么样的位置和发展阶段，是理解和概括电子传播和多媒体技术背景下文学生存发展规律的关键。如果语言仍然可以看作是人类生存的本质，口语属性是人类生存的本质需要，那么就是在今天的电子传播为主的时代，影视声音媒

① ［美］沃尔特·翁：《口语文化与书面文化——语词的技术化》，何道宽译，北京大学出版社2008年版，第3页。

介仍然是人类本质的延伸，人类并没有丧失也永远不会丧失自我，只不过人类表达自我的途径更丰富了。尽管一张图片的表达效果能胜过千言万语，但图片的意义和情感呈现却要在一定的语言环境下被转换成可以听说、记录的语言才能被接受。口语属性自成系统，在印刷时代无疑得以极大发展，同样，口语对思维的改造和艺术的创生功能在当今影视声像媒介的辅助下，发挥到了一个淋漓尽致的地步。

文学作品是一个特殊的社会群体创造的一种精神和知识形态，这个群体在印刷时代被称为知识分子，它的出现是印刷文化的推动。这个群体在这种印刷文化辅助下，使口传时代的古老神话、传说、仪式、歌谣、民谚、俗语等原生态的精神生活得以记录、传播，并加以书面改造，创生新的作家文学形态。但这种作家文学的口语性质，以及口语便于记忆的形式特质直到今天还有诸多保留。已经固定为一种艺术形式的诗歌中的反复、节奏和韵律，以及小说的“说话”讲故事特征，在一定的生活背景下被接受读解时，它们颇能转换成一种召唤结构和集体意识的缅怀，伴随着浓厚的历史意识，重构出许多原始的生活场景或鲜活的生活形象，从而达成一种有深度的审美感知。

在大规模机械印刷术出现以前，纸质传播以笔录和刻板印刷为主。活字印刷是一大进步，能产生很多复本，口语文学得以与书面文化密切结合。在相当长的历史时期，纸质媒介尽管流行，但对书籍的控制，和书籍阅读的贵族化，如汉代由皇家藏书制度的确立，广征书籍，束之高阁，又禁止录制复本，对文学的传播实际上又有限制作用。我们从典籍零星记载的历代刻工卑微的社会地位和生活境况可以看出[①]，录制复本的工作不是像传播佛教经义那样能彰显功德的。口语传承的文学形态是一种“纯文学”的生存样态，包孕着印刷时代文学的各种可能性，在全民族中代代传承。

对纸质印刷文化的质疑，似乎动摇了人类上千年建构的岿然屹立的文明大厦。在精神家园构建和人类灵魂归宿感的寻找上，到底口传耳闻培育

① 张秀民：《中国印刷史》，浙江教育出版社2006年版，第658页。

的想象和塑造的精神结构更接近和谐幸福的彼岸，还是通过记录、阅读、传承构建的文化基石下潜伏着人类文明大厦倾覆的危机，或者说纸质阅读对人类自身心理的建康和精神的健全，对人类生存愿望的最终达成，是幸还是不幸，从柏拉图到今天的社会学家，不乏深入思考的哲人。

卢梭在《爱弥儿》一书中告诉人们，阅读是童年的祸害，因为书本教我们谈论那些我们一无所知的东西，对此，今天还有人说："我相信，卢梭是正确的。如果人们把他的话解释为阅读是永久的童年的结束，那么，阅读就从根本上削弱了口语文化的心理基础和社会基础。"[①] 阅读使人进入一个我们观察不到的、抽象的知识世界，这个世界的非真实性越来越严重，人们尽管可以用"遨游知识海洋"、"汲取前人智慧结晶"来称誉阅读给予生命的充实感和赋予生命的意义，但从六七岁，我们就开始识字、阅读了，童年消逝了，人生漫长的岁月就要在一个非自然的抽象世界里颠沛流离，无论多么不切实际，远离本真，遭受由阅读构成的一系列生存的磨难，我们似乎都又能从书本中、从阅读中得以解脱。也许可怕的是，时至今日的童年教育，开始不再是妈妈轻语呢喃的星星月亮、花草虫鱼的故事，不再是久远传承的口耳相闻的优美传说，而是在假定儿童的精神、心灵完全是一张白色的纸，可以任意刻写的基础上施与的。然后，识字，读书，学习，接受成人的洗礼，努力按照一定的轨道塑造着社会所期望成为的形象。慰藉童心的童话、民歌代之以各种成功的少年励志故事，或者以超人形象、玄幻故事、星外来客以图诱发孩子的科学想象力，功利主义的童年读物弥漫于整个童年受教育的阶段。人类失去口传文化体系的维护，备受永久记录、复制文化的戕害，构成文明演进的又一悖论。单单由民间文学拯救人类文化发展的悖论，承担建设多样性文化生态的平衡，颇有不能承受之重。医治人类文化演变的弊病，需要对整个纸质文字传播历程的历史观照，需要从如何构建和谐健康、充满浓厚人文气息和生活气息的口传知识体系做起。

---

① ［美］尼尔·波兹曼：《童年的消逝》，吴燕莛译，广西师范大学出版社 2004 年版，第 18 页。

二　以口传知识体系和新媒介观照民间文学

每当物质载体文学出现衰落，就会产生向民族口传知识体系寻找资源以更新文学观念的文化思潮。五四时期的“白话运动”，是口传文化对书面文化话语霸权的颠覆。北京大学在这一时期的“歌谣运动”和中山大学的民俗运动，以及后来“革命文艺”、“抗战文艺”倡导借鉴民间口传文化的运动，意在张扬口传文化的社会功能和文学创新功能。随着社会革命和文化思潮的演变，特别是新中国成立以后，民间文学被赋予较强的历史性和意识形态意义，真正的口传文化价值相对被忽略了，甚至一些优秀的口传文化传承被丢弃了。当今，全球化和国家文化强国发展战略的确立，促使人文知识体系快速更新。传播媒介技术和口语传承的对立突出出来，两者推动文化生态平衡的重要意义被充分挖掘出来了。特别是网络信息时代、数码技术和手机短信功能开发，已经把口传的当下性和面对面传播的现场性，纳入民间文学社会功能考察的领域内。

针对网络文学创作的平民化、民间化、口语化和全民参与等显著特征，研究者以“新民间文学”加以概括①，指出了网络文学向民间文学回归的趋势，以及网络文学以其原生态的文学潜质，将如传统民间文学一样为未来文学发展和作家文学提供资源。② 还有学者从网络媒介传播的文化功能角度探讨这种“新民间文学”的兴起对当前文学演变产生的重大影响：“种种迹象表明，不管你喜欢不喜欢，随着网络普及而来的，将是一个文学的新时代。而这个时代的到来，则首先从一种新的民间文化与民间文学的兴起而开始”，并归纳这种“新民间文学”的特征为“公共性”、“匿名性”、“即时性”、“区域性”、“交互性”和“生成性”。③

把网络强大的知识检索功能和口传知识体系的形成过程结合起来，梳理当前民间文学的生存发展脉络，必然思考口传知识体系对人类各种媒介载体知识体系的更新重建的重大意义。特别是网络媒介的同步性，彰显了

① 宁胜克：《网络传播与新民间文学》，《当代传播》2007 年第 4 期。

② 何学威、蓝爱国：《网络文学的民间视野》，中国文联出版社 2004 年版，第 120—134 页。

③ 邵宁宁：《网络传播与新民间文学的兴起》，《文艺争鸣》2011 年第 5 期。

口传知识体系强大的文化更新功能。可以说，媒介技术演进的一个方向就是力争达到对口传文化和载体文化的交融协调，创生出充满生机和活力的口传知识体系，以服务人类的文化生存。任何知识的生成目的都不是为了存在而存在，而是为了生活应用而存在；任何媒介手段只有纳入口传体系中运作，才能获得较为持久的生命力。

口传知识体系是人类知识体系的重要组成部分，承载着民众的生活常识、道德观念和礼仪规范，构成民族文化的根基。大量西方口语词的研究历史和当代汉语言学研究成果，给予我们的口传文化研究许多重要启示。历史经验证明，忽视或者人为破坏口传知识体系的连续性和历史性，整个社会文化体系就会发生紊乱，必然影响社会的良性运转，甚至造成严重的社会问题。民间文学是一个社会口传知识体系的主要载体，物质载体媒介不断丰富多样，不但不会损害或者降低这个知识体系的完整性和社会功能，反而会推动这个体系转换机制，赋予它新的生命力。今天，谚语通过手机短信，传达民众的智慧和幽默，使民众积累了生活经验，普及了科学认知；史诗记录着历史、地理、军事、医药、天文和习俗等方面的知识，不单是“一个民族的特殊的知识总汇”和“各民族人民早期生活的百科全书”,[①] 而是一体化文化背景下民族身份认同的标识，是网络媒介下口传知识演进的文化纽带；神话不单能观照人类神奇的想象力和创造力，也是当下文化焦虑中人类寻找精神家园的寄托；无数网络跟帖和手机短信段子，开拓着汉语言口语表达的审美性和文学性生成的广阔前景……

以“口传”媒介融会传统的民间文学，以口传知识体系的理论视野探讨民间文学对整个文学演变的功能价值，是与时俱进的学术方法。口传文化的形象性追求和语词的结构模式，赋予民间文学普遍的文艺属性，因为“口语文化的复杂性和抽象性必然是比较少的，吟唱诗人不可能记录和记住复杂和抽象的东西，只能够依靠大量的套语、程式和预制构件来‘编织’巨型的史诗”。同时，“前文字的口语文化在特定的意识框架里运作，书面文化的到来使古人的思维方式发生重大的变革，电子时代和数字时代

① 钟敬文：《民间文学概论》，上海文艺出版社 1980 年版，第 284—285 页。

的来临使口语文化以新的形态得到复活。"[①] 口传知识体系孕育着原生态文学样式，孕育着各种社会生活和民族文化思潮的变迁，又与各种艺术交互融合。当前"文学泛化"、"审美日常化"的文化景观，与"电子时代和数字时代的来临使口语文化以新的形态得到复活"密切相关。文学的民间性回归和口传知识体系的更新是数字媒介时代文学的整个生存状态。现实的各种文化现象、文学实践活动乃至生活原生态通过网络更为深刻地植入当前民众的口语知识体系中，民间文学的功能属性必然处在不断变迁之中，"新民间文学"将与作家文学融会贯通为新媒介生态下的新型文学景观，由此传统文学观念必将在文学新生态下更新演进。

三　当前神话传播的独特价值

梳理、继承和重建中国神话系统在民族文化复兴和当前文化强国发展的战略背景下，具有重要的文化建设意义。神话具有神奇的文化更新能力，呼唤神话意识在任何历史转型时期都不失为文化建设的有效策略。考察中国神话意识演进的坎坷历程，我们发现从"子不云怪力乱神"到封建专制制度确立和不断巩固之后，思想禁锢和实用主义哲学盛行，特别是现代性的演进和现代制度确立以来，社会的物化、人的异化现象不断加剧，由此，神话思维和信仰危机也日益加重。长期以来，对自然神的崇拜流落在民间口传知识系统，并被排除在主流文化体系之外，几乎从未参与到国家意识形态内的人文话语和必要的伦理建设工程中。20世纪初期新文化运动、新文学革命背景下，文化先驱的"走向民间"，在借鉴西方的启蒙的主流意识外，挖掘民间文化服务于平民文学建设的资源，以颠覆传统的贵族文化系统和专制文化体制。在以北京大学为中心，以歌谣征集和《歌谣周刊》创办为策略的现代民间文学运动中，神话作为一种民间文学题材进入了启蒙者的视野。然而，在民间文化范畴内的神话研究颇有局限，基本流于对神话的整理、发展演变脉络的梳理，而不是阐发其关乎人类起源和民族文化构成性的理论。对于神话系统体系建构的忽视和偏颇造

① ［美］沃尔特·翁：《口语文化与书面文化——语词的技术化》，何道宽译，北京大学出版社2008年版，第6页。

成人定胜天思想被纳入唯物主义思想体系，发挥主观能动性几乎成为了发挥社会化、制度化了的人的“神力”，造成了很多悖谬的个人崇拜的文化现象。

同时，自然神崇拜和天的崇拜长期处于民间口传文化体系的核心地位，而不被主流文化接纳，使承载天人合一观念的道家思想被赋予神秘的色彩。于是，从封建皇帝开始，对人和人权的“神化”意识不断扩大，人的权威被纳入到制度体系和伦理体系，形成了宗法制度下的先人崇拜和先师崇拜的礼仪规范和文化习俗。造成文化研究和文学批评中平等心态和整体视角的缺失，诸如面对李白、杜甫的诗篇，没有从人的角度去探讨，缺乏以今天的审美思想去探讨其不足之处的声音；面对诸如王国维、鲁迅的文化思想也缺乏合理的质疑……文学研究，特别在作家作品研究上，每个研究对象在研究者笔下都是最好的、最卓越的，甚至在某方面天下第一，缺乏建立在普通人基础上的对话和争论。对人权神化的虚构想象代替了对自然荒诞却瑰丽的虚构幻想。

以自然神话系统为中心的信仰和自然敬畏的伦理体系长期缺失，已经使文学理论建设失去人类生存原点意识的追问，而面临着理论扭曲、人文缺失、思想苍白和美学观念含混不清的严重局面。创新意识呼唤着以平凡人为中心的时空还原、场地还原、地域还原。人们逐渐认识到，以人的生理、心理和作为自然人的本性透视为基础，在一个具体现象背景下还原民间文化的本真，才能使理论建设从整体性出发，进行调整和原创。

民间传播语境下的知识体系建立在媒介技术和伦理之上，信息交流和知识信息化的发展，不单知识霸权被解构，传统载体构造的线性文化序列也频频遭受质疑，一种崭新的文化时空观念正在努力冲破序列化、制度化的禁锢。文字记载前的原始人类久远的历史文化信息进入各类人文学科重建的视野，特别是以自然神崇拜和器物神性崇拜为中心的神话体系，在人类演进历史上的重要意义被深入开拓。探讨人的生存本源意识随着考古学、人类学、社会学的发展不断强烈，试图解决目前生存的自然危机和文化焦虑的思潮，带动了神话研究与人类本我的哲学重构互相融合。文化原型的探讨成为新时代文化研究的新潮流，神话凝聚的人类本源心理和动物性生理意识逐渐被认识。

人们普遍希望从古人的精神遗存中寻求文明发展的内在规律，希望从更深层次了解日益繁复的社会问题和个体精神现象，这成为当今一个世界性的话题。神话是与人类起源密切相关的文化现象，又是一个具有普遍性和相通性的精神遗存现象，容易跨时空地引起民族间的对话。神话研究从民间文学领域内独立出来，作为非物质文化遗产和口传知识体系的本源，能为文学艺术的原点回归和创新提供文化资源。回顾神话研究历程，晚清已经有《希腊神话》、《天方夜谭》的中译。蒋观云在《新民丛报·丛谈》1903 年第 36 号上发表的《神话历史养成人物》一文[①]，是西方人类学与中国文化研究相结合的起点。此文对于神话与文艺创作关系的初步理解是："一国之神话与一国之历史，皆于人心上有莫大之影响。印度之神话深玄，故印度多深玄之思。希腊之神话优美，故希腊尚优美之风。摩奇允理曰：'凡人者，皆追蹑前人之迹者也。鹏尔曰：欲为伟大之人物者，不能不有模范，而后其精力有所向而不至于衰退。'……神话、历史者，能造成一国之才。然神话、历史之所由成，即其一国人天才所发显之处。其神话、历史不足以增长人之兴味，鼓动人之志气，则其国人于寸之短可知也。神话之事，世界文明多以为荒诞不足。然近世欧洲文学之起，多受影响于北欧神话与歌谣之复活，而风靡于保尔亨利马来氏（Paut Henri Wallot)。盖人心者，不能无一物以鼓荡之。鼓荡之有力者，恃乎文学，而历史与神话（以近世言之，可易为小说），其重要之首端矣。中国神话，如'盘古开辟天地……'，最简枯而乏崇大高秀、庄严灵异之致。至历史、又呆举事实，为泥塑木雕之历史，非为龙跳虎踯之历史。故人才之生，其规模志趣，代降而愈趋于狭小，……故欲改进其一国之人心者，必先改进其能教导一国人心之书始。"

蒋观云认为"近世欧洲文学之思潮，多受影响于北欧神话与歌谣之复活"，"故欲改革一国之人心者，必先改进其能教导一国人心之书始"，意识到了神话与歌谣在文学中的特殊地位和神话激荡人心的特殊作用，也认

① 苑利：《二十世纪中国民俗学经典·神话卷》，社会科学文献出版社 2002 年版，第 1 页。

识到了神话对国民心理改造的意义，把神话提升到了民族文化建设的高度，纳入到已开始的文学革新中，并较早涉及了国民性改造问题。

全球化文化传播背景下，中国神话的自然观具有独特的文化价值。原型理论的研究者，特别是荣格在接触到中国的文化时十分吃惊，认为一些用西方的理论和科学原理不能解释的问题，包括原型理论中的集体无意识问题，在中国的哲学文化中找到了答案。在荣格看来，中国文化中包含了丰富的被西方人忽略和偏废的精神价值，中国人对于宇宙万物带有神秘色彩的特殊感悟和思维方式，具有重要的价值。

这主要体现在中西方对神话的阐释理解形成了两个迥异的文化生成系统。探究神话产生的原动力和内容，通行的观点认为神话源于原始人类解释自然和征服自然的愿望，内容是对自然界和社会生活的变形反应。马克思关于神话的论述："任何神话都是用想象和借助想象以征服自然力，支配自然力，把自然力加以形象化"，[①] 这一论述被认为揭示了神话的本质。显然这是建立在西方神话系统上、以人类社会进化的观点作出的判断。所以，晚清引入西方神话观念时，认为神话可以改造国民性，强调了神话蕴含的人类征服外界自然的愿望和虚拟想象。鲁迅在五四时期写《中国小说史略》时，系统考察了中国的神话系统，认为："昔者初民，见天地万物，变异不常，其诸现象，又出于人力所能以上，则自造众说以解释之：凡所解释，今谓之神话。"[②] 原始人见天地万物出于"人力所能"，解释"其诸现象"时，往往把人自然化，认为人来自自然不可抗拒之力，人是自然的一部分，人与自然混溶一起。西方神话中的诸神都具有人的形体特征，甚至具有人的性格秉性，显然，这样的神话观把自然"同化"或者"人化"，认为自然万物如人一样能感知、思想甚至行动。而中国远古神话系统，认为天地起于混沌，人在自然面前极其渺小，出于对自然的敬畏、崇拜，往往把人"自然化"，这显然与西方的神话思维方式不同。中国原始神话中比西方更多见半人半兽的神人，如伏羲、女娲是人面蛇身，西王母是虎尾

① 马克思：《〈政治经济学批判〉导言》，《马克思恩格斯选集》第2卷，人民出版社1995年版，第29页。

② 鲁迅：《鲁迅全集》第9卷，人民文学出版社1981年版，第17页。

豹齿，炎帝是人首牛身，祝融是人面兽身，共工是九首蛇身，鲧死后变成龙投入羽渊，大禹化为大熊通山引水，等等。中国初民认为自然物象之间彼此存在着一定的关系，太阳运行是太阳骑着乌鸦或神鸟在天上穿行，巨大的雷声是雷神发出怒吼等。人与人之间也要遵行这样的关系，发展到后来的社会伦理道德，出现所谓“天伦”，就是要人遵守天的伦常，追求天人合一的最高境界。

深入探究东西方神话系统的差别，以及由此对中西文化历史形成的影响，有待于人类学、考古学、社会学等方面的综合研究。在面对自然与人关系时中国传统哲学中的人与自然一体观和把“自然化人”的意识，显著区别于西方的征服自然、以追求自然服务于人的人在自然之上的“自然人化”观。至于20世纪中期的“人定胜天”的极“左”思想，则是西方文化在20世纪初期传入中国后的文化“异化”的登峰造极，是在颠覆中国传统文化的文化沙漠上形成的海市蜃楼。

探索人类不断演变的精神现象，寻找人类灵魂的栖息之地，这是神话研究潜在的旨归。通过“把人自然化”的思维方式以求人与自然和谐相处是东方民族的集体意识，以此建立中国的神话系统和神话研究理论，那么神话批评在中国的传播发展，不但为文化强国战略蓝图注入人类普遍忧患的课题，也为透视民族文化心理轨迹提供了一个新的切入点，为媒介环境下的文学理论建设提供了文学源头返璞归真的可能性。

总之，民族民间文学生存境遇大致经过三次变迁。五四时期，在近代报刊业兴起的文化背景下，以北京大学歌谣征集和《歌谣周刊》创办为起点的中国现代民间文学运动，几乎与西方民众科学思潮一起兴起。作为新文化建设的策略，通过对传统民间文化资源的挖掘，来对抗贵族的、山林的文学，建设平易的、社会的新文学；民间文学是一种与传统载道文学对立的文学形态，通过张扬民间文学以实现“走向民间”的启蒙理想，此时的民间文学在文化对峙和社会转型中成为一面鲜明的战斗旗帜。新中国成立以后的民间文学作为新型学科被纳入文化教育建设的轨道，通过整理出版、印刷和行政推行，民间文学与作家文学并驾齐驱，甚至民间文学的方向一度成为中国文学的方向。

21世纪以来，民间文学作为一种历史形态的文化遗留和非物质文化遗产，对全球文化多样性建设和开发人类创造力的作用逐步被认识，民间文学作为口传文化形态与整个物质载体媒介形成的文化系统并列，“口头传统和表现形式”被纳入一项浩大的文化保护工程，来繁荣人类文化，激发全人类的创造力。强调文学独立作为中国文学现代化的基本命题，并试图建立文学与文化对等的多元格局。然而，由于中国文学的意识形态化和道德说教，传统文学又没有把美感和快感区分开来，在日常生活审美化的命题中往往隐藏了生活享乐主义、闲适主义，所以文学的审美品格比较贫弱，文学的独立品格难以脱离文化机制的强势干扰，因此，民间口传文学中更为真实的、原生态的现象更具有重建文学审美的价值。正如黑格尔在论诗时所说：“在诗之中，民间诗歌又是最属于全民族范围的，与天生自然方面结合最密切的，所以民间诗歌总是产生在精神文化比较不发达的时代，在大多数情况下保持天真纯朴的风味。歌德写过各种各样的诗，但是他的最足见内心深处的最像自然流露的作品是他早年写的歌。文化的痕迹在这些歌里露得最少。”[①] 民族民间口传文学在全球文化迅捷传播的语境下，克服西方传播媒介的技术强势，以中国哲学物我涵容的文化理念追求媒介与文学的和谐融合，理应与人类口传非物质文化遗产共同担负起人类文化重塑和文学新生的使命。

第三节　短信文学的生存前景

口头文学主要靠口传流行，是口传时代的文学存在样态，同时在流行中靠集体创作不断丰富完善，或者不断变异成为许多版本。口传文学在纸质时代，往往经过文人加工润色，然后以纸质版本流行，并逐渐成为民间文学经典作品。短信文学具有口头文学的基本特征和生成条件，但没有口传文学的这种媒介环境。由于手机复制的高超快捷而存储的非物质载体，短信文学一直处于未完成状态，或者随时代文化思潮演变，或流行，或寂

① ［德］黑格尔：《美学》第1卷，朱光潜译，商务印书馆1996年版，第361页。

灭。人类对手机功能的开发利用，使短信文学比传统口传文学更接近口头文学的原生态。考察短信文学的文学特征和生存前景，以及短信的民间文学样态，离不开对手机媒介构成的传播—接受语境进行分析。

一 手机媒介前景

古往今来，人们总是不停地在当时的物质条件和知识水平下，力所能及地改进着传播的方式和手段。从古老的呼喊、烽火传信到今天大众化的所谓第四媒体、第五媒体的普及，人类通过改进传播方式和手段不断地改变着自己的生活。从媒介发展前景考虑，以手机为代表的媒体被作为第五媒体。中国新闻文化促进会第五媒体研究中心最新的研究报告称，中国第五媒体已经具备较大的市场规模，但现在仍处于原生态阶段，预计到2015年，第五媒体的受众规模远大于其他媒体，成为“主流媒体”，并进一步界定所谓第五媒体，指的是基于无线通信技术，通过手机为代表的移动通信终端，展现信息通信内容的媒体形式。前四大媒体分别是纸质媒体、广播媒体、电视媒体、PC互联网媒体。第五媒体的主要形式包括移动互联网门户、手机报/手机杂志、手机社会网络、手机微博、电子阅读、二维码等。与传统媒体相比，第五媒体的特点在于其内容的“草根性”。传统媒体的信息生产是由专业人士完成的，如影视内容、书籍报刊等，而第五媒体，尤其是在以社会网络和微博为代表的应用形式中，信息的生产是由受众完成的，也称为“草根内容”。截至2010年10月底，中国手机用户规模达8.42亿，其中手机网民超过2.77亿。预计到2015年，中国手机用户将达13.8亿，手机网民达10亿。2010年上半年，第五媒体的市场规模已达20亿元。预计2015年，第五媒体将成为名副其实的“主流媒体”，在规模上也是“第一媒体”。

手机不同于网络媒体传播的地方在于手机是一种将大众传播与人际传播融为一体、兼具大众传播与人际传播优势又突破二者局限的一种全新的传播模式。以手机为载体的文学，可以笼统地称为“手机文学”。文学媒介对文学场域和文学形态的建构作用已经得到普遍认可，然而媒介技术对手机功能和网络技术的不断开发和突破，手机对文学的承载样态和书写方式不断更新，不单要随着消费社会的商业模式和规则不断调整适应，更内在地受到文化思潮和全球化社会生活模式的影响。所以，任何对手机文学试图下一个一劳永逸、放之四海而皆准的概念的努力，都有可能是徒劳。然而，学术探讨的规范和可阐释性要求一个阐释的立足点，这个立足点就是当下现状和尽可能多的文学实践依据。我们可以相对稳妥地判断：手机文学是文学通过手机和网络媒介获得的一种崭新的书写方式和文学阅读方式；并且手机文学不是对以往的文学书写和阅读方式的替代，而是互相融合和补充，尽管文字或图片可以同时出现在手机屏幕上，似乎可以替代报纸杂志的某些功能，但从传播语境、媒介环境和阅读感知特征等方面看，手机文学和纸质文学的融合渗透大于对抗竞争，两者共同把文学引向关注个性和多元化的民间生态。

由于手机的形式和功能不断演化，从简单的移动电话发展到今天集通信、娱乐、办公等多方面应用的多媒体终端，成为继报纸、广播、电视、因特网之后对社会生活产生深刻影响的最具尖端科技特征的媒体。其承载文学的样态和对阅读带来的便捷有待进一步观察研究。但手机与网络融合的趋势很鲜明，因而手机文学与网络文学的区分也逐渐模糊，只有在手机短信写作方式和收发环境上显出文学感知的独特经验，这种经验给予文学观念更新的启示又是非常深刻的、革命性的，所以，我们重点把握短信文学的兴起与发展形态、审美价值、社会意义和对未来文学观念的建构作用等方面问题，才能逐步梳理出手机媒介关涉民间精神生存的文学与审美问题。

以手机为书写媒介的短信小说，最初可以认为是“每自然段基本70个字；段落结尾或幽默，或哲理，或双关，或言情；隔行；简化故事情节，淡化矛盾冲突，强化语言精彩，深化标点意义；对白生动、夸张；采用蒙太奇手法；用环境隐喻内心的一种新文体”[①]。由于看到短信传播不用身体在场，也不用声音出场的特殊的交流方式更具有文学性，和直接通话相比有不可替代的心灵沟通效用，因此短信有文学潜质和广阔的发展前景，短

① 戴鹏飞：《谁让你爱上洋葱的》，中国电影出版社2004年版，第139页。

信会成为文学园地里的新样式。于是，葛红兵提出："短信文学是以手机发送为传播形式，以格言体为基础的短小精悍、时效性文学性并具的文学新样式。"①

偏重于以手机为阅读工具，在阅读方式上改变了传统的纸质阅读方式的手机文学，主要是从网站上下载到手机上的文学作品，或者硬件存储安装到手机上的文学电子版本。就当前的媒介条件，可以说手机文学从短信文学发展而来，但不完全是短信文学。在目前探讨手机短信文学的研究中，大家普遍认同：短信文学是通过手机发送的以短信为内容、以手机无线通信网络为传播渠道、并能够进行创作、下载、复制、发送、浏览、阅读的文学，包括小说、散文、诗歌、戏剧、故事、谜语、哲理小段、祝福小句等不同体裁。无论从哪一个角度去认识，手机文学的范围显然要更广些，包括短信文学，也包括手机上网、语音业务，甚至还包括以手机为载体通过手机内存卡进行的文学阅读等。之所以把仅仅通过手机屏幕阅读的文学，也叫手机文学，主要从阅读媒介、传播媒介对文学创作、价值体现、审美方式等产生的制约越来越显著方面考虑，也出于对"媒介即讯息"的深刻反思，更在于手机阅读使文学走向了大众民间，带动了文学价值观念的重建；手机免费阅读的趋势，使文学与民间，与个体生存的关系越来越密切。

如果说以手机为代表的中国第五媒体的兴起，主要原因在于无线通信的普及，那么无线通信的普及就在于人类全球化的进程日益加快，一个日常化、大众化民间生活景观的形成。手机作为日常生活交流和信息传播的主要媒介，文学必然选择手机走向大众，包括短信在内的文学创作和阅读形式也将随着手机媒体交互功能的开发，将更加关怀个人性以及人与人之间的亲情伦理、爱情友情关系。从目前短信文学的主要内容看，大略不出亲情、友谊、爱情、正义感、仁善等内容，除此之外更为丰富的短信涵盖了新闻、证券、财经、教育、房产、旅游、娱乐、气象等各类信息，人们花很少的钱就可以随时随地获取这些信息，这些信息与短信文学已经共同

---

① 葛红兵：《拇指文化·短信文学》，《文学报》2003年7月10日。

构建了一个日常化、审美化的民间生活空间。

二　短信文学的发生和发展

据研究者称，1992 年 12 月，世界上第一条短信通过英国沃达丰公司 GSM 网络从一台电脑传递到一部手机，宣布了手机短信的诞生。在我国，手机短信从运营商不在意的小业务，发展到今天年产值超过 700 亿元人民币的庞大产业，手机短信的发展速度已然昭示了一个新的传播时代的到来①。

据说，第一条首先用手机发送的手机短信是 1993 年 12 月在芬兰发出的。芬兰塔米出版社出版发行世界第一部芬兰文手机短信小说《最后的短信》，作者为芬兰作家汉努伦蒂亚拉，这部小说由将近 1000 条短信按时间顺序排列，构成一个完整的故事。故事奇巧，悬念迭生。据说，小说中的主人公与读者一样，每天都是在无奈之中怀着焦虑的心情等待着下一条短信②。

手机短信发展成为一种新的文学样式，也有人认为当追溯到日本。2000 年 1 月，日本业余作家、中学教师石田衣良（Yoshi）通过手机连载方式发表了一篇小说，叙述一个少女阿雪的故事并通过手机在日本高中生之间广为流传，成为世界上第一篇手机小说《深爱》。在短短的时间里，这部短信小说的手机读者高达 2000 万人次。在法国，作家菲尔·马尔索写的《吸烟不好》，是一本以手机短信语言写出的小说，据称是世界上第一本完全以手机短信语言写出的小说。在这部旨在向年轻人宣传吸烟不好的小说中，作者使用了大量简缩语句和词汇，此书还特意增加了一份用词对照表来解释这些对于一些年长者来说很新鲜且不懂的缩略语汇。③

据报道，目前日本有数万个手机网站在销售原创手机文学作品。为了应付市场需要，东京、大阪的移动通信公司雇用了数以千计的各种文体的写手。继日本之后，手机文学又在台湾兴起并迅速蔓延到了大陆。先是“榕树下”网站举行“首届中国手机故事大赛”，紧接着就是中国移动通信

① 倪桓：《手机短信传播心理探析》，中国传媒大学出版社 2009 年版，第 2 页。

② 王会、乔相军：《手机文学在期待中成长》，《北方论丛》2007 年第 6 期。

③ 孙慧英：《多重视域下的第五媒体文化研究》，北京邮电大学出版社 2010 年版，第 92—93 页。

公司联合海南省作协、天涯杂志社、海南在线天涯社区举办全球短信文学大赛，连续举办了三届赛事，成为中国手机文学的权威活动和手机文学爱好者的年度盛事。在大赛颁奖典礼现场，《故事会》、《小小说选刊》、《散文选刊》等人文期刊，天涯社区、榕树下、红袖添香等原创文学网站与手机文学联盟，共同开发文学期刊的手机版和文学的手机传播市场。华谊兄弟影业公司也与中国移动签订了合作框架协议，精品原创作品将会作为影视素材，由华谊兄弟公司制作成手机短剧，推向市场。第一届大赛进入复评的300余篇作品被配上著名作家、漫画家何立伟的漫画，由云南人民出版社结集出版，名为《扛梯子的人》。"手机文联"也随即宣布成立，由文联创办了专业网站："e拇指：中国手机文学第一平台"[①]。于是大家不免过于乐观地认为手机文学前景非常光明，中国的手机文学时代已经来临。而众多媒体参与、纸质书刊热心不一定就真正适合手机短信文学的传播，更不能说明手机文学会成为未来文学的主流样态。因为手机短信作为手机增值服务的项目，在人类更为迅速、深入、广泛的信息交流中虽具备了文学的要素，但它的成长演变离不开手机短信传播接受的信息环境影响，受制于手机信息承载的技术条件和使用手机的伦理要求。所以，单单手机短信文学不可能标识一个文学时代的来临，多元化、消费社会也不可能有一统天下的文学媒介形态。把手机和与手机业务相关联的媒介结合起来考察，我们可以看到，信息媒介的叠加和互为依存，可以把文学的表现手法和人类思想情感方式尽情地开发出来，精微地表现出来，把文学的个人性、人文价值和人类对自由精神的不懈追寻表达得更加民间化、普泛化，这无论对于新出现的手机短信文学，还是对于网络文学和传统纸质文学来说，都是一个内在目标一致的文学倾向。

手机短信以文字传播为主，除了实用的信息沟通和交流外，正如日常生活中的口头交流一样，必然表达着爱情、祝福、感谢、离别、励志、问候、道歉等情感，内容的丰富程度几乎等同生活本身。从文字运用上，短信采用了诸如谐音、双关、排比、拟人、比喻、对偶等灵活多样的修辞手

① 周善：《传播学视野下的手机文学》，《文艺评论》2007年第3期。

法，使短信具有了浓郁的文学气息。一些特殊符号组成的闪电、雨点、风铃、表情等图形，穿插其中，类似文学作品中的插图。一些颇具文学素养的短信，具有明显的语篇结构特点，尽管短信有字数限制，也仍然努力采用着诗歌、散文诗甚至小说的方式表达思想情感，带着文学鲜明的虚构和想象特征，于是短信文学的身份才逐渐得以认定，短信文学研究也逐渐进入学术研究的视野。

短信文学包含着当前艺术大众化、娱乐性、复制性等特征，当前文学审美中所表征的戏仿、反讽以及多元价值等特点也在短信文学中被充分展示，并不断赋予新的特征深入到日常生活。作为现代通信技术和媒介高度发达的产物，手机短信文学体现着时代文学的显著特点。

本雅明在《机械复制时代的艺术作品》里论述的机械复制，主要指工业化大生产当中的印刷复制和影像复制，本雅明大概没有预想到纸张复制和相机复制面对互联网的复制可谓相形见绌、不可同日而语。而手机复制达到了人类对文字图片复制技术的极致。这种复制不但可以数量无限，而且超越时间和空间。它实现了文学从创作到阅读几乎没有任何时间与空间的限制，同时将创作行为与阅读行为之间的时间差缩小到最低限度，极大地拉近了作者与读者的距离，调动了二者的互动性。时空之间的零距离传播和接受，是现代科技满足人类生活的显著成果，是高速运转的现代人所追求的生活目标，也是艺术品在消费时代实现文化价值所追求的媒介价值。

当前，研究界对短信文学的研究已经广泛涉及了短信文学的身份确认、思想艺术特征、文体分类、修辞学意义，以及短信文学对文学生态的改变和文学观念的建构、对当代文化机制重建的影响和与日常生活审美化的同步关系等方面。随着媒介生态的不断演进和文化建设的导向变迁，许多方面的研究有待于进一步深入和系统化。

三　短信文学的人本表达

手机所开拓的文学样式和民间文化空间，我们可从多个方面去认识。手机短信成为文学的根本原因在于短信对“人”的全面发现。短信张扬个性价值，在个体独特经验互动中实现文学对人的关怀。短信交流对整个世界和人类生活各个方面产生的深远影响可归入传播学研究的视野，短信所实现的人际传播，又构成传播学研究的重要命题。传播和交流所建立的人际关系和情感模式构成世界丰富的图景，短信成功地把个体之间建立关系的意义，以及把建立、保持、发展和终结个体关系的整个过程生动地展示出来，深刻关注人的个性特点在人际关系中的特殊价值。在短信交流中对个性差异的包容和凸显，实现了对个体存在的独特性的尊重。同时，短信又是主要通过语言来表达自我，界定个体间亲疏、远近、信任等关系类型。这种语言的言说与倾听、表白和接纳，必然实现着对人性特征的文学描绘。短信文学的人文主义特性突出表现在短信书写和阅读的情感宣泄、心灵抚慰、欲望排解和情绪替代性功能等方面。

短信传播加强着人类技术发展的人性化趋势，实现着各类传播媒介的补偿性特征，极大开拓了人类感知生活的宽广领域，给媒介文学提供了丰富多样的社会场域和生活图景。美国媒介理论家保罗·莱文森的媒介人性化趋势理论的核心观点是：人类技术发展的趋势是越来越人性化。技术模仿甚至复制人体的某些功能、感知模式和认知模式。我们选择工具的原则遵循着如何延伸我们交流的范围和能力，却又不扰乱我们从生物学角度的期盼。人好比是“自然环境”，媒介技术好比是物种，存活下来的媒介是适合人类某种自然的生态环境的媒介。人们选择的任何一种后继的媒介，都是对过去某一种媒介或媒介的某一种先天不足的功能的补救和补偿。与互联网和电视相比，从生物学角度考虑，手机短信不再像前者那样束缚人的自由活动，实现人类在最自然状态下头和身体能够自由运动地接受信息。车载视听系统、微型电视等虽然在一定程度解决问题，但只有手机媒介才彻底把人从信息交流中解放出来。手机一定程度上说是对互联网和电视最好的补偿，又和这些媒介协作，开拓了人类生存的宽广前景。同时，短信的私密性、随意性又可达到人类精神领域的无限空间。

与以往人们仅仅把媒介当作推动社会发展的工具和渠道不同，麦克卢汉认为一种新媒介的出现总是意味着人的生产生活能力获得一次新的延伸，从而带来传播内容讯息的变化。媒介是人的延伸即是人的器官的延长。文字和印刷媒介是人的视觉的延伸，广播是人听觉能力的延伸，电视是视觉、听觉和触觉能力的综合延伸。电子媒介尤其是广播电视网络的普及已经进一步改变了人们必须群居或者集中在某个地区才可以获得信息的状况，它们接近于实时的传播速度和强烈的现场感、目击感，把遥远的世界拉得很近，人与人之间的距离大大缩小，人类在更大范围内重新部落化，整个世界变成了一个地球村。根据麦克卢汉的观点，手机媒介的诞生真正实现了人和媒介在时空中的无缝链接，让人感觉拥有和控制媒介的能力：媒介既不与人分离又不主宰人，而是“人的延伸”。作为信息媒介设备终端，它可以随时随地以任何方式被人使用，手机已经成为和人的五官一样的重要的人体感官。这个感官所感受到的世界图景是一个崭新的画面，社会生活的方方面面都要接受这个感官的亲密接触，感知领域的深刻变化促使着精神领域对世界图景的重新描绘，文学的生活基石发生了彻底改变。

人类感官的改变也改变了人与人之间的关系，并创造出新型的社会行为类型。媒介是区分社会形态的重要标志。新媒介的产生并不仅仅意味着一种新工具或者新技术的产生，而是一种社会新尺度的创造，而这种新尺度势必会意味着新的社会内容，或者成为新内容的一部分。例如，印刷媒介出现之前，人际传播往往是直接地和面对面地进行，而印刷媒介则突破了这种时间和空间的限制，促使人们去解读和思索更为精密复杂的印刷符号。手机短信传播方式必将推动社会交往行为的变革和社会关系的重构。文学表达着人们的社会关系模式，揭示人与人、人与社会之间存在的深刻依存关系，叩问着众生之间以及众生与自然之间的和谐共存模式，而手机对这种模式的改变势必预期着文学对新模式的重建。这是从社会学角度观察到的文学观念发生变革的最基本的理论透视。①

文学所描绘的世界与人类生存的物质世界之间，固然离不开人类的思维能力和艺术想象，但是，生命的局限性和躯体的有限性使人类不能破解自然时空领域的诸多奥秘，嫁接文学与世界之间的桥梁越来越依靠历史积淀的媒介技术。特别是实现人际传播并与个体人的生存密切关联的手机，

---

① 倪桓：《手机短信传播心理探析》，中国传媒大学出版社 2009 年版，第 21—26 页。

“讯息的延伸”不但使生存能力和感受外界信息的能力空前增强，在与外界信息交换中塑造着个体人的外部形象，更为深刻的意义在于手机短信的收发塑造着人的心灵、影响着思维方式和行动方式，改变着人的生活和生产方式。人与外界的关系改变了，一个新的世界出现意味着文学的新的时代到来。

短信把人向外界的呈现方式改变了，探讨人文特征和演变规律、揭示人的本质和心灵世界的科学方法和艺术方法都要发生相应的改变。对于文学塑造形象的方法，传统的语言描写、动作描写、心理描写和细节描写等纸质传媒下的经典手段，必然发生相应的调整和转化，来达到对新媒介下人和人际关系呈现的新形态的准确描绘。文学要把握人的个性特征，表现个性形象的途径有人的外部特征和举止行动，更重要的是人借助媒介表达自我所塑造的形象。人总是要把自己最精彩的部分表达给别人，以此塑造有利的个人形象。所以，人会对自己的外在形象极尽修饰，在人际交往中尤其像舞台表演一样来扮演角色。由此，人们对外部世界的主观认识和客观实际效果之间总是存在着差距，人的内心期望与表演的角色追求之间总是发生背离。文学以形象追求真理，那些能触摸到人生和社会内部规律的作品才能成为传世的经典。短信也是一种自我形象塑造的符号，这种符号带着场景想象特征，由于身体的缺席和移动传播就更加重视语言符号的替代作用。我们在组织语言，编写短信时，总是要尽量把自己塑造成让对方易于、乐于接受的那个形象角色，短信中我们不必掩饰在日常生活场景中不善沟通的言行尴尬，对方接受的是我们的短信编辑的形象而不是我们本身。从接受一面来说，正如虽然知道网恋有很大的欺骗性，但网恋又以很大的魅力影响着人们特别是青少年的爱情心理，这是因为身体不在场的即时的语言交流所虚拟的形象容易倾注对美好事物的憧憬。即使单单为了交流和信息交换的短信也都带着形象重构和情境还原的诗性特征。同时，短信收发也具有品味语言的文学特征。

我们可以从两个方面看到短信文学的媒介特征。一是虽然大多数短信的功能不在于文学创作，但由于对语言符号的倚重而产生了极为生动的文学效果；二是短信文学往往不像纸质媒介文学那样重视时间、地点的交待，与此相关，也不重视叙述故事的起因、高潮和结尾。短信文学偏爱抒情性的段子、改编经典诗词和采用现代诗歌的形式，这不是简单的手机屏幕和抒写字数限制的原因，而是与手机媒介的身体移动性和身体缺席的交流特征密切相关。对短信文学特征的众多概括大都离不开这个基点：手机媒介和短信收发形成了日常生活方式，文学回到了生活本身，审美走向了日常化、民间化。如果随着手机功能的开发，手机向微型电脑方向的发展，最终实现了短信可以不短，那么基于短信特征的这些文学特点也许会随之改变，但身体移动、缺席的文学表达，仍然会像网络文学那样追求虚拟性的想象，偏重淡漠真实时空界限的异域描绘。那么，“穿越”、“玄幻”、“网游”类作品也会成为备受争议的带着媒介特性的手机文学新品种。

第四节　短信文学的文化表征

一　短信文学与文学泛化

运用文学的手法传达信息的短信是否属于文学，曾在相当长时间内存在着广泛的争议。例如，认为短信不足以成为文学的著名作家和评论家有张柠、叶延滨、肖复兴、杨乐等人，对短信文学持肯定态度的著名作家和评论家有莫言、葛红兵、李少君、韩少功等人。[①] 与纸质承载、具有鲜明的语言组织结构特色、以文字表达为主所建构的文学观念相比，短信文学颇显虚无缥缈。但如果把短信放在传播媒介推动的文化领域逐步融合的背景下考察，短信文学的合法性就会得到理解、宽容和认可。早在21世纪初期，金元浦指出：从长远的发展过程看，历史上从来没有过边界固定不变的文学。独立的文学学科是在18世纪以后随着现代大学教育的建立才逐步完善起来的；同样，文艺学内所包含的文学的体裁或种类也从来不是固定不变的。文学的边界实际上一直都在变动中。诗歌、小说、戏剧、散文以

① 欧阳文风：《短信文学论》，中国社会科学出版社2011年版，第4—6页。

及更小的类型，都在历史上的不同时期、不同传播时代“加入”文学的阵营。而且，在不同的历史时期，文学的“主打”类型也是不同的。在西方，古典主义时代的文学的主打类型是戏剧，19 世纪的文学的主打类型是小说。在中国，戏剧、小说正式入主文学研究并登堂入室已是很晚的事情……而且，小说作为文学的主打方式缘于传播媒介的巨大变革。工业革命带来了印刷业和造纸业的巨大发展，纸媒质带来了传播的革命，由之产生了公共领域的变革，也由之产生了文学样式的变革，小说尤其是长篇小说才成了 19 世纪以来文学的主打类型。今天，电子媒质引起的传播革命，又一次引起了文学自身的变革。文学面临着又一次越界、扩容与转向。一大批新型的文学样式如电影文学、电视文学、网络文学甚至广告文学，一大批边缘文体如大众流行文学、通俗歌曲（歌词）艺术、各种休闲文化艺术方式，都已进入文学研究的视野，由文学而及文化，更多的新兴的文化艺术样式被创造出来，成为今日文学—文化学关注和研究的对象。[①] 把社会生活审美化的趋势与文艺学、美学的学科反思联系起来思考，陶东风指出：无可否定的是，日常生活的审美化以及审美活动日常生活化深刻地导致了文学艺术以及整个文化领域的生产、传播、消费方式的变化，乃至改变了有关“文学”、“艺术”的定义。这应该被视为既是对文艺学、美学的挑战，同时也为文艺学、美学的超越与发展提供了千载难逢的机遇。事实上，当代的消费社会及文化与艺术活动的新变化、生活的审美化与审美的生活化等已经迫切地要求我们修正、扩展关于“审美”、“文学”、“艺术”的观念[②]。

一方面当前手机短信媒介已经全民覆盖。短信文学以其强大的传媒优势和技术优势，篡改和形塑着人们日常生活的举止言行，强烈地干预着人们的价值观念、审美意识、情感体验和心理诉求的精神构成。颠覆和嘲讽着规则和规范，以民间文学的恒久魅力和强劲的民主精神力量，使传统文学观念泛化和重组。手机短信文学出现对于文学理论建设的意义在于以不容置辩的现实，昭示人们：短信文学进一步消解甚至摧毁了传统文学惯

① 金元浦：《当代文学艺术的边界的移动》，《河北学刊》2004 年第 4 期。

② 陶东风：《日常生活的审美化与文艺学的学科反思》，《中南大学学报》2005 年第 3 期。

例。短信文学不仅仅以语言作为存在方式，而是综合运用了文字、图像、声音、动画等多种媒介符号，使文学超越传统的诗歌、小说、散文、戏剧等文学形态的边界划分，它特有的传播形式和容量，使它的类型划分甚至比网络文学都更加模糊。网络文学的横空出世似乎已经提醒我们，在如今这种电子媒介时代，既有的文学观念已经不能涵盖所有的文学类型和文学现象，文学越界和扩容成为一种必然趋势。短信文学更加有力地冲击和改造着人们关于“文学”、“艺术”的传统观念。我们不得不承认，文学审美已经不能再囿于传统的纯文学或雅文学的观念，而是日益与日常物质生活的各个方面紧紧地维系在一起，艺术气息和文学性已经普遍化地依附于日常生活实践之中。文学也不再局限于文字这一单一的表达方式和存在形式，而是以文字的口语表达为主，综合了文字、图片、动画、音响、造型等多种艺术品种，形成了文学与其他艺术的全面融通。文学不再停留于少数文化人的圈子里，而是直接面向大众，进一步向日常生活和底层民众回归，并对社会生活产生着更大的隐性支配力量。摒弃传统的文学惯例，建立一种“大文学”观，已经成为文学发展和文艺学研究的一种内在诉求①。

另一方面，理论界逐步认可纸质文学由于纸质媒介的优势而不可能被电子媒介替换，纸质文学不会退场。消费与信息时代的文学对社会生活正在产生着更大的隐性支配力量，纸质媒介小说、诗歌、戏剧、散文等文学样式正在以日益多样的混溶形式和载体形式繁荣着文化市场，丰富着人们对文化形式多样化的需求。纸和印刷术发明以前，适宜于口耳相传的押韵诗流行；广播、电影和电视的发明促进了广播剧、电影和电视剧的繁荣；网络的出现和便捷性，使网络文学蔚为大观，而当下的手机短信成了文学传播的新载体，文学试图通过各种办法来适应社会和文化的发展，适应传播媒介、流通渠道和阅读方式的变化。

纯文字性的短信文学在文体、语言等层面已然呈现出新的质素，汉语言的内在意蕴将会得到极大的开拓。虽然彩信的多媒体优势将会令短信文学的形式更加丰富，动态插图和背景音乐等将使文学的面貌焕然一新，但

① 欧阳文风：《短信文学的勃兴与文艺学的应对》，《河北学刊》2007年第2期。

相比之下文字仍然是文学意蕴最为底色的传播媒介和主要手段，因为文学本质上追求着最大限度的民间性和人文性，而语言文字是人类独有的标识，也是人之为人的根本存在，它的民间性和人文性是天然存在的。

如果把短信文学作为一种民间文学范畴的文体概念，那么作家千夫长的《城外》、黄玄的《距离》等这类专门为手机载体度身定做的作品不应该算短信文学，短信文学与日常生活水乳交融、没有间隔，不是文人墨客着意为之。惟其如此才能日常化，文学也才能在普泛化中重建。日常交际中，无论是深情告白式、整蛊搞笑式，还是温馨祝福式的短信，无不有着丰富的情感性和审美性，或叙事，或抒情，或含蓄婉约，或大话语体，不同程度地被赋予了一定的文学色彩。新浪网的短信语言分类，有嘘寒问暖、俏皮俗语、巧言相对、诗词歌赋、谚语格言、经典对白等多种栏目，已经具有广义文学作品划分的倾向。职业化的短信写手、作家不可能构成短信文学的创作主体，所有手机使用者随时随地都有可能成为诗人，短信文学的滑稽幽默是集体智慧的凝结，是生存悖论的自然流露，不是职业写手所能编写出来的。中国语言文字的雅致和整饬、幽默与机智，以及民众对社会生活形式朴素的感悟力与穿透性，同样如传统民间文学一样是短信文学不竭的文学泉源。

短信文学的言简意赅与民族文化传统密不可分。古今格言、成语典故、谚语、熟语、歇后语、俗语、顺口溜等极富表现力和饱含文化传承的语汇被活用创新。短信作品的峰回路转、曲折动人，也显现了东方文化气质上的内敛、审美价值上的含蓄、意境营造上的深远的追求。很多研究者认可那些简短生动、含蓄蕴藉的短信，其意蕴原型甚至语言格式，可以上溯到刘义庆的笔记体小说《世说新语》、蒲松龄的《聊斋志异》以及《笑林广记》等古典文学中颇带民间文学色彩的精品之作。有些短信文学甚至被看作是民间手抄本文学的创新和传统文学生成机制的激活与延伸。短信文本的通俗浅近形成一个相对自由宽容的文学生存空间，成为彰显民间智慧的大众文学。短信文本从一开始便以贴近普通人的思想情感与喜怒哀乐为旨归，作为一种新颖的民间文学形式，不失为文学的普及性与民主化的重要标志。短信文学让文学大踏步地走向了普通人的生活与精神世界。

二　短信文学的读者接受

手机文学重建文学与读者之间的新型关系。手机短信传播是在一个碎片化的时间、瞬间之内和一个碎片化的语境之内，构成日常生活点滴时空的精神填补，是人们心灵颤抖音符的放大和超越；从接受一方看，只要愿意，随时随地都可接受，无论是在排队等车还是在漫长的旅途当中，都可以了解别人和被别人了解，人类沟通的渴望和渴望的满足通过手机达成了，人类文学表达和接受之间的沟壑通过手机短信弥合了。文学与读者之间的关系，可谓文学研究的重大的、永恒的课题，手机短信文学嫁接出的文学与读者之间的新型关系，截然不同于历史上任何时期。文学不是静态，文学是在关系中建构和发展的，从这种关系出发，我们才可以说手机文学作为一种新的文学样式使当代文学更加多姿多彩。

把握人类心灵感知方式的新变化，探讨信息接受给文学观念演变带来的影响，不单是接受美学所关照的对象，当前从传播学角度的探讨也方兴未艾。通过空间传达和通过时间保存一直是人类生存发展机制的智能显现，文学既然置身于传播环境之内，其反映社会生活的内在规定性和张扬人类生存的精神诉求，促使文学积极参与社会生活和人类精神构成。文学的实现首先要表明自己的存在，既需要最可能迅捷、大众化的媒介来负载，也需要民间大众价值观的认同。对于手机短信文学，我们有理由强调：在当下市场经济伦理之下，文学与大众传播媒介之间有着精神文化和物质利益的双重联系。从传统纸质文学到当前的网络文学、手机文学，其传播模式也随着经济和技术因素的变革发生深刻嬗变。在传统文学时代，读者在整个文学活动的系统中，并不是很重要的环节，通常被人们忽视。这时候，文学的传播模式是单向的、线性的，直接从作家到读者，而人们更多的是关注作家和文本，读者在传播模式中成为最没分量的因素。而当传播媒介置身于市场经济背景下，文学的商品性必然日益凸显，传播媒介在文学传播中必然日益起着积极的作用。传播媒介为了生存，就不得不考虑读者的利益和反馈，这样，一种新的传播模式出现了，即“作家—传播者—受众”，以及与之对应的“文本生产—媒介传播—文本消费”的文学商品生产链逐渐形成。在这一链条中，消费者尽管与传播者及文本生产者之间可能产生某种互动，但其相对被动的地位没有发生根本性改变，直到网络文学、手机文学出现以后，文学接受一方关涉文学生存和文学观念变革的因素才被日益发掘。[①]

手机文学传播和接受的各个环节仍然是社会发展的产物。手机文学的出现和演变，进一步昭示着改变文学理论建设的向度转向读者的必要性、紧迫性，由此，文学传播媒介对文学理论构建的积极意义也逐步清晰。至于文学上开始关注读者，是否标志着21世纪初期新文化、新文学思潮中张扬个性和人道主义的真正实现，构成中国文学现代性演变的轨迹，仍然值得深入探讨。

三　短信文学的物质美学

生活诗学与去中心、无深度、消解崇高、解构经典的审美倾向有着内在关联，并推动文学理论走向一种“生活的诗学”。最平凡、最普通的底层日常生活才是真正成为文学最主要的叙说对象。文学创作不可遏止地从宏大叙事向生活叙事转变，文学理论也渐次向“生活的诗学”过渡。前两年，理论界热切争议的“日常生活审美化”或“审美日常生活化”，可以看作是这种理论转向的一种努力。尽管文学理论要真正走向“生活的诗学”，仍然任重道远，文学理论应该重新认识日常生活对文学的意义。琐碎的感性的日常生活并非仅仅是文学创作的低级素材，在很多时候，它比政治生活和宏大事件更能充分体现出个人的价值，更能真实地反映出个人对生活的理解。原生态的日常生活虽以感性形式存在着，但它是一个自在自为的整体，它自己说明、显示自己，从这种意义上说，生活本身其实就是一种艺术。短信文学时代的文学理论也必须契合关注普通人的日常生活的时代理念，重新评价日常生活对文学的巨大意义。文学史已经证明，自上而下的运动式的“文章下乡，文章入伍”，或者说“仿民间文学”与“化民间文学”，在文学媒介不具备全民普及的时代，文学都不能

① 周善：《传播学视野下的手机文学》，《文艺评论》2007年第3期。

真正地走进普通人的生活。[①] 短信文学与生活的一体化，实现了文学走进民间的梦想。

物质是一切精神的起始，似乎能得到普遍认同。文学对物质的依赖表现在对物质图景的憧憬和幻想。古典农业时期的文学是传统经典文学，具有不可动摇的稳定的价值标尺和美学建构，是工业文明时期缅怀无尽的文学资源和精神元点，这在于一个牧歌时代对人性完满性的渴望和纯朴人伦道德的易于完善。文学诉求的背后是对乡土物质富足、精神安乐的追求。

历史上很长一个时期，人们对文学的膜拜无以复加，远远高于对基本物质生存的需求，这恰恰出于对那个物质贫乏、精神饥渴生活的想象性满足和精神麻醉。有迹可循的先是个体生命觉醒时期的魏晋对文章的强调，上升到经国大业的高度，并大而化之运用到决定生命安稳的伦理逻辑中。近代社会经济转型，工业文化逻辑颠覆古老的文化秩序，物质的再分配带来了精神的恐慌和自救意识的觉醒，梁启超等人认为文学可以新民强国的理论，以文学的影子召唤一种启蒙精神，这与贫寒的物质生活实在不着边际。然而为国为民的热忱附带让文学抬高了价值。从土地上爬起，开始认识日月星辰和一日三餐现状的人们，在一个千年激变的时代激情昂然、豪情万丈，在能够勉强安稳地活下来的岁月，日常生活自身成了曲折的故事和动人的诗歌。试想，当不识字的文盲写出自己的名字时的自豪是洋溢着诗情的，同时对衣食无忧地坐在书桌边、神奇地运用文字写诗的人是多么的崇拜。文学被贫瘠的物质生活神话了，文学长期以来离开了日常物质生活的体贴寒暄。

当识字与认识花草虫鱼一样容易，当写字变得与吃饭一样简单，当读书与睡觉一样成为生活的需要，当说话与歌唱一样表情丰富，当文学在媒介技术下可以无处不在时，文学就等同了吃饭睡觉，就等同了柴米油盐。此时，文学必然与身体、生活和物质摩肩接踵。物质、身体、生活与生命密切关联，文学重建物质美学和身体伦理必然使文学焕发新的活力，以亲

① 欧阳文风：《生活的诗学——短信文学的文学史意义》，《温州大学学报》2011年第3期。

切的物质性、日常性给人生带来欢愉和安慰。如果套用一下马克思学说：文学属于上层建筑领域、意识形态边缘的一个很不重要的分支意识，它远离社会结构中心，倒是靠近物质经济基础并附着在经济基础上。文学的物质美学和身体美学更接近马克思文艺美学的本质。

遗憾的是因物质不丰富和技术手段的局限，文学一直没有达到对物质本身的关注、歌唱和对身体自身的认识和赞美，从而放弃了文学对生命哲学的建构使命。网络和手机作为文学媒介，对于文学的建设意义在于开拓了文学关注物质状态、个体生命状态的坦途，在于把日常生活纳入到精神领域内进行哲学建构。比网络文学更加个性化、更加融于日常身体的移动和更易于描绘物质形色的手机短信文学，承担了文学物质美学建设的先驱。这样的文学理论转型所带来的惊讶和疼痛也许不亚于历史上任何一次文学观念变革所带来的文学疼痛。

考察文学之源和作家创作的精神动力，大都重视民间文学的价值，但却忽略民间文学对物质生活满足和期望家园种族福祸灾难得以禳除的倾诉。民间文学里的情爱故事和伦理规训故事，也大都附着在一个物质问题上。比如天鹅处女型的牛郎织女故事中，牛郎是一个孤苦贫寒的男子，与不食人间烟火的仙女相配，产生极具浪漫和神话色彩的人间传奇。长期以来民间文学并没有像作家文学一样被纳入文化建设的主体工程，实质上就在于我们排斥了物质参与文学理论建构的必要性，以为高迈的精神就可以直接推动我们的文化进入世界文化和现代先进文明的前沿。

节日到来，大量祝福发财富贵的短信延续着民间文学对物质愿望的叙事，无法湮灭的黄色短信段子里的大胆和露骨，如果认真思量，蕴含的情色文化并非都会产生消极的有碍人伦道德的因子。很多有声望的专业作家作品，比如贾平凹的《废都》、阎连科的《坚硬如水》等作品中也不无性的直白描绘，我们分析它们的文化蕴涵却不敢承认其物质和身体张扬的价值。短信文学的颠覆秩序、冲击等级禁锢，义无反顾地追求物质和食色，我们称之为“狂欢化”并建构于民间文学理论话语中。“狂欢化”表述实际上表达了一种对手机媒介和短信文学置身事外、孤芳自赏式的排斥而无奈的心态。

关注物质生活形态和身体感官感受的短信言说，是开创日常生活审美化的文学先锋。而审美日常化的文化理论在于日常生活的国际化、全球化。全球化不是一种空洞理论，而是一种实践方式，是一种生活现象。全球化是一种需要人们认识和顺应的世界性的生活状态，媒介技术是对这种状态进行描述的方法，并且这种描述是不断随着全球化的加剧而改变的动态描述。而手机短信是全球化日常生活方式，虽然带着中文汉字书写的民族化特征，但仍然是在全球一体化的传播媒介环境下的语言应用。

仅仅考察某一条文学短信，其文学性也许稚嫩，美学意蕴也很单薄，社会价值、文化属性难以断定，但短信文学作为一种新媒体语境下的文类概念，对日常生活的建构意义、对社会心理和社会文化反映的能动性方面，短信文体是新生的，也是富有前景和充满活力的。短信文学文体参与了全球化文化理论的构建，是连接民间文化、推动“文学与文化一体化”的精神纽带，是文学回归到民间和繁荣民间文化的指向标。我们完全可以说，短信文学既是民间生活质量提高的显著标志，也是文学演进经过了一个漫长的历史时期，终于达到了与现实生活同步发展的新境界。

第五节　短信文学的民间文学品格

一　短信文学与口头文学

手机的功能使文学传播回归到口头时代的人际传播，并使传播方向呈现多极、交互、立体的格局。在民众的参与方式、所激发的民间热情和民间想象方面与口传时代的文学生成极为相似。不同之处在于手机使用语言文字并能永恒保存，而口传文学却自生自灭。手机短信有着深广的民间生活基础，短信文学基于日常交际的口头修辞。日常生活中人们思想情感的表达，都力求在准确基础上进一步讲究表达效果，讲究说话的技巧。文学素养深厚的人，往往是生活中沟通能力强的人，具有感染力的人。在没有物质手段记录语言的时代，人们以编织故事和仪式的方式传承集体凝聚的口头智慧，形成多种类型的民间文学样式。缣帛和纸质出现之后，口头语言由于记录工具和传播技术环境等因素，发生延时和间隔，同时使口头语言的修辞和意蕴经过加工延续成为可能。口头语言是日常生活中同步产生、具有生动语境、需要即时准确传递信息和思想情感的交流符号。人类社会的发展很重要的方面体现在媒介技术对传播和接受矛盾的逐步克服。手机克服了人类语音传播的间隔，短信又克服了手机语言通信时的强迫性，给思想情感以沉淀酝酿的机会和组织修辞的可能，短信就等于口头语言的即时传达和等待回答，是人类口头语言信息传播极具人文性的技术成果。短信具备文学的特征，因此很多论者认为短信文学是口头文学的复归。短信文学具备了民间文学的口传特征、集体性和原生态。

短信文学是民众口头文学与手机短信收发的媒介技术成果的完美结合，是新媒介环境下口头文学的原生态的技术呈现。探讨短信文学的口头文学特征对民间文学的研究，乃至对整个文学理论体系的构建都有裨益。“口头文学的研究是整个文学学科的组成部分，因为它不可能和书面作品的研究分割开来；不仅如此，它们之间，过去和现在都在继续不断地互相发生影响。……对于每一个想了解文学发展过程及其文学类型和手法的起源和兴起的文学家来说，口头文学研究无疑是一个重要的领域。”① 短信文学的口语化表达为文学语言的更新提供了鲜活的样本。以口语的普泛性特征打通了俗和雅两个世界，对流行文化元素借鉴吸收，得到了不同社会阶层人们的喜爱。

专门从事短信创作的写手，之所以很难成为作家、文学家，关键因素除了短信的文学分量不足，还在于短信属于流行于民间的自娱自乐的口头文学形式，由民间集体动态性地完成和欣赏，通俗如口语，明白像说话。一个人偶发灵感创作出一条短信可以得到广泛的民间认同，一个人很难创作出很多短信都能得到民间广泛认同。短信是民间口头智慧的结晶，文人气息浓厚的短信适应书面保存流行，并经过时间的考验会更加蕴藉，但很难在民间广为复制流传。比如，第二届“全球通”短信文学大赛作品《思念》：“寄给你的信/退了回来/说是/超/重/了”，需要在纸质书面分行排列，

① ［美］勒内·韦勒克、奥斯汀·沃伦：《文学理论》，刘象愚等译，江苏教育出版社2005年版，第41页。

然后观摩咀嚼，方见诗意盎然，得到一种情味深厚的美学体验。如果口头流传，很可能就是表述一种事情的客观情状，人们很难会从口语中感悟诗意。如果以短信收发，就与写在纸质上分行蕴藉的诗一样，需要一定的文学素养方能欣赏。所以，专门创作的短信文学不是整个短信创作的主流，主流和趋势仍然是日常生活中、从事各类职业的民间大众即兴的“类口头文学”。

一些经典的、被广为传播的短信，大多带着鲜明的口语色彩，比如：“希望新的一年，领导顺着你，汽车让着你，钞票贴着你，公安护着你，房产随着你，小蜜跟着你。”口语化的祝愿中，体现出民间语言的修辞和讽刺意味；又如“握着上司的手，点头哈腰不松手；握着纪检的手，浑身上下都发抖；握着财务的手，拉起就往餐厅走”，是公众冷嘲贪官的对话语体和顺口溜；“报纸上说抽烟对肺不好，所以我把烟戒了；报纸上说喝酒对肝不好，所以我把酒戒了；报纸上说交你这个朋友不好，所以……我把报纸戒了。”以夸张的口头语气渲染友情。即使专门写手创作的短信，在诗意中也带着口语的浅白，比如：“一匹马，被水墨钉在墙上/它的思念飘零/它的肉体和啸声/薄成一张宣纸。我了解它的饥渴和焦虑/所以，这么多年来/我一直代替它/在城市的水泥地上/奔跑，苦苦寻找/一棵鲜嫩的草。”有的创作是对耳闻目睹的白描，比如：“一残疾少年当街乞讨，无人问津。偶见一卖枣妇女经过。妇女卸担，捧出大枣塞给少年，笑说：‘阿姨没钱’。”有的仅仅一句话，体现出民间口语的形象、蕴藉，如：“我是你今生无悔的末班车。”这些短信文学把民间口头文学书面化、典范化和高雅化，同时也推动文学的口语化、民间化和通俗化。手机短信为口语和流行语汇成为书面文学提供了快捷而广阔的平台，激发民间对文学感知的热情。同样生动地启示我们，一个作家要想让自己的语言丰富和生动形象，就应当向民间口头语言学习。

考察短信文学的功用价值，要把短信文学看作一个整体，探讨它对口头文学的继承和创新。要看到短信在整个人类传播媒介演进的历史中所处的媒介补偿的位置和意义，以及短信收发开创的人类信息交流即时沟通的社会价值。还要看到短信阅读是一种全新的阅读方式，虽然不可能替代纸质阅读，但对人类阅读方式的补偿意义在于短信文学更接近口头文学的现场性和自由自在的民间创作形态。

二　短信文学的民间性

短信文学融会传统的民俗文化生活，包含着民间生活的价值诉求，是民间心理借助手机媒介传播优势的集中反应。能体现民间意愿的短信在传播过程中，得到传播者个体构想和情绪宣泄的即兴改编，这使手机短信成为一种集体创作的艺术。手机所构建的民间生活样态，把零碎于民间生活、口传于民间土壤中的古老与现代融合的文化形态，以手机文字编辑通过网络平台传播开来，体现着浓郁的民间文化特征。

民间文化心理是一个社会心理状态的生动体现，是形成一个社会文化思潮的暗流。在纸质版权传播时代，民间文化心理缺乏即时清晰的集中显现，往往通过社会精英文化的加工得以再现，其真实反映社会生活的性质，在频频受到质疑中推进社会文化思潮的曲折演进，对真正的民间价值取向和行为模式有所遮蔽和漠视。短信文学作为一种没有媒介壁垒的民间写作，更贴近口传时代的民间生存状态和民间文化心理诉求，把纸质时代发掘的民间文化作品和价值充分传播和彰显。如果说，把中国现代民间文学运动中构建的民间文学形态做一还原，毫无疑问，短信文学最接近原生态的民间文学。短信文学在最大程度上、最大限度上和最大可能性上体现着民间原生态文化生活。

短信开拓的民间性迥异于传统纸质媒介为主的时代，纸质版权和精英意识形成的民间性相对于官方而言，民间往往意味着和主流话语的对峙，并且纸质时代考察文学的民间性，往往从文学创作主体和参与角度出发，民间性往往意味着文学参与者的大众化，强调创作主体的民间立场态度，在此基点上考察文学传播方式的集体性和变异性。而手机短信传播的语境超越官民界限，直面当下生存悖论；不是与主流话语的对峙，而是形成主流话语本身；不是漠视文学创作主体和参与角度，而是张扬民间的普遍性和民间生活的全景概括；民间不再以大众化为亲缘，而是颠覆生活的庸常状态；创作主体不再有清晰的民间立场态度的标识，而是社会文化心理和整体生活背景本身的形象描绘和重建的愿望表达。于是，文学创作传播方式的集体性趋向于全民性，变异性趋向于稳定性。

随着信息技术的迅猛发展和手机的广泛普及，短信文学逐渐渗透到日常生活中，成为备受民众青睐的精神美宴。短信与文学的完美结合，以比网络文学更加彻底的反叛姿态摆脱了少数人对文学的特权。短信文学真实地再现了民间物质生活和精神状况，更能映射民间百味、世俗百态，符合广大市民的心理需要，其民俗性往往比传统民间文学更具有感染力。正如民间文学中的民谣、谚语一样，民众将自己对现实社会的不满与生存现状的愤懑通过手机短信宣泄并肆意传播，真正将文学创作与价值评判的话语权归还给民间受众，体现了一种纯粹的民间性。短信文学加速了文学走下神坛的脚步，让这一起源于民间的艺术重新回归民众，让所有参与者都能充分享受到文学创作所带来的乐趣。在手机短信文学所营造的高度民间性这一文学语境中，各式各样的文学生产者得以进入文学生产领域，摆脱文学权威的束缚，尽情展示创作才能，任意挥洒创作激情，并与他人共享文学作品，形成一种前所未有的文化景观。

文学的民间创作和全民性的传播接受，在商业经济逐步全球化浪潮下，可预见的未来阅读状况是：多数文学将成为免费的午餐。专业的作家或者是承担民族国家意识的精英创作，不再是出于阶层的价值追求和意识形态的要求，其创作作为商品经济状况下社会职业的类别，民族国家意识与意识形态诉求融合为主体价值的自觉追寻，虽然形色淡化，但却更为纯粹，其作品仍然注重发行的数量和版权的维护。集体创作作为自由的民间文化生态，越来越占据文学的显著地位，并呈现全民维护的文学传播与接受状况。

手机创造的空间兼容并包，短信收发的时间可以每时每刻，接受的对象可以针对一人或者多人群发，短信交流是双向的、多样化的，短信可以认为是网络聊天的移动延伸，也可以类似于 QQ 群的共享空间。短信文学创作出来后，往往首先经过转发或者改编，流行于一定的群体阶层，然后不断延伸到网络进行匿名性传递。在短信文学的推动下，一种没有文字编辑上严格规范和苛刻评判、能够迅捷表达民间情绪的民间文学逐步形成。

三　短信文学的民间叙事

具体探讨短信文学社会内容和美学特征的研究逐渐形成热点，研究者一般认为短信文学的社会内容有：首先，以超脱的民间姿态迅捷地戏说社会新闻事件。2003 年杨利伟乘神舟五号进入太空之后，很快有手机短信文学出现："八戒正在月球上搂着嫦娥献媚，忽见一人藏在铁罐里从眼前飞过，嫦娥惊呼：'有人偷看我们的隐私!'八戒问：'是高老庄派来的吗?'嫦娥回答：'还好，是杨利伟。'"2011 年 7 月，中国高铁追尾造成人员伤亡事故后，很快流行一则手机短信："唐僧师徒四人去取经，悟空拿出一张飞机票，说：'师傅，这可比咱们骑马快得多，'八戒拿出一张火箭票，说：'师傅，这是高科技，要比飞机快得多，'沙僧拿出一张动车车票，说：'师傅，这可直接送你上西天!'"其次，以颠覆现实的姿态和戏谑的态度，嘲讽现实生活。如一首题为《黑》的诗歌："黑夜/我穿着黑衣/干着黑色的勾当/却没有留下黑影。"让人联想到顾城广为传颂的诗："黑夜给了我黑色的眼睛，我却用它来寻找光明"，两相对照，解构经典中带着几分油滑。以"这年头"为题，表达一种看破红尘、愤世嫉俗、憎恶时弊而尖刻讽刺的人生态度，在幽默戏谑的口语中充分展示了民间智慧："这年头，警察横行乡里，参黄涉黑，越来越像流氓；流氓各霸一方，敢作敢当，越来越像警察。医生见死不救，草菅人命，越来越像杀手；杀手出手麻利，不留后患，越来越像医生。教授摇唇鼓舌，周游赚钱，越来越像商人；商人频上讲坛，著书立说，越来越像教授。明星风情万种，给钱就上，越来越像妓女；妓女楚楚动人，明码标价，越来越像明星。谣言有根有据，基本属实，越来越像新闻；新闻捕风捉影，夸大其词，越来越像谣言……"还有一则"这年头"是这样说的："这年头，到处都是错别字：植树造零，白收起家，勤捞致富，选霸干部，任人唯闲，择油录取，得财兼币，检查宴收，大力支吃，为民储害，提钱释放，攻官小姐。"在这些颇具颠覆性的语言背后，揭示了一些丑恶的社会现象，隐含着民众对现实的责怨和批判，表达了对一种公平正义社会生活的热切呼唤。改写经典诗词赋曲是一种颇为流行的短信文体，如："贪官不怕喝酒难，千杯万盏只等闲。鸳鸯火锅腾细浪，生猛海鲜加鱼丸。桑拿洗得浑身暖，麻将搓到五更寒。更喜小姐肌如雪，三陪过后尽开颜。”

在诙谐戏谑也不无庄严的短信世界里，民间的情绪欲望得到淋漓尽致的挥洒，在一个没有权威和礼仪道德规约的虚拟短信空间内，率性而为，肆意驰骋，天马行空，宣泄着人性本能的情感渴望和个性充沛的表达。在现实物质世界遭受压抑的想象和语言才能尽情展示在短信世界里。也许诙谐的源泉真的出于上古初民娱神的仪式，经过久远的历史文化洗礼，积淀为民间底层潜藏的人性本能，构成民间生活中主要的精神现象和民间文化的基本特征。真正的幽默诙谐不但以风趣的谈吐、滑稽的语言进行戏谑调笑，又在调笑戏谑中表达着人生自由宽厚、智慧高远的超越态度。表面看是以不正经的态度调侃社会生活中的权威和表面正经的社会现象，目的却不单单为了寻求开心，而是呼唤着一种纯朴洁净而又自由自在、充满欢乐的生活境界。

短信语言的幽默离不开套路化和个性化的结合，以套路语言传播个性风格，达到对多种语言媒介的融合。短信充分吸收了广告语言、时尚用语、流行歌词以及网络用语，具有广泛的媒介基础。运用形式多样的修辞手法来宣泄情感体验，将书面语中的比喻、拟人、排比、对偶、谐音、讽刺、曲解、夸张等各种手法杂糅在一起，表达得挥洒自如。比如运用谐音手法：“还记得那年在树下军训嘛？教练对同学们说：‘第一排报数！’你惊讶地看着教练，教练又大声地说了一遍：‘报数！’于是，你极不情愿地转过身去抱住了树！”运用曲解手法：“护士看到一位病人在病房里喝酒，就走过去小声说：‘小心肝！’病人微笑着说：‘小宝贝’”。

大多数短信无论是叙述事件、抒发情感甚至是创作一首诗歌，往往离不开一个“故事”的表达形式。幽默戏谑的审美追求最好的表达方式莫过于假借或者改编广为流传的民间故事、神话传说、典故、谚语、笑话等，同样体现出鲜明的民族文化特征。故事特别是民间故事，是久远的民族文化心理积淀和民族文化身份认同的标记，也是整个人类生活演进的文化符号。任何时候，故事传播都是文化信息传播最为钟情的模式，不仅仅是因为传播要考虑到接受因素和依靠文字信息符号内部结构有机性、完整性的要求，这显然也与人类对实践生活理想模式的追求密切关联。正如美国一位传播学家所说："讲述故事和交流修辞远景是一种共同的，也许是普遍的人类活动。信息传播和说服中的故事的功能也因此成为一个有意义的研究领域。"① 讲故事成为人们用于日常生活交流的修辞手段，特别吻合中国文化追求含蓄婉转、讽喻教化的审美倾向。手机短信的媒体价值正在于营造了一个传播和接受的立体互动的故事场景，并扩大、延伸、创新着传统民间文学的社会交流价值和民族美学意蕴。

同时，身体缺席的虚拟性和身体移动不定的自由性，使即时性的手机言说失去时间和空间的确定性，短信文学失去事件、情绪的特定时空，不遵循传统叙事的时空具体化特征，也就容易借用民间叙事原型，成为一种短信文学修辞。如果说青春文学偏好的时空穿越、虚幻、超自然的神魔叙事与网络虚拟性传播媒介有关，那么手机短信的媒介特征就起到了推波助澜的作用。短信文学抒情多涉及爱情，也许短信真的能拯救德里达认为后现代社会逐渐逝去的情书，成为人类生存的诗意寄居地；而口语化表达则展现了民间朴素旺盛的创造力，充分体现了短信文学的文学性，代表着当前文学演变富有朝气的样式创新。

四　短信文学"民间狂欢"的背后

短信作为一种大众文化现象，在民间自由传播的过程中，传播者和接受者都可以根据个人的需求将其改头换面，具备全民参与的广泛性，呈现出民间狂欢的美学风格，在当下大众化文化狂欢时代，成为继网络文学之后的又一个全民狂欢的重要渠道。巴赫金将狂欢置于人类统一的文化语境中，认为狂欢是人类生活中具有一定世界性与普遍性的特殊文化现象，既包括人类社会生活的狂欢现象，也包括狂欢化文学现象。在巴赫金看来，"狂欢是一种未被认知的、激越的生命意识，是民间的底层文化的地核，而官方文化不过是民间文化浮出海面的一角冰山。作为一种既能创生也能毁灭的力量，狂欢在文明即阶级与国家形成的条件下被迫转入地下或民间，以弱

① ［美］斯蒂文·小约翰：《传播理论》，陈德民等译，中国社会科学出版社 1999 年版，第 312 页。

化的形式存在于各种仪式或表演形式中，存在于各种诙谐的语言作品及不拘形迹的广场语言中。狂欢的被贬斥与被放逐意味着狂欢本身的文化功能发生了变异，从此它被视作一种对官方文化具有离心作用的异己力量”[①]。

显然，短信文学的狂欢是在数字媒介的技术支持下传接文学讯息的狂欢。这种狂欢并不突出官方和民间的对立，短信狂欢也不具备“对官方文化具有离心作用的异己力量”。全球化的语境和媒介环境的规定，官方呈现为一个笼统的概念，官方和民间的对立逐步转化为一种制度性的强制和自由自在状态的人性之间的冲突，传统的有形可见的对立因素逐步转化为消费社会、商品经济规则下，一种普遍隐含的对朴素简单生活状态的精神张望，对不公正和为害于民的社会行为的舆论谴责和鞭挞，并把这种不满逐渐植根于生存困境中。短信文学的嘲讽和颠覆实质上是一种文化悖论和生存悖论的个性表达。尽管当前仍然有各类官民对立的观念渗透在意识形态领域，随着媒介一体化，经济一体化的进展，一个全民性的民间社会、一个日常化的消费主义社会是短信文学面对的常态，短信文学的狂欢将娱乐推向个体生存的每个角落。随着社会节奏的加快，短信文学的娱乐休闲成为一种时尚的生活方式，把当前文化语境下的自由、怪诞、戏谑、轻松甚至放纵纳入反深度模式的文化理论之中，使短信文学的游戏性回归到艺术本质的思维逻辑中。

正如论者所说，承载手机短信的数字媒介就是一个狂欢的广场，等级、约束、禁令可以暂时取消，人们在这个数字化空间不分彼此、不拘形迹地自由接触。这是此前任何文学媒介所不能承载的民间文化的繁荣景象。民间拥有的不仅仅是传播的自由，更多的是隐藏在背后的话语权力的复归、文本创作的自由及其所带来的人性欲求的释放和个体对交际自主权的掌控。[②] 巴赫金论述民间狂欢仪式，认为狂欢化一直帮助人们摧毁不同体裁之间、各种封闭的思想体系之间存在的一切壁垒，狂欢化消除了所有的封闭性，消除了相互间的轻蔑，把遥远的东西拉近，使分离的东西聚合，狂欢在文学史上具有巨大的功用。短信文学的口头文学属性和民间狂

① 王建刚：《狂欢诗学——巴赫金文学思想研究》（导言），学林出版社 2001 年版，第 7 页。

② 陈蓉、田茂军：《论短信文学的民间文化心理》，《吉首大学学报》2010 年第 6 期。

欢化创作心态，融合中国民间传统文化中的一切智慧和表达方式，以丰富多样的民间想象给中国文学史提供新的文学命题。也许五四新文化运动时期思想先驱们建设平民文学的理想和随后的大众文学运动所倡导的“大众化”、所没有完成的文化使命，民间狂欢化的短信文学至少为其提供了一个可能实现的途径。

颠覆、嘲讽、戏谑的情绪狂欢化释放，基于物质追求和身体舒适的满足，是民间自由精神的原生态，是生活本身。传统文学理论视野内，认为这种狂欢是文学娱乐消遣功能的单方面体现，并以精英意识加以审视和提防。当今的网络文学和短信文学是消费社会娱乐文化的表征，又基于媒介的领先趋势和对日常生活的构建的无可置疑，逐渐形成了民间大众文化生成机制，以消融精英文化和意识形态的力量，改写了20世纪初期以来文化启蒙的大众对象，甚至变成了拯救文化弊病和知识分子自我拯救的途径。当前大批作家主动趋附文化市场的倾向和作品中娱乐因素的加强，并非作家放弃了话语权，或者是降低了文学品位，而是文学观念更新后对整个文化机制的逐渐适应。

长期以来，提到民间文化容易让人联系到文化考古学。20世纪90年代人文精神讨论一度成为追问文学价值的热门话题。高标的文学理论似乎从来就是不食人间烟火，文学表达对物质追求和追求满足后的娱乐，以及对身体美学观照的姿态都是我们谨防严守的文化边缘领地。人文主义建设排斥快乐主义被认可；现实主义文学抽象出典型性、排斥日常性，逐渐接近了神秘主义；雅俗文学的理论分辨逐渐迷失在汪洋大海一样的“媚俗娱乐”的文学景观中。我们处理文学和生活本身的思路是：“当骆驼祥子为人力车而奋斗时，这里的人力车不是指向人力车及其物质生活，而是祥子精神堕落史的历程，当陈奂生们为吃得饱穿得暖奋斗时，他们并不是在物质的意义上为自己富裕，而是证明意识形态的正确。因此，我们面对物质及其生活时，并不是面对一个具有自身生产逻辑的物质财富生产和消费问题，而是面对一个时代中占主流地位的思维及其思维模式问题。”① 当今，

① 何学威、蓝爱国：《网络文学的民间视野》，中国文联出版社2004年版，第145页。

民间的物质生活只是相对丰裕，且不说大量贫困现象仍然存在和物质生存的不安全感，如果文学中表达物质追求和物质满足后的快乐，追求单纯而浅易的娱乐，我们的文学批评往往冠之以低俗化，甚至以高深的文学理论分析出了这是一种人性的异化，并把这种“人性异化”嫁接在某种西方文化理论中。于是人文主义关怀似乎主要在写“苦难”方面、在写苦大仇深和撕心裂肺的冲突尖锐的超常生活景象上，物质本身不被赋予人性的光辉和精神的基本形式，于是文学人文主义的社会使命和神圣职责就变成鞭挞“物欲横流”、“利欲熏心”、“物质异化”等，而偏偏顾及不到物质贫困的仍然存在和物质生存的不安全感方面。

文学如果不能客观冷静地看待“物欲和利欲”，就不能正确地处理公平和正义，如果不能坦诚表达浅俗的生活快乐和感官舒适，就不能切入到人性的本身。大概都认同，文化上不能坦诚地谈论物质和生活快乐问题，仅仅去高标子曰诗云，并以此作为拯救时弊的良药，所塑造的文化气氛就易虚浮和虚伪。同样，文学如果不能透彻地抒写物质满足和感官快乐，不基于娱乐地发挥想象、幻想，就不会寄寓真正的理想主义，反而容易走向远离民间的附有教化理念的抽象表达，以此建立的审美观念于文学本体必然有所偏颇。

短信文学和网络文学一样，在对待日常生活和物质追求上所表达的新观念、新态度和新立场，不敢说就是当代文学新观念的本体基础，但我们有理由把它们看作是对传统文学观念的超越和建设新观念的出发点。我们不敢断定网络文学和短信文学的文化属性，但我们有理由相信，正是网络文学和短信文学的民间文学特征接通了传统，成为文学新生和文化建设的不尽源泉，并赋予中国文学以真正的民族特征和时代特征，开拓了中国文学走向世界的光明前景。

第十章　多媒介语境下的通俗文学传播

“雅俗”本质上不涉价值判断；“雅俗之辨”是辨析文学互为涵容的两种品格，而以史的意识叙述的“通俗文学”把雅俗观念落实于作家作品，其史学建构以“通俗文学”作家作品入“正史”为旨归，但因其筑基于不断演变互换的、适应于文化各个方面的雅俗观念形态上，面对当前传媒语境下雅俗观念被颠覆重组并趋于整合统一的文学俗化景观，“通俗文学史”叙述容易遮蔽多元共存的文学生态。考察“通俗文学”概念形成的内在矛盾性，分析雅俗观念在现代语境中的演变，探讨多媒介传播语境下文学形态与接受市场的对接情况，通俗文学自身言说的悖论和“通俗文学史”写作所面临的合法性不足问题就会显示出来。

考察中国文化演进的历史，“雅俗”的观念形态可以是以礼乐为中心、以政教为导向的政治雅俗观，也可以是以人格为基础、以学术为导向的文化雅俗观和以文本为基础、以审美为核心的艺术雅俗观。伴随着社会政治经济的发展，各种雅俗观念相互涵容生长，甚至互相转换，构成文化演进的内在机制。对文学作品的雅俗判断“可以是艺术的判断，可以是文化的判断，也可以是政治的判断。因此，选择雅俗的视角来看文学发展，就涉及采用何种判断，执行什么标准。如果采用艺术的判断，很难制定大家都同意的雅俗标准，因为艺术审美主观色彩太浓”[①]。雅俗观念变迁贯穿于文艺发展的始终，构成艺术的两种审美品格，既有相对的区分，又有多层面的相互转化，同时与思想史、文化史的发展相依存。

---

① 王齐洲：《雅俗观念的演进与文学形态的发展》，《中国社会科学》2005 年第 3 期。

在中国现当代文学这个特殊的时段中，中西文化激烈冲突，社会思潮、美学观念、价值体系频繁转型，“通俗文学”概念形成与演变的内在矛盾性在现代传播背景下日益突出，特别是媒介环境的改变重组文学观念意识和文学疆域范畴，网络的无限可能性和手机媒体的现场性扩大和颠覆文学自身的边界，融会贯通审美意识和文化思潮；短信文学和微型博客兴起，又把文学与非文学共同推向日常生活审美表达的前沿，反思和扩大文学边界局限更有利于文学观念重建获得深厚的文化资源。由此，纸质传播语境下的通俗文学和通俗文学史观，在电子媒介语境下频频遭受的质疑、反思和描述，应该成为当前文学观念更新重建的出发点。

第一节　“通俗文学”源流质疑

最先把“通俗”和小说联系起来的，公认是话本小说集《京本通俗小说》，提出“通俗小说”概念的，是明末编纂“三言”的冯梦龙，“晚清及‘五四’的文学批评家，基本不用‘通俗小说’这个概念”①。因为小说所遭逢的“小说界革命”的时代机遇，矫枉过正的功利文化心态，即使传统小说，显然也不能以“通俗”加以指认。胡适、郑振铎、刘半农、周作人等偶尔提及的“通俗文学”，是在启蒙立场上，主要指涉与所谓“贵族文学”相对的民间的、平民的文学，文体上多为戏曲、鼓词、白话小说、各体民间文学等，有一种为“五四”“平民文学”、“人的文学”建设寻找传统资源的共同倾向。

新时期以来的“通俗文学”研究，一般认同“在我国现代文学的时段中，论述我国通俗文学的源流的有两部名著，是我们这次学术漫游的‘导游指南’。那就是鲁迅的《中国小说史略》和郑振铎的《中国俗文学史》……”② “郑振铎此书是我国开创性、奠基性的一部俗文学史，也是有文学史以来很少的这类书中最突出的一本。”“首先是填补了空白。这一填补体现在中国学术

① 陈平原：《“通俗文学”在中国》，见陈平原《文学史的形成与建构》，广西教育出版社1999年版，第99、103、108页。

② 范伯群：《通俗文学十五讲》，北京大学出版社2003年版，第8、18页。

史上，如前所说，虽然它不能说是‘空前绝后’的著作，但无论如何是最扎实、最有价值的一本中国俗文学史，而且长期没有一本同类著作可以替代它。”①

在郑振铎的《中国俗文学史》中，被认为是第一次对什么是“通俗文学”作出概括的是郑振铎的这段话：“何谓‘俗文学’？‘俗文学’就是通俗的文学，就是民间的文学，也就是大众的文学。换句话，所谓俗文学就是不登大雅之堂，不为学士大夫所重视，而流行于民间，成为大众所嗜好，所喜悦的东西。”② 然而，1922 年郑振铎在《文学旬刊》上发表题为《文娼》的文章，痛斥“上海那些无聊的‘小说匠’”，“他们像‘娼’的地方、不止是迎合社会心理一点”，“什么《快乐》，什么《红杂志》，什么《半月》，什么《礼拜六》，什么《星期》，一齐起来，互相使暗计，互相拉顾客”。③ 郑振铎所痛骂的恰恰就是今天“通俗文学史”所叙述的主要作家作品，显然今天的“通俗文学”观念与郑振铎所持的颇像民间文学的“俗文学”观根本不同，郑振铎的《中国俗文学史》怎么还能是今天的“通俗文学史”的“源流”和“指南”?

把鲁迅的《中国小说史略》作为“源头”，恐怕也有不妥。一是鲁迅并没有提到“通俗文学”或“通俗小说”的概念；二是鲁迅是从类型学的角度，为中国小说作史，探究中国小说这一文学类型的起源、演变、发展。研究的问题边界清晰，持论客观，梳理了小说发展的历史呈现。认为鲁迅在为“通俗文学”作史，“论述我国通俗文学的源流”，用“通俗”这个区别于文类规范划分的观念性的概念来涵盖鲁迅归纳的小说类型，就遮蔽了《中国小说史略》的文类史意义。何况，传统上一直认为小说这一文学类型本身是低俗的，比鲁迅再早治小说、研究小说的不也是在探讨“通俗文学的源流”吗？如果认为鲁迅最早系统论述了小说起源和清末“言情小说”、“侠义小说”等“通俗文学”，特别是褒扬《海上花列传》“平淡而

① 陈福康：《中国俗文学史》导读，见郑振铎《中国俗文学史》，上海人民出版社 2006 年版，第 6—7 页。

② 郑振铎：《中国俗文学史》，上海人民出版社 2006 年版，第 15 页。

③ 郑振铎：《文娼》，见上海《文学旬刊》1922 年 9 月 11 日，第 49 号。

近自然”，但鲁迅同时也相信此书写作是出于“韩遂撰此书以谤之”[①]，作者颇类郑振铎所谓的“上海那些无聊的‘小说匠’”，并且鲁迅是把此类小说归入“狭邪”之列的。虽然鲁迅与“鸳鸯蝴蝶派”有亲密接触，如鲁迅的第一篇短篇小说《怀旧》发表在1913年的《小说月报》第4卷第1期上，并得到主编恽铁樵的高度评价；1917年，鲁迅购买了许多“鸳鸯蝴蝶派”作品，并给母亲寄《广陵潮》、《金粉世家》和《美人恩》等；对周瘦鹃热心介绍东欧诸弱小民族文学大加赞扬；被誉为“北派武侠小说四大名家”之一的宫白羽，最初也是在鲁迅的鼓励和帮助下开始走上文学道路的，但不要忘记，当时鲁迅在教育部“通俗教育研究会”任小说股主任，与他们的交往接触也不排除既有“工作上所需”，也有“拿来主义”的借鉴，并且此时新文学建设还处在酝酿待发阶段。另一方面，我们还应该看到鲁迅曾写了《有无相通》、《所谓“国学”》、《儿歌的“反动”》、《“一是之学说”》、《中华民国的新“堂·吉诃德”们》、《流氓的变迁》、《上海文艺之一瞥》、《电影的教训》等文章[②]，投入了大量精力对“鸳鸯蝴蝶派”和武侠小说进行了相当尖锐的讽刺和批判。这又怎能以鲁迅的“言情”小说、“侠义”小说观点来立论“通俗文学”的“源流”？

郑振铎的“俗文学”，是对过去文学史中，那些相对于庙堂之上的“贵族文学”而言的一部分文学的概括，并且概括的标准也多有不统一的地方，如他认为“像《金瓶梅》、《醒世姻缘传》、《红楼梦》、《儒林外史》等都是‘俗文学’”[③]。这几乎是在判定，凡是小说就是“俗文学”。郑振铎的《中国俗文学史》在民俗学、民间文学方面的意义也早有民俗学研究者和民间文学研究者指出过，同时他的“所讨论的作品范围与其概括的特质之间存在着巨大的裂隙”，以及“俗文学特质的归纳是不够精密”也早有学者质疑过[④]。鲁迅对郑振铎的“俗文学”和“中国文学史”的材料收集

① 鲁迅：《中国小说史略》，齐鲁书社1997年版，第215页。

② 鲁迅：《鲁迅全集》，人民文学出版社1981年版，第1卷第364、388、390、392页；第4卷第279、123、228页；第5卷第292页。

③ 郑振铎：《中国俗文学史》，上海人民出版社2006年版，第20页。

④ 陈泳超：《中国民间文学研究的现代轨辙》，北京大学出版社2005年版，第160页。另见黄永林《郑振铎与民间文艺》，南京大学出版社1996年版，第66页。

与研究方法，似乎也不十分认同："郑君治学，盖用胡适之法，往往恃孤本秘笈，为惊人之具，此实足以炫耀人目，其为学子所珍赏，宜也。我法稍不同……郑君所作《中国文学史》……诚哉滔滔不已，然此乃文学史资料长编，非'史也'。"[①]

考究一下此书写作的时代背景，重新梳理一下郑振铎的叙述思路，"通俗文学"观念的历史嬗变和其阶段性概念特征会更加明晰。按照陈福康先生的考证，郑书"至少在1934年郑振铎在北平任教期间即已开始写作了，而完成则大约在1936年年底"[②]。从当时的写作条件、内容资料、文字数量等实际情况推测，这应该是确论。郑振铎在第一章"何谓'俗文学'"中，又反复说"著者在十五六年来，最注意于关于俗文学的资料的收集"，"这工作虽然我在十五六年前已经在开始准备着"[③]。由此可推知，郑振铎开始收集资料、动笔写作时，也正好是文学革命刚刚爆发，北京大学轰轰烈烈的歌谣征集运动也刚拉开序幕之时。这个时期，中国文化革命先驱者的文化工作，应该是从属于批评传统以寻求新文化的建设资源，或者是处于批评传统、否定古典以重建新的民主、科学的文化秩序的逻辑思维中。郑振铎对传统的整理批判是富有建设性的，虽然"他首次系统地提出'俗文学'，目的就是破除旧的文学观念，发掘被'正统文学'所长期排斥的一大批文学瑰宝，更全面地研究整个文学史"[④]。他的主要目的更在于构建新的文学观，与他参与发起"文学研究会"时起草的研究会简章中表述的"本会以研究介绍世界文学，整理中国旧文学，创造新文学为宗旨"[⑤] 所贯穿的思想一致：为创造新文学，从传统中寻找资源，而不单单要"更全面地研究整个文学史"。

《中国俗文学史》在写作意识上，清晰地表现出对陈独秀《文学革命

① 鲁迅：《致台静农》(1932年8月15日)，《鲁迅全集》第12卷，人民文学出版社1981年版，第102页。

② 陈福康：《中国俗文学史》导读，见郑振铎《中国俗文学史》，上海人民出版社2006年版，第4页。

③ 郑振铎：《中国俗文学史》，上海人民出版社2006年版，第26、28页。

④ 陈福康：《中国俗文学史》导读，见郑振铎《中国俗文学史》，上海人民出版社2006年版，第6页。

⑤ 《小说月报》1921年第12卷第1期。

论》和胡适《白话文学史》在学术上的回应，包含浓郁的做新文学开路先锋的意识。如在第三章“汉代的俗文学”里，他说：“被古典的空气的重重压迫之下，民间的文学当然不能很发达。而时代相隔已久，我们也很难得到多量的材料。但即在所得到的材料里面讲来，古典主义究竟压不死活泼泼的民间文学。”[①] 这里的“古典主义”文学当然应属于那些“铺张堆砌，失抒情写实之旨”[②] 的文学。

那么，郑振铎所谓的“俗文学”，与陈独秀《文学革命论》提出的“三大主义”之一“曰推倒迂晦的、艰涩的山林文学，建设明了的、通俗的社会文学”中的与“山林文学”相对立的“明了的、通俗的社会文学”，内涵外延大致一致。所以他说：“中国的‘俗文学’，包括的范围很广。因为正统的文学的范围太狭小了，于是‘俗文学’的地盘便愈显其大。差不多除诗与散文之外，凡重要的文体，像小说、戏曲、变文、弹词之类，都要归到‘俗文学’的范围里去。”[③]

认为郑振铎的“俗文学”就是陈独秀所指的“明了的、通俗的社会文学”，也许会引起争议，特别是致力于“通俗文学史”写作和学科建设的研究者，会担心对“通俗文学”研究失去了叙述对象，失去了规范，因为郑振铎和陈独秀是新文学的先驱，所持是同样的新文学立场，正好与今天叙述的“通俗文学”观念相悖。但起码有一点可以肯定：用郑振铎新文学建设背景下的“俗文学”观念，作为今天“通俗文学”学科建设的基本规范，一定会界限模糊，失去学术的可操作性。更不用说，郑振铎的“俗文学”内涵与民间文学、民间文艺学学科的交叉指涉，难以截然分断，如果用今天的价值立场去分断郑振铎表述的什么是民间文学，什么是“通俗文学”和“俗文学”的解说，是会缠夹不清，无法自明的。如在论述这些问题时，一方面认为“郑振铎把俗文学（通俗文学）与民间文学、大众文学等作为相等的概念而并提……但并不完全重合”，确认郑振铎提出的“俗文学”“不仅成了中国文学史的主要成分，也成了中国文学史的中心”，而

① 郑振铎：《中国俗文学史》，上海人民出版社 2006 年版，第 48 页。

② 陈独秀：《文学革命论》，《新青年》1917 年第 2 卷第 6 号。

③ 郑振铎：《中国俗文学史》，上海人民出版社 2006 年版，第 15 页。

又认为他的这一提法“极大地提高了俗文学（民间文学）的地位”（括号是原文所有，这正是歧义处），这就造成：一方面认为“俗文学”也就是“通俗文学”，与民间文学“相等的概念而并提”，且是中国文学史的主要成分和中心；另一方面又认为“俗文学”也就是“民间文学”。显然，“民间文学”起码在现代时段内，还没有被普遍认同为中国文学史的主要成分和中心。[①]

就郑振铎《中国俗文学史》和鲁迅的《中国小说史略》立论“通俗文学”，忽略了文化环境的动态变化，没有考虑时代变迁、文学观念与时演变的因素。“俗文学”在新文学建设语境下，实际上是被作为可继承的传统文化资源，作为批判“贵族文学”的利器，可与西方文学资源相辅相成。而今天在现代文学史构建过程中，作为对现代文学学科科学性欠缺的反省，以开放的文化视野，试图建立“雅俗”融合的文学史观。那些长期为主流文学排除在外的具有“商业性”、“娱乐性”、现代传媒“技术性”的文学，实际的文学创作状况，就接受市场和影响来说，几乎是现代文学的主体，所以，忽视它们的存在，必然难以使文学史真正回归本体，难以探讨中国文化走上现代化的规律。所以，今天的“通俗文学”观念构建，潜在着从“商业性”、“娱乐性”或“媚俗性”、“技术性”的现代文化、现代工业文明语境出发，逐步形成的比较含混的学科概念，既具有浓厚的历史反思色彩，又包含了对精英文化未来发展的深刻焦虑和建设未来文化景观的理论预设，表现出对当今大众文化、媒介文化语境下的“都市乡土小说”[②] 的理论概括愿望。这与郑振铎旨在批判“贵族文学”、为平民文学寻找源头的“俗文学”观相去甚远。

第二节　“雅俗”观念与现代文化背景

“通俗文学”的说法，对包含不同判断标准和价值系统的、与时演变

① 陈福康：《中国俗文学史》导读，见郑振铎《中国俗文学史》，上海人民出版社 2006 年版，第 5、8 页。

② 范伯群先生富有创造性地提出。见李国平、王木青整理《“我们以后的路还很长”——范伯群先生访谈录》，朱栋霖《中国雅俗文学研究》第 1 辑，上海三联书店 2007 年版，第 168 页。

的作家作品实际上作出了二元评判，把两种彼此依存并可互相转化的文学审美品格，割裂成对一部分作品进行价值规约，把“雅俗”观念形态实体化、本体化了。就根本上来说，“文学作品并不像一个三角形的观念、一个数字的观念或者‘红’的特质那样具有相同的本体论的地位。……首先，文学作品是在时间的某一点上创造的；其次，它是易于变化的，甚至易于遭到完全毁灭的”①。所谓的“雅文学”与“俗文学”始终处于不断演变、互换中，用“通俗文学”来涵盖文化价值不断演变的一部分文学作品，主观性和不确定性随着叙述的角度和价值标准变迁会不断改变。

“俗文学”观念从一开始就混淆了文类的差别，渗透着强烈的文化精英意识，且并没有把武侠小说、侦探小说囊括在内。而“五四”后，特别是20世纪20年代，以平江不肖生的《江湖奇侠传》和《近代侠义英雄传》为代表的新一轮武侠小说热，是对民族优秀的侠义传统的继承和发扬，是在渴望恢复弘扬中华民族尚武精神，重建民族自信心的社会思潮背景下兴起的，是伴随着对《水浒传》的重新高度评价和对中西文化冲突的敏锐反映发生的。这和梁启超写于1904年的《中国武士道》、鲁迅的《斯巴达之魂》、苏曼殊于1915年创作的《焚剑记》、老舍《断魂枪》等作品，对中华武侠与民族文化关系的思考，是连贯统一的铁肩担道义的精英意识。

郑振铎的“俗文学”体系建构，在建设“平民文学”的强烈愿望中，渗透着“雅—俗”、“高—下”、“贵族—平民”的二元对立意识；胡适重视章回体小说，出发点在以白话小说建设“国语的文学”，服务于以西方文学改造中国文学的目标；周作人的精英意识最切近“五四”文人的初衷，提升“平民文学”地位是为了启蒙，他们一定程度上都带着一种反叛精神和先锋自觉，“五四”的精英意识也体现在这里。只有首次明确提出过“通俗小说”概念的刘半农，在《通俗小说之积极教训与消极教训》的演讲稿中，具有从文学本体建设的长远眼光，认为“通俗小说”是“上中下三等社会共有的小说，并不是哲学家、科学家交换思想意志的小说，更不是文人学士发牢骚卖本领的小说”，强调“通俗小说”的娱乐功能和为大

① ［美］勒内·韦勒克、奥斯汀·沃伦：《文学理论》，刘象愚等译，江苏教育出版社2005年版，第170页。

众喜闻乐见的特征背后，隐含着把“雅俗”当作超越了特定价值体系的文化范畴来看待，认为“雅俗”只是小说品类和风格的概略区分。很显然刘半农并不着意在“雅俗”之间介入价值判断，所以他接着又说：“到将来人类的知识进步，人人可以看得陈义高尚的小说，则通俗小说自然消灭了，我这话也就半钱不值了。”[①] 无论刘半农在启蒙背景下，话说得怎样含糊弯曲，其民间立场是非常明确的。40年代在香港等地“大众语”争论的背景下，上海“鸳鸯蝴蝶派”作家的所谓第一次明确提出“通俗文学”概念，并认同自己的创作是兼有“新之长和传统之优”的，但他们并非是“想在‘新文学’和‘旧文学’之上建立一个‘通俗文学’，并让中国文学统一在‘通俗文学’的旗帜下”[②]，这些论争仍然是就文学“雅俗”审美品格的论争，是“雅俗”观念在40年代背景下的一段演进过程。并且，陈蝶衣认为“所谓通俗文学，并不只要求作者把作品写得通俗一些就算，还要作者更进一步地和大众在一起生活，向大众学习，学习大众的语言，接受大众的精神遗产，移入大众的感情、趣味，而艺术地表现在他们的作品里”。“能够活用大众的趣味是通俗文学的第一要诀。”看来，他对“感情”、“趣味”的强调并不着重在认同“通俗文学”的这一特性，而是将其作为一种宣传思想的媒介、手段，“我倡导通俗文学的目的，是想把新旧双方森严的壁垒打通，使新的思想和正确的思想可以藉通俗文学而介绍给一般大众读者。”[③] 打破新旧壁垒，让新思想、正确的思想更有利地传播，陈蝶衣、丁谛、危月燕、胡山源、予且等人的“通俗文学运动”，不仅不是要自立门户以重建中国文学的现代性，而且同样是以精英者的姿态，让文学去“化大众”，对文学的民族形式建设，他们的出发点更加切实，用心也更为良苦吧。

考察整个中国现代文学发生、发展与建设的过程，可见文学先驱们对传统和民间资源整合利用的策略各自不同，造成亲缘传统和民间的一部分

① 刘复：《通俗小说之积极教训与消极教训》，见姜德铭主编《中国现代名家名作文库·刘半农卷》，中国戏剧出版社2001年版，第281页。原载《太平洋》1918年第1卷第10号。

② 范伯群：《20世纪中国通俗文学史》，高等教育出版社2006年版，第256页。

③ 陈蝶衣：《通俗文学运动》，见《万象》1942年第2卷第4期。转引自范伯群等主编《鸳鸯蝴蝶派文学资料》（上），福建人民出版社1984年版，第151页。

被命名为“通俗文学”的文学，在“五四”新文学建设时期，就处境尴尬：白话文学、平民文学建设要倚重这部分文学，而“一旦白话文战胜文言文，‘国语的文学’成为一面可以随意挥舞的旗帜，接下来便是清算昔日的同盟者‘章回小说’”，因此，“白话小说的溯源，只是服务于其以西洋文学改造中国文学的总体目标”[①]。一旦全盘西化初步成功后，随着西方文化理论在中国社会现代化建设实践中逐步落实，现代社会文明的弊病加强着对民族传统文化的追寻意识，精英知识分子的文化理想主义与民族国家责任的自觉承担相融合，就会以反省的姿态重新接纳传统，这必定对文学史的构建模式不断作出新的思考和突破，其中也不排除寻找新的学术资源的策略。这种思考在20世纪80年代就已经广泛展开了。接着，“20世纪中国文学史”概念的确立，就已经标志着一种开放的文学史观形成，表达了结束阶段性文学史构建的狭隘叙述，隐含了纳入各种文学类型叙述的努力。对所谓的“雅文学”、“俗文学”的历史叙述本应在整个中国文学史命意之中，而任何面对历史的一家之言，本身也就更容易远离历史的整体和本真。

强调“雅俗”对峙，是20世纪中国文学的基本品格，这自然有其深远的文化背景。是的，“无论在什么时代，文学的生产和消费都存在着社会层次的划分，直到今天也仍然如此。如果我们使用雅俗概念是为了区分文学生产和消费的不同社会群体，探讨不同历史时期不同主流文化群体的变迁及其对文学发展的影响，而并不以为雅俗之分即是正与邪、高与低、美与丑、精与粗的差别，那么，我们仍然可以利用它们来清理中国文学发展的基本脉络。”[②] 同时，在艺术的雅俗观念上，也有学者提醒：“历史上雅俗互变的例子俯拾皆是，由俗变雅，又会有新的‘俗’出现；由雅变俗，这‘雅’也步入新的境界。这对立的两极有如人类文化的双翼，鼓动着人类文明的升腾。所以我说雅俗观念是一对恒久不灭的文化范畴，其间只有

① 陈平原：《“通俗文学”在中国》，见陈平原《文学史的形成与建构》，广西教育出版社1999年版，第108页。

② 王齐洲：《雅俗观念的演进与文学形态的发展》，《中国社会科学》2005年第3期。

风格品类上的粗细文野之分，并无价值的贵贱、高低、好坏之别。”[①] 然而，“中国现、当代知识分子在文化启蒙中，均具有不同程度的‘拒绝群体’和‘轻视群体’的个体化姿态”。而这种姿态使得他们“对中国传统的群体文化和百姓生活，采取了一种居高临下的‘对抗’、‘优于’的姿态”[②]。这种“姿态”容易把“雅俗之辨”问题强化成一种意识形态，把“雅俗”问题按照一种单一的价值体系来叙述。

当前人们已经公认那些充满悬念、情节跌宕起伏，甚至以消费为主导，媚俗、畅销的“通俗文学”作品，并不一定就与使命感、精英意识、艺术的本质等“高雅”文类所承载的品格相矛盾，起码二者绝对不是对立的；并且，文学的接受群体发生了整体性的深刻变化，传统艺术观念所指涉的大众、市民、知识分子，在当今以及未来社会中，其范围、地位、价值观、文化意识都与传统、确切说是与“新时期”以前全然不同，文学的民间状态必然随着社会政治经济形态、性质、结构发生根本性转型。网络文学、手机短信文学、纸质印刷和电子媒体相互塑造的“媒体文学”俨然成为时代的主流文学形态，“媒介诗学”构建成为文学理论构建的当务之急[③]，雅俗观念在媒介文化思潮下融合于文学观念重建之中。

第三节　“通俗文学史”抒写的悖论

“雅俗”观念的互相转换演变，“通俗文学”语义的含糊和矛盾性，使“通俗文学史”构建面临自身难以避免的悖论。首先一个基本问题是必然要对“通俗文学史”进行分期，本身文学的分期就“只是文学一般发展中的细分的小段而已。它的历史只能参照一个不断变化的价值系统而写成，而这一个价值系统必须从历史本身中抽象出来”[④]。中国现代文学是整个中

① 王宁一：《雅俗观念：一对恒久不灭的文化范畴》，《文艺研究》1995 年第 6 期。

② 吴炫：《穿越群体》，湖北教育出版社 2005 年版，第 6 页。

③ 张邦卫：《媒介诗学》，社会科学文献出版社 2006 年版。此书最早提出并试图建构“媒介诗学”。

④ ［美］勒内·韦勒克、奥斯汀·沃伦：《文学理论》，刘象愚等译，江苏教育出版社 2005 年版，第 318 页。

国文学发展中的“细分的小段”，“雅俗”观念的对峙、交融构成自身发展的内在机制，同时构成中国现代文学“不断变化的价值系统”的呈现方式，如果把“俗”的部分抽出来，也即把现代文学的一部分从这个完整的“价值系统”中割裂出来，这样，既无法“参照一个不断变化的价值系统”，又无法使这个“价值系统”从中国现代文学“历史本身抽象出来”，势必只能是在连续完整的历史本身之外用“纯粹观念”建构成一个价值系统。割裂这一部分又不同于把现代文学某一种文类单独做史，以考察其变迁发展，为现代文学价值系统的演变提供微观参照形态。割裂这一部分必然是一个基本内涵模糊、边界无法界定、并在文学史的沧海桑田之中“容量”不断消长的中国文学的一部分。所以我们会在作了一番考证、辨识、阐发后，不免有所感叹：“虽然我们在上面提到了许多划分雅俗文学中的不规则难点，或出于流变，或囿于习惯，但是雅俗之间，总需有一个大体的界限。”[①] 表达出区分的艰辛、无功和无奈。也许我们为建立一门严肃的文学史学科，学术的目标追求与学科的科学性发生了冲突，启蒙视角的精英化透视与非精英的研究对象抵触。我们忽视了“被看作是文学史基石的‘文学事实’，实际上是在文学史书写过程中形成的。和历史事实不同，其最初文本并不是对曾经发生的事件的记录；这些文本在解释某些现象的同时，也被反复地解释着。两汉以来的经学传统使以往的‘文学事实’被大量的伦理主义所遮蔽。按照福柯的观点，历史的言说积累得越是重重叠叠，缺失的东西也就越多”[②]。“伦理主义”之所以能遮蔽“文学事实”，影响我们全面细致地考察“文学事实”，在于“文史合一”是一种经学传统，同时，承载“文学事实”的传播媒介在以往任何时代也都是高度的贵族化、权利化、封建化的。平民没有受教育机会，没有文字记录生活的意识和条件，这样的“文学事实”必然以少数人和一定阶层人的意志为转移。

“雅俗之辨”指认的“俗”与“通俗文学史”观根本不同。“雅俗之辨”是对具体作品的审美情趣、文化特质、甚至人格因素偏重个性情感介

① 范伯群：《通俗文学十五讲》，北京大学出版社 2003 年版，第 18、8 页。

② 程怡：《“文学事实”及其解释的历史——关于重写文学史的思考》，《文艺理论研究》2008 年第 2 期。

入的辨析争论，没有意识形态因素上的价值判断，也构不成话语霸权，立足点在于“俗文学是一个‘文类’概念”[①]。而在“雅俗之辨”基础上建构一种文学史观，必然面临一种自我解构的尴尬叙述：在对现代文学史反省和开拓多元批评格局、多元价值体系的诉求中，却不得不首先自我局限叙述立场和叙述视角；在阐述“通俗文学”所遭受的偏见，或者在力陈“通俗文学”是中国文学的主流的自辩中，立足点却不得不先构建一个“通俗文学”作品大厦，拉入一大批作家作品为“通俗文学”，同时也就铁定了这批作家作品为“通俗文学”。比如，我们经过几代学人的努力，终于发掘和“扶正”了“鸳鸯蝴蝶派”、张恨水、张爱玲，发现了武侠小说、言情小说、侦探小说也都是“小说”，却又把它们框架在“通俗文学”里面。比如，对待张爱玲的小说，20世纪的主流文学史已经把张爱玲作为中国现代文学在40年代小说领域内的重要收获来确认，但21世纪出版的《中国通俗文学史》仍然要把张爱玲小说作为“40年代中国通俗文学的兴旺景象”来叙述，是因为张爱玲小说主要是言情小说？抑或是她最有资格被排除在主流文学意识形态之外？颇让人费解。也许我们是努力要为这些长期受压抑的作家作品写出专门文学史来，但结果将会是：雅俗的界限越划分越清楚，中国文学史的完整的科学形态越来越支离，靠近历史真实的努力与愿望越来越远，20世纪中国现当代文学史学科内在的矛盾性不断被无意识地强化了。

同时，我们以“通俗文学”作家作品入史为旨归，但我们又不断强化“通俗文学”的学科观念，努力构建严谨的学科体系，又必然陷入“雅俗”二元思维定式，极尽为“通俗文学”争取话语权、生存领地、辨明是非之责任，客观上把“通俗文学”的边界地域砸得坚实、划分得清楚，并由此论证“通俗文学”的成绩如何如何显著，那么我们用心良苦地去提升的对象不但是“通俗文学”，还是“有成就的通俗文学”，它别的还能是什么呢？我们以郑振铎、鲁迅的“俗文学”观念为“指南”，我们的叙述心态和史的意识仍然没有超越“五四”时代。比如，无论鲁迅、郑振铎还是瞿

① 谭帆：《“俗文学”辨》，《文学评论》2007年第1期。该文对“俗”的内涵作出了系统梳理，并指出了“俗文学”研究中的学科性质的模糊问题。

秋白、茅盾等新文学家都对武侠小说有过相当严厉的批判。于是，我们对待武侠小说就只能在“通俗文学”范围内给予升华，并没有富有理论穿透力的论证来说明它们为什么“通俗”，我们解释不清徐枕亚的《玉梨魂》、苏曼殊的《断鸿零雁记》，还包括金庸的武侠小说，到底“通俗”在什么地方，与西方名著《茶花女》、《基督山伯爵》、《三个火枪手》有什么不同，是其抒情方式还是其承载“为国为民，侠之大者”思想的古典加白话的语言？仅仅从商业、媚俗方面是没有说服力的，正如我们不能判定一个穿着华贵奇异的衣服、涂着口红的模特就一定是道德品质低下的人一样。我们的叙述是矛盾的，我们尽力挖掘这些小说的思想艺术价值、开拓其史的地位和意义，努力使它们能获得进入“正史”的资格，同时我们又以限制的视野把它们牢牢规定在“通俗”的视界之内，即使进入了文学“正史”，也是庶出的。这既与郑振铎们的“俗文学”观本质不同，却又没有走出郑振铎新文学家的历史局限。

追寻中国文学现代性演变的轨迹是抒写中国现代文学的学术情结，然而这必然导致突出中国现代文学史学构建的“新与旧”的观念对立，强化主流文化思潮、社会思潮成为“中国现代文学史”的主体意识，从而在文学史叙述中，容易把“新与旧”、“传统与现代”作为具有历史继承关系、因果关系的进化论逻辑，并强化时间性维度，于是形成二元思维和精英意识，使雅俗观念逐渐远离文学本体。也许“通俗文学史”抒写的成就越大，“通俗文学”的理论进展越顺利，那么综合的、新思维的文学史观就越难于建立。

那么如何超越这种史观模式，以一种更加开放的文化视野和与时俱进的史学心态，重构相对客观的文学叙述模式，也许要“第一，关注时代的潜流；第二，注重文学与其他艺术门类的关系。至今始，必须对以往建构的文学史进行重新探讨研究，从而实现一个涵盖新的思维方式、新的艺术门类的、更为综合的文学史再建构的百年”①。自然学科的分工与人文学科的综合，是现代文化发展的趋向，“涵盖新的艺术门类的、更为综合的文

① ［日］斋藤茂：《面向新的百年来中国文学史研究的两个问题》，韩艳玲译，见朱栋霖主编《中国雅俗文学研究》第1辑，上海三联书店2007年版，第27页。

学史”构建，是与时共进的史观。正如对“五四”新文学的史学构建，不能不考虑“五四”时期的机械印刷技术、报刊出版业的发展、社会学和人类学知识的渗透，以及社会组织结构、法律对言论著作自由的保障等一样，抒写这八十年以来的文学史，也不能不梳理当前文化演变的脉络，不能不探究媒介科技对文学生成的制约。以“共时性”思维方式，从多媒介互动传播的文化格局，考察具体语境下的文学现象、运动、思潮流派以及创作手法等与各种文化门类的关系；对被命名为“通俗文学”的那一部分文学现象在文学史构成中的地位，作出“共时性”分析，不失为一种对“以往建构的文学史进行重新探讨研究”的新思路。重视“在研究某一语言、某一社会或人类心灵问题时，最好的方法是在某一特殊的时间中去考察它们部分与部分间的关系，部分与整体间的关系，而不是研究它们在历史中的如何发展”[①]。人类信息传播技术和文化消费社会结构迫使我们以类型学的学科意识和综合人文科学的方法，以构建多媒介干预下的文学形态生成的媒介诗学，与时俱进地更新文学观念。

第四节　传媒语境文学俗化与“通俗文学史”

中国社会现代思想文化的激烈变革与近代印刷业的发展、报刊的广泛发行、出版物的流行、全国各地读报栏的设立、大规模的机器印刷术推动报刊媒介广泛介入社会生活和文化领域相互关联。大家阐释麦克卢汉“媒介即讯息”的意义，认同“印刷术的同一性、连续性和线条性原则，压倒了封建的、口耳相传文化的纷繁复杂性”[②]，印刷术媒介带来了一种新的文化模式和价值体系的确立；这在一定程度上也说明了文学革命的爆发，为什么要以白话代替文言为突破口，胡适《文学改良刍议》为什么那么重视语言文字的改革。毫无疑问，“国语的文学”通过“国语”的媒介，通过平民也能运用的“白话”媒介，激发传统价值观念和文化模式的深刻变

① ［美］沃野：《结构主义及其方法论》，《学术研究》1996年第12期。

② ［加］马歇尔·麦克卢汉：《理解媒介——论人的延伸》，何道宽译，商务印书馆2000年版，第41页。

革，必然同时带来文学观念的深刻变化，一种新的基于口语的文化模式和价值体系在“国语媒介”下才得以确立。同时，文学革命面对的传统文化，是经过锦帛传承，甚至《论语》能通过孔子的弟子和再传弟子的口耳记诵传承下来，并成为经典，具有非常强大的稳固力量。没有报刊媒介传导的同一性、平民性、连续性、透明性、民主性、完整性甚至强制性的冲击，很难把固有的被肢解过的文化传统转化为对民族国家“完整性”、“同一性”、“民主性”的诉求。近代报刊传媒，在借鉴西方的文化教育机制的辅助下，以极大的渗透力整合了闭塞的、分解的社会意识和陈腐的伦理观念，形成统一的愿望和思潮涌动的合力，文化、文学革命的爆发只是这种合力运作的过程。

在现代传播学视野中的文学形态，以媒介历史演进考察，打破了以观念区分的壁垒，特别是本质上对“雅俗”形态的自然漠视，对“雅俗”观念的逐步淡化。民间文学，可以认为很大程度上是口传时代的文学形态，所谓的“通俗文学”，是现代印刷业兴起，报纸杂志、特别是城市小报蓬勃发展，对市民生活和趣味积极传播的时代性、进步性甚至是未来文化方向性的一种文化形态；而所谓的“雅文学”、“纯文学”和“精英文学”也是以教育机构和报刊发行为中心形成的话语霸权对文学形态的褊狭命名。

出版机构和学校教育无疑是推行精英文化和“严肃文学”最有力的文化建构平台，不但中国现代文学史观念体系的逐步确立与现代教育体制的确立密切相关，当前的文化主流在某些方面也受制于学院派和教育制度。20世纪90年代，《平凡的世界》、《白鹿原》等作品，在大学校园里被广泛阅读，是构建其价值体系不容忽视的因素。然而，今天，随着教育体制改革，学科体系的调整，金庸小说、流行歌曲进入中学教材①，出版社以出版面向学生的“玄幻小说”、“科幻小说”、“言情小说”、“魔幻小说”、“侦探故事”，通过网络传播已经形成不可阻挡的文学潮流。国家教育机制已

① 2004年11月，人民教育出版社第一次出版的全日制普通高级中学语文必修读本中，选入金庸的武侠小说《天龙八部》和王度庐的武侠小说《卧虎藏龙》，并作为“神奇武侠”单元；同时上海教育出版社在上海初中语文教材中设立“爱情单元”，主题定为“爱情如歌”；随后，高等教育出版的《大学语文》，把罗大佑的流行歌曲《现象七十二变》列在“诗歌篇”等。

经认可这些文学类型在建设文化生态平衡和提高国民素质、繁荣大众文化等方面的功用；2008 年带有谍战和侦探小说性质的麦加的《暗算》荣获第七届茅盾文学奖，《射雕英雄传》又被选入《中国新文学大系》（第四辑）；金庸成为中国作协名誉副主席。[①] 虽然，“所有的现代政府都在不同程度上支持和鼓励文学；当然，政府对文学的资助则是一种控制和监督的手段”，但是，“国家无法成功地创立一种既符合意识形态的要求，又不失为一种伟大艺术的文学”[②]，同时我们还要看到，即使在政府规定的文学法规下的创作，也并不必然构成“雅俗”、“高低”、“正反”、“贵贱”的二元价值对立。尽管作协或者主流文学有出于导向作用、联络作用、对外交往等方面的考虑，深层背景应该是当前文学观念的变革和媒介文化的推动，是由此产生的文学“俗化”不可阻挡的时代趋势。对此，国家文化管理也是积极去调整适应：“五六十年代国家主要通过作家协会和出版机构来组织和管理文学活动，现在这种管理的重心明显向出版方面转移；而出版社一方面产业化，以追求利润为原则，另一方面又是国家体制的一部分……”[③] 可以说，所谓的“通俗文学”，就是当前的主流文学形态，传统的文学史观念和学科构建体系逐渐失去所依赖的文化机制。

不管我们在多大程度上认可中国“后现代”社会的典型特征，但“近些年来，伴随着经济的全球化，文化的疆域也变得越来越宽泛甚至越来越不确定了。过去一度被精英知识分子奉若神明的‘高雅文化’，曾几何时被放逐到了当代生活的边缘；大众文化越来越渗透到人们的日常生活，不仅影响着人们的生活，影响了人们的审美趣味和取向，而且越来越显露出其消费特征。毫无疑问，大众文化和消费文化的崛起，从根本上改变了人们固有的精英文化观，为大多数人得以欣赏和‘消费’文化产品提供了可能性。”[④]“俗化”的文学已经成为当前的主流文学样态。以此作为文学史

① 2009 年 9 月 8 日在广东江门召开的中国作协第七届主席团第八次会议做出决议，聘请前段时间刚刚加入中国作协的金庸先生为中国作家协会第七届全国委员会名誉副主席。

② ［美］勒内·韦勒克、奥斯汀·沃伦：《文学理论》，刘象愚等译，江苏教育出版社 2005 年版，第 108 页。

③ 董之林：《当代文学与“大众文化市场”学术研讨会侧记》，《文学评论》2003 年第 1 期。

④ 王宁：《后现代社会的消费文化及其审美特征》，《学术月刊》2006 年第 5 期。

构建的文化背景和学术参照，对当前电子媒介推动下、以消费为导向出现的多元价值观、丰富多样的类型小说，如果仍然以“通俗文学史”的观念构建，就出现了一个庞杂的类型体系，诸如：“政治小说”、“公安法制小说”、“公案小说”、“社会小说”、“市民小说”、“历史小说”、“科幻小说”、“武侠小说”，“侦探小说”，“言情小说”，等等，概念互相重叠，含混不清，几乎涵盖一切小说类型。拿“社会小说”来说，什么是“社会小说”？什么小说不是写“社会”的小说？很难说清楚。按照这种显然带着社会学单一视角的分类思路，我们可以把小说分为无数个种类，同时由于这种分类不是就“文学”的种类分的，所以同样可以运用到非文学的部门和材料上去。

郭延礼先生在指出范伯群先生的两部《通俗文学史》对近代文学的叙述时，说：“什么是通俗文学呢？在范著中并无一个完整的、明确的界定……但是，他把近代文学中几乎全部著名的小说、部分翻译小说、全部话剧和全部文学期刊均划入通俗文学的范畴，肯定是不正确的。”并很深刻地指出范先生失误的原因是“雅俗界限的划分还是站在新文学本位的立场”，“区分雅俗，先入为主”[①]。应该说郭先生的看法是中肯的，同样可以针对范先生的《20世纪中国通俗文学史》对当代文学部分的叙述。同时，虽然郭先生在文中也不能够确定一个“雅俗界限的划分”，但提出的“新文学本位立场”和“先入为主”的文学史观问题，在史学研究中却是有深远的警示意义。虽然严家炎早就指出：“新中国成立以来，曾出版过多种《中国现代文学史》，这些著作名为‘中国’，却只讲汉族，不讲少数民族；名为‘现代文学’实际上只讲新文学，不讲这个阶段同时存在着的旧文学，不讲鸳鸯蝴蝶派文学，也不讲国民党御用文学……”[②] 但是，长期以来，大家仍然谨遵王瑶先生对现代文学的界定：“就是用现代的语言来表现现代人的思想的文学”，“现代人的思想就是民主、科学以及后来提

① 郭延礼：《雅俗之辨与通俗文学的泛化——评范伯群教授的两部〈通俗文学史〉》，《文艺研究》2008年第11期。

② 严家炎：《从历史实际出发，还历史本来面目》，见严家炎《求实集》，北京大学出版社1983年版，第1页。

倡的社会主义”。[①]

这种长期以启蒙姿态俯视的包括“雅—俗”在内的观念上的二元对立（当然还有其他因素），已经使中国现当代文学学科的进一步发展面临着颇为严重的困境。学科内的同人大概都认同：中国现当代文学与中国现代革命史的本质性的关联、与当下文学发展的同步性都使“史”的意识形态属性更加明显，学科性也更加复杂多变，不确定性很多。新时期以来，中国现当代文学成为文学学科中最活跃的领域，不断发生思想性、学术性乃至政治性的讨论和争议，学术界和思想界的许多重大话题都与此相关。包括“通俗文学史”在内的任何文学史的抒写都会面临着挑战与机遇，面临着困惑和新空间的开拓。时代给予文学的选择不亚于清末民初的“鸳鸯蝴蝶派”和张恨水、平江不肖生等所面临的境况。

陈平原指出：“以‘通俗小说’与‘文人小说’的对峙来描述中国文学进程，最合适的时段莫过于20世纪。此前此后，二者的分野与对立，很可能都不太明显。”[②] 21世纪的今天，是大众传媒构建新的“文学场域”[③]的时代，此场域富有活力的运作与知识精英对五四新文学立场重新评估后对“通俗文学”的接纳，参与构成当今世界的世俗化和消费文化的潮流。“文化消费主流群体的改变必然促进和影响文学语言、风格、文体的改变，宋以后大量诞生的俗体文学充分说明了这一点。因此，就具体文体发展而言，确实存在一些文体由俗而雅走向衰落的现象；而就文学整体发展而言，却并不存在由俗到雅再到衰落的趋向，文学主流的发展是不断地由雅趋俗，即从贵族走向精英，从精英走向大众，文学文体越来越通俗化，文学消费越来越大众化。这才是中国文学发展的基本趋向。”[④]

当前，通俗化、大众化方向呈现出鲜明的时代特征：价值观上认同

① 王瑶：《在东西古今的碰撞中·序》，见中国现代文学研究会主编《在东西古今的碰撞中》，中国城市经济出版社1989年版，第3页。

② 陈平原：《“通俗文学”在中国》，见陈平原《文学史的形成与建构》，广西教育出版社1999年版，第99页。

③ 朱国华：《文学与权力——文学合法性的批判性考察》，华东师范大学出版社2006年版。该著对当前媒介语境下的“文学场域”做了深刻分析。

④ 王齐洲：《雅俗观念的演进与文学形态的发展》，《中国社会科学》2005年第3期。

世俗民众的判断，艺术形式从社会流俗，以民间流行化的形式为基本形式；审美趣味上趋同人生日常快乐、身体感官安适；伦理道德上更加人本化、人性化，民主平等意识进一步加强，这成为当下文学“趋俗”的基本内涵。

朱自清曾在《论严肃》中不无预测性地说过：“鸳鸯蝴蝶派小说意在供人们茶余酒后的消遣，倒是中国小说正宗。”① 今天，“现代传媒时代的中国文学本身就是一种通俗文学，通俗文学既不是《礼拜六》们的专有名词，也不是对徐枕亚、张恨水们创作的评介，而是中国现代文学整体性的基本特征……”② 甚至，已经有学者开始研究“消费文化语境中通俗文学、大众文化的经典化”③ 问题。中国文学在走过一段特殊时代，经过一段被不恰当地命名为“雅文学”或者“纯文学”与“通俗文学”并存的时期，又回归到文学的源初，或者这就是文学本体的回归。如果说，“文艺的终结”、“文学的终结”从黑格尔到阿瑟·丹托，从美国学者希利斯·米勒到中国学者金惠敏对“文学终结论”的权威论述④，无不表达了对文学生存境遇的忧虑和在激烈转型的历史时期，重建人类精神家园的无比渴望，那么，歧义丛生的阶段性的“通俗文学史”抒写，面对当前人们面临的整个文学危机与转型来说，应该是实实在在的“终结”。

中国当代文坛和文学创作主体，受意识形态干扰越来越淡薄，文学的束缚被解除，却同时造成了一个文学“边缘化”了的假象。透视现状，我们会乐观地看到，“现阶段除纸质文本的传统文学作品外，那些与现代技术相伴生的新文学及新文体，也应该被纳入我们的文学视野之内，如电影文学、电视文学、网络文学等，只要它们运用了文学手段，只要它们倾注了作者的感情，只要它们通过语言和形象给读者以美的享受和精神的愉悦，我们都可以视它们为文学。如果是这样，那么，文学的地盘就不

① 朱自清：《朱自清全集》第3卷，江苏教育出版社1988年版，第140页。原载《中国作家》1947年第1卷第1期。

② 周海波：《传媒时代的文学》，人民文学出版社2007年版，第227—228页。

③ 李治建：《消费文化语境中通俗文学、大众文化的经典化》，《中州学刊》2005年第4期。

④ 金惠敏：《媒介的后果——文学终结点上的批判理论》，人民出版社2005年版。该书从媒介造成艺术的“趋零距离”、“图像增殖、拟像”和“全球化、球域化”，论述了文学的当前危机。

是在缩小而是在扩大，文学的消费群体也不是在萎缩而是在激增，这是与文学发展的历史进程相一致的，也是与中国文学的俗体化趋向相一致的。”[①] 21世纪初“全国期刊总数达8725种，总印数为29.42亿册，全国人均2册多——这个人均数大约是刚建国时的50倍。近几年，网络文学更是大幅度促进了大众消费性文学的多角度多层面拓展，虽然不可避免地受到种种低质化、低俗化、低幼化现象的困扰，但它确实已经是文学在信息时代曙光初现的新的文学存在形态之一”。[②]

广泛的阅读接受群体，反映了多媒介互动传播局面的形成和媒介对日常生活的渗透，表征的是新型的公共文化空间的建立和蕴含整个社会文化特征的“大众”观念的形成。媒介科技推动社会结构的信息化转型，广泛交流和互相包容、互相依存性的发展模式促使城乡差别日渐消除，“都市”指代的区域性概念日渐消除与农村对应的内涵，文学与当前社会生活媒介化、普泛化、世俗化状态同步，“通俗文学”指涉的观念形态汇入“审美日常化”的文化潮流，言说的依据逐渐逝去，而“通俗文学史”的构建，完成了自我解构的过程，或者说“通俗文学”研究，经过几代学人的勤勉的材料挖掘、梳理、阐释，“通俗文学”已经正式进入文学史了；与此同时，民间文学与作家文学互融互换成为可能，共同参与构建民族文化多样性和创造性、和谐发展的文化生态平衡之中；网络文学、手机文学也必将不断提升当前文学的民间品味和交互速率，中国文学真正走上了与现代生活同步发展的宽广大道。

---

① 王齐洲：《雅俗观念的演进与文学形态的发展》，《中国社会科学》2005年第3期。

② 彭亚非：《图像社会与文学的未来》，《文学评论》2003年第5期。

第十一章 多媒介语境下的汉语文学

语言是文化符号，也是人类发明的功能完备的媒介技术。特别是汉语言文字的表意体系具有独特的审美追求和人文内涵，其发展演变带着浓厚的艺术气质，与物质载体媒介技术演进的人性化追求相得益彰。汉语言文字区别于表音体系文字所具有的包蕴性、连续性、完整性和艺术性，赋予汉语文学强劲的历史继承性、文化更新能力、日常审美化和民间俗化倾向，并与物质载体媒介的技术演变"同途同归"，最终实现文学创作和文学接受与生活同步发展，从本质上开拓着汉语文学广阔的生存前景和崭新的观念形态。

第一节 语言文字与媒介技术

一

媒介之"媒"，词义有多种解释：说合婚姻的人；说合婚姻；引荐的人；引荐、推荐；媒介、诱因；导致、招引；向导；谋取、营求；射猎时用作诱饵的鸟兽；酒母；等等[①]。查阅四库全书收录的《周易筮述》卷八、《诗经通义》卷三、《春秋正传》卷四等典籍中"媒介"一词的运用，均指"说合婚姻的人"或"说合婚姻"之义。由古义到现代汉语，"媒介"主要指使两种事物发生关联而且能使发生关联的两个事物结合为一体的第三种

① 据阮智富、郭忠新编《现代汉语大词典》，上海辞书出版社2009年版。

事物。“媒”具有多义性，“媒介”在两种事物之间发生关联的情况也多种多样，媒介与其所联结的另外两种事物之间有相对性，媒介作为事物的一种功能，可随事物所处的交流场景和交流意图而与之互相转换。人类面对自身之外的事物，正是在相对和互为参照中达到对外界事物的感知和形成语言表达的。媒介的相对性在信息传播过程中体现为交融、转换和再生，比如语言是意义的媒介，纸张是语言的媒介；影视是图像的媒介，网络可做影视的媒介；收音机是声音的媒介，收音机也可为语言的媒介；电视可以承载图像、文字和声音，成为图像、文字和声音的媒介……同时，媒介和非媒介之间并没有一个严格的区分。中国古人很早就论述过语言与载体媒介之间的关系，如《庄子·天道》中：“世之所贵道者书也，书不过语，语有贵也。语之所贵者意也，意有所随。意之所随者，不可以言传也，而世因贵言传书。”语言是传达意义的，而很多意义又不可言传，舍弃语言又无可追寻意义，那么就转向重视承载语言的书籍媒介。

语言文字是表达人类思想的媒介，也是文学艺术的媒介，而文学艺术是人类表达思想感情的媒介，如此等等。麦克卢汉的“媒介即讯息”从媒介角度洞察人类社会演变发展的规律，提供人文学科探寻外界事物新的思维方式，启发人们发现从工业革命以来逐渐丰富多样的外界事物之间的内在关联，启示人们关注事物的内容和承载“内容”的载体之间的密切关系，以及“内容”与“载体”之间相互转换、推动人类科技演进的、曾被大量平面物象掩盖了的规律性。

人类认知不能直接达到事物的本质，即使表象识别也由于时空间隔、生理局限、环境条件等客观困扰而需要假借外物，辅助以手段。于是，任何事物本身都具有“介质”的特性，任何事物或者任何媒介也都具有相对性，事物与事物之间的联系在呈现于人类认知领域时，具有“内容”和“载体”互相转换的可能。信息传播是一种事物充当媒介时发挥作用于其他事物的一种功能。随着人类对外界事物认知领域的开拓，形似的事物和人造的虚幻事物重重叠叠，乃至真假莫辨，认知领域呼唤一种应对和接纳的手段。人们开始追问文学作为一种联系心灵和外物、表达和接受思想情感的媒介，在人类精神生活和物质生活之间如何沟通和达成和谐共处，那么文学自身借以传播和接受的充当介质的事物就必然进入人们探究的视野。目前，文学传播的媒介要素，学界公认一般来说有四个方面：一是语言媒介，也可以说是符号媒介，直接由各民族的口语语言、书面语言和文字符号组成。语言媒介是直接承载文学信息的符号形式，与文学语义内容一起构成了文学信息。二是载体媒介，是书面文学语言、文字的承载物，包括石头、泥版、象牙、甲骨、竹简、布帛、兽皮、莎草纸、羊皮纸、植物纤维纸、现代工艺纸、胶片、光盘、电子屏幕等。三是制品媒介，指的是符号媒介与载体媒介的结合物被进一步加工成的产品。包括册页、扇面、手抄本、羊皮卷、字幅、印刷书刊、电子出版物，互联网网页等。四是传播媒体，它是对文学的可能作品进行选择加工乃至于集体生产或再生产，然后向读者传播的传媒机构。包括出版印刷、期刊、电影、电视、网络公司等。这些传播机构集生产职能与传播职能于一身，从传播学角度看，就是传播媒介。①

值得注意的是，四种媒介形式不为文学传播所独有，是人类有史以来所有精神文化产品得以实现或者得以传承保存的必需的物质中介。四种媒介随着人类社会发展、政治经济演变，其传播功能和意义、传播的广度和深度逐步扩大；并且，从古到今，其传播的意图和路向，很清晰地与传播的内在要求一致：最大限度的民间化趋势。深入考察这四种传播媒介形式之所以能序列化地渐次演进，构成文化传播的连续性和逐步延展深化，在于四种媒介既有等级层次性，又有互为载体和互相转换的立体交叉性。如何达成这种多媒介互融包含和发挥最大的信息传播功能，除了技术力量推动外，还在于语言媒介的内在制约和黏合作用。研究语言媒介的功能和价值是文学传播研究的出发点，文学信息传播介质对语言，包括语音、文字的选择有唯一性、排他性。文学传播媒介以语言媒介为基点，其他三种媒介完全可以传播其他人类活动的信息，只有语言特别是文字产生后的人类语言，才具有最为强大的传承文学信息的功能。马克思在关于精神生产时说："思想、观念、意识的生产最初是直接与人们的物质活动，与人们的

① 单小曦：《现代传媒语境中的文学存在方式》，中国社会科学出版社 2008 年版，第 31 页。

物质交往，与现实生活的语言交织在一起的。”① 语言是文学生成、演变的源头，也是文学本身。考察语言内部结构和语言要素在文学生产和传播过程中的审美意蕴，才能阐释文学语言媒介的独特价值。

多种物质载体媒介之所以与文学互生共存，并在文学传播过程中逐渐由形式因素转化为文学的本质要素，在于从甲骨文、金石、竹帛和纸质到今天以网络为代表的电子媒介都离不开对语言文字的处理。物质媒介是文学保存、传播、接受的依据，而语言文字是物质媒介和文学之间的联结纽带，文字又是语言的形式显现，是人类心灵、思维、文化传承的物质固态化。文字要素如字形、字义、语音和语调构成活态语言的物质形式，这种语言的物质形式虽然经过漫长的历史积淀和选择相对稳定下来了，但仍然要随媒介功能和媒介形式的多样化发展趋势而演变，在不同的媒介环境下，其承担信息交换和审美感知的功能有所偏重。当然，文字形态语言并不能满足具体信息交换场景的全部需求，人们对交流效果趋向完美的心理诉求，不断对文字语言提出新的表情达意的挑战；修辞性很强的生活现场，只有在当时当地才能发挥“言外之意”的审美效果，以文字之外的物化媒介符号弥补文字语言的不足，但这仍然需要现场接受者语言构造的心理认知结构的积极参与。语言追求尽可能满足直接、高效和快捷的信息交换需要，是媒介技术演进的内在驱动力。任何形式的媒介要和人类生存发展发生关联，都离不开对文字语言的加工处理，以及依凭文字语言的各项功能，开发文字语言潜在的修辞效果，甚至有些传播媒介的革新直接受到语言文字结构功能的启发。追求审美性是媒介能动性的表现，媒介是人类劳动中发挥主观能动性的渠道。

不同形式的物质载体媒介发挥文字语言不同方面的修辞效果。纸质传达文字语言的形式美，构建文字文学的临场美感，促成文字篇章组织结构的和谐构造，注重情感表达和意义关联的形神统一，并激发心灵和思维的积极参与，重构场景和形象，由此达到形象美的构建；广播、无线电发挥语言声音的美感特质，以语音的第一接触还原现场的语言环境；影视激发

① 《马克思恩格斯选集》第1卷，中央编译局译，人民出版社1976年版，第30页。

语言文字与生活场景直接性的参与，试图还原感知的真实性；网络打破重组这一切，网络即时创作和同步生活的趋向重组语言文字表达和交换的各项功能，追求心灵震撼和情感冲击，以强大的媒介综合功能、检索功能、组合构造功能把人类几千年积累的语言文字的感知经验和审美期盼传播和发挥到迄今为止最为充分的地步。人类一切“传播—接受”模式归结到底都离不开语言文字的参与，语言是人类区别于其他生物的本质标志。语言是交流的起点，是人类发明的最高级的媒介技术手段。

二

无论是当代学者根据中国古代文论和美学思想，概括出文学语言的“言（语言）、象（意象）、意（意蕴）”三个基本元素，还是西方现象学文论、英美新批评理论、俄国形式主义文论中，对语言内部层次的语音意义单元、意象隐喻和形而上意义等方面的探讨，都对语言要素的文学媒介属性进行了相关研究，发掘语言对文学要素生成的符号介质意义。西方自20世纪以来，受哲学和人文学科语言学转向的影响，语言学诗学强调语言在文学本体存在中的地位和意义，因为文学过程实质上就是人们以语言活动为媒介，进行思想、感情、体验的交流对话过程。文学作品只不过是一种承载审美和想象的语言文本结构。文学媒介的物质性要素同样体现在语言工具的物质属性上。语音、意象等媒介的物质属性已经作为文学价值生成的本体构成要素、作为文学传播媒介的物质基础，奠定了传媒技术时代文学媒介研究的理论基石。

在文学传播接受过程中，阐释学和接受美学的阐释力和有效性在于语言对文学接受过程的历史性、有限性的彰显，在于语言对阐释者的“前理解”和先在的认知结构的形成所产生的重要影响。文学活动以语言为开始，文学接受通过语言建立联系和联想。

忽略文学语言文字媒介的特殊性，就难以区分文学艺术同其他媒介艺术形式之间的差异性。文学艺术理论建构往往与绘画、舞蹈、音乐和建筑艺术关联在一起，忽视了文学的语言媒介特征，不区分表音系统的字母文字和表意系统的象形文字各自的媒介功能，因此，不能准确分析各类艺术形式的传播在塑造人类情感生活方面的不同特征，使艺术理论的长效性大打折扣。比如，“模仿说”、“巫术说”、“劳动说”、“表现说”、“再现说”常常被并列在一起，丹纳的《艺术哲学》是论述西方绘画艺术的，却认为用来分析文学艺术也准确有效。“模仿说”认为艺术本质在于模仿。用来阐释文学，“模仿”潜在地认为：文学作品是现存现实的呈现，文学作品是一实体，并非仅仅是对事物的反映，没有考虑到文学媒介形态的功能意义。如果从人类与外界世界发生关联的介质角度思考，“模仿”主要指对自然物构成形式的学步，“模仿说”主要指涉以色彩、质料为媒介的绘画艺术和以声音为媒介的音乐艺术；“巫术说”偏重于指涉以肢体器物为介质的舞台或场地表演的戏剧艺术；“表现说”和“再现说”偏重于指涉人类对外部感知的两种表达方式，不论媒介手段有何不同，各种艺术形式与现实世界的关联不外乎“表现”和“再现”。

“劳动说”是马克思主义实践论在艺术生成方面的应用，概括人类最基本的原始活动现象，包含最初的艺术活动。只有“劳动说”关注语言的精神和物质的二重性和中介性，触及语言作为人类生存根据和实践性标志的本质层面。“以语言为手段的话语实践，同样也具有现实（物质）和思想（精神）的二重性和中介性，同样也是人类自我生成和生存的实践根据，是人类社会交往的产物和手段，是人类区别于动物的实践性标志，同样具有实践本体论和实践存在论的意义，并表现为语言符号中介性、物质（感性）和精神（理性）二重性、人类社会交往实践性。正是语言的这些性质使得人对现实的审美关系能够在现实中实现并且表现为文学的创造和欣赏。”[①] 由于西方20世纪的分析哲学、现象学哲学和存在主义哲学，指出了语言是存在的家，人以语言之家为家，西方哲学和美学形成了“语言学转向”，语言的文学本体论意义才被发现。

探讨文学发展的历史，还可以看到前苏格拉底哲学家们感兴趣的是自然事物的抽象原则与规律，文学活动没有被他们纳入专门的兴趣范围，在他们的著述中几乎看不到任何对当时文学活动的评价；偶尔评价文学现象

① 张玉能：《汉语话语实践的意象性与信息时代的文学性》，《安徽师范大学学报》2004年第4期。

时，使用的也往往是非文学的标准。现在，人们探寻远古时期文学活动和文学现象，大都通过那个时期的语言状况，只有在最为基本的语言交际活动中，才能把握文学生成的本体要素。人类在语言实践过程中，逐渐形成一套话语系统；话语成为实践意义的表征，文本成为表征的形式。文学是话语实践的艺术，也正是在话语实践中建构人对现实的审美关系和审美价值。

三

任何艺术形式都能够将预设强加于欣赏者，任何传播媒介也都是一种或多种感官的延伸，语言媒介是一切感官的想象性同步延伸。通过说话、广播、摄影等方式外化于人的感官，都以无声语言的方式将一切人类活动的参数或者框架强加在人们身上。人类的任何交往模式里面都存在着无声的或者潜意识的预设，这些预设则是由经验编码和信息流动的媒介决定的①。语言文字首先是文学信息流动的媒介。传媒的民间倾向辅助于语言艺术的预设，推动着文学的民间属性逐步加强。

语言是交流和思维的工具，人类工具的使用，是在人类长期积累的生产、生活实践技术条件下进行的。文字的创造带着浓厚的技术色彩，文字的编码解码成为一个技术系统，具有严密的思维逻辑和一整套书写技术的要求。从金石、缣帛和兽皮等书写材料到刀笔材料的演变，关联着一系列技术和工艺的发明进步。文学是语言的艺术，语言是记录文学艺术和传播文学艺术的工具，文学家与“发明工具”的科学家同样担负着开拓人类未来美好生活的使命。两者之间既有明确的分工，也有内在的配合。文学抒写人们的愿望，编写人类的历史，眼光朝着前方，总是意识到当前尚未开发的生存空间和潜力，而科学家用物质手段和可见的形态实现这样的愿望，挖掘这样的潜力。科学技术与文学艺术殊途同归，两者是人类飞向未来的翅膀，从来就没有分离过。而且，美好的憧憬促使技术手段讲究人文特性，并在物化流程上加入美的创造。“审美日常化”不是文学和艺术自

① ［加］马歇尔·麦克卢汉：《麦克卢汉如是说》，［加］斯蒂法妮·麦克卢汉等编，何道宽译，中国人民大学出版社2006年版，第12—13页。

身创造的生活景观，而是艺术和技术的合谋。特别是媒介技术开拓人类感官的立体接受，技术手段前后互补，到如今网络和手机几乎达到了对原始口传在场性和互动性的模拟实现。最先进的媒介回应着最原始的感官需求，媒介的这种逆转发展倾向与文学创建人类淳朴生活的历史呼唤相辅相成。构想社会理想的乌托邦往往产生在人类技术取得飞速进展的时代背景下，表达着人类文明进展过程中精神需求的逆转。人类生活在语言文字艺术之中，语言文字是人类诗意寄居的家园，文明进展途中，技术不可能离开语言文字环境而独行。这从根本上制约着文学演进和传播技术进步的统一性。

分析人类情感纾泄方式与人类生存方式之间的联系，以及情感沟通和人类文化娱乐活动、艺术形式选择之间的关系，可以发现传播技术的内在动力是人类情感交流的需要。文学阅读伴随思想情感的整体体验；图像观照也会产生一种情感的冲动，或者是一种静默的语言表达的愿望。语言表情达义功能随社会生活和时代变迁而演变，形成一个动态的语言系统，表现为多层次性。然而，“最初和最基本的层次显然是情感语言。人的全部话语中的很大一部分仍然属于这一层。……几乎没有一个句子——数学的纯形式的句子或许例外——不带有某种情感或情绪的色彩。”① 人类语言产生的最初动因和自然形态是情感表达的需要，在这方面，人与动物有着十分丰富的类似的情感语言。动物实验表明，黑猩猩靠手势已经达到相当高的表达情绪的程度。虽然动物发声是否表意有待科学进一步研究，但大多数动物都可用声音或者四肢的动作表达愤怒、恐惧、悲伤、恳求、愿望和喜悦。这说明，构成语言的最初层次有着最广泛、最基本的通用功能，而这种情绪表达的功能正是文学本质构成的基本要素。

抒情是人的生存需要，是人社会性的体现，深刻的抒情必然带着深层意义的关联和生存哲理的启示，这是人与动物区别的显著标识。媒介本身是抒情的通道，媒介编织语言、艺术化语言，使人类不遗余力地在语言世界里呼唤真善美、遗弃假恶丑。语言和媒介的合谋构成消除一切等级差别

① ［德］恩斯特·卡西尔：《人论》，甘阳译，上海译文出版社1985年版，第37页。

和民族种别的生存价值理念，一个村姑和一位企业家的形象价值没有什么不同，尤其在人类知识开发和智力实践悖论丛生的今天，我们不能否定村姑纯朴、天真的情感和基于大地的浪漫幻想正是人类构筑和平、安详家园的意蕴趋向。因此，那些民间口传的抒情形式，无论语词如何单纯、俚俗，其文学的内蕴无论如何粗朴，但在那也许是沙哑的音色和低沉的音调中，寄予着人类最为纯洁甜美的心灵独白。这是文学基于语言的永恒法则，也是文学之所以能够穿越时空，互为关联的人类区别于动物生存的本质规律。

当前，技术革新带来社会交往模式的功利性重组，数字技术创造的媒介环境似乎消解了传统媒介创造的诗意。一整套技术规则框架人们的日常生活，虚拟化的工作场地成为新环境的显著特征。艺术家的职责在于唤起人们对媒介新环境的认识，提出适应和接纳的文化策略。文学是规约技术至上的文化手段，寄托着人类的家园意识和感受幸福的最终愿望。

第二节　汉语言表意体系的媒介属性

一　汉语言文字的意象审美

语言也是民族文化的基石，通约于民族文化的各个方面，是民族身份区别的最根本标志。汉语言几千年的连续性和传承性，维系民族文化的连续性和顽强生机，世界其他民族语言罕有比肩。语言是文学表达和传播的第一重介质，也是文学的基础媒介。汉语言文字独特的形、音、义体系和显豁的人文气质，以深刻的蕴涵和意象表达的形象性，赋予汉语文学独特的审美体系和思想价值。任何思想变革、文化转型和文学观念更新，无不伴随着表意系统向着适应新时代传播的需要进行调整、增删和扬弃；无不伴随着最大可能发挥其媒介功能，沿着最大可能民间化地传播新时代信息的方向更新演变。

技术和社会演变利用语言文字工具，才能深入到日常生活；探讨文学的生存状态和未来走向，离不开对语言功能的深入研究。汉语言文学研究如果没有深厚的语言学知识背景，要想独树一帜，深入堂奥，几乎是不可能的。同样，没有对中西方语言的表意系统和表音系统的长期跟踪观照，比较文学研究就会缺乏文学的本体探讨的基础。语言特征是文学本体属性之一，语言表达是文学传播的出发点和归宿，汉语言文字对中国文学的观念构建和审美生成具有特别的价值。

汉语言文字符号具有间接性、模糊性，塑造文学形象是审美意象的创造过程。中国文学的话语实践是一种审美意象的创造实践。汉语的话语实践是世界上所有语言中唤起意象功能最强的话语实践之一。这种意象创造能力是象形体系经过民族整体性、形象性思维连续漫长的历史过程锻造生成的。“汉语的精神，从本质上说，不是西方语言那种执著于知性、理性的精神，而是充满感受和体验的精神。汉语的语言思维，是一种具象思维。它真实地体现了汉族人哲学思维的性格。西方哲学家往往同时是自然科学家。他们把探索事物的本质规律作为研究对象。为此，他们必须穿过表象、深入里层，最终抛开了表象，形成一种纯粹的抽象思维性格。中国古代哲学讲求‘观物取象’，即取万物之象，加工成为象征意义的符号，来反映、认识客观事物的规律。概念是一种思维的抽象，而在用汉语语词固定概念的形式时，中国人习惯于用相应的具象使概念生动可感而有所依托。”“例如从汉语的造词的心理习惯来看，汉语经常使用形象譬喻，而不是诉诸本质特征。我们经常用‘矛盾’、‘鸡眼’、‘薪水’、‘吹牛’、‘吃醋’、‘续弦’、‘狐疑’、‘龙眼’、‘硬咽’等概念，而几乎忘记了它们本来就是具象譬喻。”“汉语的成语、典故、谚语、歇后语更有丰富的形象色彩，尤其是成语的形象不但具有鲜明的民族传统特色，如‘紧锣密鼓’、‘煮鹤焚琴’、‘举棋不定’、‘胸有成竹’、‘胶柱鼓瑟’、‘痛下针砭’、‘龙飞凤舞’等，而且还具有汉民族文化的独特渊源。如‘精卫填海’、‘天衣无缝’、‘滥竽充数’、‘南柯一梦’、‘塞翁失马’、‘刻舟求剑’等等。最全面地体现具象思维的是汉语中大量带重言叠韵的形貌词。它可以十分逼真地表现视觉、听觉、嗅觉、味觉、触觉。”[①] 汉语言天生具有艺术思维的形

① 申小龙：《汉语与中国文化》，复旦大学出版社2003年版，第324—326页。

象特质，迎合图像、声音、屏幕和纸质等多种传播媒介生动造型的艺术旨趣。特别在多媒介互动传播语境下，汉语言文字的媒介具有多功能性、复合衍生性、美感生成性和民间普世性。

“汉语一个个的词可以很容易地触发汉族人脑海里储存的一个个有关表象的联想，形成一幅幅连贯的卡通画。汉语语言思维的一个特点就是存在逻辑思维指导、配合和渗透下发生的相对独立的表象运动。汉语思维形成概念（语词）也往往是那些与表象联系得较紧密的概念，即从直接感受出发，运用形象进行具象化，从内容与形式的有机统一所产生的感受上整体地把握事物的特征。”[①] “汉语的一个个基本粒子往往是一个个含义丰富的具象。它们自由灵活，易于组合，汉语的句读往往就是这些粒子的碰合。汉字就是用方块的形式把这些基本粒子转换成可以目验的图像”[②]。

汉语语言在语音、词汇、语法等方面的特点使得汉语的话语实践具有很强的意象性，对于文学的具象思维和意象创造具有独特的妙处。尤其在当今时代，社会经济的发展已经进入了后工业时代，或者说是信息时代，又可以叫图像时代、视像时代，汉语话语实践的意象性就更加可以大大加强文学的审美性。在这样的“图像时代”，视觉形象就成为了文学艺术的主导形式，不仅文学作品大量被改编拍摄成为电影、电视广为流传，而且卡通文学、摄影文学也应运而生，文学作品的文学性似乎与这种“图像时代”的视像性密切联系起来了，成为文学当代性的一个突出的特点。正因为如此，汉语话语实践的意象性就可以在当今的图像时代大显身手。以往被一些西方文化中心论者视为缺陷、短处的汉语的语汇、语音、语法的生成意象性特色，应成为汉语语言文字的优点、长处[③]。

二　汉字语音生成的美感特质

在视像化媒介语境下，汉语言的形、音、义各自构成一个在视觉、听

① 申小龙：《汉语与中国文化》，复旦大学出版社 2003 年版，第 334 页。

② 同上书，第 324 页。

③ 张玉能：《汉语话语实践的意象性与信息时代的文学性》，《安徽师范大学学报》2004 年第 4 期。

觉、触觉系统独立发挥介质作用的体系，使感知媒介密切链接。特别在网络媒介占主导媒介的今天，汉语言的特性可以使网络成为“媒介的媒介”的艺术生成要素。文字特性与艺术形式的演变方向密切相连，表意体系文字与表音体系文字，不同的介质属性，约定着传播接受的不同主客体特征。从西方发达的音乐艺术和浓墨重彩替代物质符号不足的绘画方面，从字母符号对文化规约的统一性、强制性、对传统秩序的冲击性和对新秩序的迅速建构性等方面，可以感受到表音文字的优势和对艺术形式选择的价值。从东方艺术的含蓄婉转、注重内蕴和感悟，诉求连续性和融入自然，可以感受到象形文字对形式建构的介质力量和人文属性。因此，分析汉字的内部结构和介质特征，对中国文学的传播历史和媒介演变状况大有裨益。

首先，中国古人很早就注意到了汉语言语音的音乐美。如“诗言志，歌咏言，声以咏，律和声”（《尚书·尧典》），说明诗、乐、舞之间的联系。刘勰《文心雕龙·情采》篇论立文之道：“其理有三：一曰形文，五色是也；二曰声文，五音是也……”称“声文”同样能表达“神理”，指出语言文辞的声律抑扬顿挫的韵律美。中国古代诗人在创作中很早就自觉不自觉地表现出对“声文”的追求，使内在的生命节奏积淀于意象的生成与提炼之中，并用富有韵律的语言形式加以表现，使感官的审美愉悦昭示人生存在的意义。在营构诗歌意象时，力图使意象的组合包含和谐的节奏韵律，使诗意的有限之韵中蕴蓄自然大化的无声之乐，通过能感受音乐的耳朵上升到心灵的体悟，从而把握到一种无声之美。音乐的根源是由于人的思想感情受到外界事物的激动而引起的。感物而动到人心之动，再到形之于声的过程，也是诗人创造诗歌之乐必定遵循的规律①。

汉语言语音与语义之间的关联经过民族历史嬗变，伴随文字的产生、发音器官发音能力的各种变化而演变。无论是约定俗成的语言学研究规律，或者语源学考察音与义之间的必然联系，或者是新近的“字本位”研究思路，在实际的语言实践中，都会遇到很难克服的矛盾和障碍。也许汉

① 陶礼天：《乐感：听觉审美意象生成表现论》，《文艺研究》1994 年第 6 期。

语言文字的魅力就在于任何理论对之都显得苍白，也由此开拓了它与人类丰富多样的生活的切近性、形象性、音乐性等广阔的审美空间。

把由生理属性和社会属性决定、很大程度上还是模拟自然的声音，内化成一种只有汉字特殊的音、形、义符号才能产生的音调节律，并且，能使这种节律的排列组合成功地纳入意象的营造过程，这是一种高超的审美创造过程，要求作家具有一种至高的语音感悟和熟练的语词运用能力。在长期的民族语言完善过程中，结合汉语言语音的独特品性，经过民族全体特别是广大民间的语言实践，语音和文字一样熔铸了民族的交际习俗、人情世态、民族心理和文化积淀。语音沉潜在文字底层的集体无意识中，成就了很多经典的民间创作，取得了辉煌的艺术成就。

一字一音，一音多字符特征使多种字符有多种意义的选择。或者可以说，是一个声音可以有多个形符和多个意义单位配合，使“声音”获得了结构情感意义为可视性物质组成的空间，提供给人类发声器官最大限度模拟自然声音的功能，使汉语言文字在口语交流或者文学创作中，最大限度地满足文体形式变化的需要。声调的变化可以随机，或者可以变调甚至忽略，使诗行节奏具有开阔的义符挑选空间，当汉语言文字修养达到得心应手的地步，作家心灵情绪随着“用声”的需要自然而出，文学创作就达到了浑然天成的艺术境界。

汉语语音的美感生成具有独特的优势。“听觉而不是视觉主导着古代的诗歌世界，甚至在文字深深地内化之后依然如此，这实在是耐人寻味的。”① 中国古典诗歌的节拍韵律充分体现了听觉美感对诗歌艺术形式的构建功能。汉语是世界上比较少见的有声调的语言之一，一个词语的语音声调不同也就意味着它的意义也不同。这种比较罕见的语音现象使得汉语既具有抑扬顿挫的音乐意象之美，又具有对称均衡的造型意象之美。汉语的语音特点是元音占优势，每个音节都有元音；每个音节都有声调，四个声调升降造成抑扬顿挫的变化；元音收尾多，形成自然押韵的语言实践机会多。这些特点形成了普通话语音富有音乐性的独特风格。汉字形、音、义

---

① ［美］沃尔特·翁：《口语文化与书面文化——词语的技术化》，何道宽译，北京大学出版社 2008 年版，第 90 页。

不是一对一的固定搭配，三者的分离在诗歌中形成一种特殊结构，诗人要通过字面的形、义结构和声音结构来表现自己的思想感情。那些流传后世的优秀诗篇，其语言在这三方面都能产生诗意和韵味。比如马致远的《天净沙·秋思》："枯藤老树昏鸦 ya，小桥流水人家 jia，古道西风瘦马 ma，夕阳西下 xia，断肠人在天涯 ya"。这首散曲中的小令主要是由音韵构成一种伤感流离的舒缓语调，反复咀嚼，能在文字本身的象形意义结构中，凸显各类进入境界中的物象的鲜明色彩，使一种别具格调的生活画面鲜活生动。再如杜甫《春望》的首联："国破山河在，城春草木深"，元音的音乐性和以"二/二/三"为主的节律和谐搭配，声韵相押，文字本身的意象性特征凸显这种婉转声乐，由此鉴赏者进入一个拼音文字很难达到的审美境界。中国古典诗歌充分体现了汉字载体形、音、义结合，产生一种意象空间和音韵节律的审美特质，使中国古典诗歌因而长盛不衰，穿越历史空间，产生经久艺术魅力。另外，汉语除了少部分字没有同音字外，大部分汉字都有同音字。汉语利用同音现象构成了谐音双关。《刘三姐·对歌》有："风吹桃树桃花谢，雨打李花李花落，棒打烂锣锣更破，花谢锣破怎唱歌!"以"桃"、"李"、"锣"谐指陶李罗姓三个秀才，运用谐音双关手法，对秀才对歌的失败作了嘲讽。又如："我的故乡南召，不要说在全国地图上，就是在河南省的一百好几十个县市中也是比较'难找'的一个，真是南召——难找。"音近谐音，语言风趣自然，表达含蓄曲折。双关表现说话人或作者的智慧，体现语言的魅力。谐音双关仅仅凭借字音就可以构成特定的修辞手法，形式上简单明晰，能使读者感到词语意味的深刻厚实①。

语音声调变化随机性很强，与说话人的情绪心理相互配合。语调的轻重缓急在具体语境下产生丰富的言外之意。比如说"你好"这个常用的口头问候语，通过声调高低轻重变化可以表达完全不同的含义，书面表达也会在具体场景产生微妙的语体色彩：或深长关切，或诘问谴责，或客观冷静的道德判断，或激烈辛辣的挖苦斥责等，表音体系文字则相形见绌，如果在英语中有这样的语气变化，就会连基本的口语交流目的

① 佟运：《汉字形音义特点与修辞》，《汉字文化》2000 年第 3 期。

也难达到。这也是汉语方言文学具有浓厚的生活气息和产生特殊魅力的因素之一。

优秀的作家或者诗人，无不在锤炼语言上下过很大工夫，追求语言形式美的最高境界，使语音音乐美的发挥和内在情绪的表达和谐一致。同时，相当一部分汉字的音与义之间的联系，直接关联具体物象或者生活事务，无论在叙事作品还是诗歌中，都能增强作品的形象感，拉近与生活的距离，赋予浓郁的生活气息。语音和文字一样，凝聚汉民族心理结构和现实经验的感受，成为民间性的听觉载体，同样传承民族艺术形式的多样性。

三　汉字形、义载体的文学潜质

文字的出现尽管有着不同的复杂的先驱，但大多数文字可以追溯到某种图画或者更加原始的记号的源头，显然在文字的功能里，在除了帮助记忆的同时，还要使记住的内容具象化，要通过联想和其他形象的方式把内容与日常实物或者一个比较抽象的念头、初期的推理尽可能直接地关联在一起。所以，“文字不只是言语的附庸。它把言语从口耳相传的世界推进到一个崭新的感知世界，这是一个视觉的世界，所以文字使言语和思维也为之一变。木棍上刻画的痕迹和其他记忆辅助的手段固然导致文字的产生，但这些记号不能够像真正的文字那样赋予人类生命世界新的结构。”而“直到今天，汉字基本上还是由图画构造的，不过它们是高度程式化、代码化的文字，是世间空前复杂的文字系统。”[①] 它的程式化和代码化是经过数千年完整、连续的民族共同体修补完善，承载一个民族数千年的苦难、曲折、坚忍的精神历程，同时确立民族文化的根基。

汉字与形象世界的密切关联是汉字艺术质素的基石。美国媒介理论家和科幻小说家保罗·莱文森比较拼音字母和汉字功能时也认为，拼音字母“是一个完全抽象的系统，只有二十余个字母，却能够表现一切事物和观念，因为这些符号不像任何一种被表征的事物。（与此相反，

① ［美］沃尔特·翁：《口语文化与书面文化——词语的技术化》，何道宽译，北京大学出版社2008年版，第64—65页。

象形文字和现代汉语的表意汉字却扎根于现实世界事物和观念的具体形象中。)”①

汉字字体有一个漫长的演进历史，在这个过程中，汉字绝不单单是工具符号，还是民族习俗、精神、心灵演进的历史缩影，所包含的艺术气质影响了民族性格的形成。线性拼音文字，比如英语26个字母在历史演变中，单词增减变化、词义通过前缀后缀新旧更迭，是通过语音系统完成的，不同语音之间没有内在的意义关联，语音变化与生活世界没有必然关联，和人类实践关系疏远，不具备汉字所有的历史意义、文化气息和艺术素质。当然，拼音文字体系推动了印刷文化的发展和民主思想的形成，在工业发展和管理水平的提升等方面，创造了不可估量的技术成就，彰显了拼音文字在技术环境下的工具理性。

文字是人类进入文明时代的标志，它能把语言内容记下来，扩大信息传播的范围和交流的深度。每个汉字背后都有一个“故事”，它的表意变迁有日常生活背景，意义连贯，线索明晰，口头交流和文字记述并重，成为完备的记录历史文化变迁的符号系统。汉字的形体构造在漫长的历史演变中，不断由繁趋简，由精英走向民间，并按照符号形体美学原则日趋完善。书写工具和承载字体材料不同，一个字具有多种不同的符号体式，甲骨文、金文、小篆、隶书、楷书、草书、行书等，汉字字体演变也经历了大致七阶段。由于汉字起源于图形的描绘，图画性决定它的美感生成性，所以在每一种字体演变历史中，除了记载着浓厚的历史文化意义外，每一种字形都寄寓着形体美感韵味上的不同追求，每个字体都蕴含着充沛的艺术气质。甲骨文线条纤细，棱角鲜明，字形瘦削挺拔。金文字体结构严整，瘦劲流畅，布局不弛不急，行止得当，形体特征给人以丰富的历史情境的缅怀和文学的想象，具有充沛的艺术余韵。隶书线条带弧形，圆转而匀称，整齐美观。“隶变”为汉字成为独立的艺术抒写开辟了宽广的道路，使书法艺术发展获得了触及艺术境界的无限可能性。汉语隐语利用了汉字的字形结构巧妙表意，如汉末民谣“千里草，何青青，十日卜，不得生。”

① ［美］保罗·莱文森：《真实空间：飞天梦解析》，何道宽译，中国人民大学出版社2006年版，第17页。

咒董卓快死。明末“十八子主神器”在百姓义军中流传，暗示李自成将得天下。“也许，在审美观感上，拼音文字是一切文字中最差的文字：它固然可以设计成美术字，但和汉字的精妙绝伦相比，它实在是望尘莫及。它是一种有助于民主的文字，人人学起来都很容易；而汉字和其他许多文字一样，本质上是适合精英的：完全掌握汉字要花费长年累月的闲暇时间”①。

符号标记语言的产生，其抽象和概括的本质，本身赋予语言贵族化、高雅化气质，而拼音文字自上而下的高度形式化、抽象化、概括化和高度理性趋向，不断挤压着语音的情绪化本质。辅助于新媒介技术传播，汉语音、形、义的同质同构推进汉语文学的民间化和普世性倾向。大众媒介给民间搭建一个对话的平台，给主流话语与民间话语创建一个融会交流的空间，民情上达和情感宣泄自由开放。汉语言的象形文字自下而上，或者说起于民间、土地和山川河流的物感形式，在外界物象对比观照和生命形式互为比附中，逐渐派生符号的意义区分，也逐渐赋予语音抑扬顿挫的极强的情绪渲染和美的感知空间。在一个极其复杂的音义组合、感知错位延迟的符号化过程中，空间视觉趋于形成符号的形体特征，语音在时间维度的顺序展开趋同于符号的听觉特征，纷繁复杂的物象关联和人脑思维的高度进化逐渐形成符号的意义内涵。基本单位的同一性，以及基于生活习俗和文化传承对同一性的维护，使汉语组合极为灵活可变，乐感十足，参差错落，并以极其民间化和普泛化特征维系一个民族文化艺术的连续性、统一性。

一个字形符号、一个音节单位和一个语素基本一对一，符号形体的方形结构产生的整齐、均匀美与之相配。汉语的文学民间性首先表现在符号的民间诗性原则，汉语文学的起源，诗三百、楚辞汉赋、乐府民歌、唐诗宋词元曲，千百年来，韵文构成了文学的主流，对联、对仗、歇后语等成为中国独有的文学样式，“断竹，续竹，飞土，逐肉”诸如此类对生产生活的朴素叙述，成为携带浓厚诗性气质的民间话语形态。“用一种语言形

① ［美］沃尔特·翁：《口语文化与书面文化——词语的技术化》，何道宽译，北京大学出版社2008年版，第70页。

式的质料形成的文学，总带有它模子的色彩与线条……大概没有别的东西比诗的声律更能说明文学在形式上依靠语言。”① 拼音文字构造的诗性仅仅在于音节轻重交替和句子映衬对照方面，不可能产生汉语诗歌的平仄韵律和工整均齐的美感。并且，汉语基本单位的同一，带来的言语作品的变化与自由，最大限度地体现着民间生活的朴素状态。诸如“鸡声茅店月，人迹板桥霜”（温庭筠《商山早行》），“野旷天低树，江清月近人”（孟浩然《宿建德江》），“红楼隔雨相望冷，珠箔飘灯独自归”（李商隐《春雨》）等诗篇不能以主谓宾语法关系去解读，而要在民间生活的自然意象中，在体味声律韵味和形式美感中达到对生活场景和情绪状态的原始诗性还原。

汉字拥有一个单字的海洋，其形、音、义的组合和聚合方式能有效地消化各种外来的新创造，认为它难学只是对于母语为拼音文字的西方民族来说，而一旦熟悉了这种文字后，就可以步入神奇莫测的东方文化堂奥。不论对于艺术、哲学或是历史、文学，汉字可寻求的新的组合和文化创造的天地远比拼音文字宽广和简便，其再生活力和奇特魅力令无数东方艺术家所叹服。以至于无数文学家、艺术家、教育家、诗人由于无比热爱中国语言文字而献身于相关的事业。

音、形、义三位一体才能准确指涉实践生活，才能发挥符号的各项功能。而富有乐感的音、具有丰富表现力的形和可表达无限可能意蕴的义，任意两者结合，都具有充足的自由度，由此开拓汉语言丰富的诗性空间，汉语的诗性又与生命体验的诗意融为一体。徐志摩《再别康桥》最后两段写别离的境界，在康桥和夏虫的沉默之中孕育和发掘深层次的诗意：“悄悄的我走了，正如我悄悄的来；我挥一挥衣袖，不带走一片云彩。”轻慢深沉的韵律，仿佛从灵魂中飘出，带有音乐的神味。语言由此变得纯粹，诗境由此得以提升。诗人对康桥的虔诚守护和诗人的语言经验完美融合，他体验和感觉中的汉语词汇及舒缓连续的语言节奏，融入他所依恋的内心潜在的精神和渴求的生命的自由天空，诗人的创作显示了汉语言的天生丽

① ［美］爱德华·萨丕尔：《语言论》，陆卓元译，陆志韦校订，商务印书馆1985年版，第199—204页。

质，汉语言的诗性空间也成就了诗人。再如流行于江苏一带的民歌："月子弯弯照九州，几家欢乐几家愁；几家夫妻同罗帐，几家漂流在他州"等，无数淹没在历史天空中的民间底层无名的歌咏，同样昭示着汉语言的诗性之美；河南很多乡村中，晚上看到有人站立在墙角或者阴影里小便，就会有这样的对话："谁?""我!""zua?（方言，合音，意为：干什么)""尿!"古老乡村里粗俗直白的对话，汉语音（此处还靠说话语气）、形、义结合展示出了简约的叙事美感和生动的情境描绘功能：在短短三个半字——其中一个还没有产生出对应字形的合音字，所暗含的时间、地点、人物，甚至事件的起因、经过和结果，脉络清晰，逻辑严明，这样的方言效果，拼音文字无论如何难以企及，这也是精英知识阶层在文字修炼上非一日之功所能达到的遣词造句工夫。西方传播学家称："识字的中国人很少有人能够写出所有能够被听懂的口语词。……这样的文字是很费时间的，是精英主义的。"① 也正因如此，好的作家、小说家，无不在民间的土壤里锤炼文学艺术的基本功，锻造基于民间天空和民间语词土壤上的自由自在的艺术精神，如此才能创作出民众喜爱的优秀作品。

第三节　多媒介语境下汉语文学的广阔前景

一　汉语言文字与媒介技术

从传播技术形成的历史文化考察，中国文学的语言文字媒介具有鲜明的民间属性，"宋代人的许多发明后来成为西方文明的主要部分，印刷术、火药和火箭之类的发明多半只用于他们的庆典仪式。印刷术可能在公元600年左右就发明了，比一般人认为的时间还要早三四百年。……然而中国社会的文化环境总体上把这些发明排除在文化主流之外。于是火药与火箭多半是用于庆典仪式，用于佛像的传播和节日的欢庆活动。"② 古今中

① ［美］沃尔特·翁：《口语文化与书面文化——词语的技术化》，何道宽译，北京大学出版社2008年版，第66页。

② ［美］保罗·莱文森：《莱文森精粹》，何道宽译，中国人民大学出版社2007年版，第118页。

外，媒介技术立足于传播，必然追求传播的效果。传播的后果就是最大程度的普及，这必然构成对贵族权力结构的拆解和权威的非集中化，文化霸权、话语霸权、知识精英意识必然受到颠覆。于是，一般情况下，媒介技术的革新往往首先起源于民间、兴盛于民间，而被排除在主流文化之外。

语言媒介是一种大众化的媒介，汉语言文字不是一个人创造出来的，也绝不是上层精英阶层独创的，语言文字的普泛性和民间性决定其生命力。正如武则天为自己创造的“曌”字，并不能流行于世；而五四新文化背景下刘半农创造的“她”和“它”字却一直通用。前者是在个人崇拜基础上的创造，而后者因为反映了最广大的民间愿望而得以通行。

对比各种文字与人类技术进步的关系，汉语的生成无疑是一套更加繁复、精细的技术过程。汉字更加生动地展示着汉民族民间技术的沿革和意蕴层面的结合，产生一种可观赏的包蕴气韵和人格风范的视觉动感，汉字之所以能成为一门书法艺术，当与此有关。特别是近代以来，人类社会的任何科技成就的进展均要涉及对文字传播的处理技术。“印刷术不仅是我们获取文化和技术的手段，它就是我们的文化和技术。”[①] 互联网是这样，博客、微型博客和手机等数码产品也离不开文字的技术处理。

媒介技术在任何社会都会引发偏见和盲目，主要在于技术专精于人类感官的某一特长，延伸这一感官的能力，这必然影响人类感官协作的内在生理机制，造成各种感官的分离，放大某一感官接受外界信息的效果。“大多数技术都产生一种放大效应，该效应在感知的分离中是十分明晰的。电台是声像的延伸，是视像高保真的照相术的延伸。……对西方人而言，无所不包的延伸是借助拼音文字产生的。事实上，拼音文字只是延伸视觉的技术。与此对比而言，一切非拼音文字却是艺术形态，它们保留着许多感知和谐的因素。”[②] 尽管麦克卢汉在《理解媒介——论人的延伸》中，反

① ［加］马歇尔·麦克卢汉：《麦克卢汉如是说》，［加］斯蒂法妮·麦克卢汉等编，何道宽译，中国人民大学出版社2006年版，第2页。

② ［加］马歇尔·麦克卢汉：《理解媒介——论人的延伸》，何道宽译，商务印书馆2000年版，第411页。

复论述了拼音文字和印刷技术的结合对西方文明社会的形成产生了巨大的推动作用，多次分析拼音文字使理性生活呈现线性结构，唯有使用拼音字母的文化才掌握了作为心理和社会组织普遍形式的、连续性的线性序列，对人类工业化革命和技术进步作出了巨大贡献。莱文森在比较了汉语和拼音文字后，也指出“能够用26个字母来表现一切词语和思想的西方拼音文字，和2万个方块字的中国文字比较，更加有利于活字印刷术，因为中国人的每一个词和观念都需要一个会意字。由此可见，在印刷术发展的过程中，相关技术的缺乏成为它大规模、产业化应用的主要障碍。”[①] 然而，麦克卢汉对汉语言文字的艺术底蕴和对感知经验的丰富性的保留等方面，也给予了颇有保留意味的阐明：“拼音字母在任何有文字的社会中，都要削弱其他官能（声觉、触觉和味觉）的作用。这一情况没有发生在诸如中国这样的文化中，因为它们使用的是非拼音文字，这一事实使它们在经验深度上保留着丰富的、包容宽泛的知觉。……会意文字是一种内涵丰富的完形，它不像拼音文字那样使感觉和功能分离。”“中国的文字却大不相同，它赋予每一个会意字以存在和理性的一种整体直觉。”[②]

从麦克卢汉到莱文森，关于拼音文字的字母表对西方文化的影响，在传播学角度给予了深刻的论述。相对而言，汉语的形义结合在传递传统文化内蕴方面见长，而在知识信息横向传播方面具有劣势。当前，信息时代的技术变革，给予传播以瞬间完成的历史要求，中国文学的含蓄、隽永的美学诉求，似乎显得很不适宜。汉语言固有的魅力在西方文论背景下，似乎被日益忽视冷落了。然而，象形文字与图像结合，汉字自身的审美价值所创造的表意空间，显然优于字母拼音文字。由此，汉语图像可观赏性开拓了注重色彩光影和谐的视觉静态静默的美感类型，而字母表拼音文字必然追求听觉和速度，导致对玄幻离奇的叙事方式的偏重。具体到文学作品，汉语诗的偏重于抒情与小说偏重于叙述现实，以及对当下人生命运的关注要远胜于基于字母表传播的文学。

① ［美］保罗·莱文森：《莱文森精粹》，何道宽译，中国人民大学出版社2007年版，第118页。

② ［加］马歇尔·麦克卢汉：《理解媒介——论人的延伸》，何道宽译，商务印书馆2000年版，第121、122页。

虽然表意汉字与经验之间的固有联系使汉语传播文化的灵活性和便利性不如拼音文字。26个字母与传播技术结合，可以对经验任意编码，任意传播与接受都比汉语传播便捷。汉字只有在即成的规范和约定俗成的语义内，通过象征、延伸等方式生成。拼音文字在日常生活中随机拼写出新字新词，并迅速传播，汉字若是新造，就只能在自己的电脑中显现。英语的这种便捷与电脑编辑功能的科技开发互为促进，对知识传播与技术创新大为有利，在推动西方民主社会的发展进程上，产生了显著、独特的效果。但是，纸质媒介下，汉语文字的言意关系是文学情感、审美生成的基本要素。"言"的局限与表达的模糊，是语言对外界感性材料抽象后的必然结果；传播的需要，使其以纸质为载体形诸文字，记录与传播，对感性世界进行二次抽象，"意"成为一种纯主体的表达，从艺术关乎精神的积极方面说，这种抽象开拓了"意"的丰厚内涵，从心灵的真实、艺术的真实方面，从主体审美性生成元点来说，构成了一个诗意虚拟的表意系统。当前基于电子媒介的新媒体艺术之所以具有富有前景的创造力，除科技力量给予助推外，语言文字的纸质媒介对心灵呈现方式产生的丰沛意蕴，也给予了不竭的历史文化资源。文字显然是一切媒介的出发点，不管影视媒介如何深入心灵。

技术进步追求的传播速度、保真性、广泛的民间性、互动再创造性，都颠覆着纸质时代的话语霸权、知识精英、艺术的贵族气质和传媒的垄断局面。比如，手机已经像传统农民手中的农具、生活器物一样，使民众能够无所阻碍地在广阔无垠的信息大地上，采掘到与主流文化同步的艺术成果。新媒体艺术传播对民间情感和民间感性材料的重组，必然成为知识生产和重构世界的新途径。汉语言文字在报刊上、网络上、电视和手机屏幕上，不管是出于技术的设置还是出于明星的广告修辞，其基本结构、语序逻辑、表意系统尤其是汉语的意象体系特征、情感与语体色彩等都没有根本性改变。其生动性、形象性和由此产生的诗意特征也没有改变。汉语文学的文字表意系统，在新传播技术广泛渗入和修改下，将会使文学伴随着观念更新，产生一个新的繁荣局面，也必将给主体新的外界事物的感知经验和丰富的感知空间。传播技术延伸着人类感受外界的能力，汉语言文字匡正着技术的片面性和工具特征，强化人们接受外界信息的人文性和美感品位。

20世纪七八十年代，媒介电子化、立体化快速发展，各民族间文化交流日益频繁，而汉字信息化相对缓慢，其表意体系的优越性一时间没有彰显出来，所以一度出现了汉语拼音化提议；21世纪的今天，中国的汉字以其强大的生命力证明了自己的存在价值。是电脑接受了汉字，而不是电脑改变了汉字；甚至电脑由于汉字变得更加智能，而不单单是电脑能创造出智能的汉字。在科学攀向高峰所出现的复杂思维状态中，在多元化价值取向和多媒介开拓日益繁复的精神生活状态下，拼音文字由于只能假借听觉而排斥视觉的线性制约，反而需要不断再创造，以致到了不堪忍受的繁琐程度，才能适应信息传播和接受的需要；而中国的汉字却焕发青春，轻而易举甚至可以“自动生成”地用原有词汇构成新的概念和术语，打通人类听觉感知和视觉感知，培育视听艺术接受潜能和高度的信息敏感度，东方艺术由于汉语言的融通性和丰厚意蕴获得无限的艺术形式再生的可能性。

发达的韵文文化是汉语言造就的民间文化生态，既存在于富有民族特色的文字游戏、辞格对仗、滑稽戏谑中，也满载着中国文学追寻自由自在的民间生存理想。这种根植于形、音、义同质同构中的文学，不但没有被信息媒介技术化趋势所抹杀，反而在电子技术、数字媒体中通过机器创作、超媒体链接、软件生成等手段创造出新颖的文学形式。丰富的民族文化赋予汉字无限丰富的意义生成的生命机制，随着社会生活的演变和传播科技的发展，便捷的电子媒介使汉字意义传播和文学性生长产生了意想不到的神奇效果。甚至能通过技术设置、程序链接组合出优美的诗篇，比如一首标题为《云松》的诗：“銮仙玉骨寒，松虬雪友繁。大千收眼底，斯调不同凡。”描摹景色，意境高远，遣词酌句，颇有气度，足见仙风格调和气势胸怀。这样一首不凡的诗，却是一个14岁的学生，在1984年计算机刚刚起步时设计的电脑程序自动生成的![1] 如今，汉语在网络多媒体技

[1] 张寿萱等：《中文信息的计算机处理》，宇航出版社1984年版，第264页。

术条件下，其超链接功能和视听感知的开发，已经展示了汉语丰富多变的美感内涵和文学性特征，使网络的使用和文学俗化、审美日常化互为助力，成为共同构建中国文学新的民间化起点。

在人类历史长河中，汉字本身就是中华民族优秀文化的重要组成部分，将越来越被世人珍惜和喜爱。随着多媒介传播和汉民族文化魅力的感染，使用汉语的人口将越来越多。目前地球上使用汉字的人口大约有14亿，占世界人口的26%，几乎相等于合用英语的15亿人口（以英语为母语的书面语的使用者只有3亿人）。据联合国教科文组织提供的数据，汉语也是因特网上第二大语言文字。目前全世界已有六十多个国家的学校开设了华文课程，美国有两百多所大学设有中文课程。这固然由于许多人看到了华文蕴藏的无限商机，更重要也在于汉语很强的变通性、适应性，以及其本身的技术成分符合媒介技术发展的需要，其形体结构和音义体系与新媒介多种功能相辅相成。汉语言在人类信息时代和全球化、日常生活审美化生存背景下，其表意的敏感性和功能价值逐渐得到广泛认可。

二　汉语言文学的文化观念纠偏技术至上理念

当前，技术带来生存环境的恶化，已经引起普遍关注。呼唤地球的安宁和家园的绿色葱茏，是全人类共同的生存主题。许多影视媒介已经用恐怖和玄幻的灾难主题作品表达生存忧虑，涌动着重建的渴望。“艺术终结”和“文学终结”论折射出科技造成生态恶化的重大问题，隐含着当前视觉文化和复制文化带来审美疲惫后，人们对古典自然艺术观的缅怀。传统天人合一的哲学艺术观被强烈地召唤。而“在西方占据主导地位的思想领域里，人与自然是对立的，人是自然的主宰，是世界的中心。……在中国的历史长河中，人们关于自然的观念，尽管中间也曾有着不同学派的分歧，但就其主流而言，却始终没有背弃那个最初的原点，即是始终把自然看作一个包括人类在内的独立的、完整的、拥有自己心灵的生命体，一个充满活力的、可以化生万物的、至高无上的母体。人与自然（天地）之间不但没有截然的界限，反而总是声气相感、血脉贯通的”。那种认为

“人类的历史就是人类改造自然、战胜自然的历史；人类社会进步的程度决定于人类对自然开发利用的程度——人类社会的这一发展模式已经受到质疑。在日益波及全球的生态危机面前，这一发展模式更是面临强大的挑战。那么，文学史的书写原则是否也应当做相应的调整呢？……其实，从生态世界观看，面临改写的不仅是文学史，更不仅是中国文学史，也许，还有整个人类历史的书写、整个世界历史的书写。”[①] 自然恶化压倒社会矛盾成为人类面临的最大敌人，焦虑伴随着对生存意义的追问，区别于传统社会物质利益争夺与生命意识的反省，人性的思考再次成为艺术生存价值取向。人类基本情感的宣泄统一在生存环境意识和由此产生的社会关系之上，达成目前人类的迫切需要，构成文学新观念转变的又一内在的线索。

长期以来，拼音文字语言环境下的西方文论趋向于从人与自然对立的二元论哲学探讨文学，而“自古以来西方文学理论批评领域里大师级的人物基本上都是哲学思想家，他们都是从某种哲学思想观念出发去审视文学现象的，他们关注的主要是文学与宇宙万物、特别是与世界的根基的关系，关注的是文学的本体地位，而很少涉及文学自身的性质、特点和艺术构造等问题。在西方，批评家和作家、批评与创作之间常常发生摩擦以至矛盾冲突，其实这不是偶然的，而是必然的，是西方文学理论批评的哲学化倾向的严重恶果”。[②] 以西方文论的哲学思路抽象中国文学，在西方哲学范畴内构建中国文学批评话语，就会忽视中国文化的天人合一观念对文学本体的建构作用，对技术操纵下文学的未来得出悲观的结论。

拼音字母文字培育单向度的线性序列和外向扩展的媒介伦理，线性序列和扩展伦理产生大规模的工业化、自动化管理模式和技术至上观念；而会意字是中国文化最简洁浓缩的代表，创造周边延展和立体空间观念架构模式，排斥单向度的线性理念，渗透深刻的辩证思想，重视利害之间的相互转化，关注人与自然之间的和谐相处。中国哲学的天人合一理念，甚至

① 鲁枢元：《百年疏漏——中国文学史书写的生态视阈》，《文学评论》2007 年第 1 期。

② 肖锦龙：《米勒文学根基论的盲区和中国文论的世界意义》，《文艺理论研究》2006 年第 5 期。

可包含在易经阴、阳卦爻符号“--”和“—”的会意天地之中。汉语言文字漫长的演变历史与天人合一的哲学理念不断融合渗透，赋予技术变革以人文性，排斥其盲目和偏颇，逐渐形成追求和谐包容的价值观念和审美倾向，使人生境界、伦理道德判断中也蕴含着天人合一的生存意识。这对当前民间传播语境下文学观念的重建具有深远的意义。

结　语

传播技术革新就是人类精神面貌的革新，精神革新的实质是艺术观念的更新。非理性的技术冲动经过物化过程转化为技术，这种非理性可以源于人类远古的本能，也可以源于感官本能，在人类取得了物质基本满足后，这种本能就与感官和精神冲动直接相关。这种非理性力量达成的技术动因实质上是人类精神多样性需求的物化过程。艺术是人类精神内面最富幻想和充满情感特征的心理冲动，文学是达成与现实世界感性接触的桥梁，引导人类走向健康美好的理性世界，以美好的愿望固化技术永恒的理性轨道。鼓励以理性修补来完善人类非理性技术冲动给人类带来的可能性灾难。比如我们可以用美好的太空理想和构建美好未来的科幻作品，引导核竞赛向有益于人类未来生存空间拓展的领域发展，以避免技术悖论下的核大战的威胁。以共同性、全球意识和人类意识开发的媒介技术产品，来追求国家、种族和地域间的未来想象，以天人合一的理性意识修补技术缺失的人性因素，这是经过历次媒介技术革命验证过的文学经验。

技术革命必然触动人类当前面对的感知对象的形象呈现，外界物象的精神反映必然随技术革命而发生变革。技术替换的规则，使技术革命引导的精神革命沿着技术的目的和人的关联性去塑造人的性格和人的形象。这种精神形象的重塑尽管是全方位展开的，但最为直接和有效的途径莫过于艺术创造，莫过于与人类生存互为表里的语言媒介固化的文学艺术。文学在精神领域内的位置、功能需要专门的借助技术工具的洞察，而文学是技术的直接产物，记录和积累着人类进化历程的一切技术成果，技术革命推进着文学演进，文学媒介的演进是精神的追求和人类本能冲动的实现。文学的精神家园必然与技术革命互为生发，文学媒介演变的内在规律在于文学为技术非理性提供理性存在的物化积累和存在前提。

马克思有艺术与社会发展不同步，有时是滞后于社会的判断，但其基本思路仍然是进步、发展，并非是社会愈进步艺术愈滞后。同时，社会的发展如果不是以知识的增长和技术进步为前提，那么我们也无从谈论艺术和文学的发展演变，因为社会发展必然包含精神产品的丰富或者升华；而精神产品丰富和升华离不开民间化的传播目的和民间接受的陶冶，文学的世俗化和民间传播倾向正是技术理性的旨归。文学观念乃至整个艺术观念如何面对当前媒介科技追求的民间化传播趋向，比如音乐通过数字媒介，音乐家不必弹拨、敲打、吹奏任何乐器，由此生产出来全然不同于传统的精英化艺术，那么这样的音乐是否还是音乐？是否还能打动心灵和栖居灵魂？音乐的中介从体肤触摸、手的拨弄中产生和从键盘敲击、心智暗示中产生又有什么本质区别？同样，以语言文字书写在纸质上的文学和影视媒介传播的文学，在激发想象力、表达情感、寄托理想等方面有什么本质差别？流行在网络和数码产品上、依托民间广泛参与而生存的文字作品是否还是文学作品？人人都可以创作和发表的文学寄寓着怎样的民间想象？汉语言文字孕育的文化理想对当前文学的本体建设是否长期有效？等等。这些问题虽然已经参与文学观念的更新构建，但仍然需要文学理论长期探索与文学实践即时互动来回答。

文学作为一个民族的文化载体形式，必然具有信息传递和信息化新闻品格，那么媒介的天然使命与文学信息化之间的合谋，就给我们提出了在当前信息社会如何构建文学价值观的命题；文学传播文化信息和审美信息离不开文化市场上的图书经营。多样的市场形式往往是多种媒介共同达成，同时塑造着文学图书的载体形式，促使电子书、电纸书、生活超市、网络书店和书报亭图书等经营形式的繁荣。所以媒介与文学市场之间的关系极为密切，市场信息携带着文化思潮，对文学创作题材也有所选择，多媒介传播下的历史小说繁荣就是一个鲜明的特征。

纸质媒介、影视媒介和网络媒介传播下，文学性的构成和文学观念的演变过程必然有所差异。文笔之辨出现在纸质传播时代，并形成了初步的文学观念；文字崇拜、印刷技术的进步推动了文学走向民间，近代报刊媒介又推动了近代文学转型期的民间趋向。影视媒介对纸质文本的改编，是影视媒介创造新型审美空间的显著体现。张爱玲、金庸等作家作品的影视改编，既显示了影视传播在当前的文化意义，又说明了文学纸质媒介与影视媒介长期和谐共存的必然性。从纸质媒介到网络媒介，媒介演变参与文学过程中的意义建构，最终实现数字化生存和文学生存状况的双重改变。网络以其强大的传播功能消解和重建人类的审美感知，精英文学、青春文学创作现状和文学在文化构成中的身份重组，极大地开拓着网络文学理论批评的话语空间。

多媒介传播格局形成，作家文学传播开始真正背离和超越民族文化中的惰性因袭，承担新的文化传播使命。多媒介传播生成的文学民间意识，不但加强精英文学走向民间的倾向和救世意识，推动文学日益趋向世俗化，还颠覆传统纸质媒介语境下的通俗文学观念，也把传统民间文学纳入到口传知识体系，通俗文学和民间文学学科反思迈出了关键性的步伐。文学观念的更新轨迹逐渐显现，文学走向民间化、大众化是媒介科技发展的必然趋势，也是人类文化发展同步人类生活的信息传播使命所在。短信文学的文化表征、通俗文学抒写的悖论、“文学终结”等文学观念命题，既显得意味深长又答案显豁。一切文学观念构建的疑难之所以不会使我们对文学前途担忧的根本原因，在于人类所使用的语言文字的高级媒介技术手段，以强劲的历史文化规约力量赋予文学艺术的根本属性和功能价值，而表意体系的独特文化传播蕴涵和艺术媒介属性，使全球化多媒介语境下汉语言文学具有广泛的普世性、民间性，因而也具有广阔的发展前景。

媒介技术的进步与主体意识的追求，塑造了媒介自身天然的传播属性，而传播的目的与功能又赋予媒介天然的趋向民间的特性。在纸质传媒为主导的时代，书籍和报纸具有一种天然的动力，推动了以集中化模式为基础的全民族统一观点的形成。在以电脑为代表的数字媒介时代，技术分散权力、推动全球化和赋予普通人权力，给人类生活结构带来的变化前所未有。技术对当前文化形态和文学表达样式、审美接受方式等的深刻影响，正在深入全面地改变着我们早已习惯了的客体对象，重构我们面对现实的想象方式和表达方式。文学生产和接受必然要借助新媒介，思想的表达和感情的宣泄同样要借助新媒介。随着媒介的多样化、立体化、交互化和更加人性化，人的想象开始转向虚拟的视像，传播民间化趋向日益消解神圣、崇高和典雅的审美格调，人们对文学与非文学、审美与非审美的观念发生了动摇。媒介演变对个人和社会生活引起的结构性改变，使文学研究一时处于失语状态也在所难免。

另一方面，平民意识召唤传播的平民化和民间化，受众的接受需求推动文学传播最大程度地实现民间化。新的传播媒介的高速发展并非单单是科技发展带来的，主体的能动性和传播媒介自身的文化属性也起着至为关键的作用。近代传播机制的平民化倾向，正是由于社会平民意识的觉醒，在社会思潮中激起的震荡成为新的文化信息生成的动力源泉，信息的属性和发散的强度对媒介产生了指向性和规定性作用。新媒介产生，无疑以文化属性占主导，并以审美性成为媒介与受众发生关系的酵母。传播在文学场域内要为文体、文风、审美形象性、情感归属性、受体区域性等特征制约，推动传播的民间性生成。这样，新媒介的传播与新的文学观念的形成相互交叉，更加复杂化地彼此促进，而不是单向度推动。

文学生存发展之所以离不开传播媒介技术的演进，关键在于新媒介出现会推动新型文学样式的产生和文学性的重组，文学演变的信息化倾向和信息传播过程对文学审美空间的开拓；传播媒介技术追求感知的互补和感官接受追求“感知比率平衡”的原则，促使文学媒介交融替代、文学传播立体交叉、文学形式变革迎新、文学接受更加丰富多样化；尽管图像转型和视听艺术日益发达，但语言文字形式的文学艺术不会衰退，更不会终结，而会与时俱进，呈现新的繁荣；多媒介语境下，传统民间文学面临学科构建模式转型问题，“通俗文学”将融入媒介科技带来的文学俗化和民间化景观之中；数码技术和网络即时性的传播、接受，使文学发展同步于民间生活，传统纸质精英化创作仍然具有通约民族文化建设的纽带作用，传承民族传统文化的人文理想；由于汉语言文字媒介的文化包容性、灵活性、民间性、日常审美性、衍生性和追求“天人”和谐的审美观、价值观，使中国文学在全球化进程中具有人类性和一体化理论的构建功能。由此，当前文学观念更新演变的脉络清晰可辨。

虽然文学媒介日新月异的高速发展，数字化、图像化也会是明日黄花，文学传播的民间化进程向大众精神领域和日常生活领域日益渗透，传播携带着过多的技术、文化、金钱的气息，但人类追求情感与价值的脚步自古以来从未停止，捍卫精神家园的呼唤也从未怠慢，因为它是人类的本质存在。因此全球化民间传播语境下文学没有“边缘化”。平民化、大众化、通俗化、民间化是文学发展的内在理路，遵循着人类文明进步的规律，并与媒介传播的最终指向相一致。当前媒介的民间传播已经赋有情感和价值的内涵，参与当代文学的民间化诗学构建。民间文学、文学的民间性在民间传播中得到张扬与重建；当代文学创作实践已经在文类和审美品格上给予价值认同；“通俗文学”是正宗和主流，或者说“通俗文学”概念在文学本体建构上不该诞生。铁肩担道义的“主流文学”也从不会逝去，只要民族和国家存在，它们仍然肩负民族文化的理想去开辟未来文学的生存坦途；但对民间情感的呼唤，对民间价值观的体认趋同将要成为正宗的“民间文学”，伴随着汉语言文字载体的文化创生功能，努力地传承着民族传统文化的血脉。

参考书目

1. [加] 马歇尔·麦克卢汉：《理解媒介——论人的延伸》，何道宽译，商务印书馆 2000 年版。

2. [加] 马歇尔·麦克卢汉：《麦克卢汉如是说》，何道宽译，中国人民大学出版社 2006 年版。

3. 端木义方主编：《美国传媒文化》，北京大学出版社 2001 年版。

4. 王国维：《王国维文集》，中国文史出版社 1997 版。

5. 金惠敏：《媒介的后果——文学终结点上的批判理论》，人民出版社 2005 年版。

6. 苏晓芳：《网络小说》，文史出版社 2008 年版。

7. [美] 保罗·莱文森：《思想无羁——技术时代的认识论》，何道宽译，南京大学出版社 2003 年版。

8. [美] 保罗·莱文森：《莱文森精粹》，何道宽译，中国人民大学出版社 2007 年版。

9. 休谟：《人性论》，关文运译，商务印书馆 1997 年版。

10. [美] 爱德华·W. 苏贾（一译索亚）：《第三空间——去往洛杉矶和其他真实和想象地方的旅程》，陆杨译，上海教育出版社 2005 年版。

11. [美] 爱德华·W. 苏贾（一译索亚）：《后现代地理学—— 重申社会理论中的空间》，王文斌译，商务印书馆 2004 版。

12. 黎正光：《仓颉密码》，广东人民出版社 2009 年版。

13. 鲁迅：《中国小说史略》，齐鲁书社 1997 年版。

14. 冯梦龙：《警世通言》，天津古籍出版社 1999 年版。

15. 刘守华：《中国民间故事类型研究》，华中师范大学出版社 2002 年版。

16. ［美］保罗·莱文森：《真实空间：飞天梦解析》，何道宽译，中国人民大学出版社 2006 年版。

17. 姜德明：《新文学版本》，江苏古籍出版社 2002 年版。

18. 鲁迅：《鲁迅全集》，人民文学出版社 1981 年版。

19. 钱理群等编：《中国现代文学三十年》（修订本），北京大学出版社 1998 年版。

20. 梁启超：《梁启超全集》，张品兴主编，北京出版社 1999 年版。

21. 李白坚主编：《中国新闻文学史》，上海大学出版社 2004 年版。

22. ［丹麦］勃兰兑斯：《十九世纪文学主流》，张道真译，人民文学出版社 1980 年版。

23. 朱光潜：《谈美》，安徽教育出版社 2001 年版。

24. 邱华栋：《城市战车》，作家出版社 1997 年版。

25. 郭敬明等：《爵迹·燃魂书》，江文艺出版社 2011 年版。

26. ［法］罗贝尔·埃斯卡皮尔：《文学社会学》，符锦勇译，上海译文出版社 1988 年版。

27. 何学威、蓝爱国：《网络文学的民间视野》，中国文联出版社 2004 年版。

28. 当年明月：《明朝那些事儿》，中国友谊出版公司 2009 年版。

29. ［法］让·鲍德里亚：《消费社会》，刘成富、全志钢译，南京大学出版社 2008 年版。

30. 郭绍虞：《照隅室古典文学论集》，上海古籍出版社 1983 年版。

31. 陈传万：《魏晋南北朝图书业与文学》，合肥工业大学出版社 2008 年版。

32. 梁方仲：《中国历代户口，田地，田赋统计》，上海人民出版社 1983 年版。

33. 王瑶：《中古文学史论》，北京大学出版社 1998 年版。

34. 何宁：《淮南子集释》，中华书局 1998 年版。

35. 蒲松龄：《聊斋志异》，上海古籍出版社 1962 年版。

36. 李涵秋：《广陵潮》，北岳文艺出版社 1995 年版。

37. 张秀臣：《中国印刷史》，韩琦增订，浙江古籍出版社 2006 年版。

38. ［美］沃尔特·翁：《口语文化与书面文化——词语的技术化》，何道宽译，北京大学出版社 2008 年版。

39. [德] 恩斯特·卡西尔：《人论》，甘阳译，上海译文出版社 1985 年版。

40. [法] 柏格森：《时间与自由意志》，吴士栋译，商务印书馆 1958 年版。

41. 司空图：《诗品》，齐鲁书社 1980 年版。

42. 郭绍虞主编：《中国历代文论选》，上海古籍出版社 1980 年版。

43. 宗白华：《美学散步》，上海人民出版社 1981 年版。

44. [阿根廷] 豪·路·博尔赫斯：《博尔赫斯文集·小说卷》，王永年译，陈众议编，海南国际新闻出版中心 1996 年版。

45. 王韬：《弢园尺牍》，中华书局 1959 年版。

46. 谢娜：《空间生产与文化表征》，中国人民大学出版社 2010 年版。

47. 朱栋霖等主编：《中国现代文学史（1917—1997）》，高等教育出版社 1999 年版。

48. 高有鹏：《中国现代民间文学史论——中国现代作家的民间文学观》，河南大学出版社 2004 年版。

49. [苏] 尼·皮克萨诺夫：《高尔基与民间文学》，林陵等译，中国民间文艺出版社 1981 年版。

50. 段宝林、祁连休主编：《民间文学词典》，河北教育出版社 1988 年版。

51. 曹子西编著：《瞿秋白的文学活动》，新文艺出版社 1958 年版。

52. 北京师范大学中文系 55 级学生集体编写：《中国民间文学史（初稿）》，人民文学出版社 1958 年版。

53. 陆耀东：《二十年代中国各流派诗人论》，中国社会科学出版社 1985 年版。

54. 王文参：《五四新文学的民族民间文学资源》，民族出版社 2006 年版。

55. 张南庄：《何典》，人民文学出版社 1981 年版。

56. [美] 洪长泰：《到民间去》，董晓萍译，上海文艺出版社 1993 年版。

57. 金庸：《神雕侠侣》，广州出版社 2002 年版。

58. 金庸：《射雕英雄传》，广州出版社 2002 年版。

59. 严家炎：《金庸小说论稿》，北京大学出版社 1999 年版。

60. 陈墨：《金庸小说艺术论》，百花洲文艺出版社 1999 年版。

61. 金庸：《连城诀》，广州出版社 2002 年版。

62. 马紫晨、范立方编著：《梨园春流行唱段选》，河南文艺出版社 2001 年版。
63. 张爱玲：《张爱玲文集》，安徽文艺出版社 1992 年版。
64. 陈平原：《中国现代学术之建立》，北京大学出版社 1998 年版。
65. 乔・艾略特等：《小说的艺术》，社会科学文献出版社 1999 年版。
66. [美] 尼葛洛庞帝：《数字化生存》，胡咏、范海燕译，海南出版社 1997 年版。
67. 欧阳友权：《网络文学本体论》，中国文联出版社 2004 年版。
68. [德] 瓦尔特・本雅明：《机械复制时代的艺术作品》，王才勇译，中国城市出版社 2002 年版。
69. 庄晓东：《传播与文化概论》，人民出版社 2008 年版。
70. 欧阳友权：《网络文学概论》，北京大学出版社 2008 年版。
71. 李佩甫：《李佩甫文集》，百花文艺出版社 2000 年版。
72. [美] 杰姆逊：《后现代主义和文化理论》（精校版），唐小兵译，北京大学出版社 2005 年版。
73. 李佩甫：《李佩甫中短篇小说自选集》，华夏出版社 1997 年版。
74. 李洱：《遗忘・导师死了》，漓江出版社 2002 年版。
75. 李洱：《石榴树上结樱桃》，江苏文艺出版社 2004 年版。
76. 阎连科：《我与父辈》，云南人民出版社 2009 年版。
77. 阎连科：《风雅颂》，江苏人民出版社 2008 年版。
78. 钟敬文：《中国民间文学讲演集》，北京师范大学出版社 1999 年版。
79. 苑利：《二十世纪中国民俗学经典・民俗理论卷》，社会科学文献出版社 2002 年版。
80. 周介人、陈保平：《几度风雨海上花》，生活・读书・新知三联书店 1996 年版。
81. 南帆：《隐蔽的成规》，福建教育出版社 1999 年版。
82. 黄涛：《中国民间文学概论》，中国人民大学出版社 2010 年版。
83. [美] 尼尔・波兹曼：《童年的消逝》，吴燕莛译，广西师范大学出版社 2004 年版。
84. 何学威、蓝爱国：《网络文学的民间视野》，中国文联出版社 2004 年版。

85. 钟敬文：《民间文学概论》，上海文艺出版社 1980 年版。
86. 《马克思恩格斯选集》第 2 卷，人民出版社 1995 年版。
87. 黑格尔：《美学》，朱光潜译，商务印书馆 1996 年版。
88. 戴鹏飞：《谁让你爱上洋葱的》，中国电影出版社 2004 年版。
89. 倪桓：《手机短信传播心理探析》，中国传媒大学出版社 2009 年版。
90. 孙慧英：《多重视域下的第五媒体文化研究》，北京邮电大学出版社 2010 年版。
91. 欧阳文风：《短信文学论》，中国社会科学出版社 2011 年版。
92. ［美］勒内·韦勒克、奥斯汀·沃伦：《文学理论》，刘象愚等译，江苏教育出版社 2005 年版。
93. ［美］斯蒂文·小约翰：《传播理论》，陈德民等译，中国社会科学出版社 1999 年版。
94. 王建刚：《狂欢诗学——巴赫金文学思想研究》，学林出版社 2001 年版。
95. 陈平原：《文学史的形成与建构》，广西教育出版社 1999 年版。
96. 范伯群：《通俗文学十五讲》，北京大学出版社 2003 年版。
97. 郑振铎：《中国俗文学史》，上海人民出版社 2006 年版。
98. 陈泳超：《中国民间文学研究的现代轨辙》，北京大学出版社 2005 年版。
99. 黄永林：《郑振铎与民间文艺》，南京大学出版社 1996 年版。
100. 朱栋霖编：《中国雅俗文学研究》第 1 辑，上海三联书店 2007 年版。
101. 姜德铭主编：《中国现代名家名作文库》，中国戏剧出版社 2001 年版。
102. 范伯群：《20 世纪中国通俗文学史》，高等教育出版社 2006 年版。
103. 范伯群等主编：《鸳鸯蝴蝶派文学资料》，福建人民出版社 1984 年版。
104. 吴炫：《穿越群体》，湖北教育出版社 2005 年版。
105. 张邦卫：《媒介诗学》，社会科学文献出版社 2006 年版。
106. 中国现代文学研究会主编：《在东西古今的碰撞中》，中国城市经济出版社 1989 年版。
107. 朱国华：《文学与权力——文学合法性的批判性考察》，华东师范大学出版社 2006 年版。
108. 朱自清：《朱自清全集》，江苏教育出版社 1988 年版。

109. 周海波：《传媒时代的文学》，人民文学出版社 2007 年版。
110. 单小曦：《现代传媒语境中的文学存在方式》，中国社会科学出版社 2008 年版。
111. 《马克思恩格斯选集》，中央编译局译，人民出版社 1976 年版。
112. 申小龙：《汉语与中国文化》，复旦大学出版社 2003 年版。
113. 张寿萱等：《中文信息的计算机处理》，宇航出版社 1984 年版。
114. [美] 爱德华·萨丕尔：《语言论》，陆卓元译，陆志韦校订，商务印书馆 1985 年版。

后　记

20世纪七八十年代，我与许多年轻人一样做着玫瑰色的文学梦，梦想着当小说家、诗人，并且，愈是物质匮乏得连吃饭穿衣都成问题的岁月，文学之梦便愈加沉迷。在这种单纯而执着的沉迷中，我们走向人生，走向成熟，文学成了我们这一代人青春的渴望和洗礼。

随后的90年代至今，世界的文化格局进入了深度的变革和转型时期，在电子媒介与全球化的冲击下，文学不可避免地受到了无所不在的侵袭。2001年，我在《文学评论》上读到美国学者J.希利斯·米勒的《全球化时代文学研究还会继续存在吗?》一文，与很多文学爱好者和文学从业者一样，我被深深震撼后陷入长久的思考和追问之中，随着文艺界关于“文学终结论”的论争持续至今，我的思考也围绕着对这些问题的解读延至今天。

当然，今天大家不相信也都不愿接受“文学的终结”的观点，米勒本人也说：“我在此重申，我从来就不想说什么‘文学的终结’，我要说的仅仅是，在新媒介时代，印刷文学的文化作用已经和正在削弱。”（金惠敏：《媒介的后果——文学终结点上的批判理论》，封底寄语，人民出版社2005年版）那么，印刷文学的文化作用到底是怎样“已经和正在削弱”？新媒介技术怎样改变纸质印刷时代的文学传统？问题的核心和争论的文化背景是什么？我们的文学观念又是怎样随着传播技术革命更新演变的呢？

由传播媒介科技与文学的关系延伸下去，还可以联系到艺术和科学技术与人类文明发展之间到底是什么关系的问题。几百年前，纸质印刷技术兴盛，卢梭曾在《论艺术和科学》中否定科学对人类增进道德的价值。今天，传播媒介技术高度发达，我们也会深深地忧虑：科技创新真意味着文明进步吗？人类的科学体系建构到今天，难道是人类文明选择的最佳模式吗？

也许，科学技术的真正优势和内涵并不在于创造物质财富的多少，恰恰在于把人类有史以来沉积的、那些承载生存寄托和美好价值观念的精神产品，以技术的力量和辉煌的传播效果植入每一个人的心灵深处。那么，在这些精神产品中，最具有持久魅力和最能走向世俗人间、民间的，大概人们会公认：莫如文学！因此，我坚信文学和人类的语言一样，永不会终结，而是与时俱进。然而，文学观念的更新重建，多么需要我们每一位对生活充满梦想的人们孜孜不倦的追求，多么需要我们每一个人如屈原“路漫漫其修远兮，吾将上下而求索”一样，有执着的意志和为真理献身的精神！

对这些问题的思考与探索，便是我写这部书（项目）的缘起。

岁月流逝，生涯坎坷，倏忽三载，书稿渐成。如今结项在即，深感书中所论诸多问题尚需深入探讨，惶惑不安之情渐增，然学无止境，遗憾只好寄托于日后的精勤努力。

本书在叙述策略上，为了避免空洞抽象的理论，试图用文学创作实践做例证，特意选择了张爱玲、金庸、阎连科、李洱和李佩甫等几位精英意识较强的作家作品，分析其在媒介环境改变下的传播接受情况，以及他们对当前文学困境的思考和传播文化价值的功能。不单单是由于这些作品对课题论述的观点具有阐释力，同时也是受本人及课题组成员阅读的偏好和局限所制约。这些地方显示出的不足，以及其他地方肯定存在的论述缺陷，只有期望今后的研究去弥补和完善，并向阅读本书的专家学者们表达真切的歉意。

散布在本书各章节中的一些观点，已经在近两年的学术期刊上发表过，并注明了是项目支持的研究。凡有掠美国内外专家学者的研究成果的地方，都已注明出处，在此一并表达对他们的最真诚的感谢。

个别章节论述时征引的民间文学作品和短信文学作品，没有注明出处，要感谢那些网络和手机传播中无名的文学爱好者，以及被课题组成员所请教过的文学书店和超市图书专柜业务员、街道邮亭书摊经营者等，也许正是他们对文学的热情、对生活的真诚和对文学传播的帮助，撑起了中国文学的湛蓝天空，促进了中国文学同步于生活的发展，并赋予文学理论建构应有的民间情怀，在此也没有理由不向他们致以崇高的敬意！

还有为此书进行文学阅读调查的亲友和学生们，他们正如对我们社会做出无私贡献的无名民间大众一样，值得我们永久的惦念和学习！

王文参

2012 年 2 月于洛城